감방에서 남자주인공을 만났습니다

감방에서
남자주인공을
만났습니다

문시현 장편소설 ✗2

위즈덤하우스

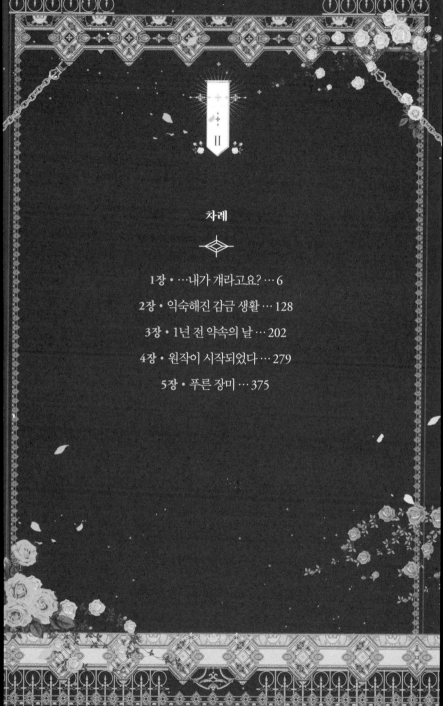

차례

1

…내가 걔라고요?

나는 사탕을 쥔 채 그대로 굳고 말았다. 지금 이 남자가 무슨 개소
릴 하는 거야? 어처구니없다는 생각밖에 없었다.

허락? 당연히 허락할 리 없다. 말도 안 되는 이야기니까. 내가 인
상을 찡그리며 단호히 거절하려 할 때였다. 그가 홱 고개를 들어 올
렸다. 흡사 나른히 누워 있던 짐승이 벌떡 일어나 경계를 세우듯이
그의 눈이 한순간 날카롭게 빛을 드러냈다.

"아, 사람이 오는 것 같다."

그가 천장을 본 채로 중얼거렸다.

"뭐, 사람?"

"응."

리케도르안이 끄덕이며 지그시 눈을 감았다가 떴다.

"여러 사람, 둘? 셋? 아니. 많아."

나는 천장을 올려다봤다. 당연하겠지만 내게는 아무것도 느껴지지 않았다. 그저 고요한 감방만 느껴질 뿐이었다.

하지만 리케도르안의 감각이 틀릴 리 없다. 조금 전의 놀라운 신체 능력을 본 뒤라 더욱더 신뢰가 갔다. 나는 입술을 꾹꾹 깨물었다.

여러 사람이 다가온다니, 왜? 보통 이곳에는 상급 간수 하나 정도만이 입구를 지킬 텐데? 그마저도 르나그가 시켜서 했을 뿐 위험한일은 전혀 없어 편하기 그지없다는 말을 하곤 했다. 상급 간수가 직접 말한 걸 들은 거라 잘 알았다.

'조금 전의 동굴에서의 진동이 밖에도 전해진 걸까?'

아니, 이것밖에 없었다.

마음이 초조해졌다. 정말 간수가 이쪽으로 오는 거라면, 그들이 도착할 때쯤에 리케도르안은 끙끙 앓고 있어야 했으니까. 간수들이 이를 눈으로 보아야 했다.

"어떡할까, 주인님."

리케도르안은 이런 속을 아는지 모르는지 내 손바닥을 엄지로 살살 문질렀다. 까슬까슬한 손이 손바닥을 긁는 느낌이 은밀하고도 선명하게 느껴졌다.

"어떡하긴, 얼른 먹어."

"먹여 주면."

그와 실랑이를 벌일 시간이 없었다.

그때였다.

달칵.

희미한 소리, 이번엔 나도 느꼈다. 분명 쇠가 부딪치는 소리였다.

"문을 연 것 같아."

지하로 가는 길목엔 긴 나선 계단이 있었다. 내 걸음으로 한참 걸렸으니……. 저들의 걸음으로도 꽤 걸릴 거다.

나는 사탕과 그를 번갈아 바라봤다. 뚜벅. 희미한 구두 소리가 들리는 것도 같았다.

긴장감이 만든 환청인지 덩달아 긴장감에 감이 예민해진 건지는 몰라도 이젠 시간이 정말 없었다. 이제 와 그의 입에 억지로 먹인다고 한들 그가 순순히 먹을 기색은 아니었다. 그는 상황의 심각성을 전혀 모르고 있었으니까.

일일이 설명할 시간조차 없어졌다. 아니, 급했다.

나는 그의 가슴팍 아니, 멱살 쪽의 셔츠 옷깃을 꽉 부여잡았다. 그러고는 잠시 떨어져 상체를 세웠다.

절로 그의 얼굴이 아래로 보였다.

"너, 후회나 하지 마."

모든 건 당신이 자초한 거다. 나는 깊이 관여하지 않으려 했어. 나는 그렇게 비겁하게 스스로를 위한 벽을 세웠다.

그는 성자와 같은 얼굴로 그저 고개를 기울일 뿐이었다. 무슨 말을 하고 싶은 거냐는 듯이. 이럴 때 무구한 시선을 보이다니 반칙이다 싶었지만. 그래, 시간이 없지.

나는 조금 삐뚠 마음을 안고 그대로 고개를 획 휘었다. 손에 쥔 사탕이 순식간에 내 입으로 사라졌다.

"입, 벌려."

그러고는 그의 멱살을 쥐고 잡아당겼다. 그의 눈이 커지는 것이 마지막이었다. 그대로 눈을 감았으니까.

눈을 감으니 다른 감각이 선명하게 살아났다.

"흐, 읍."

입술에서 입술로 사탕이 넘어간다. 신기하게도 그의 입술로 넘어간 순간 사탕이 기다렸다는 듯이 살살 녹아들어 가기 시작했다.

나는 그것을 내 것으로 살짝 건드려 보고는 얼른 입술을 떼어내려 했다. 그러나 그 순간이었다.

"뭐, 읍…… 흐, 흐흣."

허리로 단단한 팔이 감겼다. 뱀처럼 엉킨 팔은 순식간에 빠져나가지 못하도록 내 허리에 엉켰다.

그가 그대로 가볍게 힘을 주었다. 번쩍 들린 몸이 아무렇지 않게 그의 허벅지에 안착했다.

졸지에 다리 사이가 벌어지고, 단단한 허벅지에 앉게 된 나는 당황을 숨기지 못했다. 그러나 말을 토해낼 수는 없었다. 눈을 뜨면 리케도르안의 시선이 나를 바라보고 있었다. 눈이 마주치자 나른히 시선이 접혔다.

동시에 그가 더욱 파고들었다. 마치 잡아먹힐 것 같은 키스였다. 숨이 막혔다. 날숨이 거칠게 오가는 키스는 숨뿐만 아니라 혈류마저 막은 것처럼 쿵쿵, 거칠게 심장을 두드리는 것 같았다.

요령이 있는 키스는 아니었다. 서툰 면모가 분명 느껴졌지만 또 어떤 느낌에서는 노련하게 느껴지기도 했다. 등줄기를 훑는 손에 발끝이 절로 곱아들었다. 아찔함에 눈이 자꾸만 감겼다.

그래, 이렇게 된 거 사탕이 잘 녹기나 하는지 확인하자.

나는 손을 더듬어 그의 등 위로 올렸다.

귀로는 밖의 소리에 기울였다. 뚜벅뚜벅. 전보다 더 선명해지는 발소리가 들렸다.

혀로 건드려 본 사탕은 반쯤 녹아 있었다. 녹는 속도가 상당히 빨랐다.

"으응……."

제이르는 반드시 사탕을 모두 녹여 먹어야 한다고 했다. 까다롭게도 만들었지.

이건 어쩔 수 없었다. 내가 그에게 최대한 부작용이 적은 마법을 요구했으니까. 그럴수록 시동 조건이 까다롭다나.

"흐, 하아……."

애써 다른 생각을 하려 했지만 안타깝게도 그의 것에 의해 금방 끌어 올려졌다.

천천히 떨어진 사이로 거친 숨이 오갔다. 대부분이 내 것이었다. 리케도르안은 손등으로 제 입술을 닦아냈다. 그러고는 다시 고개를 내려 다가왔다.

"……이렇게 좋을 땐, 뭐라고 하면 돼?"

"하아…… 뭐?"

"좋아서 뭐든, 부수고 싶을 때는 뭐라고 해? 이아나. 응?"

"하고 싶은 대로 해⋯⋯."

우리 둘 다 목이 잔뜩 쉬어 있었다. 긁어내리는 것 같은 거친 음성이 내 귀를 마구 파고들었다. 그의 손이 위험한 곳까지 내려가고 있었다.

"그럼 좋아서, 미칠 것 같은 때도? ⋯⋯하고 싶은 대로 해?"

그러나 나는 밀어내지도 쳐내지도 못한다. 눈앞에 홀릴 듯이 아름다운 눈동자가 있었으니까. 나는 그를 떨어트리는 것도 잊고 멍하니 바라보았다.

느릿하게 핥아 내리는 것에 나도 모르게 놀라 입술을 벌렸다. 그의 혀가 안으로 파고들며 안쪽 곳곳을 핥고 쓸었다. 입술을 살짝 깨무는 감각에 눈을 동그랗게 떴다.

키스였지만 동시에 짐승에게 잡아먹히는 듯한 감각을 지워 낼 수 없었다. 얇은 상의 안으로 파고든 손을 느꼈다. 매끄러운 허리선을 살살 쓰다듬는 손에 웃, 참지 못하고 신음이 흘렀다. 차가운 손은 뜨거워진 체온에 쥐약이었다. 이 자극적인 상황에서 더욱 열을 부추기는 것만 같았다. 망할, 싫지 않은 것이 더 문제였다.

뚜벅, 여전히 소리는 점차 가까워져 오고 있었다. 사탕은 모두 녹았을까?

그는 이제 숫제 내 입술을 잘근잘근 아프지 않게 깨물었다. 모조리 가지겠다는 듯이. 나는 그의 입술을 살살 벌려 확인하려는 듯이 조심스럽게 들어갔다.

그의 양 뺨을 잡았다.

"잠시만, 그대로 있어 봐요."

이제 와 손을 넣어서 확인할 수도 없으니 급한대로 혀를 움직였다. 고개를 그대로 꺾자, 동시에 내 허리를 감싼 팔에 힘이 들어간 것 같았다.

……그러고 보니, 그의 어깨가 조금 낮아진 것 같은데. 분명 조금 전까진 한없이 높아 팔을 기댔던 어깨였다.

내 혀가 느릿하게 치열을 훑고 입천장을 건드렸다. 사탕은 없나? 이상하게도 그의 혀가 파르라니 떨고 있다. 너무나 놀란 것처럼. 그의 몸이 조금 작아진 것 같은 착각이 들었다. 아니, 착각이 아니었다.

그의 입속에서 사탕이 모두 녹아내린 것이 느껴졌다. 동시에 쥐고 있는 뺨이 조금 뜨겁다 생각했다.

"……흐읍,"

이건 내 신음이 아니었다.

그 순간 눈이 마주쳤다.

"리케, 도르안?"

잘게 떨리는 눈동자, 그리고 눈꼬리에 길게 매달린 눈물이 주르륵 흘러내렸다.

……이건, 이성이 있는 리케도르안이잖아.

언제, 대체 언제 바뀐 거야?

잔뜩 붉어진 눈가를 본 순간 얼른 떨어지려 했다. 그러나 그보다 나를 잡아챈 손이 빨랐다.

"가지, 말……."

손마저 빨간 채로 나를 붙잡는다.

"하아……. 가지 말아요."

애가 탄 얼굴이었다. 자기 자신도 어떻게 해야 할지 모를 길 잃은 아이 같은 얼굴.

"떠, 떨어지지 마."

그는 잔뜩 빨개진 얼굴로 나를 놓지 않았다. 그러고는 눈을 질끈 감고는 내게 입을 맞췄다. 그전의 행위가 우스울 정도로 정직하게 입술을 부딪쳐 오는 행위였다.

그러나 왜일까. 이 서툰 행동에 심장이 밖으로 던져진 것처럼 거칠게 쿵쿵 뛰었다. 여기서 입을 열면 심장 소리가 그대로 들릴 것만 같았다.

이미 상의로 파고든 손이 어찌할 줄 모르고 내 허리를 툭 건드렸다. 만져놓고서 본인이 더 놀란 것 같았다.

"……후."

살짝 떨리는 내 손이 주춤 아래로 내려갔다. 보드라운 그의 머리칼을 스쳐 그의 뒷목에 닿았다.

손끝에 걸린 것은 목에 채워진 구속구였다. 이것은 헤르님 대공이 직접 채운 것으로, 언젠가 여주인공 언니가 풀어줄 예정이었다.

무의식중에 손끝에 걸린 것을 툭 건드렸다. 왜일까 이게 크게 달각, 흔들린 것 같았다. 마치 풀리기라도 할 듯이.

조금 놀라 눈을 아래로 내리면 족쇄는 그대로였다.

혹시나 싶어 몰래 당겨 보니, 착각이었다는 듯 단단한 그대로 였다.

……그래, 착각이겠지.

뚜벅. 다시금 들려오는 발소리에 얼른 그의 몸을 밀어냈다. 발소리가 아주 가까웠다.

거의 근처에 온 것처럼.

나는 황급히 그를 쳐다봤다. 그의 몸이 너무 순순히 밀린 것 같아서였다. 아니나 다를까 그의 몸이 그대로 스르륵 쓰러졌다.

"리케도르안!"

나는 차마 소리치지도 못한 채 최대한의 크기로 그를 불렀다. 하지만 그는 그대로 내 어깨에 추욱 늘어질 뿐이었다.

기절? 기절했어? 놀라 그의 어깨를 흔들었다.

"잠, 잠이 든 건가?"

손을 더듬어 그의 이마를 짚었다. 그의 이마가 몹시도 뜨거웠다.

……마법이 발동한 거구나.

입을 꾹 다물었다. 이런 반응을 기다렸던 것이었지만 실제로 보게 되니 유쾌하지는 않았다.

그를 바로 눕혔을 무렵 쇠창살이 끼이익, 비명을 토해냈다. 활짝 열린 쇠창살 사이로 사내가 들어왔다.

"이아나 씨."

얼굴이 익숙한 상급 간수였다. 나는 그를 보았다가 당황했다. 이곳에 들어온 사람은 단 한 사람이었다.

"이아나 씨?"

"네? 네."

나는 얼떨떨하게 대답했다.

"다름이 아니라 시간이 꽤 지나서 말입니다."

보통 때라면 시간이 아무리 오래되든 간수가 안쪽으로 들어오지는 않았다. 기다리면 기다렸지.

그런 내 시선을 느꼈는지 간수가 조금 난감하게 웃었다.

"그것도 있고, 부름이 있었습니다."

"부름이요?"

"예, 총관리장께서 부르십니다."

아……. 르나그. 그가 불렀단 말에 자연히 고개가 끄덕여졌다. 이들은 르나그의 말을 하늘처럼 따르니까.

"이제는 이쪽에 올 시간입니다, 라고 전하면 아실 거라고 했습니다."

"네에……."

나는 알아들었다는 듯 끄덕였다. 그러고는 잠시 천장을 보았다가 조심스럽게 입술을 열었다.

"저기, 혹시…… 조금 전에 이상한 소리를 듣지 못했나요?"

"이상한 소리 말입니까?"

간수는 고개를 갸웃했다.

"네, 땅이 흔들렸다거나…… 아니면 바위 같은 것이 쿵 떨어지는 소리라거나. 아무튼 조금 이상한 소리요."

"글쎄요…….쭉 입구를 지켰지만 그런 것은 전혀 느끼지 못했습니다만."

간수는 대답 뒤로 리케도르안의 감방을 쭉 훑었다. 관찰하는 듯한 눈이었다.

"이곳은 깊은 지하다 보니, 물방울이 떨어지는 소리라거나 작은 돌이 떨어지는 소리도 크게 울리지요. 놀라신 마음도 이해합니다."

그의 눈을 따라가 보니, 깊은 웅덩이가 보였다. 지난번에 비가 온 뒤로 미처 마르지 않은 웅덩이였다. 그 옆으로 꽤 커다란 돌 몇 개가 떨어져 있었다.

아무래도 내가 예민했다고 말하고 싶은 모양이다.

그 덕에 하나는 알았다. ……밖에는 아무것도 전해지지 않은 건가? 간수의 반응으로 보아 그런 듯했다.

하나 의아한 일이었다. 분명 땅이 크게 흔들리고 천장에서 사람 얼굴보다도 훨씬 큰 돌들이 떨어졌다.

그 한가운데 있던 사람으로서 어찌 이상하지 않을 수가 있을까? 여기가 지하라고 한들 바깥에 영향이 없을 수가 없는 일이었는데. 이게 어찌 된 일인지….

나는 잠시 감방의 벽을 곁눈질했다. 이제는 그저 벽이 된, 조금 전엔 거대한 구멍이 자리했던 곳을.

대체 이곳, 이 감옥은 뭐 하는 곳이지?

등줄기로 옅은 소름이 돋았다.

"이아나 씨?"

"아, 네."

나는 고개를 돌렸다. 의아한 얼굴을 한 간수에게 가벼운 미소를 보였다.

"갈게요, 저…… 그런데 말이에요."

나는 간수에게 보이지 않게 리케도르안의 손을 살짝 붙잡았다.

그가 깨어 있는지 지쳐 잠든 것인지, 아니면 기절한 것인지 모르지만. 더는 그와의 약속을 어기진 않을 생각이었다.

그건 한 번으로 충분하니까.

"이 죄수가 많이 아픈 것 같아요."

"네?"

"열이 아주 높아요."

나는 처연한 표정을 만들어 내며 그대로 눈을 내리깔았다.

"저랑 같이 있는데 갑자기 쓰러져서……."

많이 놀랐어요, 같은 말을 흐릿한 목소리와 함께 덧붙였다. 간수는 믿기지 않는다는 듯이 나와 리케도르안을 번갈아 보다가 리케도르안의 이마를 슬쩍 건드려 보고는 이내 심각한 얼굴을 했다.

"아…… 큰일이군요. 그는 특별한 관리를 요하는 죄수라."

간수는 심경이 복잡한지 제 턱을 비비다가 머리를 털듯이 비볐다.

"저, 일단은 상부에 보고를 드리고 오겠습니다. 기다려 주시겠습니까?"

"네. 여기서 기다릴게요."

나는 웃음을 속으로 삼키며 얼른 끄덕였다. 기왕이면 르나그에게 전해 준다면 나야 좋은 일이었다.

중요한 건 간수들이 보고를 하는 일이었으니까. 이는 이미 나와 제이르가 의견 합치를 본 사안이었다. 제이르 또한 윗선으로 보고가 들어가는 것이 제일 중요하다고 했다.

간수가 멀어진다. 나는 그가 계단을 완전히 올라간 것을 확인하고서야 숨을 토해냈다. 참았던 숨이 넓디넓은 감방에 울려 퍼진다. 돌아오는 내 메아리를 듣다 헛웃음을 들이켰다.

시야를 돌려 색색, 숨을 거칠게 내뱉은 리케도르안을 바라봤다. 조금은 안타깝고, 안쓰럽게.

"……약속, 지켰죠?"

나는 그의 손바닥을 톡 두드렸다가 그의 하얀 손끝을 짧게 잡았다. 착각인지는 몰라도 손끝이 움찔 떨린 것도 같았다.

그러나 높은 열로 달뜬 숨을 토해내는 그가 내 손을 잡았으리라고는 생각하지 않았다.

착각이겠지.

나는 길게 날숨을 뱉었다.

"자, 이제 한고비 넘겼네."

이젠 우리 남자주인공의 간병뿐인가.

나와 제이르의 생각은 멋지게 먹혔다. 헤르닝 대공이 방문을 포기한 것이다.

물론 이 소식은 바로 전해 들은 것은 아니고 며칠 뒤 르나그가 소식을 전해 줬다. 그날 달려간 간수가 소식을 잘 전한 모양이었다.

그 후 상부에서 직접 리케도르안의 상태 확인을 거쳐 르나그에게까지 도달한 것이라고. 나는 그동안 옆에서 구경이나 하며 척척 해결되는 과정을 보았다. 분명 감방이고 간수들이기에 보통 군대나 기사들과는 다르지 않을까 생각했건만, 상상 이상으로 체계가 잘 잡혀 있다는 생각을 했다.

흡사 진짜 기사단처럼.

이를테면 이 감옥에서 누가 탈옥이라도 시도했다간 금방 잡혀 오겠단 생각을 했달까. 물론 그 누가 내가 될 일은 절대 없겠지만. 아무튼 간에 시간이 흐르는 동안 나는 착실하게 리케도르안을 간병했다.

이번에야말로 약조를 어기고 싶지 않았으니까.

또 마지막이기도 하고.

"흐으……"

리케도르안은 정말이지 끙끙 앓았다. 열도 높고 몸도 여기저기 아픈지 연신 밭은 숨과 신음을 흘렸다. 간간이 보던 간수마저 심각해질 정도였다.

그리고 참다못한 내가 당장 제이르에게 연락해 따질 정도로 차도를 보이지 않았다.

그렇게 마침내 내 성질이 펑 터졌다.

"적당히 아프다면서요? 이게 뭐예요!"

리케도르안이 아픈 지 딱 나흘째 되는 날이었다.

──⋯⋯분명 그렇게 설정했습니다.

제이르는 당혹스러운 음성으로 답변을 주었다. 그도 생각지 못했던 일인 듯 빠르게 항변하기까지 했다. 그러나 내게는 변명 아닌 변명으로밖에 들리지 않았다.

"그래, 그렇게 설정했는데 왜 아직도 아파요? 분명 이틀 정도만 아플 거라고 했잖아요."

─그게 조금 이상합니다. 분명 그렇게 만들었는데⋯⋯. 다른 외부 요인이 끼어든 것 같습니다.

팔찌 너머의 제이르는 고민하는 기색이었다.

─감방 내에서 여전히 모습이 바뀐다고 하셨지요?

"네, 맞아요."

─그 변화 때문에 과부하가 온 것이 아닌가 합니다.

"⋯⋯몸에 부담이 됐다는 말인가요?"

─예.

나는 황당함을 숨기지 않았다. 이게 무슨 소리야. 애초에 그 변화를 겪게 만든 사람이 제이르였다.

"애초에 그 변화를 겪게 한 게 당신 의견이었잖아요?"

─결과적으로 길게 보자면, 공자님의 몸에는 좋은 일입니다.

"허⋯⋯ 단기적으로는 이렇게 계속 아프고요?"

조삼모사 같은 소리 하고 있네. 나는 화를 꾹꾹 눌러 참았다. 한숨을 폭 쉬었다. 그래, 이렇게 화내 봐야 소용없는 일이었다.

"어쨌든 당신도 방법이 없다, 이거죠?"

-예, 시간이 지나는 수밖에 없습니다. 저건 공자님이 스스로의 힘에 적응하는 과정이니까요.

당신 순 돌팔이잖아. 이렇게 쏘아붙이려던 말이 쏙 들어갔다. 힘없이 말하는 제이르의 목소리는 괴로워하는 것처럼 들렸다.

-……아가씨께서 가진 약도 듣지 않는다고 했죠?

"네, 맞아요. 듣질 않더라고요."

오빠가 보내 준 약은 진작 사용해 봤다. 감기약부터 몸살약, 진통제까지. 효과가 있는 건 아무것도 없었지만.

-……그렇군요.

그가 침울하게 대답했다.

지금까지 리케도르안을 함부로 다룬다고 생각했는데, 애정이 없는 건 아니었나 보다.

"일단 특별한 일이 있으면 다시 연락할게요."

-예, 이틀 뒤에나 연락이 가능할 것 같습니다.

"이틀 뒤요?"

-네.

제이르의 목소리가 살짝 낮아졌다.

-내일은 이곳에 있는 제 사람에게 무언갈 전달 받아야 해서 말입니다.

허. 이젠 내게 숨기지도 않는다. 명목상으론 본인도 죄수면서 말이다. 감방에서 참 바쁘시기도 하네. 나는 조소했다. 제이르의 사람이라면 리케도르안의 사람이기도 할 터 다시 말해 헤르닝 측 사람이 이 감방에 꽤 많이 잠입해 있는 모양이었다.

이 무슨 땅따먹기도 아니고 말이지. 어쨌거나 나랑 상관없는 일이니 고개를 절레절레 젓고 말았다.

"저 한 가지만 물어도 돼요?"

그러다 문득 고개를 든 호기심을 이기지 못하고 물었다.

"이렇게까지 리케도르안을 돕는 이유가 뭐예요?"

-예?

그냥 궁금했다. 원작이 시작하기 전, 지금의 리케도르안은 당장 대공가 안에서 아무 힘도 없는 아이이자 부친에게 학대받는 사람일 뿐이었다.

실제로 헤르닝 대공도 죽기 전까지 리케도르안을 후계자로 생각하지 않았고, 방계를 데려왔었다는 구절도 있었다. 훗날 리케도르안에게 쫓겨나긴 해도 말이다.

어쨌거나 아무런 권력도 힘도 없는 소년을 지금부터 따르는 이유가 있는 걸까. 그저 순수하게 궁금했다.

-의외의 질문이군요.

"그냥 궁금해서요. 별 뜻은 없고요. 사실 내가 본 리케도르안은 가끔 상처를 달고 나타나는 죄수일 뿐이라서 당신이 말한 고귀함도 난 잘 모르겠어요."

-오해이십니다.

"글쎄, 나뭇가지를 물고 왕왕 짓는 공자님이 어디 있겠어요."

-……크흠.

"그러니 궁금할 만하지 않아요?"

제이르는 잠시 대답이 없었다. 이내 나름대로 납득했는지 나직한 목소리가 넘어왔다.

-공자님께 도움을 받은 적 있습니다.

짧고 굵은 한마디였다. 그러나 진심을 담은 듯한 한마디는 그 한마디로도 충분한 힘이 있었다.

나는 더는 묻지 않고, '그렇군요' 하고 말했다. 리케도르안이 어떤 도움을 주었는지 궁금하지 않은 건 아니지만 거기까지 파고들고 싶진 않았으니까.

-제 생각에 공자님의 상태는 하루만 더 두고 보면 될 것 같습니다. 5일까지는 걸리지 않을 것 같은 기분이 듭니다.

"기분이라고요?"

-마법사는 감이 좋아요, 아가씨.

금세 평소의 장난스럽고 여유로운 음성으로 돌아온 그였다.

반면에 난 영 미심쩍음을 숨기지 못했는데, 팔찌 너머에서 이를 알아차리기라도 한 듯 진지하게 진짭니다, 하고 덧붙였다.

뭐. 그가 그렇다면 그런 거겠지.

"알았어요, 그럼 이틀 뒤에 봐요."

-예, 그때까지 공자님을 잘 부탁드립니다.

그는 장난기를 지우고 진중한 음성으로 부탁했다. 그리고 통화는 그길로 끝이 났다.

팔찌에서 손을 떼어낸 나는 천천히 아래를 내려다봤다. 그러고는 손을 뻗어 눈앞의 머리를 살살 쓰다듬었다.

"다행이네요."

땀에 젖은 앞머리는 푹 가라앉아 있었지만 젖지 않은 부분은 솜털처럼 부드러웠다.

"당신을 이렇게 생각해 주는 사람이 있어서."

뭐. 나중에야 원 없이 사랑받을 사람이지만 당장은 아니잖아. 이 어린 사람이 차가운 지하에 홀로 남겨진다고 생각하면 가슴이 아리단 말이지.

그의 머리칼을 잡고 끝을 휘휘 접었다.

어리다고 표현한 사람과 진하게 입을 맞춘 기억은 잠시 잊어두기로 했다. 그게 내 이성에 좋을 것 같다. 심장이 방망이질 치는 건 나로서도 곤란한 일이라.

"조금만 참아요."

그의 눈꺼풀이 움찔했다. 붉은 입술 사이로 거친 숨이 튀어나왔다.

"흐으, 으……."

"곧 행복해질 거예요."

그가 손을 더듬었다. 꿈을 꾸는 걸까? 내 옷자락을 잡는 손가락을 떼어내고 손을 잡아 주었다.

꽈악.

꾹 쥐는 손이 제법 매서워, 아픔이 느껴졌지만, 그냥 두었다. 이렇게 손을 잡아 주는 사람도 있으면 좋겠지. 4년이 지날 때까지 당신 기억에 온기 하나 정도는 남아 있어도 좋지 않겠어.

나는 붙잡힌 채 그의 얼굴을 살살 훑다가 목에 걸린 구속구를 톡 두드렸다.

"이거, 얼른 풀어요."

왜일까, 그 순간 그가 쥔 손에서 힘이 빠졌다. 살짝 놀라 그를 바라보면 색색 조금 안정된 숨을 뱉고 있었다.

잠에 빠진 걸까.

"여기 바닥은 너무 차갑단 말이지."

사람이 머물기엔 정말 안 좋은 환경이다. 그것도 열여섯 한창 자랄 사람을 두기에는 더욱더.

"엉덩이가 시렵다고."

냉골에 애 키우면 입 돌아간다는 말도 모르나. 나는 작게 투덜거렸다. 그러다 눈을 돌렸다. 내 한 손은 여전히 구속구를 만지고 있었다. ……이렇게 차갑고 무거운 걸 매달고 있는 건 어떤 기분이려나.

분명 좋지 않겠지.

잠든 리케도르안을 물끄러미 바라보다가 눈을 덮어 주었다. 지난번에 오빠가 이렇게 눈을 가렸을 때 안정감을 느꼈던 것이 떠올라서였다.

"이걸 풀면 더 행복해질 거예요."

그렇게 중얼거렸다.

이렇게 정이 들어 버렸으니까 기왕이면 행복해지세요. 덧붙이면서.

한순간 그의 눈꺼풀이 파르르 떨린 것 같았지만 착각인 듯했다.

다음 날, 감방에 들어간 나는 깜짝 놀라고 말았다.

그도 그럴 것이 리케도르안이 멀쩡한 낯으로 나를 반겼기 때문이었다. 이뿐 아니라 상처 났던 곳까지 회복된 것을 보여 주며, 뛰어난 신체 능력을 증명하듯 자리에서 금방 일어나기까지 했다.

나는 그저 얼떨떨하게 쳐다보기만 했다. 아니, 어제까지 끙끙 앓던 사람이 저렇게 펄펄 뛰는데 황당하지 않을 수가 있겠냐고.

거기다 막 지하 수감실로 들어갔을 때의 그는 이성이 있는 버전이었다. 버전이라 하니 조금 이상하긴 한데, 무튼 볼을 살짝 붉히며 내게 인사했다.

"어, 어서 오세요."

그러고는 슬쩍 옆으로 물러나 제가 앉았던 자리를 톡톡 두드렸다.

……앉으라는 건가?

그가 비킨 자리에는 담요가 깔려 있었다. 오래전에 내가 한스의 허락을 받고 넣어 준 것이었다.

아 저거 빨긴 해야 하는데 말이지.

"아, 앉으라는 거죠? 고마워요."

리케도르안은 어쩐 일인지 눈을 마주하지 못하고 고개를 숙였다. 그러고는 보일 듯 말 듯 작게 끄덕였다.

"······네에."

뭐지. 왜 이제 와 내외하는 걸까. 가끔 얼굴이 빨개지는 것이 완전히 열기가 가시지 않은 것도 같고. 아직 마법의 영향이 남아 있는 건가?

"저, 이마 좀 짚어도 되나요?"

"네? 느에, 네? 네?"

"······뭘 그렇게 놀라."

나는 뒤로 멀찍이 물러난 그와 뻗은 내 손을 번갈아 보았다.

"싫으면 말고."

나는 손을 획획 흔들고는 그대로 다시 가져왔다.

"빨리 돌아와요, 쇠사슬 때문에 아프겠다."

나는 팽팽히 당겨진 쇠사슬을 톡톡 두드렸다. 리케도르안은 눈치를 보는가 싶더니 살금살금 다가왔다. 그러고는 한 세 뼘은 떨어진 곳에 슬금슬금 엉덩이를 붙이는 모습이 코미디였다.

흡사 삐지긴 했는데, 주인 곁은 떠나기 싫은 강아지를 보는 느낌이랄까. 그가 삐졌다는 건 아니지만. 나는 턱을 괴고 차차 빨개지는 모습을 물끄러미 응시했다.

"왜 빨개져요? 내가 뭘 했다고."

"네? 아, 그……."

나는 고개를 슬그머니 기울였다.

"아아. 내가 그렇게 좋나?"

그 순간 나는 순식간에 빨개진 토마토를 목격했다. 그래, 토마토라고밖에 표현할 수 없었다. 아니면 붉은 동백꽃?

두 사람 다 말이 없어, 침묵이 흘렀다. 이 침묵이 조금만 더 지나고 리케도르안에게 이유를 물어볼 요량이었다.

왜 갑자기 나았는지, 몸은 이제 가벼운 건지, 아직 아픈 곳은 없는지.

왜, 전과 다르게 갑자기 이렇게까지 빨개지는 건지.

그러나 그에게 물어볼 순간은 찾아오지 않았다. 이 순간을 기다리지 못하고 엉뚱한 이가 찾아왔기 때문이었다.

"왕!"

손님은 짐승 모드의 그였다. 오랜만에 짐승 쪽 모습. 나는 해맑게 짖는 그를 보며 헛웃음을 터트렸다.

"그렇게 좋니?"

"왕, 왕왕!"

"아, 알았어. 쉬이. 잡아당기지 말아."

나는 들고 있던 것과 눈을 끔뻑이는 그를 번갈아 보다가 이내 손에 든 리본을 획 던졌다.

"물어 와."

"왕왕!"

그가 신나게 달려가 리본을 물고 왔다. 물론 던진 건 쇠사슬이 닿을 범위로만 살짝 던졌다. 다치면 안 되니까.

다만, 이와 별개로 황당한 심정이 들었다.

"있잖아. ……넌 왜 '갖고 와'보다 '물어 와'를 좋아하는 거야?"

"왕?"

짐승 버전의 그는 던지고 물어오는 걸 그리 좋아하면서도 '가져 와'라고 말하면 꿈쩍도 안 했다. 대체 어떤 미친놈이 이렇게 길을 들인 거야.

…이제 그만 인간의 존엄성을 갖추면 안되겠니, 응?

물론 이렇게 말해 봐야 소용없는 것을 아니, 입을 닫는 쪽을 택했다. 대신에 양손을 들어 내밀었다. 그대로 그의 양쪽 뺨을 붙잡고 쭉 늘렸다.

"……찹쌀떡 같네."

"낑?"

그는 이제 짐승 모드여도 내게 이를 드러내지 않았다. 처음 만났을 때는 막 붙잡아 온 맹수 같더니만. 이젠 마당에 키우는 강아지와 다를 바가 없었다.

지금도 보라. 무구한 눈으로 나에게 붙잡은 채 고개를 갸웃할 뿐이다.

"이리 온."

나는 그대로 쭉 늘렸던 손을 안쪽으로 밀었다. 절로 그의 붉은 입술이 붕어처럼 톡 튀어나왔다. 놀란 건지, 맑은 푸른색 눈동자가 깜빡 움직였다.

"나, 네가 아까 빨개진 이유 알아."

"웡?"

이쪽 버전에게 이야기해 봐야 소용없는 일이지만, 이젠 알잖아. 각각이 서로를 기억한다는 걸.

솔직히 조금 전엔 생각하지 못했다. 갑자기 마구 빨개지는 얼굴을 보고 이상하다고만 여겼지. 아니, 기억하지 못했달까.

"너, 나랑 입 맞췄던 거 모두 기억하는 거지?"

"낑?"

리케도르안이 영문을 모르겠다는 듯 낑낑댔지만 나는 그를 놓아주지 않았다.

'사실 기억하지 못했으면 했는데 말이지.'

못할 줄 알았다. 그가 갑자기 앓기도 했고, 꿈이라 여기지 않을까 싶기도 했다.

뒤에 가서는 그를 간호하느라 다급함 속에서 깜빡하기도 했지만. 아무튼 간에 여기 계신 리케도르안 씨는 마지막에 입을 맞추다가 이성이 돌아왔고, 이를 모두 기억하는 모양이었다.

"이제 와 꿈이라 해도 안 믿을 거지? 뭐 그렇겠지."

"끼잉, 낑낑!"

"나라도 안 믿을 것 같으니까. 음, 이것만 알아 두자."

나는 그의 뺨을 살짝 놓아주었다. 리케도르안이 제 뺨을 잡고 그렁그렁한 눈을 보였다.

짐승인 쪽이 이렇게까지 했는데도 물지 않다니. 장족의 발전이다. 잠시 상황도 잊고 감동을 느꼈다.

아, 이럴 때가 아니지.

"이것만 알아 두는 거야. 사실 첫 키스……."

나는 그의 커다란 눈을 보다가 얼른 정정했다. 키스라니. 아니야.

"첫 뽀뽀에 대해서 말인데 사실 첫 뽀뽀를 하는 사람이랑 말이야."

그의 귀에 입을 가져다 대고 속닥속닥 목소리를 낮췄다. 이곳엔 우리 둘뿐이라 굳이 낮출 필요가 없을 텐데도.

"일 년이 지난 뒤에 다시 한번 뽀뽀를 못하면 영원히 만나지 못한대."

물론 개 뻥이었다.

첫 키스에 관해 뭐, 첫눈이 올 때 첫 키스를 하면 사랑이 오래가네 하는 로맨틱한 썰들은 들어봤지만.

이건 개소리 중의 개소리니까. 나는 양심의 가책도 없었다. 솔직히 신나게 혀가 오간 걸 두고 뽀뽀라 미화한 거부터 글러먹었다. 미안하지만 나는 양심이 없어, 리케도르안. 사기꾼 아저씨와 신나게 어울리다가 뻔뻔함까지 옮았나 봐.

당연하겠지만 짐승 버전의 리케도르안은 알아듣지 못한 것처럼 그저 눈만 껌뻑였다.

나는 씩 웃고는 그대로 그에게서 멀어졌다. 아니, 그러려 했다.

일어나는 순간 내 옷자락을 쥔 손만 아니었다면.

"……에요."

나는 천천히 고개를 돌렸다. 그곳에는 어느새 양 무릎을 얌전히 꿇고 있는 그가 있었다.

"······리케도르안?"

조금 전까지 네 발로 서듯 쪼그려 앉아 있던 그였다. 지금은 자세부터 달랐다.

"정말이에요?"

살랑, 흔들리는 앞머리 아래로 잔뜩 붉어진 뺨이 언뜻 보였다. 어정쩡하게 선 각도에서는 높은 코언저리와 뺨만 겨우 보여서 표정이 어떤지는 알 수 없었으나, 입술을 꾹 깨문 것만은 볼 수 있었다.

그는 내 옷자락을 쥐었던 손을 놓고 제 허벅지의 바지 자락을 꾸욱 눌러 잡았다.

"아, 아버지가 그랬어요."

아버지? 헤르님 대공? 여기서 그의 이름이 왜 나온단 말인가. 그대로 도망가려다 말고 멈칫했다.

"마······ 말만 잘 들으면, 차, 참으면. 일 년 뒤 꺼내주겠다고."

순간 여러 감정이 교차했다. 참으면. 그 말에서 많은 것을 짐작했으니까. 무엇을 참겠는가. 학대로부터 오는 고통이겠지.

난 아랫입술을 꽉 물었다.

내가 그의 얼굴을 볼 수 없듯이 아래를 바라보고 있던 그는 나를 볼 수 없었다.

"야, 약속해 줘요."

핏줄이 도드라진 주먹이 꽉 쥐여졌다가 풀어졌다가. 다시 꾸욱

쥐여지기를 반복한다.

"일 년 뒤, 이, 이곳에서 벗어나는 날."

리케도르안이 천천히 고개를 들어 올렸다.

"나, ……랑 만나 주세요."

화아악. 꽃처럼 붉어진 얼굴은 이 차가운 감옥에서 유일하게 핀 봄이며 꽃이었다. 무심히 가 버리려던 내 걸음도 붙잡아 둘 정도로 화사한 꽃.

"보……고 싶어요."

나는 눈을 깜빡였다. 내가 무어라 대답해야 할까. 내가 굴린 돌의 대가였다. 알고 있었다. 그에게 정을 준 순간부터 어쩌면 이런 시간이 올지도 모른다고. 내가 각오해야 했던 것, 마주하게 될 것을 말이다.

"그래."

그는 몰랐겠지만 나는 무심했고 이기적이었다. 사기꾼과 죄수들과 잘 지낸다는 것은 그들의 본질과 어우러질 수 있단 얘기다.

"근데, 있잖아. 이건 말해 둘게."

나는 웃으며 그의 이마를 톡 두드렸다.

"내가 아까 했던 말, 다 뻥이야."

"네, 네?"

그가 빨개진 채로 눈을 크게 굴렸다.

"아, 이 말은 모르는구나. 거짓말이라고. 새빨간 거짓말이야."

나는 활짝 웃으며 그의 앞에 다시 주저앉았다.

"일 년 뒤에 뽀뽀를 다시 하지 않으면 만나지 못한다느니. 그런 말은 세상에 없어."

그대로 허리를 들어 그와 눈높이가 딱 떨어질 정도에서 멈췄다. 그의 눈 밑은 금방이라도 눈물을 톡 터트릴 듯 붉었다.

"그래도요…. 그래도……."

내가 무어라 하기도 전에 리케도르안이 나를 덥석 잡았다. 저가 잡아놓고는 화들짝 놀라 얼른 놓았다.

하지만 동시에 내게서 시선을 돌리지는 않았다.

"1, 1년 뒤에 정말로 출소한다면요. 당신이 이곳으로 다시 와…… 줄 수 있나요?"

푸른 눈과 붉어진 분홍빛 뺨이 대조를 이루었다.

"당신이 머, 먼저 출소할 테니까."

"와 달라고?"

끄덕. 그의 얼굴이 더욱 붉어졌다.

"제, 제가 가도……. 만나 줘요?"

나는 작게 웃음을 터트렸다.

"내가 어디 있는 줄 알고."

"마, 만나 주세요!"

"글쎄."

"만나…… 주세요. 만나 줘요."

"음……."

"……이, 이아나."

"그런 눈으로 보지 말고."

금방이라도 툭 눈물을 떨어트리며 울 것 같은 얼굴이라니, 이건 언제 봐도 반칙이었다. 이쯤 되면 눈을 먼저 피할 법도 한데 그는 그러지 않았다.

내가 대답을 할 수밖에 없게끔 그는 아주 오래 기다렸기에 결국 항복하고 입을 뗴었다.

"그래."

만나는 거야 어렵지 않겠다 싶어 알겠노라 했다.

"그럴게요."

다만, 정말 만날 수 있다면 말이다. 나는 속으로 중얼거렸다.

근데 당신 그때 출소할 수 있을까? 쓴 미소가 함께였다.

적어도 그는 더욱더 오래 여기 머물러야 할 것이다. 안타깝게도 1년 뒤 헤르닝 대공은 그를 여기서 놓아주지 않았으니까.

"약조, 해 줄 거예요?"

"네. 그래요."

그래서 알았노라 했다.

나가지 않을 거라, 미안하다는 말은 하지 않은 채.

그에게 설렜지만 설렘을 무시할 수 있을 만큼 나는 이기적이었다.

미안하지만 리케도르안, 한 번만 다시 말할게.

나는 양심이 없어.

시간이 다시 흘렀다.

그 누구도 잡을 수 없는 것이 계절과 시간이라 하더니, 순식간에 흘러간 시간 끝에 대망의 날이 밝았다.

바로 내 출소날이었다.

-놀랍네요.

며칠 만에 다시 연락이 온 제이르는 놀람을 숨기지 못했다.

-이런 큰 소식을 전해 주시지 않고서요. 이런 친절은 전혀 반갑지 않은데 말이지요.

"에이, 당신에게 말할 의무는 없잖아요?"

아무도 없는 방 안을 확인하고는 마음 편히 답변했다. 현재 간수는 아직 오지 않은 상황이었고, 나는 이미 여러 경험으로 감방이 방음이 잘된다는 것을 알고 있었다.

적어도 이 정도 속삭이는 음성이 들리지 않음을 안달까.

이미 제이르에겐 리케도르안이 원래 상태로 돌아왔음을 알린 뒤였다. 그는 안심하고 이렇게 나를 놀리는 것이다.

-출소는 중요한 소식이지 않습니까. 의리가 없습니다. 아가씨.

왜 내 출소 사실을 알리지 않았냐면서, 말이다.

"이상하네, 왜 토라지신 것 같죠?"

그쪽과 나한테 지킬 의리가 어디 있다고. 나는 웃음을 삼켰다.

-왜 토라지지 않을 거라 생각하시죠?

"한밤중에 가녀린 죄수를 밖으로 나가게 한 것이 누군데요?"

─……세상에! 그런 파렴치한이 있다니 놀랍군요.

"태세 전환하시긴."

나는 삐딱하게 미소하며 팔찌를 가볍게 흔들었다.

"내가 출소하는 건 어떻게 알았나, 궁금하긴 한데 입만 아프니까 묻지 않을게요."

─섭섭하네요. 열심히 설명드릴 자신 있는데 말이죠.

자신은 무슨. 간수 중에 누군가를 포섭했겠지. 아니면 처음부터 헤르님의 사람이었거나.

─신기한 건 아가씨의 가문을 끝내 알아내지 못했다는 거지만.

봐봐. 마지막이라고 이제 숨기지도 않네. 나는 어처구니없는 얼굴로 팔찌를 쳐다봤다.

그러고 보니 팔찌 하니까 생각났다.

"저 궁금한 게 있는데 진짜로 팔찌에 다른 마법은 안 걸었어요?"

─예. 안 걸었대도요? 아까도 물으시더니 무슨 일인데, 자꾸 물으십니까? 고장이라도 났답니까.

"뭐…… 그런 건 아니고요."

감방에 있던 구멍에 대해서 팔찌가 일으켰던 일에 대해서 물으려 했는데, 제이르는 한사코 다른 마법을 걸진 않았다고 했다. 거짓말을 하는 것 같지는 않았다.

"근데 고장도 나요, 이거? 지금 불량품 준 거야?"

─아니요! 그건 아닙니다. 음…… 다만 마법 물품이다 보니 강력

한 마력과 부딪치면 오류를 일으키기도 하지요. 아가씨가 그걸로 상급 기사와 싸우기라도 한 게 아니면 그럴 일은 없었을 겁니다.

"강력한 마력……."

-예. 대표적인 예로 이 감방의 총관리인 같은 괴물이 있지요.

"가만 보면 당신은 총관리인을 참 무서워하는데, 무슨 능력이 있다고 그래요?"

-아가씨는 모르실 겁니다. 저같이 마력을 다루는 사람에게는 쥐약인 능력입니다. 공간을 지배하는 인간이거든요…….

"공간?"

-예, 항상 쓸 수 없어서 그렇지, 그 사람은 이 감옥에서 일어나는 모든 일을 알 수 있습니다. 마법을 쓴 이를 볼 수도 있고요.

"아하."

강하다 이 말인가. 뭐 그렇지. 나도 투명 마법을 건 채로 들킨 적 있지 않은가. 르나그 정도 되면 강하다 말할 만했다.

최고 악당의 오른팔인데 아무렴 그렇지 않겠나.

나는 금방 지하 감방의 일을 잊었다. 출소하는 마당에 뭐.

-그래서 아가씨는 어떤 가문의 영애이신 건지요?

"알아서 뭐 하시려고요? 피차 볼일 없는 사이일 텐데."

-에이, 궁금하지 않습니까.

나는 옷을 정리하다 말고 툭 던졌다.

"대애단한 가문이에요. 됐죠?"

이름이 뭐였더라, 아, 아이씨? 아닌데. 남작 아저씨가 얘기해 줬는데 잊어먹었다. 분명 동쪽의 대백작 가문이었지.

이름을 외우는 한편 동시에 찝찝함이 들었지만 그러려니 했다.

-나 참, 그런 사실이야 이미 알았습니다. 저희가 알아내지 못한 것만 봐도 알 수 있는 사실이라고요.

"네네. 대단하시네요."

-조심스럽게 움직여야 하는 탓에 개인적인 호기심은 풀지 못하게 됐지만요.

그러니까 내 가문이 궁금한 게 개인적인 호기심이셨다? 나는 헛웃음을 토했다.

"그 관심 오늘부로 잊어 주시고요."

난 이렇게 말하고는 팔찌를 톡 두드렸다.

"근데, 이 팔찌는 어떡하나요? 돌려줄 시간이 없을 것 같은데."

그랬다. 리케도르안의 간병과 내 출소까지 기간은 극단적으로 짧았기에 제이르와 접선할 시간이 없었다. 비록 마법이나 이 세계에 대해 문외한이지만 이 정도 되는 물건이 평범한 물건은 아님은 알고 있다.

-아, 그냥 가지십시오.

그런데 걱정이 무색하게도 제이르는 태연하게 대꾸했다.

-가지셔도 됩니다.

"……그냥 준다고요? 그러기엔 너무 귀한 것 같은데?"

-그만큼 귀한 일을 해 주시지 않으셨습니까, 생명을 걸고 도와주셨고요. 충분히 가질 자격 있으십니다.

생명, 그의 말에 나는 내가 한 일을 반추했다. 하기야 옳은 말이다. 만약 그저 그런 귀족 죄수가 내가 했던 일을 했다면…….

그날 밤 복도에서 르나그를 만난 순간 이 세상 사람이 아니지 않았을까. 그리 생각하니 오싹……하지는 않고 그러려니 했다. 일어난 일은 아니니까. 지나간 일에 만약을 따질 필요가 있나.

"뭐. 주시면 감사히 받고요."

이 팔찌에는 아직 제이르가 부여한 마법이 남아 있었다. 팔찌는 두 개였으니 제이르에게 통신을 걸 수 있는 것과 여러 마법이 걸린 것, 이렇게 두 개가 생긴 셈이다. 앞으로 살면서 어떤 일을 겪을지 모르니, 나로선 나쁜 일은 아니었다.

-네. 즐겁게 사용하시길. 저랑 연락할 수 있는 것도 버리지 마시고요.

"어떻게 아셨대. 버리려 했는데."

-농담이시죠?

팔찌로 웃음소리가 넘어왔다.

어쩌지. 농담 아닌데.

-가지고 계셔 주시지요. 언제 한번 제가 아가씨께 도움을 드릴 수 있을지 모를 일 아닙니까?

"……일정 거리에 있어야 통한다면서 무슨."

나는 그렇게 투덜거리긴 했지만 팔찌를 두 개 다 챙겼다. 뭐. 살다 보면 우연찮게 한 번은 원작의 뛰어난 마법사 조연의 도움을 받을 일이 있을 수도 있지 않을까 하면서.

물론 없을 확률이 크겠지만. 나는 만약의 확률을 놓치지 않는 쪽이었다. 여기서 눈을 뜬 것만 해도 누구도 생각하기 힘든 일 아닌가.

"아무튼 잘 지내세요."

미운 정도 정이라면 제이르와는 단단히 들었을 것이다. 애틋하단 소리는 아니고, 지나고 나면 이런 양심 없는 부탁을 한 인간이 있었지, 생각나는 정도?

-와, 성의 없는 인사 감사합니다.

제이르 또한 내 인사를 가볍게 받아들였다.

-아가씨께는 진심으로 감사하고 있습니다.

그도 나처럼 가볍게만 생각하는 줄 알았는데, 의외로 이어서 꽤 진지한 목소리가 넘어와서 놀랐다. 갑자기 왜 이런대.

낯간지럽게.

-아가씨 덕분에 제가 생각을 잘못하고 있었다는 걸 깨달았습니다.

"리케도르안을 아프게 하자고 한 거요?"

-예.

그때 한 번 뭐라고 했다고, 깨달은 게 많은 모양이었다. 앞으로 리케도르안의 미래를 생각하면 나쁜 일은 아니었다.

"잘됐네요."

-네. 아가씨에게 말해도 좋을지 모르겠지만.

"그럼 하지 마세요."

-……나가실 분이니 해도 좋지 않을까 싶네요. 다 듣지도 않고

매정하시긴. 제가 제 사람을 통해 들을 소식이 있다고 하지 않았습니까?

"그랬죠?"

그게 나랑 관련 있는 일인가? 나는 심드렁하게 대답했다.

—어쩌면 귀한 분이 다신 이곳에 오지 않을지도 모른다고도 이야기 드린 적 있지요.

제이르의 목소리가 낮아졌다.

—아무래도 그건 힘들 것 같습니다.

헤르닙 대공이 앞으로도 이 감방에 온다는 얘기였다. 아무리 출소하는 마당이라지만 간과할 수 없는 얘기였다.

"그래서, 그냥 두겠다고요?"

—아니요.

그가 단호히 답변했다.

—그동안 저희가 소극적으로 움직였던 것은 공자님이 각성할 때까지만 기다리면 된다고 판단해서였습니다. 하지만 잘못된 판단이었음을 깨달았지요. 그래서 방향을 바꾸기로 했습니다.

그의 말이 이어질수록 살살 흘려듣던 나는 점차 자세를 바꿨다.

—앞으로 저희는 그분을 외부의 폭력으로부터 최대한 보호할 것입니다.

외부의 폭력, 단연 친부인 헤르닙 대공의 폭력과 학대일 것이었다.

"방법이 있단 말인가요?"

-예. 완전하지는 않을지도 모르지만……. 노력할 겁니다.

나는 입술을 달싹였다. 그게 무엇이냐, 물으려 했다. 그러나 입술을 열지 않았다. 마치 눈앞에 선이 그어진 것처럼.

나는 깨달았다. 그래 이 선을 넘지 말고 여기까지만.

"하나만 물어볼게요, 혹시 리케도르안이……."

나는 시선을 내렸다. 차가운 돌바닥, 마지막으로 보는 것일지도 모를 감방 바닥이었다.

"1년 뒤에 출소할 수 있나요? 내게 1년 뒤에 출소할 수 있을지도 모른다고 했어요."

-그건……. 불가능합니다.

제이르의 대답은 단호했고, 안타까움이 스민 음성이었다.

-어떤 상황에서 나온 말인지 압니다. 하지만 그건 지켜지지 않을 겁니다. 대공, 그 귀한 분께서는 변덕스러우시니까요.

그는 담담히 설명을 이어갔다.

-적어도 공자님은, 완전히 각성하실 때까지는 절대 밖으로 나오실 수…… 없을 겁니다.

나는 그대로 눈을 감았다. 그리고 다시 떴다. 그래, 이미 알고 있던 사실 아닌가? 나는 리케도르안을 흔들어 놓았으나 책임질 자신은 없는 이기적인 사람이었다. 내가 한 일은 그저, 최소한의 양심으로 도의로 아량으로. 사막의 표류자에게 죽지 않을 만큼의 물을 준 것밖에 되지 않았다.

각성.

그건 리케도르안이 부친이 제 목에 건 구속구를 풀었을 때야 가능한 것이었다.

"그렇구나. 대답 고마워요."

─혹시…….

제이르는 내게 더 하고 싶은 말이 있는 듯했다. 그러나 내 단호한 인사 때문인지, 곧 아무것도 아닙니다. 하고 마무리했다.

─건강히 지내세요.

그렇게 제이르와의 대화가 끝이 났다. 보석의 빛이 꺼지고, 나는 고개를 들어 천장을 응시했다.

'이제 이 천장도 마지막이구나.'

난 꽤 오랫동안 몰랐지만 이 나라는 여름과 겨울이 정반대였다.

다시 말해 열두 달이 여름으로 시작해 여름으로 끝난다는 소리였다. 곧 한 해가 지날 터였다. 그리고 다시 새해가 밝을 거고. 그러고 나서 다시 3년이 지나면…….

원작이 시작되고, 리케도르안이 밖으로 나오겠지.

생각보다 까마득하구나.

나는 고개를 흔들었다. 더는 생각하지 않아도 될 일이다.

그렇기에 나는 마지막으로 리케도르안을 찾지 않았다.

우리의 작별 인사는 이미 끝났으니까.

"그나저나 간수가 늦네."

잠시 상부에 다녀오겠다더니 금방 온다던 사람이 한참이나 늦었다. 제이르와 오래 대화를 나눴음에도 나타나지 않은 걸 보면 중간에 문제라도 생겼나 싶고.

"죄수라도 하나 탈출했나."

나는 심드렁히 중얼거리며 책상을 응시했다. 책상 위, 나무 상자 안쪽엔 내 짐이 들어 있었다.

대부분이 이곳에 있을 때 오빠와 주고받은 편지라거나, 이아나가 줄곧 지니고 있던 낡은 회중시계, 그리고 오빠가 선물한 보석 꽃 따위였다.

순 오빠랑 관련된 물건뿐이네.

그건 당연한가. 감방에서는 주는 밥 먹고 주는 옷만 입으면 되니까.

그렇게 기지개를 쭉 켤 즈음이었다.

드르르륵.

감방 문에 달린 창문이 열렸다. 죄수가 얼굴만 보일 수 있게 창살이 달린 창문이었다.

"이아나!"

창살 사이로 익숙한 얼굴이 보였다. 줄곧 내 감방을 담당했던 간수였다. 나는 고개를 갸웃했다. 왜인지 그가 다급한 표정을 하고 있는 탓이다.

"무슨 일이에요?"

"저 그게……."

본래 이렇게 뜸을 들이는 사람이 아닌데. 간수는 뜻밖에 우물쭈물한 얼굴로 한참이나 말을 잇지 못했다.

"······오늘 출소하지 못하게 되었습니다."

"네?"

나는 입을 벌렸다. 아니, 어째서?

"왜요?"

"그게, 황제 폐하의 명이십니다."

황제 폐하? 너무나 뜬금없는 인물의 등장에 나는 얼떨떨하게 눈을 끔뻑였다. 아니, 그 황제님이 여기서 왜 나와.

"200년 전, 대량 학살마 로웰턴을 잡아들인 날을 기념하여, 올해는 특별 기간 동안 모든 감옥의 사면을 금하겠다고······. 명하셨기에."

"사면 금지요?"

보아하니 학살마면 그 시대의 매우 나쁜 대악당쯤 될 성싶었다. 아니, 광복절 특사면 특사지, 악당 놈을 잡아들였다고 그걸 기념해서 아무 죄수도 못 나가게 해?

어처구니가 없었다. 누가 날 위해서 몰래카메라를 했다고 해도 이렇게 황당하진 않을 터다.

"총관리장께서도 사죄의 말을 전하고 싶으시다고······."

그러나 어쩌겠나. 르나그까지 언급되며 안 된다고 한다면 그건 어쩔 수 없는 것을. 나는 생각보다 빠르게 수긍했다.

"그래요. 어쩔 수 없죠."

어차피 눈 뜨는 순간부터 오래 살아온 곳이니 좀 더 머물러도 달라질 건 없었다.

"기간이 끝나는 동시에 바로 나가실 수 있을 겁니다. 이건 약조 드린다고 하셨습니다."

"알았어요. 근데 그 기간이 얼마나 되는데요?"

"……3개월입니다."

"으음, ……그래요."

간수는 르나그가 바빠 제가 대신 전하게 되었다는 말을 함께 했다. 아무래도 그는 이 명으로 지금 황실로 불려 갔다는 모양이다.

나는 편하게 받아들이고는 그대로 침대에 앉았다. 그리고 자연스럽게 짐을 풀었다.

그 길로 시간이 흘렀다.

나는 긴 3개월의 시간 동안 감방에서 거의 나가지 않았다. 밥이야 식당으로 가서 먹었지만 응접실이나 산책 같은 것을 거의 하지 않았다는 얘기다.

그리고 리케도르안의 감방에는 얼씬도 하지 않았다.

리케도르안의 감방에 가지 않으니 자연스럽게 르나그의 집무실에도 가지 않았다.

당연한 일이었다. 르나그와의 약조는 리케도르안을 만나는 시간만큼 그와 보내는 것이었으니까.

별다른 이유는 없었고, 그냥 그러고 싶었다.

사람이 이유 없이 감성적이 될 때가 있는 법이지……는 사실 아니고. 출소가 확정된 이상 감방에 있는 주연들과 더는 가까이 있지 않아도 되지 않을까 하는 생각에서였다.

이따금 제이르가 통신을 걸기도 했으나 무시했다.

한번은 내가 의기소침할까 염려한 간수들이 리케도르안에게 가 보겠냐고 물었지만 웃으며 거절했다.

가끔 르나그가 간수를 통해 나를 부르기도 했지만 내가 거절 했고,

혹시 르나그 쪽에서 찾아올까 염려했지만 거절했다고 해서 찾아 오지는 않았다. 이상한 지점에서 매너가 좋은 남자였다.

그동안에 나는 이전엔 시간이 짧아서 미처 하지 못했던, 샐리 나 팔라디스 남작 아저씨 등등 친분이 있던 이들과 작별 인사도 나 눴다.

"오, 이아나. 밖에 나가서도 우리의 인연을 잊으면 안 되네. 알 겠나?"

"물론이죠."

아저씨의 사기 경험으로 똘똘 뭉친 연은 아마 끊어지지 않을 거 예요, 괜스레 장난스럽게 대답하는 동안 샐리가 코를 훌쩍였다.

"큽, 이, 이아나. 내가 꼭, 동쪽, 아, 아인테에, 놀러, 갈 흐어엉엉."

"응, 놀러 와요. 언제든 환영이야."

나는 웃으며 샐리를 토닥였다. 그러고 나서 응접실도 가지 않으 니 남은 시간은 자연스레 침묵이나 독서 명상이 주를 이뤘다.

홀로 조용히 보내는 시간도 그다지 싫어하지는 않아 나쁘지 않 았다.

그리고 출소까지 남은 시간을 꼬박 채운 건 의외로 오빠와의 편

지었다.

「……미안해.」

그는 제 탓이 아닌데도 내게 미안해했다. 황제의 변덕이 그의 잘
못이겠나 싶었다.

「괜찮아.」

나는 짧게 답변했다.

「이렇게 훼방을 놓을 줄이야, 황제 폐하를 어떻게 해 볼 걸 그
랬어.」

가끔은 무리한 위로에 웃음이 터지기도 했다. 황제를 어찌해서
어쩌려고. 이런 허세도 부리는 오빠구나 싶었다.

「……네가 없는 하루가 길어. 얼마나 더 기다려야 할까? 난, 쭉 기
다리기만 하는 것 같아. 그래도 괜찮아.
　너니까.」

또 가끔은 어리광을 부리기도 했다. 이런 날에는 유려한 필체를

두고 지그시 응시하기도 했다.

이 남매는 얼마나 사이가 좋았던 걸까? 남들보다 꽤 다정했던 건지. 이 세계는 이게 당연한 건지…….

주변의 사례를 볼까? 샐리가 있지. 동생이 죄를 짓고는 샐리에게 뒤집어씌워 보내 버린……. 음. 죄수 동료들은 보통의 예시가 안 될 것 같다. 나는 가늠하기를 포기했다.

그리고 마침내 다시 날이 다가왔다.

두 번째로 다가온 출소날이었다.

"으으, 이날이 오긴 오는구나."

다행히 두 번째 출소날에서는 갑자기 달려오는 간수는 없었다. 대신 밝은 표정의 간수가 오늘은 정말로 출소할 수 있다고 알려 주고 갔다. 그도 나름 정이 들었던 건지, 줄곧 감방에만 콕 박혀 있던 나를 염려하던 눈치였다.

착한 사람이네.

나는 절차를 마치고 돌아온 간수에게 말했다.

"있잖아요, 잠깐 산책하고 와도 되나요?"

이미 서류상으로는 거의 절차가 완료되었던지라 내 청은 쉽게 받아들여졌다.

나는 감사 인사를 전하고 익숙한 길을 걸었다. 내가 가는 방향엔 상급 간수가 서 있었지만 그는 흔쾌히 자리를 비켜 주었다.

"출소하신다면서요? 축하드립니다."

"네, 고마워요. 잘 지내세요."

내가 생긋 웃자, 상급 간수는 쑥스러운 미소를 보였다. 마지막이니 딱딱한 얼굴을 풀고 진짜 표정을 보여 주는구나 싶었다.

나는 그대로 계단을 내려갔다. 계단 소리도 마지막이라 그런지 유쾌하고도 아쉽게 들린다. 곧 익숙한 지하 창살을 마주했다.

철그렁.

3개월씩이나 듣지 못했음에도 거짓말처럼 익숙하게 느껴지는 쇠사슬 소리가 들렸다. 나는 창살을 넘어가는 대신 창살 바깥에서 가장 안쪽으로 들어갔다. 내가 기억하는 쇠사슬 길이가 맞다면…….

"리케도르안."

철컹! 철컹철컹, 철그렁!

그래. 여기서는 그도 창살에 닿을 수 있었다. 예상대로 창살을 잡는 손을 보며 나는 보일 듯 말 듯 웃었다.

"오늘은 들어가지 못해서 미안해."

머쓱하기도 했고, 어떤 표정을 지어야 할지 알 수 없었다. 빛이 희미해 잘 보이지 않는 것에 감사했다.

"낑, 끼이잉, 낑! 끄응……."

그리고 이 순간 그가 어떤 모습도 아닌, 짐승의 모습인 것에도 감사를 느꼈다.

"이건 타이밍이 좋다고 해야 할지 모르겠다."

"끄응, 끙, 끙. 낑!"

"응, 나야. 잘 지냈지?"

나는 그대로 쪼그려 앉았다. 이 정도 거리가 아마 우리가 처음 만났을 때의 거리였다. 딱 이 거리에서 처음 그를 보았다.

"오늘은 정말로 마지막 인사를 하러 왔어."

짐승일 때도 생각하는 머리가 아주 없지는 않았다. 그래서인지 낑낑 우는 그의 목소리가 구슬프게 커졌다.

상급 간수에게 전해 들었다. 리케도르안도 내가 출소하지 않고 3개월을 더 머물렀음을 알고 있다고, 간수가 말해 주었다고.

당신은 오지 않는 나를 두고 어떻게 여겼을까. 난 묻지 않을 생각이다.

"언제, 어떤 일이 있든 밥 잘 먹어. 튼튼해져야지."

나는 그의 손을 살짝 쥐었다 놓았다. 짐승 버전의 그는 애가 타는 듯 놓친 내 손을 보며 더욱 슬프게 울었다.

"크르르, 왕 왕왕! 끼잉, 끼이잉……."

"마지막이니만큼 사람의 말을 해 주었으면 좋겠는데, 이쪽이 나은 것 같기도 해요."

사람의 말을 한들 내가 무슨 말을 해야 할지 모르겠거든.

"마지막으로 충고할게요."

내게는 거창한 의지가 없다. 당신의 구속구를 어떻게 해 보겠다거나, 당신의 삶을 더 좋게 바꿔 보겠다거나.

나는 악당처럼 나쁘지 않았고, 그렇다고 성자처럼 착하지도 않았다.

이 적당한 정이 당신에게 독이 될 것임을 알면서 방관했다.

그렇지만 이를 사과하지 않음으로써 내 마음 편하고자 하는 대신 속죄할 테니까.

"좋은 기억만 남겨 두세요. 이별은 잊어요."

다신 만나지 않을 테니까.

나는 웃으며 그의 뺨을 부드러이 감싸 쥐었다. 짐승이 된 남자의 뺨은 눈물로 엉망이었다.

"다가서는 사람, 함부로 믿지 말아요."

봐, 정을 주었더니 이렇게 도망가잖아.

"얄게 주는 정을 믿지 말아요. 나처럼 이기적이니까."

나는 시선을 내리깔았다.

"모든 걸 주지 않으면, 당신 것을 주지 말아요. 되도록 당신을 이렇게 가두고 아프게 한 사람을 용서하지 말고요."

당신에게 모든 것을 내줄 여주인공만을 사랑하며, 당신을 이렇게 만든 부친을 용서하지 않으면 좋겠다.

책 속에서 붉은 장미는, 헤르닝은 정의를 수호했다. 붉은 장미는 열정을 상징했고, 리케도르안의 시리고도 푸른 눈동자는 정의와 기개를 상징했다고.

하나 타인에게 정의롭던 부친이 그에게 정의롭지 못했는데 무슨 소용이란 말인가.

"정의로운 것도 좋지만, 그게 어려울 땐 차라리 악당이 되는 것도 좋겠네요."

그것이 어려울 거란 걸 알면서도 나는 조언했다.

뭐, 그렇게 된다면 좋은 거고 아니더라도 그가 한 번쯤 다시 생각해 보면 좋은 거지.

"울지 말아요."

나는 눈물범벅이 된 눈가를 엄지로 살살 훔쳐냈다.

"아르르르, 왕, 끼잉, 끄응, 끙, 끙! 끄으으……"

거친 손이 나를 잡아채며 마구 고개를 내저었다. 끙끙, 이 순간조차 차마 사람의 울음소리도 내지 못한 채로.

이건 당신에게 다행인 일일까. 나에게 다행인 일일까.

나는 손을 빼내는 대신 그대로 그의 양 뺨을 잡고 고개를 숙였다.

그의 이마로 입술이 스쳤다.

"잘 지내요."

제이르는 앞으로 헤르님 대공의 학대를 최대한 막기 위해 노력하겠다고 했다. 내가 한 것은 그 정도면 됐다.

"안녕."

나는 쇠사슬이 닿는 범위를 너무나 잘 알고 있었다. 그가 힘을 주기 전에 손을 빼내는 방법도.

그렇게 막 멀어지는 순간 손끝이 덥석 붙잡혔다.

……붙잡혀?

절대 닿을 수 없는 거리였다.

뚝뚝.

아니나 다를까, 붉은 것이 바닥으로 뚝 떨어져 검은 자국을 만들었다.

"리케도르안!"

"······약속."

그의 손목이 찢어져 있었다. 억지로 늘린 쇠사슬 때문에 팔에 핏줄이 선 채 부들부들 떨린다.

찢어진 상처에서 피가 샘솟듯이 흘렀다. 상처를 보고 싶었지만, 겨우 잡힌 손끝이, 손끝을 잡은 손이 너무나도 간절해 보여 움직일 수 없었다.

"지킬 거죠······?"

빛이 희미한 자리였다.

나는 웅크리고 있는 리케도르안이 어떤 상태인지 알 수 없었다. 이성이 있는 쪽인지, 아니면 성장한 쪽인지.

"약속, 지킬 거잖아요."

갈라진 목소리가 어느 쪽으로도 짐작할 수 없게 했다.

"······상처 꼭 치료해요."

나는 주머니를 뒤져 그의 손에 연고를 전해 주었다. 처음부터 이걸 주러 온 것이기도 했다.

그가 희미하게 웃었다.

"그럴게요. 나는 당신의 말을 잘 들었으니까."

여전히 어느 쪽인지 알 수 없는 리케도르안은 그대로 내 손끝에 입을 맞추고는 천천히 놓아주었다. 아프지 않게 하겠다는 듯이.

그의 손끝이 파르라니 떨렸다.

나는 천천히 뒤로 물러났다.

"약속 지켜 줄 거죠, 이아나."

그는 반복하듯 말했다. 절대 잊지 않게 하겠다는 듯이.

천천히 고개를 든 그의 시선이 올곧이 나를 꿰뚫었다. 투명한 바다처럼 푸르고 깊은 눈동자 앞에서 나는 눈을 깔았다가 다시 들어 올렸다.

"그래요."

그러고는 활짝 웃었다.

"1년 뒤. 당신이 출소한다면."

리케도르안의 얼굴이 꽃처럼 피어난다.

이별이었다.

"출소!"

출소하는 과정은 어처구니없이 간단했다.

그냥 내 짐을 모조리 쏟아 넣은 가방을 하나 들고 쭐래쭐래 정문을 통과하면 그만이라나.

"길도 간단하고."

거기다 나는 짐도 그리 많지 않았다. 연장된 3개월 동안 미리 짐을 부쳐두거나 전부 정리했기 때문이었다.

"……그래도 그렇지 이거 너무 간단한 거 아니야?"

나는 허탈하게 중얼거리고는 고개를 들어 올렸다.

"하늘이 맑기도 하네."

너무나도 푸른 하늘이었다. 여름임을 생각하면 더울 법도 하지만 이 지역은 그렇게 온도가 많이 오르지 않는 곳이라나.

나를 안내한 간수는 정중하게 인사를 올렸다. 나 또한 고개를 꾸벅 숙였다. 그러자 그가 눈을 동그랗게 뜨며 놀라는 것 같았다.

왜 놀라는 거지?

처음 보는 얼굴의 간수긴 했다. 아니다. 간수랑은 조금 다른 옷을 입은 것도 같은데.

뭐 어때.

나는 자꾸만 떠오르는 눈물범벅의 얼굴을 지워 내며 고개를 절레절레 흔들었다.

일단 지금은 잠시 자유를 즐기자.

'자유!'

폐부 깊숙이 숨을 들이마셨다. 죄수 같지 않은 죄수 생활을 했다 해도 어쨌거나 감금 생활이었다.

드디어 찾게 된 자유가 반갑기만 했다. 좋아, 이제 어디든 갈 수 있단 말이지.

나는 싱긋, 기분 좋게 웃으며 손에 쥔 것을 펼쳤다. 내 손에서 팔랑팔랑 흔들리는 것은 자그만 편지였다.

유려한 필체로 적힌.

「그날, 널 데리러 갈게.」

오빠의 편지였다. 출소날 나를 데리러 오겠다나. 유난이다 싶었지만 거절하지는 않았다.

"어디에 있는 거지?"

나온 것은 좋은데 워낙 문 앞이 넓어 어디로 가면 좋을지 알 수 없었다. 그러다 무의식 중에 한곳으로 시선을 향할 때였다.

휘이이잉.

거센 바람이 불었다. 바람 속에 꽃향기가 스며 있었다. 봄도 아니건만 마치 봄에 활짝 핀 정원에 있는 양 진하고 유혹적인 향기였다.

이곳은 여름에 꽃이 피나?

머리카락이 거세게 흩날린 까닭에 앞이 보이지 않았다. 간신히 머리칼을 들어 올려 앞을 향할 때였다.

눈앞으로 커다란 그림자가 졌다.

"이아나."

언젠가 들어본 달콤한 봄볕 같은 음성이 귀를 파고든다.

나는 천천히 고개를 들었다.

……눈부셔.

눈부신 역광 때문에 눈을 절로 찡그렸다. 눈앞에 아주 커다란 남자가 있다는 것은 알았다.

곧 역광이 지나가며, 눈앞에 커다란 무언가 들이밀어졌다.

꽃?

아니, 아주 커다란 꽃다발이었다. 그것도 내 품에 다 안지도 못할 아주 커다란 꽃다발. 향기에 푹 파묻혀 질식할 정도로 무거워 보이고 커다랬다. 꽃다발 가득 장미다. 그것도 보기 드문 주황색 장미.

"와아……."

향기의 정체는 이거였던가? 이제는 꽃다발에 가려 보이지 않는 남자를 향해 시선을 더 위로 들어 올렸다. 얼굴이 보이지 않네.

그런 나를 눈치챈 것인지 꽃다발이 느리게 내려간다. 마침내 꽃이 모두 내려갔을 때.

처음 보는 남자가 부드러이 웃고 있었다.

"어서 와, 꽃처럼 사랑스러운 내 동생."

목 기저 안을 둥둥 울리듯 낮고도 감미로운 목소리였다. 세상에서 가장 소중한 것을 보듬듯 아주 다정한 목소리.

그러나 나는 그 황홀한 목소리에 신경을 쓸 수 없었다.

눈을 크게 깜빡였다.

……자, 잠시만.

눈앞에서 눈을 살짝 덮을 듯 긴 앞머리가 흔들렸다. 칠흑처럼 새카만 머리칼이었다.

반은 올리고 반은 내린 멋들어진 모양이었지만 내가 관심을 둔 것은 그쪽이 아니었다.

손끝이 마구 떨렸다.

피처럼 붉은 눈동자가 오롯이 나를 응시하며 나긋나긋하게 휘어진다.

흑발, 붉은 눈동자.

"나 대신 다녀오느라 고생 많았지?"

검은 재규어같이 늘씬한 실루엣을 자랑하는 남자가 커다란 몸을 기울였다.

"너만을 기다렸어."

귓가로 소름 끼치도록 아름다운 음성이 깊숙이 스몄다. 마치 안쪽에 새겨지듯이.

아니지, 아니겠지?

손끝에서 시작한 진동이 어깨까지 이어졌다. 나는 얼른 원피스를 꾹 쥐었다.

〈이상하네…….〉

아닐 거야.

〈분명…… 그 집안엔 딸 하나뿐이라고 했는데.〉

아인데. 내 가문은 그쪽이라 했는데.

하나 눈앞의 진실을 외면할 수는 없었다.

반듯한 이마, 희게 도드라진 콧날, 미세한 주름 하나마저 용납하지 않겠다는 듯 금욕적이리만치 깔끔히 매어진 크라바트와 오묘하게 휘어진 유혹하듯 매혹적인 눈매까지.

신이 심혈을 기울인 조각인 듯, 완벽하게 만들어진 미남이 나만을 위해 웃고 있다.

그러나 내가 아는 흑발, 붉은 눈에 사람을 매혹할 듯 끝내주는 미남은 단 하나밖에 없었다.

"……체이서."

"응."

그가 달콤하게 웃었다.

"출소, 축하해. 내 동생."

땡땡땡, 종이 쳤다. 진실이란 화살이 더할 나위 없이 핵심을 꿰뚫는 소리가 들렸다.

어찌할 수 없는 정답이었다.

"기다렸어. 내 이아나."

내가 악당의 여동생이었다니!

"집으로 갈까?"

그가 유순히 눈을 접으며 내 손등에 입을 맞춘 순간, 당장 감방으로 돌아가고 싶어졌다.

그냥 죄수할게! 죄수복 돌려줘! 돌려달라고!

그러나 손쓸 틈 없이 잡힌 이 손처럼 상황 또한 내가 속절없이 흘러갔다. 정신 차리고 보니 나는 어느새 다각다각, 무려 8마리의 말이 모는 마차에 타고 있었다.

"네가 불편할까 봐, 더 좋은 마차를 가져오고 싶었는데……."

그가 시무룩하게 눈을 내리깔며 중얼거렸다.

"조촐해."

쓸데없이 듣기 좋은 음성에 침울함이 섞이자 정신없는 와중에도 귀를 기울이지 않으면 나쁜 인간이 될 것 같은 기분이 들었다.

그러나 머리는 이와 반대로 나는 황당한 심정이었다.

……아니, 8마리 말이 모는 마차가 조촐하면 성대한 건 어떤 건데? 묻고 싶었지만 얌전히 입을 다물었다. 감이지만 물었다간 더 엄청난 대답을 들을 것 같았으니까.

후, 속으로 깊게 심호흡했다.

일단 진정하자. 호랑이 굴에 잡혀가도 정신만 차리면 산다고 하지 않던가. ……그럼 핏줄이 엮인 호랑이 굴은 어떡하지. 피를 토해내고 나갈 수 있는 건가.

자꾸만 쓸데없는 생각으로 흘러갔다. 내가 정신없다는 증거였다.

나는 천천히 상황을 정리했다.

'그래, 어쩐지 뭔가 찝찝하다 싶었어.'

〈아인테 백작 부인은 남방 사람이지. 피부가 살짝 까무잡잡한 편이야. 그리고 딸도 자신을 닮았다고 말하곤 했네. 그러니 아인테도 아니야.〉

자신 있게 말하던 남작 아저씨의 말.

〈제 어머니의 지인분이 약간이지만 연이 있다는 게 생각났거든요? 근데 그때 분명…… 그 집안엔 딸 하나뿐이라고 했는데.〉

그리고 샐리의 말.

〈느낌이지만, 이아나는 뭔가…… 더 대단한 정체가 있을 것 같았단 말이지.〉

〈아저씨의 감이란 건 사기꾼의 감 아니에요?〉

〈예끼. 사기꾼의 감은 무시할 것이 절대 못 된단 말일세. 이걸로

내 목숨을 얼마나 구한 줄 아는가?〉

그리고 다시, 그 대단한 남작 아저씨의 사기꾼으로서의 감까지.

이 시간부로 그 아저씨를 프로 사기꾼이라 인정하기로 했다. 그때 의심을 해 봤어야 했어.

그래. 이아나 아인테라니. 이름부터가 좀 언밸런스했다고.

얼굴을 마구 흔들고 비비고 오바쌈바든 쌈장에 머리를 넣든 나를 마구 때리고 싶었다.

하나 후회해 봐야 뭘 하나. 이미 떠난 기차, 떠난 애인, 떠난 힐링 라이프였다.

나는 얼굴을 거칠게 쓸어내렸다. 한숨을 푹 내쉬고 싶었지만, 그럴 수는 없었다. 내 앞에서 뚫어질 듯 쳐다보는 남자가 있었으니까.

체이서 루브 도뮬릿.

제국의 흑장미, 그리고 헤르님과 좌웅을 겨루는 대가문 공작.

……그리고 책 속 최고 악당.

그 악당이 눈동자를 느릿하게 굴리더니 내게 다 줄 듯이 다정하게 미소 지었다.

"필요한 것 있어?"

"……어?"

그는 긴 다리를 꼰 채 한 팔은 의자 팔걸이에 걸고 고개를 괴고 있었다. 비스듬히 기울어진 각도가 예술이다 싶었다.

"네게 뭐가 필요할지 줄곧 고민하고 있었어."

그가 고개를 갸웃 까딱였다.

"흠, 중간에 마차를 바꿔 줄까?"

마차? 마차가 여기서 왜 나와?

"역시 말은 스무 마리가 모는……."

"아니, 아니아니."

난 황급히 입을 열었다.

스무 마리? 말이 왜 스무 마리나 필요해? 마차 하나에?

"필요 없어."

"그래?"

악당 오빠가 빙그르르 웃었다. 웃음만큼 끝내주게 잘생긴 인간이
었다.

"그럼 뚜껑을 열어 줄까?"

……마차 뚜껑을 왜 열어. 스포츠카니?

"추워."

"아, 맞아. 넌 추위를 잘 탔지. 미안해."

미안하다고? 눈이 데구루루 굴러갔다. 적응이 되지 않았다. 이 남
자가 순순히 사과를 하는 캐릭터가 아닌데.

"여름이라 생각을 못 했네. 그럼 심심하지 않게 기사들을 옆에 달
리게 해 줄까?"

"……기사가 옆에서 왜 달려?"

"음, 곡예라도 시킬까."

"곡예?"

"거꾸로 말을 탄다거나?"

……기사들한테 왜 그래.

나는 을의 심정을 전혀 느끼지 못하는 것처럼 보이는 체이서에게 내가 갑질 당한 것처럼 억하심정을 느꼈다.

"하지 마. 기사들 괜히 괴롭히는 짓 같은데."

"넌 예전에도 그런 말을 했지."

그에 나는 깨달았다. 이전의 '이아나'가 정신이 제대로 박힌 사람이었다는 걸. 새삼 알게 된 '이아나'의 올곧은 정신이 반가웠다.

아니었다면 저 남자랑 남매라길래 불쌍한 기사의 곡예를 보며 깔깔 웃는 악당 남매를 상상했을 거다. ……싸운 것도 쟤가 개념 없는 소리 해서 아니야?

"하긴 넌 뭘 보여 주든 잘 웃지 않았지."

"그런 걸 보고 웃는 사람은 없을 것 같아."

"맞아, 그 말도 했어."

체이서가 기쁘다는 듯 미소했다. 동시에 '이아나'의 정상인 설은 내 안에서 더욱 사실이 되었다.

그가 눈을 접었다.

"아, 그럼 불이라도 뿜게 시킬까?"

"……그냥 가자."

나는 다시 얼굴을 쓸어내렸다.

아무래도 내가 아는 체이서와 이 남자와 다른 사람인 것 같다. 아니, 다른 사람처럼 보였다.

성격이 달라 보였으니까.

'이게 어떻게 된 일이지?'

책 속 최대 악당, 그리고 서브남인 체이서는 웃는 얼굴로 칼을 꽂아 넣을 수 있는 반쯤 미친 인간이자 냉혹한 악당이었다.

"이건 아니야? 그럼 뭐가 필요해?"

이렇게 다정한 체하는 얼굴로 푼수같이 구는 남자가 아니라.

"······필요 없어. 아무것도."

도무지 무슨 말을 해야 할지 몰랐다. 그렇기에 나온 건 있는 그대로의 진심이었다.

여기서 뭐가 필요하겠느냐고.

흘끗 마차 안을 보면 바닥을 가득 채운 꽃이 있었다. 그가 조금 전에 내게 준 것이었다.

거기다 곳곳에 쿠션이 가득하다. 의자는 또 어찌나 편하고 넓은지, 과장하자면 이대로 드러누워도 되겠다 싶었다.

"그렇구나."

악당 오빠가 슬쩍 눈을 내리떴다. 눈동자가 내려가며, 검고 긴 속눈썹이 그윽하게 깜빡였다.

말했지만 그는 남녀노소 누구든 홀릴 것 같은 외양의 소유자였다. 신이 너는 한평생 유혹을 취미 삼아 살아 보거라, 하고 빚어 놓은 것처럼.

그의 느슨한 깜빡임에 절로 손에 힘이 들어갔다. 더럽게 잘생겼네.

문제는 이 남자가 마치 버림이라도 받은 것처럼 시무룩하게 눈꼬리를 내리깔았다는 거였다.

적응이 안 돼, 안 된다고.

"그럼 뭐가 필요한 거야?"

"……없어."

"없어?"

난 천천히 끄덕였다.

"생각해 보니 별로이긴 한 것 같다."

그가 매끈한 얼굴과 잘 어우러진 황홀한 음성으로 작게 속삭였다.

뭐가 별로라는 거지?

"기사에게 곡예를 시켰더니, 네가 기사에게만 시선을 주었다면. 글쎄……."

그가 시무룩한 얼굴을 한 채로 제 턱을 살살 문질렀다.

반만 내린 머리카락이 마차의 진동에 살랑 흔들거렸다. 머리카락 끝에 오묘하게 흰 붉은 눈동자가 자리했다.

"기분이 좋지만은 않았겠다."

그가 턱을 문지르며, 천천히 말했다. 고심하는 목소리였다.

그러더니 고개를 들어 나를 마주했다.

"어렵네. 뭐든 좋은 걸 주고 싶은데. 넌 이번에도 필요 없다고 하니."

이전의 이아나가 거절만은 참 칼 같았나 보다.

"난 짐작하는 데 익숙하고."

그가 해사하게 웃었다. 재차 휘어지는 눈꼬리는 아슬아슬한 느낌을 자아냈다.

"괜찮아. 너니까. 이런 것도 즐거워."

무척이나 다정한 음성인데 어째 이 음성에 긴장을 도통 풀리지 않는 건지 알 수 없었다.

아니. 일단 생각을 좀 내려놓자.

어차피 내가 이 남자의 여동생이라면 지금부터 계속 봐야 할 얼굴이었다. 이미 이렇게 된 거라면 계속 스트레스받아 뭐 하겠어.

그래. 일단 좀 자자.

"필요한 게 생각났어."

그가 반짝 눈을 들어 올렸다. 홍옥같이 붉디붉은 눈동자가 흡사 조명받은 보석처럼 빛이 나는 것 같았다.

가늘게 휜 눈 끝이 흰 눈처럼 하얗게 보였다. 금욕적으로 입은 몸과 다르게 야살스러운 눈이었다.

착각이 아니라 그의 얼굴은 과자를 앞둔 아이와 같았다.

순진무구하단 건 아닌데 기대에 가득한 얼굴.

……강아지 하나를 버리고 왔는데, 왜 더 커다란 짐승을 마주한 기분이지.

"뭔데?"

"잠."

"……잠?"

나는 끄덕였다. 그래, 잠. 일단 어제 마지막이랍시고 뜬눈으로 지새운 몸을 좀 눕혀야겠다.

그는 어째서인지 잠시 고개를 갸웃했다. 그 모습마저 몹시도 귀족적이었다. 여러모로 귀엽다는 말과는 전혀 어울리지 않는 남자였다.

"잘 못 잤어."

"……혹시 침대가 불편했어?"

"그런 건 아니고."

"누가 괴롭혔어?"

"그것도 아니야."

여기서 잘못 얘기했다간 마차를 돌릴 것 같은 기분에 단호하게 대답했다.

"피곤해서."

저 남자. 큰 키도 그렇고, 저 떡 벌어지는 어깨나 덩치도 그렇고.

조금 전에 꽃다발을 건넬 때도 그림자가 나를 덮었지. 날렵한 실루엣을 보면 둔하다는 느낌은 들지 않았는데, 그럼에도 단단해 보이는 체격이었다.

"……잠이라."

그는 턱을 잡고 다시 고민에 잠겼다. 턱을 잡는 건 고민에 빠질 때 버릇인 듯했다.

그가 이내 손뼉을 쳤다.

"무릎베개를 해 줄까?"

뭐? 나는 잠시 얘 뭐 잘못 먹었나 하는 얼굴로 쳐다봤다.

황당함이 앞섰다. 하지만 가만있어 봐.

……애네가 이런 걸 하던 남매였을 수도 있잖아.

줄곧 체이서의 편지가 얼마나 다정했던가. 그리고 감방에서 잠시 만났을 때의 말이나 행동도 얼마나 살가웠는지.

혼돈이 왔다.

이런 건 숨김없이 물어봐야지. 어떡해.

"우리가 그런 걸 하던 사이였어?"

나는 순전히 궁금해서 물어본 거였다. 그러나 체이서는 웃는 것을 멈추지 않았다.

"아니?"

"그런데?"

그는 웃던 눈을 살짝 떴다.

"열 번 찍으면 한 번은 다를지도 모르잖아. 나무도 그렇게 찍어 보는데."

"……보통 열 번 찍어서 안 넘어가는 나무는 포기해."

"너무해."

그가 다시 시무룩한 표정을 지었다. 나는 얼굴을 부여잡았다.

"잘래."

사실 이전의 이아나가 어떻게 행동했는지 알지 못했다. 오빠란 사람을 만나면 살살 파헤쳐 볼 생각이었는데, 의욕이 사라졌다.

그가 이상하다 생각하면? 그래, 생각하라고 하자. 본래 사람이 빵에 한 번쯤 다녀오면 인생관도 바뀌고 가치관도 바뀌지 않겠나.

괜히 교도소 다녀오고 갱생한 사람의 수기가 있는 게 아니듯이.

물론 반대도 있겠지만. 어쨌거나 여기 편승하면 되지 않을까 싶었다.

너무 속 편한 생각인가 싶었지만 이미 눈앞의 '오빠'가 체이서란 사실만으로도 과부하였다.

"응, 잘 자. 이아나."

체이서는 언제 시무룩했냐는 듯 얼굴을 풀고, 턱을 괸 채 한 손을 살랑살랑 흔들었다.

우아하고도 고혹적이기 짝이 없는 행동이었다. 나는 그런 그에게서 눈을 감았다.

흐릿해지는 시야 사이로 체이서가 창문을 여는 것이 보였다.

"······마차를 느리게 몰도록."

자고 나면 좀 달라지길 바랐지만······ 그럴 일은 없겠지.

"이젠 좋은 꿈 꾸길."

눈이 감기기 직전 잠시지만 체이서의 얼굴이 그대로 멈칫한 것도 같았다.

그러나 착각이었던 듯 기억에서 스르륵 사라졌다.

"으음······."

눈을 떴을 때, 마차가 멈춘 것이 느껴졌다. 여전히 마차 안인 것 같은데……. 어느새 늦은 오후가 된 듯 해가 많이 기울어져 있었다.
창문을 보던 나는 눈을 크게 떴다.

와, 무슨 건물이 저렇게 커?

"허……."

엄청난 대저택이 눈앞에 있었다.

과장이 아니고 정말 크기를 가늠할 수 없을 정도의 규모였다. 여
기서 일부만 본 것만으로 어마어마해 보였으니까.

저기 사는 사람은 어떤 기분일까, 고민하다가 그러고 보니 그게
나라는 사실을 깨달았다.

으으, 잤는데도 피곤하네.

마차의 의자는 너무나도 푹신했지만, 역시 누워서 자는 것만큼은
되지 못했다.

"아…… 함."

늘어지게 하품을 하다 말고 멈칫했다. 눈앞에서 턱을 괸 채 나를
물끄러미 보는 한 쌍의 눈과 마주했기 때문이었다.

흠칫 놀랐다.

뭐야, 왜 인기척도 내지 않고 있어.

"……오, 빠?"

"응."

체이서가 빙긋 웃는 그대로 대답했다. 영 오빠란 호칭이 입에 붙
지 않는 나와 다르게 자연스러운 대답이었다.

"도착한 거야?"

"응."

대답하는 음성이 꿀을 살살 녹여 놓은 듯 다정하고 달콤하기 짝이 없었다.

"언제?"

"한 시간 전쯤?"

"뭐?"

한 시간 전에 도착했으면, 왜 사람을 깨우지 않고서? 아니면 나를 두고 먼저 내리든 들쳐 업고 가더라도 방법이 있을 건데.

어째서 그도 얌전히 기다린 것인지 알 수 없었다.

"왜 내리지 않고서?"

"고민이 돼서."

고민? 어떤 고민?

"네가 너무 곤히 잠들어서 깨울 수가 없었어."

그가 곤란하다는 듯이 미소했다. 나는 잠자코 그를 계속 응시했다.

"안고 가는 것도 고민했는데."

그는 턱을 잡고 그대로 기울였다. 몹시도 고민이었다는 듯이.

"내가 안고 가더라도 넌 깰 테니까. 그럼 미안하잖아."

이상하네. 내가 아는 체이서라면 웃는 얼굴로 물을 끼얹어 깨울 것 같은데.

오히려 그렇게 했으면 아, 맞아, 저런 놈이었지. 이해했을 것 같다.

책 속에서 워낙 미친 짓을 많이 했어야 말이지. 내용을 아는 누구라도 그럴 것이다. 저 손에 날아간 팔다리며 목숨이 셀 수 없이 많았다.

한숨 푹 자고 일어났지만 여전히 책 속과 다른 그의 모습에 적응이 되지 않는 건 마찬가지였다.

"그냥 몸을 흔들지 그랬어."

"그럼 네가 깨잖아."

"그게 왜? 일어나면 내리면 되지."

뭐 그게 어려운 일이라고? 나는 느리게 눈을 깜빡였다.

"그래? 그럼 안고 갈 걸 그랬나."

체이서가 부드러이 웃었다.

"그럼 내릴까?"

그가 그렇게 말한 순간 기다렸다는 듯이 문이 열렸다. 체이서는 자리에서 먼저 일어나 마차에서 내렸다. 그를 따라 마차에서 내리려는데, 눈앞으로 손이 불쑥 내밀어졌다. 체이서의 손이었다.

그의 손은 하얗고 큰 데다 단단해 보였다. 의외로 손끝에 흉터가 보여서 신기했다.

'흠, 악당 일하다 저리됐으려나.'

그와 그의 손을 번갈아 보았다.

아, 여기서는 이런 것도 하나하나 잡아 주나 보네. 내가 살던 곳과는 확실히 기본 매너가 다르구나.

그렇게 생각하며 손을 올리는 순간이었다.

시야가 획 뒤집혔다. 몸이 그대로 들렸다. 눈을 크게 뜬 나는 얼른 손에 잡히는 단단한 것을 잡았다.

"앗."

다행히 금방 발이 땅에 닿았다.

그러나 발이 땅에 닿고도 나는 그의 단단한 어깨를 잡은 채 눈을 깜빡였다. 무슨 사람을 이렇게 가볍게 휙 들어? 그저 놀라울 따름이었다.

"놀랐어?"

"어, 어? 조금······."

그가 눈을 아래로 떨어트렸다. 섬세하도록 촘촘한 속눈썹이 고스란히 보였다.

"미안해. 그 점을 생각 못 했네."

그윽한 목소리가 귀를 잔뜩 적셨다.

와, 이 사람이 심야 라디오를 했다면 전국의 여성 청취자들이 불면증 좀 단단히 걸리겠구나 싶었다.

나는 단단한 어깨에서 손을 떼어냈다. 조금 궁금하긴 했다.

그가 내 반응들에 일일이 토를 달지 않는 건, 내가 하는 행동이 '이아나'와 비슷하기 때문인가. 아니면 감방을 다녀온 지금 반응이 달라도 이해하는 쪽이려나.

문득 생각난 것이 있었다.

"오빠, 혹시 감방을 들렀을 때 나와 만나서 손수건을 준 일 기억해?"

체이서가 멈칫했다. 돌아보았을 때 그는 부드러운 얼굴이었다.

"기억하지. 왜?"

그는 잠시 고민하더니, 한 마디를 더 이었다.

"그 전의 만남은 생각나지 않아?"

"전의 만남? 생각 안 나는데…. 왜? 기억해야 해?"

이렇게 대답하면서 등으로 살짝 식은땀이 흘렀다. 잘 대답했으려나. 그러나 별일 아니었는지 체이서는 고개를 흔들었다. 이 틈을 타나는 궁금한 것을 물었다.

"그때 준 손수건, 왜 우리 가문이 아닌 걸 준 거야."

내 말에 체이서는 바로 대답하는 대신 흐음, 하고 소리를 냈다.

"글쎄. 마침 가지고 있던 것이 그것뿐이기도 했고."

했고?

"그 지방은 천이 아름답게 나오기로 유명해. 개중 아인테로 바쳐져 수놓아지는 천은 최상등급이지."

체이서의 손이 내 어깨를 살짝 두드리고 떨어졌다. 나는 다른 생각이 들었다.

……삥 뜯은 거야?

에이 설마. 삥이 아니라 합법적으로 뜯었겠지. 체이서의 업적을 기억하던 나는 금세 수긍했다.

조각상처럼 아름답게 생겨서는 범죄의 제왕이란 이름이 걸맞은 인간이었다. 그사이 체이서가 나긋하게 웃었다.

"네가 쓸 건데 작은 거라도 쓸모없는 걸 줄 수는 없잖아?"

나는 그를 보다 가벼이 끄덕였다. 내가 엄청난 오해를 하게 되어

버린 손수건의 시발점이 궁금했을 따름이었다.

"들어갈까?"

그가 손을 내밀었다. 하나하나가 참 자연스럽단 말이지. 나는 '이 아나'가 어떻게 행동했을지 생각하다 그 손을 잡지 않았다.

"응. 들어가면 돼?"

어차피 나는 이전의 이아나가 될 수 없다. 알지 못할뿐더러 안다 한들 자연스러워질 자신도 없고.

그렇다면 처음부터 나를 보여 주는 쪽이 낫겠지. 뭣하면 나를 여기서 쫓아내 줘도 좋고, 여기서 계속 살더라도 비교적 평화롭게 살 수 있으면 좋겠다 싶으니까.

잠을 푹 잔 지금에 와서는 어느 정도 머리가 돌아갔다.

나로 있는 쪽이 낫다는 판단이 들었다.

"이쪽으로."

체이서는 내가 손을 잡지 않고 그대로 무시했음에도 별다른 말을 하지 않았다.

이런 걸 보면 역시 감방에 다녀온 여동생이 어찌 나오든 뭐든 받아들이겠다, 쪽인 것 같은데.

좀 더 두고 볼 일이다.

체이서와 저택 안쪽으로 들어간 나는 이내 방 하나를 안내받았다. 의외인 점은 다른 누군가에게 맡기지 않고 그가 직접 나를 안내했다는 점이었다.

하지만 방에 도착했을 즈음에 나는 거기 놀랄 기력이 없었다.

"여기가 네 새로운 방이야."

"어어……."

아마 내 표정은 그리 좋지 않았을 거다. 나조차도 내가 하얗게 질린 것을 느꼈다. 그도 그럴 것이 체이서가 방을 안내하겠다고 나서기 직전에 보았던 장면 때문이었다.

그것인즉슨 아주 긴 복도에 처음부터 끝까지 쭉 사람이 도열한채 우릴 맞이했던 것이었다.

왜, 대통령 개선식을 하는 것처럼 검은 시종복, 혹은 하녀복을 입은 사람들이 빈틈없이 반듯하게 서 있었다.

〈……헉.〉

사람이 이렇게 많으면 시선은 또 얼마나 많겠나. 인간이 눈은 한쌍, 그리고 곱하기 n배 무서운 사실을 체감하고 딱딱하게 얼어붙었다.

나답지 않게 등줄기를 세우게 만든 긴장은 관심을 그다지 즐기지 않는 편이란 사실이 한몫했다.

나는 무던하고 느긋하게 살고 싶은 사람이지…… 이런 식으로 주목을 받고 싶은 사람이 아니었다.

놀랍게도 체이서는 시종인들에게 친절하고 호의적이었다.

〈물러가 봐도 좋네.〉

그들에게 말하는 목소리는 나긋나긋하기만 했으니까.

이 또한 생경했다.

분명 책 속에서 보여 준 모습이나 내용으로 추리해 보자면 아랫사람을 공포로 압제하면 했지 이렇게 부드럽게 나올 사람은 아니는데.

아무튼 그 구간을 지나온 지금 나는 아무것도 한 게 없는데도 진이 빠졌다. 그래서 체이서가 내 새로운 방에 대해서 무어라 설명하는 데에도 집중하지 못했다.

"새로운 방이 마음에 들지 모르겠다. 이전에 쓴 방은 더는 쓰지 못하니까."

"응? 아, 응."

그제야 고개를 들어 문고리를 바라봤다. 몹시도 고급스럽게 생긴 문고리다. 새 같은 것이 음각되어 있었다.

그러고 보니 여기까지 걸어오는 동안 새라거나 네발 달린 고양잇과 짐승? 같은 조각이 여기저기 새겨져 있는 걸 본 것 같았다.

가장 많이 보이는 건 다름 아닌 검은 장미였지만.

"일단 해가 졌으니까 저녁 시간까지 푹 쉬도록 해. 식사에 맞춰서 방문할게."

나는 문고리를 당기려다 말고 고개를 돌렸다.

직접 온다고? 왜 사람을 보내지 않고서.

"왜 직접 오는 거야?"

이번에도 내 입술은 머리를 거치지 않고 열렸다. 이에 그의 눈이 잠시 내게로 향하는 것 같았다.

"그러고 싶으니까?"

이렇게 웃음이 많은 남자였나, 웃음이 많기는 했지.

다만 웃으며 칼이든 손이든 휘둘러 여러 사람 골로 보내고 피를 봐서 그렇지. 책 속 묘사는 광기 어린 미남, 그 자체였는데. 이 부드러움 속에는 어디에도 그런 글자는 보이지 않았다.

"그래, 알았어."

나는 선선히 고개를 끄덕였다. 사실 여독이 다 풀린 건 아닌지라 들어가서 쉬고 싶은 마음이었다.

체이서의 얼굴을 뒤로한 채 문을 닫았다. 한숨과 함께 머리를 든 나는 그대로 깜짝 놀랐다.

"……뭐가 이리 넓어?"

눈앞에는 웬 운동장만 한 거실이 있었다.

다시 보니, 방이었다. 방이 거실보다도 컸다.

말이 거실이지, 보통 아파트의 거실을 몇 개나 붙여 놓은 것처럼 컸다.

문제는 내내 나 하나 들어가면 그만인 작은 감방에서 살아온 내겐 너무나 생소했다는 거다.

이전 세계에서도 소시민이었던지라 더욱더 적응되지 않았다.

"이거야, 원. 무슨 신데렐라가 된 기분이네."

나는 머리카락을 쓸어 올리며 중얼거렸다. 긴 머리칼은 아무렇지 않게 풀어헤쳐 놓았지만 걸친 원피스는 어울리지 않게 고급스럽고 몹시 부드러웠다.

이건 출소를 앞둔 일주일 전쯤 체이서가 선물로 준 것이었다.

그때는 그저 다정한 오빠가 준 것인 줄 알았지.

"마침 출소할 때 입을 사복이 없기도 했고."

이아나는 놀랄 만큼 제 물건이 없는 죄수였다. 오죽하면 출소할 때 죄수복을 입어야 하나 진지하게 고민했으니까.

"죄수복을 더는 안 입어서 좋긴 한데."

이게 과연 좋은 상황일까?

줄곧 감방 안에서 내가 그려온 청사진은 감방에서 편안히 출소를 기다린 뒤, 출소하고 나서는 목가적인 풍경이 그려지는 곳에서 유유자적 한적하게 사는 것이었다.

좋게 말하자면 욜로, 나쁘게 말하자면 팔자 좋게 늘어지는 것 말이다.

뭐 어때. 기왕 모르는 세계에 왔는데 불편한 거보다는 편한 거, 안 힘든 게 좋잖아.

돈 안 벌어도 놀고먹는 백수는 모두의 꿈, 고로 귀족 죄수에다 높은 가문인 게 감사하기만 했는데.

그런데 문제는 내 가문이 어느 동쪽의 평화롭고 곡창지대라는 대백작 가문이 아니라…… 앞으로 태풍의 눈에 있을 악당 집안이라는 거겠지.

나는 숨을 푹 내쉬며 침대에 걸터앉았다. 침대까지 무려 3분은 걸어간 느낌이다.

더럽게 넓네.

나는 원피스를 허벅지까지 걷어 한 다리를 다른 허벅다리에 걸치고 거기에 팔은 얹은 채 턱을 괬다.

이상하네.

"심각한 일이긴 한데. 어째 긴장감이 안 드냐."

그 체이서란 인간이 책 속과는 전혀 다른 모습을 보여 줘서일까?

비단 그것만은 아닐 거다. 나는 나를 잘 알았다.

나는 평소에도 지인들에게 어쩜 그리 여유가 넘치냐 야유를 듣곤 하던 태평한 성격이었다. 수능 칠 때도 긴장이란 걸 해 본 적이 없었다. 어차피 한 만큼 나올 텐데. 이런 마음이었다.

이는 지금도 다르지 않았다.

그나저나 진짜 푹신하네. 엉덩이로 콩콩 뛰어 보았다.

충격을 흡수하는 것이 천국이 따로 없구나 싶었다.

침대를 신기하게 바라보던 나는 침대 머리맡에 새겨진 글자를 보았다. 이아나의 몸에서 눈을 뜬 순간부터 이 세계의 글은 읽을 줄 알았다. 그러니 편지도 썼던 것이었다.

글자는 나무를 깎은 조각에 아름다운 필기체로 새겨져 있었다. 천천히 철자를 읽어 보았다.

"……이아나."

'이아나 로즈 도뮬릿.'

입안에 넣고 웅얼웅얼 굴려 본다.

"이게 내 이름이구나."

손으로 글자를 살살 문질러 보다가 그대로 등을 눕혔다. 한 손으로 얼굴을 가리고 중얼거렸다.

"……이아나 로즈 도뮬릿."

이름 예쁘네.

장미에서 태어나서 이름도 장미인가.

차원을 넘었다고 한들 본질이 바뀌겠나. 나는 단순한 동물이라 등 따시고 배부르면 잠이 왔다. 지금은 배가 부른 상태가 아니었지만, 등을 눕히니 잠이 솔솔 쏟아졌다.

"아, 오빠가 직접 온다고 그랬는데……."

이래도 되나 싶었지만 이미 눈꺼풀에 옮겨붙은 것은 세상 그 무엇보다 무거운 수마였다.

나는 눈을 끔뻑끔뻑하다가 이윽고 눈을 깊게 감았다.

꽤 오랜 시간이 지나고 침대 옆에서 무언가 움직인 것 같았지만. 나는 몸에 걸쳐진 것만 꽈악 쥔 채 몸을 돌렸다.

왜일까, 하늘을 붕 날았다가 다시 가라앉은 꿈을 꾼 것도 같았다.

다시 눈을 떴을 때는 눈보다 귀로 먼저 밖을 접했다.

짹짹짹.

맑게 지저귀는 새소리가 귀를 경쾌하게 울렸다. 그 소리를 알람 삼아 눈을 뜬 나는 눈을 비비며 상체를 일으켰다.

아주 늘어지게 잔 것 같은데.

"……어라, 아침이네."

창밖에 보이는 건 누가 보아도 상쾌한 아침 하늘이었다. 그것도 해가 중천에 가까운 오전의 하늘.

잠시만, 아침?

헉. 나는 눈을 번쩍 떴다. 몽롱한 잠기운은 온데간데없이 사라지고 없었다. 나는 끙, 숨을 내쉬며 얼굴을 쓸어내렸다.

와, 하루 반나절을 꼬박 잔 거야?

아무리 피곤해도 그렇지 내 둔함과 무신경함에 이번엔 나조차도 감탄이 흘렀다. 고개를 절레절레 저었다.

"대단하네."

그러나 금방 잊었다. 이미 자 버린 것을 어떡하겠어. 자리에서 일어난 것도 잠시, 나는 슬리퍼를 신다 말고 고개를 갸웃했다.

이상하네. 내가 침대 정 가운데서 잠들었나?

분명 체이서가 올지도 모른단 생각에 불편하게 잠들었던 것 같은데.

'뭐 굴러갔나 보지.'

대수롭지 않게 생각하며 슬리퍼를 끌고 문 앞으로 다가갔다. 옷은 어제 입은 그대로였다.

배가 고픈데. 일단 나가서 사람이라도 불러야 하나.

그렇게 문을 연 순간이었다.

"네, 네가 해. 응?"

"싫어. 네가 해! 너한테 맡기셨잖아."

문을 열었을 때, 웬 여성 두 분이 멀지 않은 곳에서 실랑이를 벌이고 있었다. 나는 문 위쪽을 슬쩍 바라봤다.

문이 되게 소리 없이 열리네. 역시 돈을 들여서 다른가.

"안 돼! 자, 잘못하면······."

"안녕하세요."

하녀복을 입은 두 분이 어깨를 움찔했다. 끼익끼익, 그녀들의 고개가 돌아간다.

그렇게 공포영화 속 귀신 보듯이 보지 않아도 괜찮은데요.

"아, 안녕하세요, 아가씨. 죄송합니다. 저희의 소리가 커서······."

"아뇨, 아뇨. 그건 괜찮고."

나는 그저 손을 내저었을 뿐인데 그녀들이 약속이라도 한 듯이 입을 다물었다.

그중에 한 명은 옆 사람을 툭 건드리며 입 모양으로 무어라 중얼거렸다. 고개를 숙여서 보이지 않을 거라 생각한 모양인데······ 봐, 내 말 맞잖아. 이런 뉘앙스인 것 같다.

"음, 배가 고픈데."

"당장 식사를 준비하겠습니다!"

어이쿠. 이렇게 우렁차지 않아도 괜찮은데. 도리어 눈을 껌뻑이며 놀랐다. 하나 창백한 얼굴을 한 그녀들을 보며 티를 낼 수는 없었다.

"다시, 다시 모시러 오겠습니다."

나는 허둥지둥 돌아가는 그녀들을 보며 뺨을 긁적였다.

"이런 걸 보면······."

악당 저택은 악당 저택이네.

사실 어제의 체어서 모습만 보고 착각할 뻔했지 뭔가. 아무런 문제가 없을 거라고 말이다.

문을 닫고 들어간 나는 방을 쭉 살피다 한 곳으로 쭉 걸어갔다.

잠시 후, 내 손에 든 건 양피지와 펜이었다. 다행히 펜은 새것인 듯 언제라도 쓸 수 있게 촉이 잉크로 촉촉하게 젖어 있었다.

"……어제 못한 걸 해 봐야지."

어제는 연장된 수감생활로 몸도 피로하고 체이서 등장으로 인한 정신적 충격이 겹쳤다. 몸이 좀 가벼워진 지금, 내가 하려는 것은 간단히 일들을 적어 보는 것이었다.

줄곧 책, 주연, 악당……. 염불 외듯이 반추하곤 했지만 정확하게 내용을 생각해 본 적은 없었다.

그저 남자주인공이 감옥에 갇혀 있었지, 악당이 라이벌이고 서브 남이었지, 두루뭉술하게 좋은 게 좋은 거려니 하고 생각했다.

그러나 태풍의 눈으로 들어오게 되어 버린 이상 어떡하겠나. 기억을 돌이켜서라도 내가 잘살 길을 찾아봐야지.

"……여동생이 있다는 건 알긴 했는데 말이지."

그게 난 줄 어떻게 알았겠어.

절레절레 고개를 저으며 탁상과 소파가 있는 쪽으로 걸었다. 그러다 문득 걸음을 멈췄다.

"카펫?"

내 방이 크다 보니 별의별 게 다 있겠다고는 싶었다. 근데 무슨 카펫을 벽에다가 걸어 놓은 거지, 싶어 나도 모르게 걸음을 멈춘 거였다.

바닥에 이미 두툼한 카펫이 있는데 말이지. 유심히 보던 나는 이것이 카펫이 아니라 천 장식이란 걸 알았다.

어휴, 나도 참 무식하기도 하지. 한번 웃고 넘기려는데 다시 고개를 돌렸다.

"어라?"

장식에 새겨진 것은 기하학적인 도형이었다. 그런데 이 도형이 낯설지 않았다.

어디서 봤더라, 입술을 탁탁 두드리며 생각에 빠졌다. 그러다 손이 멈칫했다.

"……지하 감방에서 본 거잖아?"

커다란 원이 겹치고 다시 그 안에 작은 원들, 가장 안쪽에 있는 원에는 다이아몬드 혹은 마름모꼴 도형의 배치까지. 상당히 흡사했다. 그것도 지하 감방 벽에 구멍이 뚫리고 그 안에서 본 것과 말이다.

나는 고개를 갸웃하며 천 장식 근처로 더욱더 다가갔다.

감방에서 본 것과 다른 점이 있다면…… 그때는 여러 송이의 장미가 그려져 있었지.

"여긴 검은 장미뿐이네."

다이아몬드 안쪽에는 흑장미가 새겨져 있었다. 동시에 새의 날개로 보이는 것이 장미를 감싸듯 펼쳐져, 짐승의 이빨과 발톱이 가시처럼 줄과 함께 엮여 있었다.

으음, 이게 과연 우연일까.

아니면 내가 이 세계에 대해 모르는 거라서, 흔한 건데 이제야 본 걸까.

장식의 재질이 신기해서 잡아당겼는데, 웬걸 이게 생각보다 재질이 하늘하늘했던 모양이다.

부우욱!

찢어져 버렸다.

"허어…… 별로 힘주지도 않았는데."

나는 나풀나풀 흩날리는 천과 찢어진 부분 뒤로 드러난 벽을 보다 난감한 웃음을 흘렸다.

어, 어떡하지…….

'……혹시 이런 걸로 쫓아내진 않겠지.'

아니, 쫓아내도 괜찮긴 한데. 쫓아낼 때 약간의 돈만 같이 달라고 하면 구질구질하려나.

"구질구질하지."

나는 자기파악을 잘했다. 일단 찢어진 조각을 돌돌 접고, 어떡해야 하나 다시 벽 쪽을 보았다.

어라라. 곧 손을 움직여 너덜너덜한 부분들도 걷어냈다.

"어라. 벽에 똑같은 문양이 있었잖아?"

천 장식에 수놓아져 있던 기하학적인 모양이 벽 쪽에도 새겨져 있었다.

천과 다른 것은 문양이 반으로 조각나 있다는 점이었다. 반 토막뿐이었다.

거기다 천에는 흑장미만 있었다면 이쪽에는 감방에서처럼 여러 장미가 보였다. 거기다가 짐승인지 모를 동물의 형상도 감방에 있던 것과 똑같다. 반은 잘렸지만.

음, 어디 보자. 저 빈자리가 붉은 장미랑 흰 장미가 있던 자리인가?

하필이면 남주와 여주의 상징만 없다니 어쩐지 좀 찝찝하게 느껴졌다. 벽을 유심히 훑어보는데, 반 토막 난 문양 옆으로 조그만 기호가 보였다.

"기호? 아니, 그림 같은데……."

문 그림이었다. 그것도 꽉 닫힌 문. 문 옆에 또 다른 문이 그려져 있었다. 이쪽의 문은 활짝 열려 있었는데, 열린 쪽으로 화살표 모양이 같이 그려져 있었다.

"별걸 다 보네."

말은 이렇게 하면서도 눈을 떼어내지 못했다.

하필이면 악당 집안에 새겨진 문양, 빈자리는 리케도르안과 여주인공 언니의 자리라니.

아, 그렇군요. 평소처럼 무심하게 정신을 놓을 수가 없었다.

찬찬히 보던 나는 그길로 발걸음을 박찼다. 이렇게 귀찮게 움직이고 싶지는 않았지만. 처지가 바뀌었으니.

문을 열었을 때 복도는 조용했다. 지나가는 이조차도 없었다.

여기에 이상함을 느낄 겨를도 없이 나는 바로 옆의 방문을 열었다. 설마, 설마 싶었지만. 혹시나 싶은 것이 있을 때 지나치지는 말자는 주의였으니까.

옆방은 텅 비어 있었다. 내 방과 비슷한 구조였지만 침대를 제외하면 가구가 거의 없다시피 했다.

"침대랑 책장 위치는 비슷한데. 그럼."

하나의 공통점이 있다면 이 방에도 천 장식이 달려 있다는 점이었다.

그러나 이 천 장식은 아무런 문양이 없고 붉은색 민무늬였다. 나는 지체 없이 다가가 천을 홱 들어 올렸다.

역시나.

설마 하던 가정이 맞았던 모양이다.

드러난 벽에는 나머지 반쪽 문양이 새겨져 있었다.

"허어, 진짜 정답이었네."

나는 찾은 것이 신기한 한편 어처구니없는 기분이 들었다.

이 무슨.

……방 탈출도 아니고. 진짜 웬 방 탈출이야.

내 방에 그려진 문 그림은 내 방문과 옆 방문을 가리켰다. 옆방의 문에 화살표가 그려져 있었으니 들어가 보라는 거겠고. 헛웃음이 절로 나왔다.

설마하니 이게 맞을 줄은 몰랐지만.

그리고 이 방에는 또 다른 기호, 그림이 그려져 있었다. 내 방의 문 그림도 그렇고 이것도 그렇고, 벽에 새겨진 것이 아니라 누군가 칼로 긁어 장난쳐 둔 것 같았다.

누가 이렇게 그려 놨을까. 이런 식으로 하나씩 찾아가면 뭐가 있는 거지?

나는 벽을 바라보며 눈을 좁혔다.

"근데, 빨간 장미 옆에 다른 게 없네. 동물이었나."

감방에 있던 그림은 붉은 장미 옆에 묘한 생김새의 동물이 있었는데, 이 벽에는 붉은 장미뿐이었다.

흰 장미 옆에는 감방에서 보았던 것과 마찬가지의 장미를 안 듯이 웅크린 짐승이 옆에 있는데 말이다.

일단 나는 방으로 돌아왔다. 더는 움직였다간 눈에 띨 터였다.

그리고 나는 탁상 앞에 쪼그리고 앉아 양피지와 펜을 들고 하려던 일을 시작했다. 원작을 반추해 보는 일 말이다.

장미와 짐승들, 문양이 대체 무슨 연관 관계인지는 몰라도 일단 이것부터 해치우고 난 뒤에 해도 늦지 않을 거다.

"좋아, 시작이……."

여주인공이 죄를 뒤집어쓰고 캄브라캄 감방에 가는 것에서부터였지. 펜이 양피지를 꾹 눌렀다. 잠시 방 안에 양피지를 긁는 소리만 들렸다. 이내 펜이 멈췄다.

묘한 기분이 들었다.

"아니. 이거 19금 피폐 삼각 로맨스인데. 꾸금을 빼면 무슨 내용이 있다고."

씬 몇 회, 감방에서 함, 침대에서 함, 잔디밭에서 함, 그리고 세 명이서……. 까지를 쓰다 말고 일명 '현타'란 놈이 찾아왔다.

"아니, 아니. 일단 감방에서 나온 뒤를 생각해 보자."

나는 당황하지 않고 침착하게 잣잣, 썬이란 글자에 줄을 긋고, 차분하게 내용을 되새겼다.

이번에는 점점 정상적인 내용이 줄을 이었다.

그렇게 손이 쭉쭉 적어 내려갈수록 내 표정이 점차 묘해졌다.

"……이게 야해서 19금만은 아니었구나."

나는 내가 적은 글자들을 쭉 읽어 내렸다.

-감방에서 여주 손잡은 죄수 죽음 (손목 잘림)

-출소 후 여주 마차를 태우고 인신매매 시도한 사람 끌려가 사망

-여주와 눈이 마주친 사람 탄광으로 끌려감

-여주의 뒤를 캐내려던 기자, 갑자기 불구

-사교계에서 여주에게 집적거린 귀족 남자 의문의 사망…….

……

……

-원한을 품은 이들이 악당의 집을 폭탄으로 터트림

-감금된 여주 탈출…….

여기까지 읽는 순간 나는 숨을 꿀꺽 삼켰다. 결말까지 쓰긴 했으나, 더 읽을 필요도 없었다. 생각나는 것도 있었지만 더 쓸 필요 없었다.

이미 판단을 굳혔으니까.

잣됐네.

어쩌다 보니 다시 쓴 글들이 죄다 악당의 기행이었다.

전부가 체이서는 아니고 르나그의 것도 있었지만 대부분이 체이서의 짓이란 건 변함없었다.

하기야 이 소설이 그렇게 굴러갔었지? 괜히 삼각 피폐 로맨스가 아니라고…….

앞으로 감금당할 여주 언니를 심드렁하게 걱정할 때가 아니었다.

"……내 모가지가 먼저 날아가겠는데?"

그냥 하는 소리가 아니고 진짜였다. 뒤의 내용은 체이서가 전반부에 뿌려 놓은 업보의 대가를 받는 거였고. 그는 이를 혼자 겪는 게 아니라 이 저택이 통째로 날아가는 보복을 겪었다.

마지막까지 무사하단 점에서 참 대단한 최종 흑막이셨지만. 과연 나 또한 그러할까?

내가 생각했을 때, 나를 재질로 따지자면 한지와 같았다. 금방 찢어진다고. 오빠인 그놈은 재질로 치면 잘리지 않는 강철, 미친 재질. 그냥 재질 미쳤어요. 싶은 인간이었다.

지금 체이서 그놈이 왜 다정하고, 왜 이렇게 부드럽냐, 네가 비단이냐, 이런 고찰을 할 때가 아니었다.

나는 빠르게 판단을 내렸다.

"좋아."

양피지를 산뜻하게 접고 물이 찰랑이는 대야에 담았다. 잉크가 살살 풀리며 물이 검게 물들었다.

나는 그것을 바라보며 고개를 들었다.

"튀자."

내 목소리는, 산뜻하기 그지없었다.

그날 오후.

오전에 튀자고 굳게 마음먹었지만 바로 실행에 옮길 수 있는 일은 아니었다. 모름지기 빈 몸으로 갈 수는 없지 않은가. 이 구역 지리는 알고 가든가. 세간 살림 몇 개를 슬쩍하든가.

준비에 오래 걸리진 않을 거다. 나는 욕심이 크게 없었으니까.

고위 귀족으로 탱자탱자 먹고 살겠다는 로망은 멀리 사라지고 말았지만, 한적한 동네에 빵집에서 일하며 좀 바삐 평범하게 사는 것도 나쁘지 않겠다 싶었다.

암, 목표를 이렇게 소박하게 잡는 것도 능력이다.

갑자기 빵집 타령을 하는 건 아니고. 오래전 수감 생활을 할 때 빵집에 대한 이야기를 감방 동기인 자작 영애한테 들은 적 있다.

그녀는 이복 오빠들이 괴롭힌 탓에 하녀처럼 지내 왔는데, 눈물 없이는 들을 수 없는 그녀의 이야기에서 이 제국은 생각보다 도시 체계가 잘 되어 있고, 밀이 주식이라 한적한 도시에는 빵집이 꼭 하나씩은 있단 것을 알았다.

이런저런 생각을 하며 튈 궁리를 하는 동안 이 저택에 대해 알게 된 점이 있었다.

"……또 간식이네."

이곳은 오전에 아침을 먹고 왜인지 한 시간에 차려진 디저트를 먹고, 거기에 한 시간 뒤 티타임이랍시고 차까지 먹였다.

그래서 알았다.

아, 여기는 인심을 잃기 전 한국처럼 사람 한번 배불리 먹이는 인심을 갖고 있구나. 배부른 인심과 악당 저택이라니 모발 이식과 대머리독수리처럼 어울리지 않는 단어였다.

좋은 게 좋은 거라고 배불리 먹긴 했다. 책 속처럼 혹독한 곳에서 눈칫밥 먹느니 정 많은 저택이 낫지.

터질 것 같은 배를 두드리고 있을 때, 체이서가 들이닥쳤다.

아, 정정한다. 들이닥친다 싶을 만큼 거칠지는 않았고, 문을 열고 몹시도 우아한 걸음으로 나타나더라.

"이아나, 잘 잤어?"

나는 대답 대신 하늘을 바라봤다. 어느새 오후 2시를 훌쩍 넘긴 시간은 잘 잤냐를 묻기 적절한 시간은 아니었다.

"그걸 묻기에 적절한 시간은 아닌 것 같은데."

내가 웃지도 그렇다고 심통 맞지도 않는 낯으로 답하자, 그가 살짝 미소 지었다.

전날과 다르지 않은 다정히 잔뜩 묻어나온 미소였다.

"그래도 언제나 궁금한걸. 또 궁금해 왔고. 네가 잘 자는지, 잘 먹고 지내는지."

그런 거라면 감방을 보내지 않았으면 된 거 아닌가. 거기까지는 내뱉지 않았다.

체이서는 전날 내가 말없이 잠들어 버려 화가 난 기색은 아니었다. 오히려 전보다 더 나긋하고 부드러운 미소를 짓고 있는 것도 같았다.

"보다시피 건강해."

"응, 그래 보이네."

그는 아무렇지 않게 맞장구를 치고는 성큼 내게 더 가까이 다가왔다.

"보여 줄 게 있어."

"보여 줄 거?"

아무래도 그는 내가 어떤 반응을 보이던 자연스럽게 받아들이기로 한 모양이었다. 어제는 긴가민가했지만 이젠 확신이 들었다.

그는 몹시 즐겁다는 듯 고개를 끄덕였다.

"같이 갈래?"

그러고 보니 이쪽도 제국의 대단하신 공작이었다. 아, 지금은 아닌가?

그렇더라도 공자인 지금 또한 세력으로 떵떵거릴 직위. 할 일이 많을 것이었다. 리케도르안의 부친이 집 안에서만 쓰레기였다면, 이쪽의 부친은 외부에서도 쓰레기였다.

권위적이지만 채우기보다는 쓰는 것에 바쁘고 휘두르는 것에 쾌락을 느끼던 사람이었던가.

이 때문에 체이서가 어린 시절부터 공작 대리 일을 처리해 왔고, 이는 그를 서술하는 문장에도 있었다.

이걸 기억하는 이유는, 이 남자가 이걸로 나는 나쁜 놈이지만 사연도 있고 불우했어 하고 감성팔이를 했기 때문이었다.

그때는 짠하구나 했었지.

"안 바빠?"

"응, 안 바빠."

체이서가 자연스럽게 내 손을 잡아 손등에 입을 맞췄다.

"네 앞에 있는 나는 언제나 바쁘지 않을 거야."

그는 오늘도 깔끔한 차림이었다. 적당히 조여 맨 크라바트나 주름 하나 없는 정장 바지를 보고 있노라면 얼굴과 다르게 참 금욕적인 차림이구나 싶었다.

이러면서도 책 속 그는 침대에서는 참……. 그렇고 그런 남자였지. 몸도…… 큼큼. 착한 생각. 착한 생각.

나는 엄한 상상을 지워내며 배를 쓰다듬었다.

"미안한데, 못 갈 것 같아. 배가 너무 불러서."

"배가 부른 것 때문이야? 못 걸어서?"

"……그렇지?"

그의 웃음이 진해졌다. 나는 불안을 느꼈다.

"그럼 안고 가면 되겠다."

"뭐?"

무어라 대답하기도 전에 몸이 쑥 들렸다.

아니, 이 남자는 무슨 사람 몸을 이렇게 가볍게 들어? 당황할 새도 없이 흔들리는 중심에 얼른 그의 옷자락을 쥐었다.

아무리 웃고 있어도 악당인지라 조심스러운데, 할 말은 해야겠다는 성정이 불쑥 튀어나왔다.

"저기, 허락은 구하지 않아?"

고심 끝에 예의는 밥 말아 먹었냐를 나름대로 귀족적으로 표현해 보았다.

"예의는 아침 스테이크 썰 때 같이 썰어 버린 건 아니지?"

그는 가볍게 웃음을 터트리고는 대답했다.

"해결해 준 거지. 해결."

……해결? 배부르다고 들어 준 걸?

난 콧방귀를 뀌었다. 왜 입으로 방귀를 뀌지.

"이런 걸 해결이라 부르지 않아."

나는 미간을 찌푸리며 말했다.

"아하. 다음부턴 그럴게. 이번에 배웠어."

그의 얼굴을 보았지만 싱글 웃는 얼굴은 내려달라고 한들 내려 줄 것 같지 않았다. 정색이라도 하면 내려 줄 건 같은데, 여기서 반발해 봐야 좋지 않을 것 같다.

아울러 어차피 오래 볼 얼굴도 아니었다. 굳이 실랑이 벌여 봐야 뭐하겠나 싶어 나는 빠르게 포기했다.

"어디 갈 건데?"

"가까워."

그는 나를 안고도 성큼성큼 잘만 걸어갔다. 흔들림이 없는 것이 신기하게 느껴졌다. 그만큼 이 남자의 몸이 단단하단 증거일 터였다.

그는 기사는 아니었다. 정확히는 공작이었기에 기사 작위를 굳이 갖지 않아도 되는 입장이었다. 그럼에도 나는 그가 몸도 머리도 잘 쓴다는 사실을 잘 알고 있었다.

다만, 머리를 쓰든 몸을 쓰든 모든 게 비정상적이고 비범했던 탓이지.

책 속 그의 무기도 정상적인 검은 아니었다.

"여기야."

리케도르안에게는 특별한 능력이 있다. 내가 본 바와 같이 인간 같지 않은 비정상적인 신체 능력이었다.

그리고 그와 대적자, 적인 체이서에게는······.

그의 능력을 떠올린 나는 숨을 삼켰다.

달칵, 문이 열렸다.

무엇을 상상하든 마음의 각오를 해 두자, 싶던 나는 방 안의 풍경에 눈을 동그랗게 떴다.

방 안의 풍경은 생각보다 평범했다.

아니, 원작의 사건 정리인지 체이서의 악행 일대기인지 모를 연대표 때문에 피비린내 나는 상상을 했던 것과는 달랐단 소리다.

대신 다른 의미로 견디기 힘들었달지.

'······마피아 보스도 아니고.'

방 안에는 어제 복도에서처럼 수많은 이들이 양옆으로 서 있었다.

방 안이니만큼 어제보다 사람은 적었지만 수많은 시선이 부담스러웠다.

"오셨습니까."

모두 일시에 허리를 숙였다. 칼군무도 아니고, 제각각 체격의 사람들이 칼같이 각도를 맞춰 인사하는 모습이 경이로웠다.

또한 그들 중 누구도 체이서에게 안긴 내 모습을 이상하게 보지 않았다. 이로 보아, 이아나가 평소에 안겨 다닌 적이 있었나 싶었지만 확신할 수는 없었다.

이들 중에서 방 한가운데 서서 인사하는 사람이 세 명 있었는데, 그들은 검은 하녀복들 사이에서 유일하게 색깔 드레스를 입고 있었다. 체이서가 성큼 걸어가 나를 내려놓았다. 푹신한 의자였다. 그러더니 자신도 내 옆에 앉았다.

"대체 이게 뭐야?"

웬만하면 이 남자와 말을 좀 덜 섞자 싶었지만 묻지 않을 수가 없었다. 체이서는 씩 웃으며 손을 들어 올렸다.

그러자 일렬로 서 있던 하녀들이 일사불란하게 움직였다.

그리고 곧 눈앞에 휘황찬란한 것들이 나타났다. 동시에 나는 이들이 하려 한 일의 정체를 알 수 있었다.

드레스, 보석, 신발.

어떻게 이렇게 가져다 놓았나 싶을 만치 품목도 물건도 아주아주 많았다. 고급스러운 쇼룸을 통째로 빌렸다면 이런 기분이었을까? 신데렐라 요정도 이렇게나 가져올 수는 없겠다 싶었다.

솔직히 말해 이렇게 보고 있으니 옷 갈아입히기 게임 속 기본 아바타가 된 기분이었다.

"이전의 물건이 전부 타 버려서, 새로 가져오게 했어."

"……타?"

"응. 살던 곳에 불이 나서."

"불이 왜 나?"

"그러게."

그가 세상 달콤한 미소를 지었다. 그러고는 미소를 살살 지워냈다.

"세상엔 이상한 사람이 너무 많아."

체이서가 시무룩한 얼굴로 중얼거렸다. 미소가 사라진 미인의 낯은 처연하게 보일 법했지만 나는 어처구니가 없었다.

……그거 혹시 댁이 두들겨 팬 누군가의 보복 아니야?

그런 말이 목 끝까지 솟았다. 순화해서 두들겨 팬 거지, 누군가의 아들 혹은 딸을 세상과 작별시켜 준 걸지도 모른다.

머리가 아팠다. 이제야 현실이 현실로 다가온 느낌이었다.

"그래서, 어때?"

그가 턱을 괴더니, 그윽한 시선을 보내왔다. 그가 턱짓한 곳에는 수많은 물건이 있었다.

"마음에 드는 건?"

나는 고개를 절레절레 저었다. 그렇게 내가 다 사 줄게, 1억 2천 모두 현금 줄 것 같은 얼굴을 해도. 정작 본인이 받고 싶은 기분이 들지 않는 걸 어쩌겠나. 고전 영화 〈마이 페어 레이디〉의 주인공이 된 기분인데, 그 로맨스 코미디가 전혀 로맨틱하지 않다는 점에서 코미디가 되어 버렸다.

"……없는데?"

내 발언은 가벼웠지만 파급력은 전혀 가볍지 않았다.

"그렇다는데?"

그는 그저 웃으며 고개를 까딱했을 뿐이었다.

와르르르!

쿵!

누군가 가져온 커다란 상자에 모든 물건이 일시에 쏟아지는 소리였다. 나는 놀란 눈으로 하녀들을 쳐다봤다.

"뭐 하는 거야?"

"버리는 거지."

나는 그대로 얼어붙었다. 무슨 이런 미친 소리가 다 있지?

"내 어여쁜 동생."

체이서는 내 손을 가볍게 쥐었다가 놓았다. 그러고는 내 손끝에 인사를 남겼다.

"마음에 드는 게 나올 때까지 골라도 돼."

그의 눈동자는 어여삐 여기는 이에게 향하는 다정으로 가득했다.

"여기 없으면?"

혹시나 하는 마음으로 꺼낸 물음은 미소로 돌아왔다.

"걱정 마. 원한다면 세상 모든 보석을 가져다줄 수 있으니까."

내게 보내 준 편지 속 필체처럼 부드러운 어조였다. 하나 나는 그 안에 담긴 뜻을 알아들었다. 설마하니 세상에 네 마음에 드는 게 하나 없겠어? 그가 말하는 사이에 모든 물건이 교체되었다.

새로 내어진 물건을 얼떨떨하게 바라봤다. 하나같이 번쩍번쩍하다. 나는 침을 삼키고는 하나를 가리켰다.

"이게 좋겠어."

"저기서부터 저기까지 다 줘."

……예?

"탁월하신 선택이십니다."

지금까지 말없이 있던 드레스를 입은 이가 접은 부채를 살랑 흔들며 손등을 뺨으로 가져갔다.

아무래도 저쪽이 상인이었나 보다.

"저희 살롱의 물건은 확실하지요. 호호호."

"그럼, 마담의 실력은 잘 알지."

"예. 아가씨에게 정말 잘 어울릴 겁니다."

그녀는 왜인지 줄곧 나오는 눈도 마주치지 않았다. 체이서가 내게 보석을 슬쩍 대어보는 순간까지도.

"잘 어울릴까, 마담?"

"예. 제가 잘 알지요. 하늘색이 정말 잘 어울리실 겁니다."

아니, 보지도 않고 할 말은 아닌 것 같은데. 뺨을 긁적였다. 이후로도 나는 들이밀어진 물건마다 하나씩 골랐고, 체이서는 기다렸다는 듯 색깔별로, 혹은 비슷한 것들을 사재꼈다.

진짜 산 게 아니고 사재꼈다.

나는 질린 얼굴로 물건들을 바라봤다.

"아가씨, 이건 입어 보시겠어요?"

"좋아요."

고르는 데 지친 나는 냉큼 고개를 끄덕였다.

"갈아입고 올게."

속으로는 저놈 멱살을 잡고 비명이라도 쏟아내고 싶었다. 내가 이런 돈지랄에는 면역력이 없어요. 면역력이. 체이서는 하얗게 질린 내 얼굴을 어찌 보았는지 작게 웃음을 터트렸다.

"응, 다녀와."

나는 그렇게 옆방에 놓인 칸막이로 들어가 옷을 갈아입었다. 어떤 명령을 받은 건지 갈아입는 것을 도와주는 이들은 나에게 일절 말을 걸지 않았다.

아니면 이게 예의인 건가?

나는 새삼스럽게 리케도르안에게 미안해졌다.

내가 체이서의 여동생인 줄 알았다면 잘해 주지 말걸.

아니, 더 잘해 줬어야 했나? 가뜩이나 순탄하지 않을 그의 삶에 짐덩이를 얹은 것 같은 기분에 고개를 절레절레 저었다.

……괜찮아. 다시 만날 일은 없을 테니까.

새 원피스로 갈아입은 뒤 옷자락을 펼치는 사이, 누군가 다가왔다. 드레스를 입은 중년 여인 중 하나였다.

"어머나, 잘 어울리세요."

그녀는 성큼성큼 걸어와 서슴없이 허리를 숙여 치마를 바로잡아주었다. 주름이 이렇게 져야 이쁘다면서. 내려다보았지만 무슨 차이인지는 알 수 없었다. 그녀가 기쁘다는 듯 가식을 담아 웃었다.

"역시 부름에 부랴부랴 후문으로 들어온 보람이 있네요!"

"후문이요?"

내 대답에 여인이 잠시 멈칫하는 것 같았다. 그러나 이내 부드러운 웃음을 지었다.

"소문이 사실이었군요, 호호. 후문은 저희같이 급히 불려 온 살롱관리자, 상인이나 하인들이 다니는 문이랍니다."

그녀는 그리 말하면서도 호기심 어린 눈을 숨기지 못했다. 체이서가 보지 못하는 곳이라서 말을 거는 것으로도 모자라, 시선을 숨기지 않고 보이는 듯했다. 나는 다정한 체 휘어진 시선 가득 담긴 감정을 알아차렸다. 악의는 아니지만 가십을 향한 욕망이다. 으레 감방 죄수들이 신문을 통해 바깥을 욕망하듯이.

일단 소문이라는 말은 그대로 흘리고 말꼬리를 잡았다.

"정문은 이용하지 않나요?"

"예? 예. 현재 도뮬릿의 정문은 폐쇄되어 있습니다. 주인께서 외출하지 않겠다는 의지를 보이신 것이지요. 이럴 땐 손님도 누구도 이용할 수 없습니다."

폐쇄? 그러니까 문이 후문 하나란 말인가.

"그럼 불편하진 않고?"

"음 후문이, 사실 아주 불편하긴 하지요. 저택 뒤쪽 마구간과 이어진 유일한 길이라 저 같은 드레스 장인은 꺼리는 곳이니까요. 진흙이 튀기라도 하면……."

내 시선에 그녀가 말을 딱 멈췄다. 본래 한번 물꼬가 트이면 끊임없이 쏟아내는 사람인 모양이었다.

"호호, 죄송해요. 말이 길었네요. 중문이라도 열어 주시면 좋을 텐데."

그녀는 서둘러 말을 마무리했다.

나는 갈아입은 옷을 체이서에게 보여 주었다. 체이서는 예쁘다며, 미소와 함께 예의 황홀한 음성으로 속삭여 주었다.

"예뻐, 이아나."

참 볼수록 사람 꾀는 데 일가견 있는 사람이었다. 공포를 통해 엄숙함을 유지하던 시종인들도 저도 모르게 그를 보았으니까.

"저기, 이렇게나 많이는 필요 없어."

잠시 뒤 나는 잔뜩 쌓인 것들을 보고 고개를 절레절레 저었다. 이미 차고 넘칠 정도로 사들인 게 많은 것 같은데 체이서는 멈출 줄 몰랐다. 공작가 재산은 화수분인가?

소시민으로서는 예상도 못할 재화가 오가는 장면에 이미 질릴 지경이었다. 내가 본디 옷이면 편하면 다지, 안락우선주의란 점도 한 몫했다.

'나는 세상에서 제일 편한 옷이 죄수복인 줄 알았다고.'

내가 끝내는 난감한 얼굴로 거절하자, 그는 만만치 않은 곤혹스런 얼굴로 나를 응시했다. 모르는 이가 보았다면 흡사 버려진 짐승처럼 괜히 마음 쓰이게 하는 그런 얼굴이었다.

"이아나, 내가 해 주고 싶어서 그래. 너를 곤란하게 했어?"

마음이 약해지기는커녕 단호하게 말하려 입을 연 순간이었다.

나는 눈을 크게 떴다.

"……오빠?"

체이서가 한쪽 무릎을 꿇었다. 나보다 한참 낮아진 그의 모습을 경악한 채로 보았다.

"뭐해? 일어나. 왜 꿇는 거야?"

"이아나, 이것만은, 허락해 주면 안 될까? ……캄브라캄에서 돌아온 네게 뭐든 해 주고 싶어."

긴 손가락이 내 손을 잡았다. 손이 얽히는 것은 순식간이었다.

"이것이 지난 시간에 보상이 되는 건 아니지만 그래도. 해 주고 싶어."

그윽하게 눈을 내리깔았던 남자가 천천히 눈을 들어 올렸다.

"안 돼?"

혼란스러웠다. 분명 이 남자는 책 속 악당 체이서가 맞는데. 내가 아는 그 남자는 사랑과 광기에 미친 남자일지언정 누군가에게 이렇게 다정하지도 정중히 부탁하지도 않았다.

애가 달면 온화하게 웃으며 칼부터 들던 남자였다.

"……일단 일어나 줘."

⋯⋯댁네 시종들이 경악한 표정으로 이쪽을 보고 있거든?

나는 작게 한숨을 내쉬었다.

"받을게. 받을 테니까."

어차피 받아도 쓰지 못할 물건일 텐데. 체이서는 눈앞에서 해사하게 웃었다.

"응⋯⋯ 네가 원한다면 이 저택도 줄 수 있어."

"필요 없어."

농홍하게 휘어진 눈꼬리가 아득한 느낌을 자아냈다.

"그럼 날 줘야 하나?"

내 거절이 한 차례 더 이어졌다. 무슨 소리야. 체이서가 택배로 오면? 환불 신청해도 모자랄 판에.

한숨이 흘러나왔다. 왜 이 남자는 전혀 안 어울리는 얼굴을 하고서 푼수떼기처럼 구는 거야? 흘끗 보면 그는 시무룩한 얼굴을 한 채로 꽃받침을 하고 있었다.

"이것도 싫다니. 내 동생은 언제나 까다롭네."

꽃받침이라니 얼굴엔 어울리는데, 내 안의 캐릭터는 거의 붕괴상황이었다. 거기다 자기 자신을 준다니, 나한테 공작가를 주기라도 한다는 건가? 훗날 무슨 보복을 받으라고.

줄 거면 금화 한 봉지만 주고, 다음엔 쫓아 보내 주면 좋겠다.

그렇게 이 남자와의 기묘한 쇼핑이 끝이 났다.

하녀들에게 물건 정리를 새로 시킨 뒤 체이서는 나와 밖으로 나왔다.

"여기서부터는 혼자 갈게."

체이서는 나를 잠시 보았지만 순순히 놓아주었다. 붙잡고 있던 건 아니지만 고개를 끄덕여 허락했단 소리다.

다만, 붉은 입술로는 어리광 부리듯 한마디 하면서.

"혼자 두기 싫은데."

내 손에 입술을 가져다 댄 채 그의 눈이 요염하게 휘어졌다.

그는 이어서 나온 저택을 구경하고 싶다는 내 말에 수긍했다.

"사람을 붙여 주지 않아도 되겠어?"

"혼자가 좋아. 감방에서도 혼자였고."

응접실에서야 다른 이들과 지내지만 감방은 기본적으로 홀로 지내는 구조였다.

"그렇구나. 하지만 이젠 더는 혼자가 아닐 거야."

그는 상체를 기울여 나와 눈높이를 마주했다. 홍옥처럼 아름다운 눈동자가 나를 오롯이 담았다.

"더는 절대."

엉뚱하고 경악스러운 면이 있긴 해도 정말 부드러운 남자였다.

하지만 그에겐 말하지 못해 미안하지만 나는 줄곧 감방에서 혼자가 아니었다.

"조금 뒤에 봐."

리케도르안이 있어 혼자라 느낄 시간이 거의 없었으니까.

새삼 깨달은 것이 있었다. 리케도르안은 내 지루함을 지워 준 한편, 다가왔을지도 모를 외로움까지 지워 준 것인지도 모르겠다.

외로움도 오면 그러려니 하는 편이지만. 어쨌거나 나도 즐겁고 정이 들었던 건 사실이었으니.

나는 홀로 남기 무섭게 걸음을 바삐 옮겼다. 어째서인지 나와 체이서가 있던 층은 사람이 전혀 없었지만, 내려가자 간간이 시종들이 보였다.

나는 개중 친절해 보이는 이들을 잡아 물어물어 움직였다.

대부분이 내가 말을 걸면 흠칫하거나 연신 주변을 돌아보곤 했지만 나 혼자인 것을 알고 대답을 해 주곤 했다.

그렇게 나는 하인들에게 물어 마구간에 도착했다.

히히이잉.

말들이 우는 소리가 우렁차다. 마구간이라길래 말 몇 마리 넣어둔 것을 생각했는데, 축사가 매우 본격적이었다.

멀리서 보면 작은 집이라고 생각했을지도 모르겠다.

하기야 저택의 규모가 이런데 말을 적게 키우겠어. 난 사람 집보다 클 것 같은 공간을 질린 듯이 바라보다가 고개를 돌렸다. 그곳엔 조그만 길이 보였다.

"저 길인가 보네."

저게 아까 그 마담이 말한 곳인가? 생각보다 쉽사리 도착했다. 나는 주머니를 뒤적이고, 천천히 손바닥을 펼쳤다.

내 손바닥엔 작은 보석들이며 금화들이 들려 있었다.

조금 전에 옷을 갈아입으며 몰래 챙긴 것들이었다. 나는 감방에서만 살았지만 이 정도의 금화가 어느 정도 가치인지 잘 알았다.

〈금화 하나론 말일세, 평민들이 무려 한 달을 먹고산다네.〉

한가한 팔라디스 아저씨는 쓸데없이 많은 것을 알려 주었으니 말이다.

"지금 바로 갈 수도 있긴 한데 말이지."

나는 마구간 옆으로 난 길 하나와 마구간을 지키는 것으로 보이는 기사 둘을 번갈아 쳐다봤다.

……그래, 그렇지. 지키는 사람이 없을 수가 없지.

그리고 말없이 떠난다면 추적도 염두에 두어야 한다. 이제 와 여동생에게 잘해 주려는 남자가 사라진 걸 그대로 두고 보겠어.

이럴 거면 감방에나 보내질 말지.

아무리 사정이 있었다고 한들 죄를 뒤집어씌워 동생을 감방에 보내는 건 내게 이상하게만 느껴졌다. 이후 나를 지키기 위해 감방에 넣는 거였다는 진실을 듣긴 했지만 받아들이기 힘들었다. 내가 현대인이었기에 더욱 이해가 되지 않는 처사인지도 모른다.

더욱이 지금처럼 미안해하고 아끼는 모습을 보이면서 말이지. 후회한들 지나간 버스는 돌아오지 않는단 말도 모르나?

"일단 당장은 힘들 것 같은데……."

아무래도 당장 탈출은 힘들 듯하다. 나는 작게 중얼거리고는 체넘했다. 그렇게 돌아서서 걸음을 옮기려 할 때였다.

"안녕하세요, 아가씨."

갑작스럽게 들린 목소리에 깜짝 놀라 고개를 돌렸다. 그곳에는 긴 장화를 신은 내 또래 소년이 서 있었다. 언제 온 것인지 모를 일이었다.

"도움이 필요하신가요?"

낭랑한 목소리였다. 하인복에 짧은 머리. 유심히 보던 나는 이 사람이 소년이 아니라 소녀라는 걸 알아차렸다. 머리가 아주 짧은 소녀였다.

"저는 마구간 담당 하인 유스나예요. 혹시 뭔가 필요하신 게 있나 하셔서……."

"응? 아. 아니에요."

"그런가요? 저 길을 보고 계셨던 건 아니신가요?"

지켜보던 이마저 눈치챌 정도로 노골적으로 보고 있었나 보다. 나는 순순히 인정했다.

"맞아. 음, 저 길은 어디로 통하나 싶어서."

또래다 보니 말이 절로 편하게 흘러나왔다.

"저 길은 밖으로 통하는 길이에요. 후문과 이어져 있죠!"

"아하. 그렇구나."

나는 익히 아는 사실만 확인을 받고는 그대로 고개를 돌렸다. 좋아, 맞게 찾아왔단 말이지. 이대로 인사한 뒤에 돌아갈 요량이었다.

"저, 혹시 나가고 싶으신 거예요?"

소녀의 작은 속삭임이 나를 붙잡지 않았다면.

"밖으로 나가고 싶으신 거라면 도와드릴게요."

나는 눈을 동그랗게 뜨고 소녀를 쳐다봤다. 그녀의 말이 이해되지 않았다. 조금 노골적으로 길을 봤기로서니 보통 그렇게 생각하나?

기이함과 이상함에 나는 도리어 미소를 지으며 거절하려 했다.

"아가씨는 예전에도 하인들에게 돈을 주고 나가셨잖아요. 다른 아저씨들에게 들었어요."

그 순간 소녀에게서 생각지도 못한 이야기가 흘러나왔다. 이런 데서 '이아나'의 이야기를 들을 줄은 몰랐는데. 그 이야기가 발을 붙잡았다.

그사이에 유스나라는 소녀는 내 손에 들린 것을 흘끗 보았다.

"도와드릴게요."

그녀가 콕 하나를 가리켰다. 일순 탐욕스러운 시선이 스쳐 갔다.

"금화 하나만 주시면 돼요."

금화 하나, 나는 금화와 소녀의 앳된 눈동자 사이에서 갈등했다. 갈등은 길지 않았다.

"저기 기사가 있어서 금방 들킬 텐데?"

"마구간지기들만 이용하는 샛길이 있어요. 말똥 냄새가 난다고 다른 길을 쓰게 했거든요."

나는 아주 잠시 고민을 이었다. 여기서 나가는 건 너무 순진한 선택일까. 그렇긴 하다.

그러나 하다못해 건장한 하인이나, 혹은 하녀가 내게 이런 제안을 했다면 바로 거절했을 텐데.

순전히 금화만 보며 욕심 어린 눈을 보이는 철없는 소녀가 이렇게 말하니, 흔들리긴 했다.

'여전히 나갈 생각은 없어.'

오늘은 날이 아니다. 하나 어차피 나가지만 않는다면 길을 알아두는 것도 나쁘지 않지.

"좋아."

그렇게 소녀와 나 사이에 계약 아닌 계약이 성립되고, 나는 소녀의 뒤를 따라 쪼르르 걸었다.

수풀이 꽤 억센 길이었지만 황량한 감방 정원에 익숙해진 내게 그리 어려운 길은 아니었다.

"잘 걸으시네요. 보통 아가씨 같은 분들은 힘들어하시는데."

"너도 감옥 다녀와 봐."

소녀가 작게 웃음을 터트렸다.

"저택에 아가씨 소문으로 가득해요."

"그러니? 근데 그럴 것 같더라."

굳이 듣고 싶지는 않았다. 관심이 없었으니까. 그 체이서 동생에다 감방에 다녀온 동생. 대충 유쾌한 이야기는 아니겠다는 감이 온다.

"전혀 다른 사람이 되신 것 같아요."

하지만 그 말에는 멈칫할 수밖에 없었다.

나는 태연하게, 아무렇지 않은 척 물었다.

"그래? 많이 달라 보여?"

"네."

어느새 길 끝에 다다라 있었다. 멀지 않은 곳에 나무로 된 문이 보였다. 저게 후문이 모양이었다.

왜인지 활짝 열린 채 지키는 이도 없었다.

"그래서 좋아요."

문을 바라보던 시선이 돌아갔다. 소녀가 생글생글 웃었다.

"지금은 석 달에 한 번 식료품이 올 시기라 감시 인원이 없어요."

아, 그래서 사람이 없는 거구나. 나는 납득하고는 고개를 끄덕였다.

"그래? 그럼 이제 돌아가……."

"제 사람이 수월하게 들어올 시기이기도 해요."

저절로 입을 다물었다. 소녀가 말한 것을 이해할 수 없었다.

"아가씨가 돌아오신다는 얘길 듣고 정말 열심히 준비했는데, 조금 허탈하기도 하네요."

"그게 무슨……."

"이전의 아가씨는 경계심이 지나치게 많았거든요. ……귀찮을 정도로."

소녀의 눈이 샐쭉 날카로워졌다.

"거기다 오빠이신 소공작께서 어찌나 사고 도시는지."

그녀는 웃으며 말을 멈추지 않았다. 주춤, 뒤로 물러났지만 발이 돌부리에 걸렸다.

"다들 아가씨를 노리느라 혈안이 되어 있을걸요? 체이서, 그 남자에게 복수하기가 도통 쉽지 않으니."

그와 동시에 픽, 살벌한 소리가 들렸다. 흡. 나는 배와 목에 강렬한 충격을 느끼고 그대로 앞으로 고꾸라졌다.

……토하면 어쩌려고 배를 치냐. 이 나쁜 새끼. 배가 미칠 듯이 아팠다.

"별 감정은 없어요."

가물거리는 시야 사이로 맑게 웃는 소녀가 금화를 던졌다가 받았다.

"그저 당신의 오빠가 지나치게 잔인했고, 수많은 원한을 남겼고."

소녀가 얼굴을 더듬자, 신기하게도 소녀의 얼굴이 나이 든 여자의 얼굴로 바뀌었다.

제이르의 마법 같은 건가.

"당신이 바보 같았던 거지. 아가씨."

문득 내 친구 사기꾼 아저씨가 해 준 말이 떠올랐다.

〈이아나, 명심하게. 사기꾼은 가장 착한 사람의 얼굴을 하고 나타난다는 것을.〉

음, 이미 늦은 것 같아요, 아저씨.

몸이 번쩍 들려 어디론가 향하는 것이 마지막 기억이었다.

그런 생각이 들었다.

리케도르안, 당신은 이런 고통을 주기적으로 겪었던 거구나.

……좀 더 덜 아프게 약을 발라 줄걸.

오랜 시간 뒤에 눈을 떴을 때, 눈앞이 새카맸다.

단순히 이 공간이 어두운 걸까 생각했지만 금방 아니란 걸 알았다. 창문 밖이 어두웠다.

밤이었다.

음, 얼마나 잠든 걸까? 하루? 이틀? 아니면 당일인가.

나는 생각보다 태연하게 주변을 돌아보았다. 내가 바보 같았음은 이미 인지하고 있었다.

이곳에서 잘 먹여 주길래 이 세상이 좀 더 순진하게 돌아갈 줄 알았지.

아니, 적어도 책 후반부만큼 원한이 빗발치는 상황은 아닌 줄 알았는데.

아니었나 보다.

"……대체 원한을 얼마나 산 거야."

길만 잠깐 살펴보고 오는 게 봉변의 지름길이 될 줄은 몰랐다.

뭐, 반성은 이 정도로 해 두고.

이제 여기선 어떻게 벗어나나.

"손목이 단단히 묶인 것 같은데."

배가 아직도 욱신욱신했다. 하지만 움직이지 못할 정도는 아니었다. 아니, 그 아줌마는 체이서에게 맺힌 원한을 내 배에다 풀고 그런데.

일단 주변에서 날카로운 것을 찾아보자. 한숨을 쉬며 주변을 연신 살펴보았다.

어디까지 온 걸까. 정황상 체이서에게 원한을 품은 세력의 근거지 이런 곳일 텐데.

어떻게 탈출한담.

눈은 연신 공간을 헤매면서 동시에 머리는 생각에 빠졌다.

그러다 문득 다리 쪽으로 향했다. 다리도 묶였네. 근데 가만, 묶인 거? 번개처럼 머리를 스치는 아이디어가 있었다.

'그게 있었지.'

손가락으로 손목을 더듬어 보니 곧 끈 같은 것이 잡혔다. 예스. 제이르가 준 팔찌다.

"여기에 걸린 마법이 통하지 않으려나?"

제이르가 걸어 준 마법 횟수는 아직 남아 있었다. 나는 곰곰이 고민해 보다가 자물쇠를 여는 마법을 써 보았다.

스르륵.

놀랍게도 마법을 쓰는 동시에 손목에서 밧줄이 풀렸다. 한 번에 듣는 마법인지, 발목마저도 풀렸다.

"……와, 용하네."

제이르가 준다고 할 때 잽싸게 받길 잘했다. 발목을 몇 번 주무르고 자리에서 일어났다. 다행히 약간 쥐가 나는 느낌은 있어도 걷는

데는 문제가 없었다.

이곳에서 빨리 벗어나야 했다.

"내가 이래 봬도 감방에서 짐승 길들이던 몸이었단 말이지."

괜스레 스스로에게 농을 건네며, 긴장을 풀었다. 귀족 죄수들 사이에 죄질이 나쁜 자가 없던 건 아니었다.

오히려 귀족이란 미명하에 꽤나 큰 죄를 저지르고도 있는 이도 있었다. 좀 더 감시를 더 받았으니까. 그래서 이런 상황에 대한 공포가 덜했다. 무던한 성격 탓도 있겠지만.

나는 곧 이곳이 물류 창고 같은 곳임을 알았다. 주변에 나무 박스가 잔뜩 쌓여 있었다. 개중에서 적당한 파이프를 찾아낸 나는 그걸 들고 문에 살금살금 다가갔다.

문은 잠겨 있겠지?

어떡해야 하나. 마법을 한 번 더 쓸까. 누가 오기를 기다릴까.

문밖의 상황이 어떤지 모르니 판단을 내리기 어려웠다.

거기다 마법을 쓸 수 있는 횟수는 한정되어 있다. 혹시나 썼다가 여기가 깊숙한 곳이라 또 잠긴 문을 발견하면 낭패였다.

고민은 길지 않았다. 급했으니까. 한쪽으로 마음을 굳히고 파이프를 고쳐 잡는 순간 바깥에서 무언가 소란스러운 소리가 들렸다. 착각인가 싶었지만 아니었다.

쾅!

소리가 더욱 거대해졌으니까.

뭐지?

"……자기들끼리 싸움이라도 벌이나?"

그렇게 생각할 수밖에 없는 굉음이었다. 거기다 무기 부딪히는 소리도 들리는 것 같았다. 괜스레 긴장하며 파이프를 꽉 잡았다.

그때였다.

코로 매캐한 냄새가 느껴졌다.

"……타는 냄새?"

언젠가 실험할 때 혹은 부엌에서 맡아본 냄새였다. 무언가를 태웠을 때 나는 냄새. 거기다 눈도 살짝 따가웠다.

"불이야! 불!"

"불이다!"

작지 않은 고함이 넘어왔다. 불이 났다고? 마음이 다급해졌다. 불이라면 밀실에 있어 최악의 조건이었다. 여기서 연기가 들어차면 꼼짝없이 질식행이었다.

일단 이 문을 열어야…….

문고리를 잡았을 때였다. 어라라. 고리가 절로 움직이더니 바깥으로 문이 휙 열렸다.

"으아아악."

누군가 뛰어 들어오다시피 몸을 던졌다.

"헉, 허억, 헉……."

이곳으로 뛰어 들어온 사람은 낯익은 이였다. 바로 소녀 흉내를 냈던 중년 여인이다.

"흐윽……."

그녀는 제 배를 부여잡고 있었는데, 어디서 입은 상처인지 복부에서 피가 철철 흐르고 있었다.

'이게 무슨 상황이야.'

피에 당황하기보다는 경악이 먼저 들었다.

"사, 살려 줘, 쿨럭. 살려 줘!"

중년 여인이 내 옷자락을 잡았다. 찢어진 옷 사이로 배며 가슴이 보였다. 이미 몸 곳곳이 엉망이었다. 그보다 더욱 놀란 사실을 발견했다.

"······남자?"

중년 여인인 줄 알았던 사람은 경악스럽게도 중년 남자였다. 살집이 두툼하고 목소리가 중성적이고 생김새도 애매해 알아보지 못했던 것이었다.

하지만 놀랄 시간은 오래 주어지지 않았다.

"제발, 쿨럭. 제발, 살려 달라고, 살려······."

"뭐야, 나를 붙잡아 온 건 그쪽이면서 무슨 소리야!"

"제발, 전해 줘, 나, 나는 원한을 잊을게."

남자가 내 치맛자락을 구세주의 옷자락이라도 되는 양 붙잡았다.

"사, 사실 나는 원한도 없었어. 그, 그저 한탕 크게 해 보려고. 원한 가진 놈만 모아서. 헉, 허억! 제, 제발! 목숨만은, 목숨만은 살려 달라고 전해······."

전해 달라니, 대체 누구에게?

"이아나."

낮디낮은 음성이 귀를 파고들었다. 나는 그대로 얼어붙었다.

"여기 있었구나."

황홀하도록 다정한 음성은 고함이 빗발치는 이곳에 소름 끼치도록 이질적이었다.

그제야 문이 열린 풍경을 제대로 볼 수 있었다. 건물의 천장이 반은 날아간 채로, 수많은 이들이 쓰러지거나, 흑색 제복을 입은 이들과 전투를 벌이고 있었다.

바깥에서는 거센 불이 치솟고 있었다.

저벅저벅. 멀지 않은 거리, 불을 배경 삼아 걸어오던 이가 멈췄다. 그러고는 나붓하게 웃었다.

체이서였다.

불을 배경으로 어디선가 바람이 불어와, 그의 검은 머리칼을 불꽃 너울같이 흔들어 놓았다. 그 모습이 당장 지옥에서 막 올라온 아름다운 악마의 모습처럼 느껴졌다.

"찾는 데 오래 걸리지 않아서 다행이다."

뺨에 피가 알알이 튀어 번져 있었으나 사람을 녹일 듯한 미소와 소름 끼치도록 잘 어울렸다.

"걱정했잖아."

끼긱. 끼기기긱. 체이서의 긴 검이 바닥을 긁었다. 눈동자를 굴리면 그 검에는 검게 변한 피가 말라붙어 있었다.

그는 내 앞에 다가와 상체를 기울였다. 이내 내 옷자락을 붙잡고 있던 중년 사내가 뒤로 날아갔다. 쿨럭. 남자가 피를 토하는 기침 소리가 요란했다.

그러나 체이서는 눈길도 주지 않은 채, 몸을 숙였다.

다정한 눈이 눈앞에 도달했다.

"왜 도망쳤어?"

나는 알았다. 이 남자가 줄곧 이런 모습을 일부러 내게 보이지 않 았다는 걸. 입술이 파르르 떨렸다.

"……도망, 치지 않았어."

"아, 그럼 이렇게 말할까?"

몸이 떨리면서도 눈을 떼어낼 수 없었다. 이 부드러운 눈동자가 그의 뒤에서 일렁이는 화마와 왜 이리도 잘 어울리는 것인지.

"왜 도망치려 계획했나?"

이 모습이야말로 책 속의 체이서 루브 도퓰릿이었다.

"너를 혼자 둘 때부터 아닐 거라 생각했지만, 날 배신했잖아."

그에 그와 헤어지던 순간이 떠올랐다. 저택을 보고 싶다는 말에 순순히 물러나던 그의 모습.

"이아나, 사랑스러운 내 여동생."

모든 것을 줄 듯 나긋한 음성이 녹진하게 귀를 적셨다.

"왜 내게서 또 도망치려 한 거야?"

체이서가 손을 들어 뺨을 훔쳤다. 뺨에 튀었던 피가 찍 늘어나며 번졌다. 새하얀 도자기에 번진 붉은 그림 같았다. 현실감이 없었다.

"아니. 듣지 않아도 괜찮을 것 같다."

그러나 불 그림자는 여전히 일렁이고 있었다.

"나는 널 보내는 실수는 두 번 하지 않아."

책 속의 악당이 보드랍게 속삭였다. 그가 손을 내려 내 손을 잡았다. 움찔했다.

그는 가져온 내 손을 제 뺨으로 가져다 댔다.

"……많은 걸 배웠거든."

여린 것을 대하듯 조심스럽기 짝이 없는 손이었다. 호의를 품고 이토록 다정한데도……. 나는 저 눈에서 광기를 느꼈다.

"아, 그러고보니 궁금하겠다."

미소를 품은 눈이 뒤를 잠시 곁눈질했다. 중년사내가 날아간 방향을.

"이것들은 네가 캄브라캄에서 출소한다는 것을 아는 순간부터 잠입한 놈들인데, 아마도 저택에는 더 있겠지? 여기에도 살아 있는 인간이 남아 있을 거고. 모두 걱정하지 마."

체이서가 칼을 뺐다. 쭉 뻗은 팔로 검은 무엇인가가 날아왔다.

……새?

커다란 새였다. 새카만 새였지만 부리로 겨우 종을 알 수 있었다. 독수리? 독수리인가? 눈동자마저도 신기하게도 흑요석같이 새까맸다.

온통 새카만 깃털을 가진 새 밑으로 검은 깃털이 너울너울 떨어진다. 마치 검은 장미 꽃잎 같은 것을 보다 문득 깨달았다.

벽에 새겨진 석판 속, 흑장미……. 그리고 흑장미 옆에 있던 동물의 형상. 새. 새랑 뭐였지?

거기까지 생각에 도달한 동시에 새가 길게 울었다.

"모조리, 이 세상에서 존재를 지워 버릴 테니까."

황홀할 정도로 아름다운 음성과 함께 체이서의 등 뒤에서 새빨간 불꽃이 치솟았다.

동시에 새가 가진 검은 눈이 그의 것처럼 빨갛게 변했다.

"……네 목소리 안 들려줄 거야?"

나는 간신히 입을 열었다.

"……오빠."

그에게 만족스러움이 피어올랐다.

"항상 아쉬웠어. 이아나."

붉디붉은 눈동자가 내게로 돌아왔다. 보는 이를 매혹시킬 것 같은 아찔한 웃음과 함께.

"왜……."

새카만 머리칼이 바람에 거세게 흔들렸다.

"내 능력이 네게만 통하지 않을까. 내 동생."

리케도르안이 가진 특수한 능력은 인간 같지 않은, 엄청난 신체 능력. 그리고.

그의 적, 대적자. 체이서 루브 도뮬릿이 가진 능력이란.

……모든 이들을 매혹시키는 '매혹안'이었다.

말 그대로 그의 눈을 보고 목소리를 듣는 모든 이들을 세뇌할 수 있는 능력.

이것으로 제국의 지하를 한 손에 넣은 사람이었다. 적어도 훗날의 리케도르안이 파훼법을 만들어 낼 때까지 그러했다.

그 붉은 눈이 광기와 매혹을 담고서 오롯이 나를 향했다.

"그래서 이아나. 언제 알려 줄 거야?"

불을 만들어 내는 독수리. 체이서의 능력, 석판 속 흑장미…… 모든 것이 뒤죽박죽되었다.

"내게 말하지 않은 것이 있잖아."

지금 내게 대답을 종용하는 아질한 목소리, 그러나 하나도 놓치지 않아선 안 된다는 건 분명했다.

체이서의 모습을 하나하나 떠올렸다. 줄곧 나를 보는 내내 위화감이 없던 태도. 자연스러운 대응…….

자연스럽게 연상되었다. 적어도 감방에서 잠깐 마주쳤던 때를 제외하면 그는 동요를 보이지 않았다는 것을.

절로 내 입술이 열렸다.

"……오빠, 사실 나 기억을 잃었어."

체이서가 자연스럽게 웃었다. 눈이 우아하게 휘어졌다.

"응. 기억을 잃은 건 이제 말해 주는구나."

그제야 깨달았다.

이 남자는 줄곧 내게 져 준 척한 것뿐이었다는 것.

내가 무언가 이상해진 걸 아는 채로 침묵했던 거란 것을.

모든 걸 상기하곤 소름을 꾹 참아냈다.

"괜찮아."

그의 손이 부드러이 내 뺨을 쓸고 떨어졌다.

"그래도 넌 언제나 내 동생인걸."

붉은 눈동자가 천천히 굴러간다.

사랑스러운 내 동생. 그의 입술이 움직인다.

"걱정 마."

그것이 슬로모션을 보는 것처럼 아득하고도 느릿하게 느껴졌다.

"네게 해를 끼치는 것들은 내가, 모두 태워 버릴 테니까."

유려한 필체만큼이나 난연한 미소, 그리고 농염한 목소리.

"언제든 지켜 줄게."

불꽃이 마구 이는 사이에서도 그의 말은 분명하게 전해졌다.

"도망가지 못할 감방이 저택에도 있으면 좋겠어."

2
익숙해진 감금 생활

1년이 흘렀다.

시간은 쏜 화살과도 같아서 잡으려 해도 잡을 수 없다는 말이 있듯, 어찌저찌 잡을 수 없을 정도로 빠르게 지나갔다. 정확히는 1년이 아니라 9개월, 10개월쯤? 1년에 살짝 못 미치는 시간이었다.

절그럭. 절그럭.

내 발걸음에 가벼운 사슬 소리가 따라붙었다. 이제는 숨소리만큼이나 익숙해져서 신경도 쓰이지 않는 소리였다.

발목을 보지 않으면 내가 족쇄를 차고 있다는 것도 잊곤 했다. 가끔 뒤를 보다가 쇠사슬이 있었지 하기도 한다.

복도 앞에 멈춰선 나는 슬쩍 고개를 들어 올렸다.

계절은 다시 흘러 풀벌레 소리가 경쾌히 울리는 여름이 훌쩍 다가왔다. 이미 한번 언급한바 있지만 이 제국은 특이하게도 한해의 마지막을 겨울이 아닌 '여름'으로 마무리했다.

이전 세계의 호주처럼 겨울이었을 달이 여름이란 소리다. 적응되지 않았던 부분이었는데 이도 두 번째로 맞이하니 그럭저럭 적응된 것 같다.

여름이 다가왔다는 건, 곧 한해의 끝이 다가온다는 얘기기도 했다.

즉, 내가 출소한 지 1년 되는 날이 한 3개월쯤 남았단 얘기다.

1년이라, 날짜를 꼬박 세어보던 나는 문득 떠오르는 은발의 소년에 눈을 돌렸다.

곧 그 모습이 눈꺼풀에서 지워지며, 새로운 인영이 나타났다.

"아가씨."

하녀복을 입은 이가 깍듯하게 인사했다.

"식사 준비가 되었습니다."

정갈하게 빗어넘긴 머리칼은 잔머리 하나도 용서하지 않을 것처럼 빽빽하게 넘겨져 있었다. 나는 그녀에게 흘끗 시선을 주었다가 무심히 옮겼다.

"못 보던 사람이네."

대답은 돌아오지 않았다. 이번에 새해를 앞두고 사람을 뽑았다더니 그중 하나인가.

하녀는 나를 보지 않고서 어딘가에 정신이 팔려 있었다. 그러다 퍼뜩 정신을 차린 듯했다.

"아……"

하녀가 얼른 고개를 조아렸다. 그녀의 눈이 떨어진 곳을 확인하고는 왜 그리했을지 이해했다.

모르는 이들은 늘 내 발목을 보고 놀라곤 했다.

하기야 멀쩡한 사람이 발목에 족쇄에다 꼬리처럼 쇠사슬을 질질 늘어트리고 다니니, 나라도 신기하게 보았을 것 같다. 나는 무심히 입술을 열었다.

"아, 내 발목?"

그녀가 화들짝 놀랐다.

"신기하긴 하지."

"죄, 죄송합……."

"할 건 없고요."

나는 보일 듯 말 듯 웃으며 손가락을 들어 올렸다. 그러고는 쉿, 하고 비밀을 속삭이듯 작게 속살거렸다.

"한 번으로 끝내요."

큰일 날라.

그러고는 그녀의 앞을 스쳐 지나갔다. 뒤늦게 정신을 차린 건지 하녀가 허둥지둥 달려와 내 앞을 걸었다.

이곳에서 이렇게 어리버리하면 안 될 텐데. 나는 속으로 이 언니가 딱 머리 올린 스타일만큼이나 똑 부러지게 정신을 차리길 바랐다. 또 '오빠'의 검 앞에 달려가기 싫거든.

그러나 잠시 후 내가 도착한 곳은 식당이 아니었다. 뭐 내가 줄곧 식당에서 식사를 한 건 아니었지만.

"살, 살려만 주십시오! 제발, 제발⋯⋯."

나는 눈을 흘끗 움직여 방 안 곳곳을 훑었다. 사태를 파악하기 위함이었다.

그러나 오래 볼 것도 없이 금세 상황이 파악되었다. 그도 그럴 것이 자주 있던 일이라 파악할 것도 없었다.

"살려달라."

감미로운 목소리가 들렸다.

"어떡할까, 이아나?"

전과 비교하면 고작 1년이 채 안 된 시간이 흘렀건만 남자의 음성은 더욱 농홍하게 익어 있었다.

"고민이 돼."

아니, 그보다는 저 능력에 더욱 능숙해졌다는 말이 맞겠지만.

"살려주세요, 저, 저는 아무것도 안 했습니다요. 아무, 아무것도!"

그런 걸 감안하더라도 황홀하리만치 아름다운 목소리였다.

나는 흘끗 눈동자를 굴렸다.

체이서에게 대답하지 않은 채 살려달라 꽥꽥 소리치는 사람을 무심히 흘려보냈다. 이미 반쯤 피투성이가 된 몰골이지만 치명상은 없는 것 같다. 그러니 꽥꽥, 소리 지를 힘이 있는 것 같은데.

"제, 제발! 나는, 나, 나는 아무 짓도 안 했어! 안 했다고! 악!"

방구석 정경이 보였다. 놀랄 만치 푹신한 침대와 다양하게 들어찬 아기자기한 소품들, 천장에 늘어진 하늘하늘한 레이스들.

어딜 봐도 저 남자의 방은 아니었다. 당연했다.

여긴 내 방이었으니까.

"이아나, 대답을 기다리고 있어."

마지막으로 향한 곳에는 긴 다리를 꼰 채 얼굴을 괸 남자가 있었다. 근 1년 가까이 되는 시간 사이에 길어진 앞머리가 눈썹을 덮을 듯 말 듯 간지럽혔다.

"왜 물어."

아니, 대뜸 남의 방에 이렇게 데려와서 물으면 뭐 어쩌라는 건지.

"당연히, 네 조언을 들으러 왔지."

체이서가 아무렇지 않게 대답했다. 감미로운 목소리와 대조되게 내 목소리는 심드렁했다.

"내 의견은 중요하지 않을 것 같은데. 어차피 하고 싶은 대로 할 거 아니야."

"그런 말은 저 사람을 쳐다보면서 해야지."

"……쳐다보면 쳐다봤다고 뭐라 할 사람이 있는 것 같은데."

잠시 옆에서 대답이 들려오지 않았다. 내 눈이 체이서를 향하고 나서야, 그는 모양 좋은 입술을 열었다.

"우리 이아나는 날 너무 잘 아는데."

난 대답 대신 그럼 거의 1년 동안 봐왔는데, 모르겠냐. 하는 시선을 보냈다.

그가 턱을 괸 고개를 획 기울였다.

"죽일까?"

살벌한 말은 조곤조곤하고도 나긋한 음성 속에 담겼다.

실제로 홍옥처럼 붉은 눈에는 다정함이 담긴 채 변함이 없었다. 이런 살 떨리는 말과 자신이 무슨 상관이냐는 듯이. 나는 침묵을 유지하다가 물었다.

"무슨 죄를 저질렀는데?"

"음……."

그린 듯한 반듯한 콧날 아래 그윽한 각도가 만들어졌다.

"살롱 주인에게 접근해 모종의 거래를 했어. 시종으로 들어올 예정이었으나. 잠입이었던 것 같네."

그다음은 듣지 않아도 뻔했다.

"어쨌든 들켰네."

"응. 맞아. 이아나."

그가 달콤하게 웃었다.

"이미 살롱 주인의 배신은 두 달 전부터 알고 있었으니까."

그의 음성이 나붓이 귀에 내려앉았다. 하지만 나는 알았다. 그가 여유롭게 앉아 까딱 휘두르는 다른 손, 그 손에 쥐인 칼에는 이미 피가 묻어 있다는 것을.

내 의상실, 플로네 의상실이면 3개월을 함께한 곳이었다. 짧은 시간이었지만…… 지금까지 거친 의상실 중에는 가장 길었다.

"됐고, 식사나 가져와."

나는 얼굴을 쓸어내렸다. 가뜩이나 식당이 아니라 방에서 밥을 먹는데, 이렇게 만들어놓으면 어쩌란 건지.

"배고파."

나지막한 내 목소리에 답이 돌아왔다.

"저 사람을 죽이면?"

나는 어깨를 으쓱했다. 사람이 죽는 건 참 안타까운 일이지만, 최근에 방문한 살롱 주인이랑 한패라면 어쩔 수 없을 터였다. 나는 심드렁히 고개를 틀었다.

그 살롱은 내게 독을 먹여 거의 성공할 뻔했으니까.

그러나 그럼에도 사람이 죽는 모습은 보고 싶지 않긴 한데.

나는 오랜 경험으로 알았다.

"마음대로 해."

내가 관심을 보이지 않으면 그도 관심을 떼어낸다는 것을.

그리고 체이서는 알고 있었다.

눈앞에서 사람을 죽이려 들면 내가 당장 검 앞에 뛰어들 거란 것을 말이다.

이처럼 1년이 채 안 되는 기간 동안 우리는 서로를 학습했다.

"관심 없어?"

체이서가 고개를 갸웃했다. 기울어지며 틀어진 시선은 일견 순진해 보였다.

하나 순진? 우스운 소리였다. 저 남자와 가장 어울리지 않는 단어가 있다면 그것일 테니까.

내가 대답을 하지 않자, 체이서의 시선은 쭉 이어졌다.

찰그락.

발목에서 미약한 쇠사슬 소리가 들렸다. 쇠사슬과 족쇄가 부딪쳐

난 소리였다.

약속이라도 한 듯이 두 쌍의 시선이 아래를 향했다. 먼저 웃음 지은 건 체이서였다. 그는 미소한 채로 손을 흔들었다. 기다렸다는 듯 뒤에 있던 기사들이 나섰다.

"자, 잠깐, 날 어디로…… 어, 어디로 데려가는, 고, 공작 대리 나리! 공작 나리! 공작님!"

사내가 황급히 소리쳤다. 체이서의 부하들에게 질질 끌려가면서도 소리를 멈추지 않았다. 결국 체이서가 눈길을 돌렸다.

"죽이진 않을걸."

그의 눈이 유혹할 듯이 접혔다.

"내 탄광엔 노예가 아주 많이 필요하니까."

그러나 그를 바로 옆에서 보던 나만 보았으리라. 유려한 깜빡임 사이로 보이는 눈동자는 전혀 웃고 있지 않다는 것을.

"아악, 으아아악!"

저 사내는 체이서 산하 탄광에서 어떤 일이 일어나는지, 끌려가 어떤 대우를 받는지 잘 알고 있을 것이다. 그렇기에 저렇게 소릴 지르는 것일 테지.

난 얼굴을 쓸어내렸다.

……아무리 나를 죽이려 했다지만 그럼에도 사람이 끌려가는 게 보기 편한 광경은 아니었다.

모든 사람이 나간 방은 몹시도 고요했다. 하지만 나는 여전히 오빠가 옆자리에 앉아 있음을 알고 있다. 그저 한마디도 하지 않고 가만히 있어도 범상치 않은 존재감을 드러내는 사람이었으니까.

그가 자리에서 일어나는 것이 느껴졌다. 성큼 다가온 체이서는 곧 내 앞에 무릎을 꿇었다. 그가 뻗은 손으로 인해 줄곧 심드렁하게 턱을 괸 채 딴 곳을 바라보던 내 고개가 돌아갔다.

눈앞에 새카만 머리칼이 보였다. 칠흑 같은 머리칼은 그림자처럼 그의 이마 위에서 한들거렸다. 내 앞에 무릎을 꿇은 그가 입술을 끌어올렸다.

"무슨 생각해?"

"별생각 안 했는데."

무슨 생각씩이나 하나.

그의 입술 사이로 작은 숨소리가 새어 나갔다. 세상을 어지럽히기 위해 지옥에서 막 뛰쳐나온 악마같이 매혹적인 웃음이었다.

그는 그대로 내 발목을 잡아 천천히 들어 올렸다. 나는 미간을 미미하게 찌푸렸다.

"발목은 왜."

"그냥."

한 줌이 되지 않는 발목은 그의 커다란 손안에서 얇게만 보였다.

"내려놔."

단호하게 명하는 내 말에 체이서는 웃음으로 마무리할 뿐이었다. 다정함을 가득 담은 눈이 반달 모양으로 휘어졌다.

찰그랑.

"불편하진 않아?"

나는 흘끗 그에게 잡힌 발목을 보고는 눈을 돌렸다.

"배고픈데."

내 입술에서는 답변 대신 다른 말이 흘러나왔다. 그가 내 발목을 잡거나 말거나.

그의 손끝에서 쿵쿵 뛰는 맥박이 고스란히 느껴졌으나 신경 쓰지 않았다. 대신 팔짱을 꼈다.

"밥 줘."

동요하지는 않았다. 더는 동요할 일이 아니었다 해두겠다.

이 남자는 1여 년 전 내게 본모습을 드러낸 이후로 쭉 이런 식이었다.

"밥 말고는?"

"말고는 필요 없어. 배고프니까."

그가 고개를 숙여 내 발등에 입술을 맞췄다. 스스럼없는 행동이었다. 부드러운 눈매에 움찔했다.

"……발등에 그러지 마. 더러운데."

"그런가? 그럼 씻어줄래?"

뭐를? 입술을?

무슨 헛소리를 하고 있어. 숨을 작게 내쉰 나는 아무렇지 않게 대꾸했다.

"조만간 비가 온대, 입 벌리고 서 있어."

거기서 닦던가, 내 소리에 우리의 시선이 교차했다. 웃음을 터트린 쪽은 체이서였다. 그는 손등으로 뺨을 닦았다.

"그렇게 말하지 않기로 했잖아."

"그럼 앞으로 발 씻지 말까?"

"내 동생, 직접 씻겨주길 바라?"

이리 말하던 체이서가 흥미롭다는 듯 제 턱을 문질렀다.

"아…… 좋은 생각 같은데, 실천해 봐도 돼?"

"……생각해보니 비 올 때 나도 같이 서 있을게."

이 변태 같은 인간이 뭐라는 거야. 네가 씻겨주느니 비 맞는 게 낫지. 그가 내 발목을 살짝 쥐었다가 놓았다. 절로 족쇄의 감촉이 느껴졌다.

방 안엔 몹시도 세상에서 제일간다는 고급스러운 침구와 백 마리의 거위 털을 뽑아 만들었다는 베개가 즐비했다. 여기에다 제국을 다 뒤져도 채 열 개가 되지 않는다는 희귀한 보석부터, 1년 12달을 입어도 반 바퀴도 돌지 못할 옷과 신발, 10년에 한 번만 채취 가능하다는 풀로 만든 방향제까지.

호화로움을 형상화하고, 풀어놓은 것들로 가득했다.

나는 마지막으로 체이서의 어깨너머를 응시했다.

방 안에 있는 커다란 기둥, 그 기둥에는 검은 사슬이 둘둘 감겨 있었다. 기둥은 도르래처럼 돌아가는 식이었다. 그것도 마법의 힘이랬나. 저걸 모두 풀면 이 저택을 둘둘 감을 수 있댔나.

저것 덕분에 이 족쇄를 달고도 저택 안 정도는 자유롭게 다닐 수 있었다. 동시에 묶인 것이기도 했고. 나는 눈을 기둥에서 떼어내, 내게 이것들을 선사한 남자를 향했다.

감금.

그래, 지난 1여 년간 나는 감금되었다.

어떠냐고?

편안히 감금당하는 중이시다.

어차피 세상은 배부르고 등 따시면 그만.

나는 인생을 즐기기로 했다.

"빨리 밥 줘."

약 1여 년 전, 이렇게 생각하기까지는 단 석 달도 걸리지 않았다.

〈도망가지 못할 감방이 저택에도 있으면 좋겠다.〉

1여 년 전, 불타오르던 근거지에서 체이서에게 구출된 나는 그길로 체이서에 의해 쓰고 있던 방을 바꿨다.

발에는 지금보다 굵은 족쇄가 채워졌다.

곧이어 나만을 위해 완성된 방을 보며 어처구니없는 기분이 들었다.

……이 무슨 감방보다 리얼한 감방이래.

그때는 쇠사슬도 지금보다 짧았다. 겨우 집안을 걸어 다닐 수 있을 정도?

이후 길어진 것도 체이서의 부하이자 어느 흑마법사인 인물이 마법을 걸어서 가능한 일이었다나.

체이서가 본모습을 드러내자, 저택은 기다렸다는 듯이 그 모습에 적응했다. 아니, 시중인들은 이쪽의 모습에 더욱 익숙한 듯했다. 저택은 언제 고요했냐는 듯 수많은 사람이 오갔다. 물론 갇힌 상태였던 나는 보지 못했다.

〈으아아아!〉

그저 저택이 떠나가라 지르는 비명으로 아, 많은 이들이 왔다 갔구나, 결코 반가운 일로 터진 비명은 아닐 거란 생각을 했다.

놀라긴 했지만 생소하진 않았다. 무섭고 말고를 떠나서 그래, 이게 바로 악당 저택이지 하는 기분이 들었다고 할까.

사실 내가 적응이 빠르단 건 알았지만, 나도 내가 이렇게까지 무던할 줄은 몰랐다.

설마하니 족쇄에 적응할 줄은 누가 알았겠어.

하지만 상황은 내가 여기에 놀랍도록 적응하게 만들어주었다.

쨍그랑!

내가 체이서로 인해 족쇄를 찬 지 한 달째 되는 날이었다.

〈악마 같은 도뮬릿! 너희는 전부 죽어야 해! 네 아비로 인한 원한을 돌려주마!〉

갑자기 날아온 단검에 유리잔이 깨지고 손이 길게 베였다. 움직일 수는 없었다. 검이 바로 앞에 있었으니까. 범인은 이 저택에서 무려 11년을 일해온 집사였다.

〈악마의 자식들! 죽어! 죽어라! 아비의 죄를 받아라!〉

거기다 그의 원한은 체이서가 아닌 도뮬릿 공작, 체이서의 부친을 향했다.

현재 치명적인 부상을 입어 은밀한 곳에서 요양 중인 도퓰릿 공작은 집사의 원한을 받을 수 없었다. 그것은 위치가 굳건하고 강한 체이서 대신 나를 향했다.

〈……미안해, 이아나.〉

달려온 체이서가 검에서 피를 뚝뚝 떨어트리며 사과했다. 울먹일 듯 그윽한 눈동자만은 진심처럼 보였다.

처음엔 자신 대신 칼을 맞은 것을 말하는 줄 알았다. 그러나 이게 아니란 걸 다음에 나온 말로 알았다.

〈청소가 덜 됐나 봐.〉

그 후로는 식사에 독이 나왔다. 도퓰릿 공작이 오래 전 벌인 학살의 피해자가 범인이었다. 체이서는 그날로 주방의 모든 인원을 교체했다. 나는 깨달았다.

아, 모든 게 체이서를 향한 원한만은 아니구나.

〈미안해.〉

이 체이서가 악당이 되기 전에 이미 도퓰릿 공작은 악랄한 인간이었다. 그가 저지른 일이 고스란히 도퓰릿으로 돌아왔다.

체이서를 향한 원한마저도 연좌된 원한이었다. 자연스럽게 알게 되었다. 그동안 그는 이 모든 것을 홀로 떠안고 있었다는 것을.

〈……그래도 도망치는 건 안 돼, 내 이아나.〉

한국인은 삼세번, 의지의 한국인, 뭐 이런 말을 본 따 두 번 더 탈출 시도해 본 끝에 나는 알았다.

아하, 내 얼굴이 그의 적에게 낱낱이 알려졌구나.

어디로 나가도 내 인기가 최절정을 찍었다. 원한 적 없는 데다 부정적으로 찍은 불명예였다. 덕분에 이런 살해 시도 덕에 나가서도 평안히 살기는 글렀다는 사실을 체감했다.

1층을 거닐던 도중 암살 시도가 있었을 때에 방의 침구가 싹 바뀌었다.

절그럭.

그때 즈음에 발목을 감싼 족쇄와 쇠사슬의 효용을 알았다. 체이서는 내가 어디에 있든 이 쇠사슬로 알 수 있다. 내가 목에 막 칼침을 맞기 직전에 그가 달려올 수 있었던 것도 이 때문이었다.

〈이아나!〉

내가 위험할 때, 그는 거짓말처럼 달려왔다.

……생각보다 괜찮잖아?

급박한 상황에서 제정신인가 싶은 발상의 전환이었지만 나름대로 만족했다는 결론이다. 어쩌겠나. 여기서 밖에서 유유자적 못살아? 내 불행한 인생, 하고 울어봐야 상황이 바뀌겠나.

상황을 바꿀 수 없다면 마인드를 뚝딱뚝딱 바꿔서 편안히 영위하면 된다.

그게 뭐 어렵겠나.

그냥 악당 여동생 하지 뭐.

이게 배부르고 등 따시면 그만인 내 안락 감금 라이프의 시작이었다. 그야말로 '만만' '편안' '편리한' 감금을 위하여였다. 적어도 밥

굵기지 않고, 항상 최상급으로 주고 거기다 가끔 섞여오는 독도 걸러주었으니.

"좋은 게 좋은 거지."

나는 늘어지게 앉아 배를 두드리며 중얼거렸다. 통통. 배를 두드리는 내 손을 아니꼽게 바라보는 사람이 있었다.

"뭘 그렇게 봐요?"

나는 시선을 보내는 사람 쪽으로 고개를 돌렸다.

눈앞에서 새하얗고 찹쌀떡같이 몰랑몰랑할 것 같은 뺨이 씰룩였다. 복숭앗빛 도는 뺨을 저리 부풀려봐야 딱히 무섭지 않은데.

"아, 이렇게 말해야 하나요."

팔을 들어 탁상에 올리고 나는 턱을 괸 채로 씩 웃었다.

"뭘 그로케 봐쏘요?"

잔뜩 발음이 뭉개지며, 마치 아기가 웅얼거릴 법한 내 음성에 쾅, 상대편이 탁자를 두드렸다.

쾅쾅!

이것으로 모자라 조그만 주먹이 참지 않고 연달아 두들겼다.

"이봐, 아가씨! 내가, 그로케 말하지 말래찌!"

어린아이의 것과 같이 조그만 주먹이 내려친들 이 튼튼한 탁자가 흔들리기나 할까. 눈앞의 사람은 어린아이 같은 게 아니라 어린아이다 못해 완전히 아기였지만.

"아하. 그럼 오토케 말할까요?"

"써꺼 말하지 마!"

눈앞의 이가 발끈했다.

살랑거리는 짙은 하늘색 곱슬머리, 더욱 진한 녹색 눈동자는 구슬을 콕 박아넣은 것처럼 동그랗고, 얼굴은 조막만 했다.

세워 놓으면 겨우 6살이 될까 싶은 이 아이, 아니 사람은 체이서의 부하, 흑마법사 마쉬멜이었다.

현재 제 몸이 감당하기 힘든 지팡이를 들고 성을 내고 있고, 저 지팡이로 보다시피 내 족쇄에 마법을 걸어준 흑마법사이며 사슬을 연장해준 장본인이다.

"왜 그래요, 마시멜로 씨. 장난 좀 친 거 가지고."

"누가 마찌멜로냐!"

"발음이 어렵잖아요. 쉽게 줄여요."

이름이 발음하기 어려워서 대충 줄여서 마시멜로라 부른다.

"무슨 소리냐. 그건 쭈린 게 아니쟈나!"

아, 그러네, 줄인 건 아니구나.

"에이, 실수예요. 실수. 작은 거에 성내지 말아요. 키 안 큰다?"

"내 키는 다 커써! 내 본체는 커따고!"

"본채가 아니라 본체겠죠."

"본체!"

"네네. 그래쪄요?"

보다시피 쪼그만 아이의 모습을 하고 있지만 속 알맹이는 멀쩡한 성인 남자다.

'저런 체구로 잘도 움직이네. 아, 날아다닌댔나.'

책에서도 본 적은 있었다. 체이서의 온갖 뒷일을 맡아 하는 보좌 겸 왼팔을 맡은 흑마법사.

현재 저렇게 된 건 흑마법을 연구하다가 얻은 부작용이라나?

지금은 원래대로 돌아오는 방법을 연구 중이라는데, 해결방법을 찾기란 요원해 보인다. 체이서가 워낙에 일을 많이 시켜서 말이지.

배척받는 흑마법사의 특성상 체이서의 옆에 붙어 있는 쪽이 그에게도 좋은 일일 터였다. 아기 모습으로는 멀리 도망가지도 못할 테니까. 어쨌든 리케도르안에게 마법사 제이르가 있다면, 그에 상응하듯 이 사람이 체이서의 보좌 같은 존재였다.

확실히 능력 또한 출중했는데, 내 발목에 달린 쇠사슬과 그 쇠사슬 길이를 늘인 솜씨를 생각하면 대단한 마법사인 것 같긴 하다.

제이르를 생각하면 상당히 귀여운 비주얼이긴 하지만.

"아악! 아가씨만 아니믄!"

이렇게 사납다.

"바라, 얼른 바! 책을 바."

그가 작달 만한 손바닥을 탁탁 내리쳤다. 그래 봐야 위엄은 쥐뿔도 없으나 나는 집중하는 척했다.

그는 내 선생이었다. 이렇게 말이 확 짧은 까닭도 거기 있었다. 나도 아기가 극존칭쓰는 모습은 별로라 그러마 했다.

"근데 왜 내가 제국의 역사를 공부해야 하나요?"

최근 체이서는 바쁜 흑마법사 부하를 기꺼이 공부 파트너로 붙여 주었다.

"편하게 살고 싶다며?"

"그건 그렇죠."

"등 따찌고 배때지 부르고 싶다묘? 개돼지초롬."

"……그 얼굴로 개돼지라 하지 말아요."

나는 떨떠름하게 답했다.

나는 공부의 필요성을 느끼지 못했고, 여기서 이 조그만 흑마법사님의 불행이 시작되었다.

"그럼 자기지비 모하는지는 아라야 할 거 아냐."

우리 집이, 우리 가문이 뭐 하는지 알아야 한다라. 나는 심각하게 반문했다.

"굳이 내가 그런 걸 몰라도…… 오빠는 날 먹여 살리지 않을까요?"

"이 기생충!"

"네네. 기왕이면 예쁜 나방 시켜주세요."

그렇게 실랑이를 벌이다가 겨우 책을 보았다.

'진심인데.'

체이서가 나를 놓아주지 않을 거란 것 말이다. 거기다 빗발치는 원한 덕에 나가 살기도 요원했다.

이런 상황에서 체이서가 내게 공부를 시킨 까닭을 모르진 않았다. 이곳에서의 성년 기준은 18세, 그러나 나는 상식이 부족했다. 원한 찬 공격으로부터 보호받는 동안은 불필요하다 여겼지만 이젠 아니라고 판단한 거겠지.

찰그랑. 사슬이 흔들렸다.

나는 한 넉 달 전 즈음부터 훨씬 가볍고 얇아진 사슬을 보다 발을 흔들었다.

"모하나. 빨리 일고라!"

……가끔 이 사람 발음은 아기 같은 게 아니라 우리나라 말이 서툰 외국인 발음 같기도 하단 말이지. 아니면 유치를 막 뺀 7살 아이의 말투 같기도 하다.

나는 책을 바라봤다.

「그리하여 태초의 제국에는 무려 다섯 개의 가문이 있었다-.」

역사책의 한 구절이다. 귀족 누구나 알아야 하는 교양이란 제목에 걸맞게 어렵지 않은 단어로 풀이되어 있었다.

개중에 나는 익숙한 문양을 발견했다.

기하학적인 도형과 각 자리에 새겨진 문양들, 아주 오래전 보고는 잊고 있던 것이었다. 기억 속에서 이걸 끄집어냈다.

"저기, 마시멜로 씨, 이 문양은 뭐예요? 설명해주세요."

"마시멜로가 아니라구 해찌!"

"네네. 알았어요. 푸딩 씨. 그래서 이게 뭐라고요?"

그나 앙증맞은 얼굴을 씩씩 대면서도 눈은 착실히 내렸다. 나는 웃음을 꾹 참았다. 그러나 마시멜이 책을 확인한 뒤 돌아온 건 한심하다는 시선이었다.

"아가씨, 너 이론 기본됴 모루냐?"

"아가씨든 너든 하나만 해요. 네, 몰라요. 나 무식한 거 몰랐어요?"

나는 당당했다.

"……왜 당당한 고지?"

흑마법사님은 어처구니없다는 표정을 하면서도 내게 설명해주었다.

"이곤 고대로부터 내려온 주술 문양이댜. 오직 황실과 장미가문 마니 쓸 수 있늉 고라 제국민드른 다 알고 있쩌."

황실과 장미 가문만이 쓸 수 있는데, 제국민 대부분이 아는 문양, 나는 대충 그의 말을 해석했다.

"축제에도 빈본히 나오는 거다. 좀 아라도라. 주인님 망신시키지 맗고. 아랐냐?"

"알았어요, 아주 기본적인 거란 거죠?"

나는 유심히 문양을 봤다. 이상하네. 이거, 아무리 봐도 감방에서 본 건데. 지하 감방 내 동굴 안에서 본 문양이었다. 그러나 모양이 아주 많이 달랐다. 굳이 말하자면 석판에서 보았던 거에서 덜어내고 약식으로 표현한 느낌?

그리고 변형도 된 것 같다.

누구나 알아보기 쉽게 간단하게 그려져 있었으니까.

거기다가 중앙에 있는 문장이 파내져 있지 않았는데, 푸르른 것 대신에 날개가 확 펼쳐진 동물이 자리하고 있었다. 마쉬멜 말이 황실의 문양이란다.

동굴 내 석판에는 부서져 있긴 해도 이 문양이 있었다기엔 크기가 맞지 않는 것 같은데.

알아본 건 순전히 장미와 장미화 함께 그려진 요상한 동물 형상 때문이었다.

나는 조각난 문양을 하나하나 보다가 한 곳에 시선을 멈췄다.

화사하기 짝이 없는 붉은 장미, 리케도르안, 그의 문양이었다.

"저기, 타르트 씨, 이 동물 같은 건 뭐예요? 너무 궁금한데."

"……아가씨, 날 제대로 부를 마으미 없뉸 고지?"

"에이. 알죠알죠. 마쉬멜 씨."

조그만 흑마법사님이 한숨을 푹 쉬었다. 그래 봐야 조그만 뺨이 우물거리는 게 귀엽기만 했지만 그 사실은 숨겼다. 본인이 귀엽단 걸 잘 알아서 귀엽다고 하면 화를 낸다. 위엄어린 흑마법사가 되고 싶다나.

"장미 가무네 대해서는 아나?"

"네, 대충은요."

"장미드른 특수한 능력을 가지문소 각짜 수호신을 가진댜. 이걸 '누멘'이라구 하며, 신쑤라고도 하지."

"수호신……."

오빠한테도 있는 그거 말이구나.

나는 1년 전 납치당했을 때 보았던 새를 떠올렸다. 종종 불을 일으키던 새. 1여 년이 지난 지금은 침입자 머리를 활활 태우는 새의 모습에 익숙해져 있었다.

이어서 그는 흑장미, 도튤릿은 신수를 둘이나 가지고 있는 가문 이라고 알려주었다.

나 또한 새 말고도 오빠가 가진 또 다른 짐승을 본 적 있었다. 재규어였지. 이어지는 설명에 끄덕였다. 조그만 흑마법사님은 경청하는 태도를 좋아했다.

아니나 다를까 오냐, 하는 얼굴을 지나쳐 문장을 향했다. 붉디붉은 장미 쪽이 유난히 눈에 들어왔다.

그럼 이건 리케도르안의 수호신이구나. 수호신, 단어가 묘하게만 느껴졌다.

"붉은 장미를 보는 거냐?"

"응? 그냥, 신기해서요."

수호신이라, 그런 게 있었다면 그 남자는 조금 더 편한 생을 살았을까. 이런 게 있었다면 왜… 불행한 어린 시절을 보낸 거지?

그 남자란 당연히 리케도르안이다.

장미와 장미들의 힘에 대해 자세하게 알게 된 건 순전히 마쉬멜 덕이었다. 체이서가 유난히 강하고 또 강력한 힘을 가졌다고 말해주었으니까. 장미 가문 내에서도 강한 능력을 가지고 태어나는 이가 있고, 보통 사람과 다를 바 없이 약한 힘을 가지고 태어나는 이가 있단다.

"봐바야, 소용업따. 거기 수호신은 이제 유명무실하니까."

"와, 그 얼굴로 어려운 말 쓰니까 신기하네요. 간장공장콩팥, 한번 해봐요."

"놀리지 마란마라!"

아무튼 이 능력을 두고, 전대에서는 헤르님 대공만 가지고 태어

150

났다나. 하나 대공의 능력은 그리 강하진 않았다고. 차차 듣다보니 리케도르안을 향한 학대의 이유가 뻔히 보였다.

'이제 와 생각이 났다라.'

그렇게 몇 마디 더 나누다가 이야기는 끝이 났다. 수업을 빙자한 수다나 다름없었다. 수업인지 수다인지 모를 시간이 끝나고, 나는 방 안에 홀로 남겨졌다.

주변을 살펴보다가 복도로 나왔다. 그러고는 걸음을 한참 옮겨 익숙한 문을 열었다. 1여 년 전 여기 처음 왔을 때, 체이서가 내게 주었던 방이었다. 오랜만에 왔건만 내부는 깨끗했다.

지금 사용하는 방으로 온 뒤로 더는 여기에 들어갈 일이 없고, 이제 와 방 탈출 아닌 방 탈출을 할 생각은 없지만. 조금 전 마쉬멜과 대화로 호기심이 들었다.

"'거기 수호신은 유명무실하다'라. 이게 무슨 소리일까."

마쉬멜이 붉은 장미 수호신을 이야기했을 때 그냥 모르는 척 흘려들었지만 궁금했다. 그저 조그만 흑마법사님 앞에서 타인에 대한 것을 궁금해할 순 없었기 때문에 묻지 못했던 거다.

나는 내가 타인에 대해 가지는 관심을 체이서가 어떻게 여기는지 잘 알고 있었다.

지금 이건 그저 가벼운 호기심이고, 나는 안락하게 지내고 싶었다.

'그러니 조금만 보자. 약간의 호기심만 충족하는 선에서.'

이전에 보았던 것처럼 천장식을 들어 올렸다. 벽에 새겨진 것은 여전히 있었다.

"여기서 반쪽."

나는 옆방으로 갔다. 그곳에도 여전히 벽에 새겨져 있었다.

"그리고 여기에 붉은색과 흰 장미."

남주와 여주의 가문 문양인 붉은 장미, 흰 장미가 있다. 그리고 흰 장미 옆에는 수호신이 있었다.

하나 붉은 장미에는 수호신이 없다.

"찾으란 얘기지, 이거?"

1여 년 전에는 당장 여기서 튀기 바빠 보기만 해두고, 잊었던 것이다. 이 순간 기꺼이 방 탈출을 해보기로 했다. 할 일이 딱히 없다는 점이 컸다.

그리고…….

〈……약속. 지킬 거죠……?〉

나는 눈을 꾹 감았다가 떴다.

집중할 것이 필요했다.

첫 번째 방이 그랬듯 이 방에도 칼로 긁어놓은 듯 기호 같은 것이 문양 밑에 있었다. 아마도 이 문양에 없는 것을 찾는 단서일 거다.

산과 태양처럼 그려진 것과 아래 화살표가 보였다. 산 사이에 태양이 뜨고 있다. 그리고 방위 기호에서 동쪽에 해당하는 부분에 동그라미가 쳐져 있다. 그리고 이건 책장을 그린 것 같은데. 네모 안에 책 같은 것이 가득했다.

"아래층에서 동쪽 두 번째, 책장 옆?"

나는 중얼거리다 말고 얼른 걸음을 옮겼다. 얼마 가지 않아 목표했던 방에 도착했다.

문을 열자마자 책장으로 다가갔다. 헷갈리진 않게 책장은 하나뿐이었다. 나는 책장 앞에 쪼그리고 앉아 책장 옆, 조그만 장식 화분을 치운 나는 씩 웃었다.

빙고.

그곳에는 조그만 짐승이 그려져 있었다.

"찾았다."

그러나 나는 이내 고개를 갸웃했다.

……답을 찾았는데 이제 어떡하지?

뺨을 긁적였다. 뭔가 시작하자마자 탈출로를 찾은 느낌이었다. 음, 어떡하지.

'너무 싱거운데.'

그리 생각하며 동물 형상을 톡톡 두드렸을 때였다.

푹.

어라? 손가락이 푹 꺼졌다. 이게 뭐야. 놀랄 새도 없이 동물이 새겨진 부분이 끼긱 돌아갔다.

이게 뭐야. 벽돌이 돌아가는 것을 멍하니 바라보는데 손이 홀린 듯이 내밀어졌다. 누군가가 강제로 끌어들인 것 같았다.

꽤 거친 당김에 팔에 달려 있던 팔찌와 보석이 달랑 흔들렸다. 그리고 보석이 석판에 닿는 순간, 익숙한 빛이 흘러나왔다. 언젠가 감방 구멍에서와 같은 과정이었다.

"윽, 뭐야……."

눈부심에 잔뜩 찡그리고 눈을 꾹 감았다가 떴을 때, 못 보던 것이 앞에 있었다.

조그마한 형상이다. 아니, 홀로그램인가 착각할 정도로 반투명했던 것이 차차 실체를 가졌다. 곧이어 조그만 것의 눈처럼 보이는 까만 눈망울이 깜빡깜빡 나를 담더니, 고개를 갸웃했다.

동그란 귀, 흰 바탕에 회색 줄무늬와 검은색 땡땡이가 콕콕 박힌 털, 생김새는 아기 치타 같으면서도 꼬리가 두툼하고 길었다.

하지만 회색과 푸른 눈, 짐승의 시리도록 맑고 투명한 눈을 바라보는 순간 한 남자를 떠올렸다.

"리케도르안?"

생각은 길지 않았다. 짐승이 캬옹, 이를 드러냈기 때문이었다.

-인간아!

나는 눈을 끔뻑였다. 기다렸다는 듯이 동물의 눈이 가늘게 휘어졌다. 동시에 머리로 조그만 흑마법사님의 말이 스쳐 지나갔다.

〈그래서 이 동물이 뭔데요? 얘만 이상하게 생겼잖아.〉

〈보폰 모르냐! 이건.〉

"……설표?"

얼떨떨하게 중얼거렸다. 은색에 가까운 하얀 회색털이라거나 푸른 눈동자까지 리케도르안에게서 모조리 따왔나 싶을 정도로 비슷했다.

-엣헴, 인간아, 네가 나를 구해주었느냐.

"안 어울리게 웬 조상님체……."

분위기가 확 깨는 기분이다. 그만큼 눈앞의 설표가 너무너무 작았던 탓이다. 그러나 그러거나 말거나 설표는 내게 다가와 몸에 비해 큼지막한 발바닥을 내 허벅지에 탁 올렸다.

캬캉! 웨옹웨옹!

-나를 뫼셔라! 뫼시거라!

신기하게도 짐승의 울음소리와 사람의 목소리가 같이 들렸다.

크아앙!

-영광을 주겠따!

문제는 사람의 목소리 쪽이 조그만 흑마법사님처럼 영락없는 어린애 목소리였다.

"……영광이고 나발이고. 넌 뭐야?"

캬캉, 날카로운 느낌의 짐승 소릴 듣고 있으니 그리운 모습이 하나 떠오르는 기분이었다. 묘해지는 감상을 얼른 지워냈다.

……하필 색도 같가지고.

웨옹! 캬캉! 캬오오!

-진심을 숨길 것 없느니라. 나는 다 알고 있나니! 날 깨운 것은 네가 간절히 그리워했기 때무니라!

"뭔 도를 믿으세요, 같은 소릴 하고 있어."

-어허, 인간, 뫼셔라! 아무나 날 꺼내줄 수 있는 줄 아느냐!

"……너야말로 애 같은 목소리로 그러지 말아줄래?"

그리고 내가 꺼내준 거면 내가 더 대단한 거 아냐? 나는 심드렁한 눈으로 눈을 깜빡였다.

어째 사고를 친 것 같은데. 머릿속에는 이걸 어떻게 수습해야 하나 하는 생각뿐이었다.

안 돼. 내 평화로운 생활이!

-솔직하지 못하구나!

그러니까 대체 뭐가?

"……너 헤르님의 신수지?"

-그렇다!

설표가 이빨을 드러내며 캬웅, 울었다.

-봉인에서 드디어 풀려난 위대하신 이 몸을 뫼시거라! 무려 9년 만이다!

송곳니도 채 나지 않는 분홍색 잇몸 덕에 위엄이라곤 개미 발가락 때만큼도 없는 모습이었다.

"그게 자랑은 아닌 것 같은데."

-뭐야?!

왜애애애옹!

허어, 이게 고양인지 맹순지. 나는 복슬복슬한 꼬리를 치우며 한숨을 쉬었다. 뭔 놈의 꼬리가 이렇게 두툼해.

머리로는 조그만 흑마법사님의 음성이 쟁쟁하게 울렸다.

〈봐바야, 소용업따. 거기 수호신은 이제 유명무실하니까.〉

설마하니, 이게 그 소리였어?

정황이 맞아떨어졌다. 헤르님의 신수인가 뭔가가 여기 있다.

거기다 설표가 제 입으로 봉인이라 했다. 시간을 들으니 딱 떨어지는 것 같고. 거기다 리케도르안이 딱 저 시기 즈음 감방에 갇힌 걸로 아는데.

설마 이거, 체이서의 짓이야?

그럼 더 심각해지는데. 나는 난감한 표정으로 부서진 벽돌과 돌부스러기, 설표를 번갈아 봤다. ……이거 봉인은 다시 어떻게 하는 거지.

"널 가둔 게 혹시 체…… 아니, 아니다. 너 다시 들어가면 안되니?"

나는 짐승의 머리를 꾸욱꾸욱 눌렀다. 벽에 안 들어가지나?

"들어가주라."

그러자 설표가 충격받은 얼굴을 했다. 벌어진 입, 하늘색 눈으로 울망울망 물기가 차올랐다.

─무슨 소리냐! 위대하신 이 몸을 가두겠난 마링냐! 싫다! 시르다! 캬아아앙! 웨옹! 웨애애애옹!

"혹시 인간의 언어를 사용하는 게 미숙하니? 왜 말투가 오락가락해. 근데 들어가주라."

─네, 네 마음을 아느니라! 소, 솔직하지 못하구나!

"그러니까 뭐가 솔직하지, 아니 됐다. 내가 지금 너 때문에 곤란해졌거든? 부탁이니 돌아가 주라."

내가 무어라 더 하기도 전에 솜방망이 같은 두툼한 발이 입술을 막았다.

-내…… 내가 이렇게까지는 안 하려 했느니라! 솔직해지란 말이다!

"읍, 읍읍!"

그러니까 대체 뭐가! 뭐에 솔직해지란 건데!

조그만 발을 치우기도 전에 눈이 절로 잠겼다. 난데없는 수마였다. 저항하려 했으나 누가 때린 것처럼 강제로 눈이 감겼다.

그리고 눈을 떴을 때 전혀 새로운 공간 속에 있었다.

나는 후, 낮게 숨을 내쉬었다. 이게 뭐냐고. 복잡하고 난감한 마음으로 얼굴을 쓸어내렸다. 얼떨결에 휘말린 느낌이다. 그것도 아주 골치 아픈 일에 말이지.

이런 기분은 1여 년 전 체이서가 날 납치한 놈들 근거지를 활활 태우던 걸 본 이후로 처음이다.

"……난 평화롭게 살고 싶다고."

이 공간이 뭔지는 몰라도 깜깜하고 답답했다. 아무것도 보이지 않는 것도 한몫했다. 저 설표가 바라는 것이 있을 텐데…… 아무 말 안 하고 버티고 있으면 내보내주지 않을까.

버티자.

일명, '존버'를 해보기로 했다.

나는 말을 하지 않겠다는 다짐을 꾹꾹 다지며 옷자락을 쥐었다가 놓았다.

그때였다.

공중에서 새하얀 손이 나타났다. 그러고는 내 손을 가볍게 쥐었다. 힘을 준 것도 아닌 아주 약한 힘이었다.

엄마야!

나는 소스라치게 놀라 손을 뿌리쳤다. 아, 깜짝이야. 귀신인 줄 알았네. 그러나 손은 머뭇거리더니 나를 다시 한번 붙잡았다.

"……말아요."

익숙한, 아니 이제는 낯설어진 음성에 어깨를 굳혔다.

이 목소리는.

"피하지 말아요."

어둠 속에서 그림자가 차차 걷혀졌다. 팔에서 어깨가, 어깨에서 얼굴이…… 천천히 드러나는 모습을 본 순간, 나는 눈을 크게 떴다. 절로 입술이 벌어졌다.

"……안, 피하면 안 돼요?"

눈앞에는 눈물범벅이 된 리케도르안이 서 있었으니까.

"당신이죠?"

그의 뺨으로 눈물이 뚝 떨어진다.

"정말 당신인 거죠?"

날 잡은 손에 힘이 들어간다.

"당신 없는 낮이 길었어요."

그가 그대로 고개를 떨어트렸다.

"흡…… 밤은, 더 길었어요."

뚝. 뚝뚝. 떨어진 물방울이 바닥에 검은 동그라미를 그렸다. 어느새 나는 힘이 스르륵 빠져, 돌바닥에 앉아 있었다.

감방이었다.

"리케도르안?"

왜 내가 감방에 있는 거지? 어째서?

획획, 연신 돌아가는 시야가 주변을 가득 담았다. 횃불과 차가운 벽, 똑똑 떨어지는 물방울, 한기. 아무리 봐도 감방이었다.

그리고 마지막으로 볼 때와 달라지지 않은 옷을 입은 리케도르안이 있었다.

"그, 그래도 나, 잘 기다렸어요."

그가 더듬더듬 말을 이어간다.

눈물이 이슬처럼 맺혀 떨어지는 낯은 조금 낯설었다. 희고 청초한 것은 여전했으나 물씬 물이 들고 있는지 보지 못한 성숙함을 자아냈다. 겨우 1여 년인데 그가 훌쩍 큰 것처럼 느껴졌다.

그가 고개를 든 순간, 내가 착각한 것이 아니란 걸 깨달았다.

시야가 맞던 얼굴이 어느새 나보다 위쪽에 있었다.

그가 촉촉이 젖은 눈으로 내 손끝을 가져와 뺨에 비볐다.

"……나 잘 기다렸어요?"

칭찬을 갈구하는 듯한 젖은 음성, 침이 바싹 마르는 기분이었다.

"그래서 여기 와 준 거예요?"

입술을 축이는데, 그의 시선이 내 입술에 꽂혀 떨어지지 않았다. 눈물이 매달린 투명한 눈동자였다.

"나. 잘 기다리고 있는 거죠? ……말해줘요."

왜 이제 말을 더듬지 않는 건지. 괜스레 조금 쉰 음색에 집중되어

가슴이 울렁거릴 것 같았다.

나는 왜 당신 앞에 있는 걸까.

감상에 젖은 시간은 길지 않았다. 머리에 스친 것이 있기 때문이었다.

그, 그…… 똥고양이!

헤르님의 수호신은 어느새 똥고양이로 격하되어 있었다. 모름지기 그것을 잡는 순간 잠이 왔으니 그게 범인, 아니 범묘일 게 분명했다.

하지만 공간 어디에도 그 짐승의 모습은 보이지 않았다. 있는 것이라곤 리케도르안뿐이었다. 대체 이 모습을 뭐라고 받아들여야 하는 걸까. 환상? 가짜?

일단 침착하게 심정을 가라앉혔다.

"안녕, 리케도르안."

다행히 내 목소리는 떨려 나오지 않았다.

"잘 지냈지?"

손을 뻗어 그의 머리카락을 쓰다듬으려다 말고 멈칫했다.

근데 참 이상하지. 이게 가짜든 뭐든 마지막으로 본 리케도르안의 모습이 아니었다. 이성이 있는 그의 모습은 아직 앳된 모습이 남아 있었는데.

나는 이곳을 짐승이 만든 환상 속이라 여겼다. 하나 그렇게 생각했을 때 이상한 것이 한두 개가 아니었다.

보통 환상 속에 보지 못한 모습이 나오던가?

고작 1여 년 사이에 왜 이렇게 큰 거지. 내가 보지도 못한 모습을 무의식중에 상상이라도 한 걸까?

허공에 멈춰 있던 손에 온기가 닿았다. 그가 내 손을 끌어당겼다. 그는 내 손을 제 머리로 끌어와, 나붓이 내려놓았다. 그 상태로 시선이 마주치자, 눈물이 턱 끝에 매달린 얼굴로 살짝 웃었다. 그가 내 손등을 잡고, 살살 머리를 쓰다듬게 했다.

"나는 잘…… 못 지냈어요."

나는 그 얼굴에서 눈을 떼지 못했다. 그는 천천히 눈을 감고 내 손을 내려서 뺨에 기댔다.

"보고 싶어서."

눈물길이 손바닥에 고스란히 느껴졌다. 감방의 한기까지 재현한 걸까. 식은 눈물은 차가웠다. 그러나 그의 뺨은 열이 나듯 따끈했다.

"있잖아요, 이아나."

코앞에서 길고 끝이 살짝 말려 올라간 은빛 속눈썹이 팔랑팔랑, 나비처럼 움직였다. 나비의 날갯짓 같은 떨림이 내 심장에 내려앉았나 싶었다.

"곧 약조한 1년이야."

"아……."

나는 퍼뜩 정신을 차렸다. 그가 이런 말을 할 만큼 시간이 흘렀나. 아니. 흘렀지.

"당신도 잊지 않은 거죠?"

"그…… 렇지."

잊을 수 있을 리가. 나는 눈을 내리깔았다.

그 얼굴로 헤어졌는데, 어떻게 잊겠어.

하지만 이를 입술에 담지는 않았다.

"……당신 좀 마른 것 같다."

"간수는 내가…… 키가 컸다고 했어요."

"응, 그런 것 같네요."

"열심히 먹었어요. 당신이 그렇게 하라고 했으니까."

내가 마지막으로 건넸던 인사에는 잘 먹고 잘 자란 이야기도 있었다.

나는 이 열악한 환경에 뻔히 힘든 것을 그에게 바랐다. 그가 잘 지내길 바랐으니까.

하지만 이렇게 칭찬을 기다리는 듯한 얼굴로 지내왔을 거라곤 생각하지 못했다.

당신에겐 미안하지만 나는 내내 당신을 생각하지 않았다. 아니, 못했지.

〈이아나!〉

〈쿨럭! 쿨럭…….〉

〈해독쩨를 가져왔습미다! 해독마법을 시행하겠씀니다!〉

잔잔히 흘러갈 줄 알았던 내 삶은 생각보다 전쟁 같았다.

내 느긋함은 급박한 상황에 적응하게 도왔지만, 그렇다고 상황의 위급함이 사라진 것은 아니었다.

"잘했어요."

하나 이런 근황을 그에게 전하는 대신 손을 움직였다. 예년보다 부드러운 뺨의 감촉이 손끝에 휘어 고스란히 느껴졌다. 비단처럼 보드라웠다.

왜일까, 그가 더욱 유려해진 기분이다. 아니, 사람은 성장하니까 당연한가. 이전엔 붉어진 얼굴이 참 귀엽기도 했는데. 내가 키운 것도 아니건만 조금은 아쉬운 기분이 들었다.

"이제 짐승의 모습은 나오지 않는 거야?"

그러자 그가 침울한 얼굴로 고개를 저었다.

"그건 아직⋯⋯."

아직 고쳐지지 않은 모양이었다. 하긴 원작이 시작하려면 멀었지. 그때까지 그 짐승의 모습으로도 말을 할 줄 알게 되는 건데.

그게 가능하긴 한 걸까.

"그래요? 다행인 일은 아닌데⋯⋯."

나는 솔직하게 말했다.

"그걸 아는데 나는 좀 기쁘기도 하고 그러네요."

당신에게 미안한 소리이긴 하지만.

"그쪽도 리케도르안 당신이니까."

나는 그의 볼을 콕, 한 번 찔렀다.

"꽤 좋아했거든요, 그쪽을."

그쪽 짐승 모드도 참 귀여웠더랬지. 시간이 지날수록 처음 경계한 모습은 어디로 가고 귀여운 강아지처럼 나를 참 잘 따랐었다. 하나를 떠올리자, 기다렸다는 듯 새록새록 떠오르는 추억에 사로잡혔다. 그러다 보니 내가 뱉은 말에 오해의 여지가 있을 수 있음을 간과했다.

"……그, 어……. 했어요?"

"네?"

"다, 당신도 나를……."

리케도르안이 내 손을 잡지 않은 손으로 내 치맛자락을 잡고 있었다.

"조, 좋아한다고. 방금."

아. 그제야 내가 한 말을 깨달았다.

"……어, 그렇긴 한데. 그거, 짐승 쪽 모습이 좋다고 한 건데요. 당신 귀엽다고."

"귀, 귀……."

"귀엽다고요."

화아아악.

내 말이 끝나기 무섭게 그의 얼굴이 화르륵 타올랐다. 이전과는 다르게 부끄럽거나 창피해서인 듯 내 시선을 확 피해버렸다.

나는 문득 우리의 첫 만남이 떠올라 웃음을 터트리고 말았다.

"내가 무안하게 했나? 미안해요."

리케도르안은 고개를 숙인 채 대답을 하지 못했다. 달라졌다고 생각했는데. 이런 모습을 보니 안심과 아쉬움이 미묘하게 교차했다.

"건강한 것 같아서 다행이에요."

잘 지내길 바랐지. 제이르가 학대를 막아주겠다고 했는데, 그건 어떻게 됐을까? 그의 몸을 살짝 훑었지만 알 수가 없었다. 워낙에 치유력이 좋아 이전에도 상처들이 금방금방 낫는 것으로 모자라 흔적도 없이 사라지곤 했으니까.

그러니 그가 여전히 학대를 받고 있는지는 알 수 없다. 차마 물어볼 수도 없었고. 초롱초롱하게 날 바라보는 눈을 보며 난감한 기분을 느꼈다.

"으음, 이제 아프지 않아요?"

살짝 돌려 질문했다.

"……아프지 않아요."

그가 내 눈을 보며 우물우물 말했다. 하지만 왜인지 말하던 도중에 아차 싶은 표정을 지었다.

"아니, 아파요. 아파요!"

"아프다고요?"

나는 고개를 갸웃했다. 그의 몸은 멀쩡해 보였다. 안 아파 보이는데?

"그…… 아픈데."

"어디가요?"

"……그게."

그의 목이 거북이처럼 쏙 들어가는 모습을 실시간으로 지켜보았다. 그는 뺨에 기댄 내 손을 조물락 만지더니 눈만 살짝 들어 올렸다.

"……아프면, 걱정해줄 것…… 같아서."

"허, 참. 사람이 이렇게 귀여워도 돼요?"

"네?"

"나 참."

나는 그에게 잡히지 않은 손으로 눈을 문질렀다. 좀 커진 줄 알았더니 심장에 해로운 건 여전하잖아? 나도 모르게 실실 웃음이 새어 나왔다. 눈 끔뻑이는 것 좀 보게. 허. 이렇게 요망해서야.

거기다 키가 나보다 더 커졌으면서, 굳이 몸을 굽혀 아래에서 올려다보는 게…….

"울리고 싶네."

"……네?"

"음, 아뇨."

실수로 마음의 소리가 튀어나가 버렸다. 착한 생각. 착한 생각.

간만에 착한 생각을 외치고, 동시에 내 손등을 입술에 꾹 눌렀다가 뗐다. 리케도르안이 얼른 내 손끝을 잡았다.

"다쳤어요?"

"응? 나요?"

엉뚱한 소리에 손을 입에서 떨어트렸다. 그가 바라보는 것이 내 손인 것 같았다.

"손가락에."

"손가락에……? 아."

검지 끝에 길게 생채기가 나 있었다. 마치 종이에 베인 것처럼 얇고 긴 상처였다.

피도 났었던 건지 굳은 피가 묻어 있다.

'아픈 줄도 몰랐네.'

난 손가락을 쥐었다가 폈다. 그 순간이었다. 툭. 상처가 터지며 피가 맺혔다.

"피, 피가 나요."

"그러네요."

겨우 이 정도 상처에 피가 왜 나는 거지? 상처의 크기를 간과한 것인지 생각보다 피가 나오는 양이 많았다. 붉은 구슬처럼 맺힌 피를 대충 닦으려 하는데, 그보다 리케도르안이 빨랐다.

"리케도르안?"

불렀을 때는 이미 그가 손가락을 입술에 집어넣은 뒤였다.

"무슨, 흐……."

혀가 마디를 쓸었다. 나도 모르게 발음이 잘근 씹혔다. 혀가 손가락을 휘감는 느낌이 생소했다. 그가 더 당황할 것이라 생각했건만 웬걸, 리케도르안은 진지한 눈으로 나를 응시하고 있었다.

시리게 느껴지는 푸른 홍채에 어깨를 굳혔다. 한순간이지만 다른 사람처럼 보였다. 아니, 그보다는 성장했을 때의 모습같이…….

입안은 따끈하고도 축축했다. 물컹한 혀가 상처를 헤집고 감싸니 나도 모르게 야릇한 기분이 들었다.

등줄기가 절로 펴진다.

"리케도르안, 그만. 그만해요."

하지만 리케도르안은 내 눈을 바라보고 있으면서 그만둘 생각이 없는 듯했다.

보통 이럴 땐 화들짝 놀라 먼저 놓아야 하는데.

그가 상처를 모두 쓸어내리고 나서야 입술에서 손가락을 빼냈다. 길게 늘어진 은빛 실에 뺨을 붉혔다.

"……아프지 말라면서."

그의 혀가 타액이 흘러내리는 입술을 훑었다. 안 된다, 생각하면서도 눈이 떨어지질 않았다.

"당신이 아프면 안 되잖아요. 이아나."

피는 멎었지만 심장에서 쿵쾅쿵쾅 요동치며 혈류를 내뿜고 있는 것 같다. 도무지 진정이 되질 않으니.

"응?"

하필 그의 고개가 막 귀 언저리에 있던 터라 귓바퀴로 낮은 숨이 절로 느껴졌다. 굳었던 어깨가 이번엔 잔뜩 굽어졌다.

하필 입술에 손가락을 넣은 뒤라 그런지 그의 목소리가 낮게 가라앉아 있었다. 발가락이 곱아들어가는 기분이었다. 리케도르안에게 잡힌 손목에 절로 집중되었다. 그는 자각하는 것인지 아닌지, 손가락이 손목 안쪽 여린 살을 사악 쓸어내렸다. 오소소, 등에 소름이 돋았다.

"……알았어, 알았어요."

이건 실수야. 나는 작게 중얼거렸다. 생각해보니 이 상처가 어디서 난 건지 짐작이 간다.

헤르님의 짐승, 그 똥고양이를 꺼낼 때 손이 따끔했던 것도 같았다. 기어이 그 짐승 때문에 피까지 보았다 생각하니 부아가 치밀었다. 하나 이는 나타났던 것보다 빠르게 사라졌다. 그래, 화내 봐야 뭐 하겠어.

"아프지 말아요."

손등으로 온기가 옮겨왔다. 그는 내 손을 잡고 작게 중얼거렸다.

"……건강한 모습으로 나 데리러 와주기로 해요."

목 안을 긁는듯한 음성이 잊었던 긴장을 자아냈다. 내 울대가 꿀꺽 넘어갔다. 기억나지 마. 기억나지 마라.

"당신도 아프지 않았으면, 좋겠으니까요."

그의 뺨이 발긋 붉어져 있었다. 그는 그 채로 시선을 느릿하게 내렸다. 청아함과 야릇함이 공존한 모순적인 얼굴로.

"두 달 뒤에, 데리러 와 줄 거죠?"

피할 수 없는 질문이 도달했다.

"그럴 거죠?"

나는 대답을 하지도 그렇다고 완전히 침묵을 지키지도 못한 채, 입술을 달싹였다.

"대답해주지 않겠다. 그렇죠."

이 침묵에 그는 상처받지 않은 것 같았다.

"어차피 꿈이고, 당신은 늘 그래왔으니까."

꿈? 그 한마디에 뜨거워지던 온도가 잠시 멈췄다. 막 달아오르려던 뺨도.

'꿈이라니.'

내게는 모든 것이 생생했다. 이 공간도, 눈앞의 리케도르안도. 지나치게 생생한 공기가 시간을 돌린 것처럼 느껴질 정도인데…….

"꿈이지만……."

리케도르안은 이를 자신의 꿈이라 말하고 있었다.

"꿈이니까. 괜찮은 거죠?"

"뭐가?"

잠깐 감방 천장을 향했던 눈이 다시 그를 향했다. 그러고는 흠칫 등을 물렸다. 그러나 물러날 곳은 없었다. 등으로 차가운 벽이 느껴졌으니까. 처음부터 내가 있던 곳은 감방 벽 앞이었다. 줄곧 그에게만 집중하느라 간과한 점이었다. 물러날 곳 없는 상황에서, 그의 얼굴이 바로 앞에 있었다.

리케도르안이 여즉 잡고 있던 내 손을 들어올렸다. 손목에 파르르 떨리는 입술을 파묻고는 눈을 감았다. 여린 속눈썹이 파르라니 떨렸다.

"꿈에서만이라도, 그리워하게 해주세요."

"……리케도르안."

지금 당신, 뭔가 단단히 착각하고 있어. 그 말은 흡 목 뒤로 넘어갔다. 그가 더욱 다가왔기 때문이었다.

"그거 알아요? 긴 시간 동안…… 겨우 두 번째란 걸요."

"두 번째……?"

"당신이 내 꿈에 나온 숫자요."

그러니까 나는 당신 꿈이 아니래도. 등줄기로 선연한 식은땀이 흘렀다. 손가락을 꼼지락 움직였지만, 이는 그를 더욱 자극했던 모양이었다.

촉. 입술이 가볍게 맞았다가 떨어졌다. 잘못 느꼈나 싶었지만 아니었다. 그가 목이 마른 듯 혀로 입술을 축였다. 붉디 붉은 입술에서 시선을 떼어낼 수 없었다. 벽을 짚은 단단한 팔이 천천히 내려가 자신의 가슴으로 올라왔다. 하필 열린 셔츠 안으로 새하얀 골이 보였다. 시간이 괜히 지난 것이 아닌지 더욱 탄탄해진 근골이 보였다. 얼굴이 절로 빨개질 것만 같았다. 그의 팔이 내려와 내 옆을 짚었다. 그러고는 휙 그의 고개가 꺾인다.

그의 눈 밑이 물을 들인 것처럼 발긋 색조로 물들었다. 머리카락 사이로 보이는 귀마저 새빨갰다.

"꿈이니까…… 괜찮은 거잖아요. 여, 여기서 만큼은 나와 당신뿐이니까."

그가 눈을 들어 올린 순간, 그 순간 나비처럼 움직이는 속눈썹에 나는 사로잡힌 것처럼 꼼짝하지 못했다.

"피하지…… 말아요. 응?"

이어서 그가 입술을 살짝 벌리는 것이 천천히 흘러가듯 보였다. 서툴고도 질척한 입술이 내 입술 근처를 툭툭 맴돌다가, 그대로 벌어지더니, 붉은 혀가 나를 맞이했다. 다음은 불가항력이었다.

내 입술을 사탕처럼 머금는 입술에 못 이겨 아랫입술이 절로 벌어진다. 동시에 그가 파고들었다. 움찔. 내 손목이 움직여 안착한 곳이 하필 맨살이 느껴지는 가슴이었다. 탄탄한 가슴에서 연신 심장이 뛰고 있었다.

그는 잠시 멈칫하더니 더욱 깊이 파고들었다. 그의 손이 천천히 아래로 내려가 내 소매 안쪽을 파고든 닿는 순간.

눈앞이 암전됐다.

"하아……."

온기가 사라진 손을 얼른 응시했다. 리케도르안의 손은 사라졌건만 여전히 붙잡힌 것 같은 기분이 들었다.

'이게…… 뭐야. 대체.'

장소는 다시 체이서의 저택 방 안이었다. 돌 부스러기가 떨어진 것이 시간이 전혀 흐르지 않음을 보여주었다.

그래, 그 이상한 짐승을 꺼낸 시점이었다.

"대체……."

-보았느냐, 인간!

기다렸다는 듯이 짐승의 울음과 아이의 음성, 양쪽 목소리가 들렸다.

웨오애오애옹! 캬앙.

그대로 눈만 굴렸다. 설표인지, 똥괭인지 모를 짐승은 내 허벅지에 발바닥을 댄 채로 당당하게 울어대고 있었다.

"너 지금 내게 무슨 짓을 한 거야?"

설표는 내 손에 한 줌 쥐일 정도로 아주 작고 가벼웠다. 나는 짐승을 콱 잡고 그대로 들어 올렸다.

-놔, 놔라! 무슨 짓이냐! 놓지 못할까!

"빨리 말해!"

갈 곳 잃은 발이 허공에서 마구 유영했다. 내가 놔주지 않을 기세자, 설표는 충격에 빠진 표정을 보였다.

-도, 도와준 거다, 냥!

"냥? 냥 같은 소리 하고 있네. 사람한테 이상한 환상을 보여주고 뭐?"

-아흑, 흔들지, 마라, 냥!

급하니까 본래 말투가 나오는 것 같은데, 아무래도 이쪽이 진짜 말투인 듯했다.

-환상이 아니라 꿈이다!

"꿈?"

설표가 웨옹웨옹 울며 얼른 끄덕였다.

-그래! 거기 인간이 있었지? 그 인간의 꿈이니라.

내가 짤짤 흔드는 것을 멈추자마자 설표의 말투가 다시 요상한 조상님체로 돌아갔다.

"허?"

뭘 꿈이니라야, 꿈이니라는. 확 꼼짝 못 하게 흔들어 버릴까 보다. 내가 다시 흔들자, 설표가 히익 소리를 냈다.

-도와준 이 몸에게 무, 무슨 짓이냐, 무례하느니라!

"돕긴 뭘 도와."

그보다 그 인간이라니, 헤르님의 짐승은 리케도르안을 잘 모르는 것처럼 굴었다.

"저기, 너 걔 몰라? 방금 있던 애."

-꿈속의 인간을 말하나? 모르느니라! 나는 그냥 그 인간의 꿈을 보여준 거다!

"왜 몰라?"

-모른다, 이 몸이 본 건 인간 너와 주둥이를 맞부딪, 냥! 흔들지 마라, 냥!

"쓸데없는 소릴 하고 있어."

나는 설표를 마구 흔들었다. 두툼한 꼬리가 내 손등을 쳤지만 솜방망이라 전혀 아프지 않았다.

-꿈에서는 솔직해지지 않았느냐!

"솔직해?"

-너는 그 인간을 생각하면서 나를 풀어줬다! 그래서 보답으로 보여준 거다. 냥!

설표는 억울하다는 듯이 '나를 풀어준 이유를 모른 것 같아서 보여준 거다! 냥!' 하고 덧붙이며 마구 울어댔다. 웨옹애옹, 억울함이 가득한 울음소리였다.

"……너 걔가 누군지 정말 몰라?"

-모른다 하지 않냐, 냥!

"왜 몰라? 걔가 헤르님 후계자인데?"

설표의 눈이 동그랗게 커졌다. 그렇게 놀랄 일인가?

-후, 후, 후계자?!

"그래."

아니. 색깔부터가 자기랑 찰떡이구만. 설표의 털색과 눈동자는 리케도르안과 정확히 일치했다.

"그렇게 볼 것 없어. 헤르님 후계자 맞아."

원래라면 리케도르안의 수호신이 될 거 맞지? 그런 것 같은데.

"원래 네 주인 맞지?"

-주인이라니!

"아, 깜짝이야."

-위, 위대하신 이 몸의 주인은 없다! 수호신과 계약자는 주종관 계가 아니다, 냥!

"그래그래. 주인'은' 아니라는 거지?"

아기 설표의 눈은 혼란으로 가득하다 못해 잔뜩 진동했다.

-어, 어쩐지. 꿈속에 들어갈 수 있었다고 했다, 냥. 본래 수호신은 계약 후보의 꿈에만 들어갈 수 있는데…….

"……그걸 이제 깨달았다고? 바보니?"

-이익, 이 몸은 바보가 아니다!

"그래그래, 그럼 망충이."

-히익!

하아아악, 하아악!

이제는 이 똥팽이가 숫제 하악질을 했다. 어리긴 해도 훌륭한 고 양이라는 건가. 나는 이제 이것을 맹수 취급도 하지 않았다.

"그래, 아무튼 그렇다 치고. 왜 위대하신 멍충이께서 이 저택에 있

176

는 건데?"

-멍충이 아니다, 냥! 그리고 난 봉인 당한 거다!

"그래. 봉인. 왜 봉인 당한 건데?"

-그건…….

머릿속으로 들리는 아이의 음성이 흐려졌다. 아기 설표의 솜방망이 같은 발도 파르르 떨렸다. 혼란이 고스란히 넘어오는 기분이었다.

-모르겠다…….

"모르겠다고?"

-나……. 이 몸은 본래 태어나시자마자 후계자 후보의 몸 안에 있어야 했다. 냥.

설표가 더듬더듬 말했다.

-그런데 어느 날 한 인간이 나를 붙잡더니 눈 떠보니 깜깜한 공간이었다, 냥. 그리고 어딘가에 봉인되었다. 냥.

웨옹웨옹, 구슬픈 울음이 함께했다.

-바깥을 볼 수 있지만, 누구도 이 몸의 말을 들어주지 않았다, 냥.

"볼 수 있었다고?"

-그렇다, 냥. 벽을 타고 다닐 수는 있었지만…… 나를 알아차리는 인간은 없었다, 냥…….

벽을 타고 다녔다니. 나는 내가 이곳까지 찾아올 수 있던 조각조각 난 문양을 떠올렸다. 관련 있는 건가?

-……나를 붙잡아 온 인간을 제외하고서.

설표가 파르르르 떨었다.

-인간, 네가 처음이었다 냥!

조그만 발바닥이 척, 내 손등 위로 올려졌다. 설표는 그대로 폴짝 내 허벅지에 뛰어들었다. 털이 폭신하기 짝이 없었지만 동시에 불안했다.

-그러니까 위대하신 이 몸을 도울 기회를 주겠다!

"거절할게."

역시나. 나는 이런 쪽이 참 좋았다. 이를테면 다분히 귀찮아지거나 힘들어질 만한 일들에 말이다.

-어째서냥! 위대한 이 몸을 도울 일이다!

"응, 기각."

-왜지? 왜냥!

"나는 똥고양이는 안 도와줘요."

-내 덕분에 솔직해질 수 있지 않았느냥!

"그 조상님체는 버릇이야? 왜 자꾸 하오체를 써."

설표가 말하다 말고 하오체? 하며 조그만 머리를 갸웃했다. 나는 네가 쓰는 말투, 하고 가르쳐주었다.

-이, 이건 전대가…… 이렇게 하면, 위엄이 너, 넘칠 거라고.

전대?

"혹시 헤르님 대공의 짐승을 말하는 거야?"

헤르님 대공도 능력이 있다고 했으니 어쩌면 그쪽에게도 짐승이 있을지 몰라 물었다.

-그렇다, 냥.

"응. 집어치우자. 전혀 안 어울려."

-시, 싫다! 위대하신 이 몸은 위엄이 넘치는 수호신이 될 것이다!

고집 세네. 그래, 네 맘대로 해라. 난 고개를 살짝 내저었다.

"그래그래. 위대하신 어, 음 그래. 너 다 해먹어."

그리고 다시 저 안에 들어가주지 않으련? 나는 얼른 돌아가라는 의미로 깨진 돌 부스러기와 설표를 번갈아 바라봤다.

-아, 안 들어갈 거니라!

"그 말투 안 고쳐주면 당장."

-고치겠다, 고쳐!

설표가 소리를 빽 질렀다.

-안, 안 들어갈 거다 냥!

"그래도 넣을 건데."

안 넣는다고는 안 했단다. 그러자 설표도 심상치 않음을 깨달은 듯 발톱을 세워 나를 붙잡았다.

-너, 너무한다!

"응응, 그래 무 많이 해. 나는 양상추 할 테니."

-이, 이상한 소리 마라! 냥, 내가 이렇게 있으면 안 된다!

웨애애애옹!

그 순간 설표가 필사적으로 외쳤다. 나도 모르게 시선을 떼어내고 다시 설표를 향했다.

왜 떠는 거지?

-사, 사라지기 싫다 냥······.

"너 왜 그래?"

아기 짐승의 몸이 덜덜 떨리고 있었다. 이전의 놀란 떨림과는 달랐다. 그제야 내 얼굴도 심각해졌다.

-원래는 나와 계약자 후보의 몸은 하나이다. 그런데 이렇게 오래 떨어져 있으면…….

머릿속으로 들어오는 음성이 훌쩍훌쩍 울고 있었다.

-계약자 후보가 죽을 거다. 나도 돌아갈 곳이 사라진다, 냥. 나도 사라질 거다.

"……죽는다니? 무슨 말이야. 자세히 이야기해 봐!"

짐승의 물기 어린 푸른 눈이 나를 담았다. 리케도르안이 나를 보는 것 같은 기분에 기분이 서늘해졌다.

-나, 나는 붉은 장미의 수호자다. 우리는 훗날의 계약자, 계약하기 전의 상태를 계약자 후보라 부른다. 냥. 그리고 붉은 장미의 계약자가 완전한 히, 힘을 갖추는 날, '각성'할 때에 계약한다.

각성, 나도 모르지 않는 말이었다. 원작에서도 나온 용어였으니까.

-원래라면 나는, 계약자 후보의 몸에 잠들어 있어야 했다 냥. 그런데 날 누가 억지로 떼어내갔다, 냥.

"그래서?"

-계약자 후보는 수명이 짧고 불완전한 상태가 되었을 거다, 냥. 붉은 장미의 특성이다. 우, 우리는 한 몸이야.

조그만 설표가 양발에 제 머리를 묻었다.

-나도 계약자 후보를…… 알아보는 능력을 잃었지 않으냐. 냥.

아기 짐승이 쿨쩍 울며, 조금 전에 꿈속에서 리케도르안을 보고도 바로 제 능력을 떠올리지 못한 걸 말했다.

-이, 이 몸은 멍청하지 않다, 냥. 꿈속으로 연결되어 있다는 것도, 잊을 만큼 약해진 거다 냥!

이건 자신이 멍청한 게 아니라 불완전하기 때문이라고……. 들을수록 상황이 심각했다.

"너뿐 아니라, 후계자 후보도 불완전하다고?"

-원래 나와 후계자 후보는 함께 있음으로써 성숙해지니까…… 냥.

왜일까, 스쳐 지나간 것은 리케도르안의 모습. 그중에서도 왈왈 짖던 모습이었다. ……분명히 책 속에서 그런 내용을 읽은 적 없지? 그땐 왜 남자주인공이 짖냐, 신기하네. 하고 말했다.

사실은 이게 단순히 원작 이전의 시간이라서가 아니었단 말일까. 속단할 수는 없었다.

-그리고 각성 준비를 마치고, 후계자 후보가 각성을 도와줄 '동반자'를 만나면 나도 바깥으로 모습을 드러내는 거다, 냥.

동반자, 이건 원작 여주인공을 가리키는 것일 터, 내 표정이 가라앉았다.

"너. 울지 말고 나 봐봐. 착하지? 너를 봉인시킨 사람이 누구야? 기억해?"

더는 귀찮아지고 싶지도 안락함을 버리고 싶지도 않았지만 그럼에도 입이 절로 움직였다.

-기……기억한다, 냥! 어린 인간이었다. 검은 머리털…….

아기 짐승이 생각하는 것만으로 두려운 듯 내 손바닥을 마구 파고들고 머리를 묻었다.

-다, 다른 인간은 그 인간을 '체이서'라 불렀다. 기억한다 냥!

체이서.

범인의 이름을 듣는 순간 심장이 가라앉았다. 가슴에 손을 얹자, 쿵쿵, 고동소리가 들린다. 들리되 아득한 느낌이었다.

역시나. 예상이 맞았지만 혹시나 싶었다. 체이서가 아닌 도튤릿 공작의 짓일 수도 있었으니까. 한편으로는 의문이었다. 대체 어린 체이서는 어떻게 리케도르안에게서 이 짐승을 꺼내온 건지, 의혹이 또아리를 튼 뱀처럼 맴맴 맴돌았다.

그러나 짐승에게 모든 걸 꺼내지는 못했다. 그렇다고 내 손가락에 얼굴을 묻고 달달 떠는 아기 짐승을 냉정하게 내치지도 못했다.

"있잖아, 헤르님은 원래 수명이 짧은 걸로 아는데… 동반자를 만나지 못하면 죽는다며."

붉은 장미 문신, 헤르님들이 타고나는 이 문신은 장미의 잎이 모두 떨어질 때까지 운명의 반려를 찾지 못하면 죽음으로 이끌었다.

-맞, 맞다 냥. 하지만…… 이 상태로라면 후계자 후보는 더 빨리 죽을 거다 냥.

리케도르안이 죽는다.

적어도 원작이 시작하는 시점까지는 3년이 더 남아 있었다. 그때까지 리케도르안이 살아 있다는 가정하에 시작되는 이야기였다.

"……얼마나 남아 있어?"

-3년이다, 냥.

아기 설표는 자기가 사라지는 시간이기도 하다며 설명했다.

3년.

남은 원작까지의 시간과 엇비슷했다. 원작 시작의 계절이 언제였더라? 설표의 말을 들어보니 원작이 시작하고 몇 개월 뒤였다.

몇 개월 차이, 그러니까 리케도르안의 수명이 몇 개월밖에 남지 않았을 때 여주인공을 만날 거란 거다.

그때까지는 자신과 꼭 만나야 한다고.

짐승은 달달 떨며 계속 리케도르안과 떨어져 있는 상황에서는 어찌 될지 모른다고 말했다. 나는 일단 설표를 가슴에 끌어안았다. 달달 떨던 아기 짐승이 나를 올려보는 것도 같았다.

"……일단 장소를 옮겨서 얘기해."

나는 작게 한숨을 쉬었다.

아이고야 내 인생.

여기까지 들은 이상 내칠 수가 없었다. 되도록 조용히 안락하게 살고 싶은 게 목표지만, 리케도르안을 죽게 둘 수는 없고. 거기다 흔쾌히 돕기에는 현재 내 처지는 악당의 여동생이고, 이 조그만 수호신을 데려다가 봉인시켜놓은 악당이 내 오빠였다. 왜 그놈이랑 남매라고 느껴본 적 단 한 번도 없는데 죄책감 느끼고 있냐.

"내 방으로 갈 거야."

당장은 무거운 이야기를 가벼운 쪽으로 털어냈다.

"그래, 이제 네 사정은 알겠어. 리케도르안을 보여준 것도."

솔직히 간만에 보게 된 리케도르안이 반갑지 않은 건 아니었다. 심정이 좀 복잡미묘해서 그렇지.

조금 전 꿈속에서 내 손끝에 얼굴을 비비던 모습을 생각한 순간 다시 손이 달아오르는 기분이었다.

……왜 더 요망해져서는.

"근데 아직 한 가지 이해가 안 되는 게 있는데, 아까부터 왜 솔직해지라니 마니 그런 소릴 한 거야?"

이 야옹이가 했던 말 대부분은 이해했다. 이것만 빼고 말이지.

-나를 꺼낼 때, 그 인간을 생각하지 않았냐. 냥.

맹수인지 야옹인지 모를 설표가 고개를 갸웃했다. 이젠 제 본래 말투를 쓸 모양이었다.

"생각 안 했는데?"

-아니다, 했다.

뭐. 리케도르안의 가문 문양이었으니 그럴 수 있다 치고.

"그래, 그렇다 치고, 꿈 보여주면서 솔직하니 마니 했잖아."

-그거야 꿈에서는 솔직해지지 않았느냐.

"말투."

-위대하신 이 몸은 위엄 넘치는 이 말투……

"도와주지 말까?"

-……않았나 냥!

"그래. 꿈에서 솔직해졌다니?"

설표가 고개를 갸웃했다.

-그 인간과 주둥이를 비비……

"아, 아아! 아아. 됐어. 됐어. 거기까지."

나는 황급히 이 똥꽹이의 말을 막다 말고 멈칫했다.

"뭐야, 그럼 네가 유도한 거야?"

-무슨 소리냐, 냥. 이 몸은 아무것도 하지 않았다! 강제하지 않았다, 냥.

나는 문고리를 잡으려다 말고 설표를 내려다봤다.

-내가 한 것은 꿈에서 더 솔직하게 만들어주는 것뿐이었다 냥, 꿈은 원래 껍데기를 벗겨주는 곳이다, 냥!

이런 어린 목소리로 할아버지 같은 철학적인 말을 하는 것이 어색했지만 지적할 틈이 없었다.

-네가 날 꺼낼 때 간절히 떠올리던 인간이었다. 붉은 장미의 후계자인 줄은 몰랐지만 난 그 인간을 보기 위해 도와준 것뿐이다, 냥!

순진한 푸른 눈이 날 향했다.

-인간, 너는 거절할 수 있었다, 냥!

의표를 찌른 말에 나는 눈을 굴렸다.

-뭐든 할 수 있었다, 냥! 거기서 그 인간을 안거나…….

"그만, 그만해."

나는 딱 잘라 말하고는 손등을 들어 올렸다. 괜히 손등으로 입술을 북북 문댔다.

"그만 얘기하자. 무슨 말인지 알았으니까."

내가 무슨 생각을 하는지 알고 싶지 않은데. 이런 식은 곤란하잖아. 뺨에 열이 오르는 기분이었다.

"……일단 나머진 가서 얘기해."

내 방으로 가서 휴식 먼저 취해야 할 것 같다. 열이 오른 뺨도 식히고. 그리 생각하며 문을 열고 몸을 휙 돌렸을 때였다.

"이야나."

누군가 벽에 가벼이 몸을 기대고 있었다. 건들거려야 할 것 같은 자세마저 백조처럼 우아하게 느껴지는 남자, 이 익숙한 음성의 주인을 모를 리 없었다.

"네가 어딜 갔나 싶어서 찾았어."

체이서가 그윽하게 몸을 돌렸다. 살랑 불어오는 실바람에 그의 머리칼이 잔잔히 흔들렸다.

"또 위험한 상황인가 싶어서……. 걱정했잖아."

한없이 다정이 담긴 음성이었다. 하나 그의 새빨간 눈이 천천히 움직이고 있었다.

이윽고 한곳에 멈췄다.

"그런데 이건 뭘까."

등줄기가 딱딱하게 굳었다. 체이서가 보고 있는 것은 내 품 속 설표였다. 아울러 그의 옆에는 늘씬한 체구의 검은 재규어가 있었다.

"……이건 헤르님의 개네."

그가 살갑게 웃었다. 눈은 전혀 웃지 않은 채로. 그런 모습을 보며 소름이 돋았음은 물론이었다.

"왜 여기에 있을까."

체이서의 눈은 나를 향해 있지 않았다. 말을 꺼내는 순간부터 지금 이 말로 이어질 때까지, 저 붉은 눈은 오직 설표를 향해 있었다.

옆에서 바라보는 나도 말이 나오질 않는데, 조그만 설표에게 쏟아지는 압박이 어떨지 상상이 가지 않았다.

〈이아나, 비켜줘.〉

아기 설표가 내 가슴을 마구 파고들었다. 두려움으로 가득 찬 몸짓이었다. 나는 이를 거절하는 대신 안은 손에 힘을 주었다.

〈죽여야 할까. 아니, 그래야겠다.〉

나는 지난 1여 년간 그의 모습을 보아왔다. 칼을 들면 얼마든지 어디까지도 잔혹해질 수 있는 모습을. 그리고 그의 칼끝 앞에서 고개를 내젓는 내 모습을 떠올렸다.

"오빠."

내 부름에야 비로소 체이서의 눈이 움직였다. 아니, 기다렸다는 듯 반사적인 움직임이었다. 이어서 내게 웃는 얼굴은 내 부름만을 기다렸던 것처럼 부드러웠다.

"여긴 어쩐 일이야?"

방금 체이서의 모든 말을 들어놓고도 뻔히 뻔한 것을 물었다. 일종의 평화로운 대화를 해보려는 시도였다.

체이서가 잠시지만 내 손을 곁눈질하는 것 같았다.

"널 찾으러 왔지."

체이서는 더는 설표에 대해 언급하지 않는 대신 손을 뻗었다. 그의 손이 떨어져 있던 내 손을 붙잡았다. 설표의 발을 받쳐주던 손이었다.

그가 내 손가락에 살짝 입을 맞추었다. 찰나지만 손끝에 입을 맞추던 리케도르안을 떠올렸다. 신기하게도 손에 입을 맞추는 두 사람의 방식이 비슷했지만 분위기는 판이했다.

"날 찾으러 여기까지 왔다니, 번거로웠겠네. 여긴 잘 다니지 않는 층이잖아."

나는 꿀꺽 넘어가는 숨을 들키지 않으려 했다. 다행스럽게 표정도 목소리도 태연하게 내보일 수 있었다.

"그렇지."

"염려하지 마."

나는 보일 듯 말 듯 웃어 보였다.

"도망가려 한 것은 아니니까."

나를 붙잡고 있던 체이서의 손이 멈칫했다. 나는 찰나를 놓치지 않고 이어 말했다.

"암살자가 나타난 것도 아니고. 독을 먹은 것도 아니야."

그와 시선을 마주했다. 선으로 잇는다면 비스듬한 교착 끝에 그의 눈이 반달 모양으로 휘어졌다.

"그래."

내 손을 제 손으로 얽으면서. 그가 나붓이 읊조렸다.

"그럼 이건 뭘까?"

돌아올 것이 왔다. 그는 나긋하게 물었지만 나는 알았다. 이것은 거대한 검은 짐승이 웅크린 것과 같은 일촉즉발, 위험 직전의 상황이란 것을.

침을 삼켰다.

〈죽일까?〉

1여 년간 수없이 들어온 질문.

〈죽이지 마.〉

내 대답이 다음 순간 그의 말과 행동을 결정할 거란 걸 잘 알고 있었다.

"이건 헤르님의 짐승이야."

내 입에서 태연하게 음성이 흘러나왔다.

"오빠가 직접 그렇게 말했잖아?"

내 음성은 조용하고도 차분했다. 이를 말하는 얼굴은 일견 심드렁하게까지 보였을 것이다.

물론 마음 한구석에서는 내가 이것과 무슨 상관인가 하는 생각이 있었다. 나는 딱 평범한 사람이 가진 만큼 이기적이었다.

그리고 딱 그만큼 동정을 품을 줄 알았다.

"그리고 이것이 내게 직접 말해줬어. 자기가 헤르님의 짐승이라고."

아무런 말도, 울음조차도 내지 못한 채 달달 떨던 설표가 흠칫한 것 같았다. 나는 이를 느꼈음에도 멈추지 않았다.

"오빠가 데려왔다던데, 이런 걸 납치라고 하나."

체이서가 미소했다.

"납치는 사람에게 쓰는 말이지."

"그럼 밀렵이라 할까?"

나는 담담하게 대꾸했다.

"글쎄, 이아나. 내가 누군가의 허락을 받거나 몰래, 잡을 필요가 있을까?"

그냥 사냥이 좋겠어. 체이서가 나지막하게 속삭였다. 이어서 그의 엄지손가락이 내 손바닥을 살살 문질렀다.

"아무튼 오빠가 데려온 거란 거네."

"그렇지."

체이서는 선선히 수긍했다.

"왜 데려온 거야?"

그러나 왜인지 이 질문에는 대답하는 대신 나를 물끄러미 응시했다. 집요할 정도로 오래.

……지뢰 밟은 건가? 아니면 잘못 짚은 건가.

고민이 길어질 무렵 체이서의 얼굴로 다시 나긋한 미소가 떠올랐다. 그의 음성은 이전보다 더욱 낮아져 있었다.

"드디어 내가 궁금해진 거야?"

나를 훑는 시선을 마주한 순간 오싹. 등줄기를 타고 내려가는 오묘한 느낌이 들었다.

내게 본색을 드러내고서도 그는 가끔은 푼수처럼 굴거나 허당 같은 행동을 보이거나, 능글맞은 모습을 드러내곤 했다. 그러나 그의 본질은 변함없었다. 그는 항상 마지막에 검을 들었다.

〈사, 살려주십쇼, 살려…….〉

〈꺄아악!〉

검 끝이 나를 향하지 않음을 알지만 어떤 이들을 어떻게 처리하는지 잘 알았다. 눈앞에서 보았으니까.

"아무튼 간에 이아나."

나의 침묵이 길어지자 체이서가 빙긋 눈웃음을 지었다.

"그거, 이리 줘."

그의 음성은 친절하고 부드러웠으나, 거절할 수 없는 힘을 담고 있었다. 보통 사람이라면 여기서 그의 능력에 홀려 몽롱해지거나 홀린 듯 끄덕이며 이 짐승을 넘겨주었을 것이다.

설표는 여전히 울음소리 하나 내지 못한 채 내 품속에서 덜덜 떨고 있었다. 조그만 발톱이 심장 부근을 꾹 눌렀다. 하필 심장이었다.

"그렇게 말해도 오빠의 능력은 내게 통하지 않는다면서."

체이서의 능력은 매혹안, 그가 마음먹고자 한 인간을 완전히 세뇌할 수 있었다. 다만 이는 그에게도 제약과 제한이 있어 멋대로 쓸 수 있는 건 아니었다.

"그렇지."

체이서가 눈을 굴렸다.

"하지만 쓰지 않았어. 그저 네겐 가장 좋은 목소리만 들려주고 싶을 뿐이야."

"내게 그렇게 말해도 나오는 건 없는데."

"왜 없어. 네가 날 바라보잖아?"

"……느끼하단 소리 많이 안 들어?"

"1여 년간 내내 그 소리네."

체이서가 작게 웃음을 터트렸다.

"하지만 넌 무서운 것보다는 부드러운 걸 좋아하잖아."

그가 내 손을 살살 쓸어내리며 말했다. 핏줄을 쓰는 그의 손가락에 신경이 몰렸다.

그건 그렇지.

검을 들고 미친 짓을 하느니 차라리 이렇게 푼수같이 구는 쪽이 나았다. 하나뿐인 여동생을 아끼는 극성맞은 오빠처럼……. 미친 사람처럼 구느니 이렇게 구는 쪽이 편했으니까.

나는 체이서를 정면으로 마주했다. 더는 피할 수 없음을 느꼈다.

속으로 작게 숨을 내쉬었다. 주먹을 쥐었다 편 건, 내 나름의 각오를 다지는 행동이었다.

"주기 싫어."

입술이 긴장으로 살짝 떨렸지만 축이는 척 느릿하게 움직였다.

"내가 가질래."

나는 일부러 설표를 가슴에 꾹 끌어안았다. 어린아이가 하듯이. 그러나 표정은 느긋한 채였다.

"갖고 싶어. 이거, 나 줘."

더는 오빠의 눈을 피하지 않고 똑바로 응시했다.

산더미처럼 쌓인 보석, 세상에서 제일 편안한 침대, 매일 같이 바뀌는 옷, 시선 한 번에 죽는시늉을 하는 하녀들.

"줄 거지?"

모두 그가 나의 안락한 감금에 선물한 것들이었다.

그가 웃었다.

"내 동생, 이것 말고 다른 것은 줄 수 있는데."

"아하. 이건 안 된다고?"

체이서도 나도 알고 있었다. 내가 그가 선물한 모든 것에 관심이 없었다는 것을.

〈갖고 싶은 게 있어?〉

1여 년간 그는 내게 습관처럼 물었다. 나는 이 순간 그를 흉내내듯 미소했다.

"갖고 싶은 게 생기면 말해달라고 했잖아?"

나는 부러 조금 거칠게 짐승을 안았다. 그러고는 체이서에게서 손을 가져와 양손으로 들어 올렸다.

"난 이게 갖고 싶어, 오빠."

"……."

체이서는 내가 타인에게 보이는 관심을 반기지 않는다. 내가 타인에게 관심을 보인 적이 거의 없긴 하다만은.

이건 물건에도 마찬가지였으니…… 동물에도 해당될 것이다.

참 이상한 남자였다.

필요한 것이 무엇이냐 물으면서도 정작 내가 그것에 관심을 주면 좋아하지 않으면서.

'이아나'와 당신 사이에 무엇이 있었기에 이런 관계가 되었을까.

나는 관심을 무심히 지워냈다. 지금에 와선 중요하지 않은 일이었다. 고로 중요한 건 나는 안다는 거다. 이렇게 말해서는 체이서의 뜻을 돌릴 수 없다는 것을.

그렇기에 한마디를 더했다.

절그럭.

내가 한 걸음 다가가자, 쇠사슬이 기다렸다는 듯이 철컹 움직이며 존재를 드러냈다.

"오빠, 나는 약 1년 전에 족쇄와 쇠사슬을 채웠을 때도 아무 말 안 했어."

사실이었다. 근거지를 불태운 체이서가 내게 쇠사슬을 달았을 때도, 오, 이건 새로운 감방인가 하고 말았지.

탈출 시도를 두어 번 더 했었을지언정.

"불만도 불평도 안 했었지."

똑똑한 인간이니 충분히 알아들으리라. 나는 네가 한 짓을 두고 아무 말 하지 않았다.

이젠 그걸 내게 돌려달라고.

나는 팔짱 사이에 설표를 두고, 싱긋 웃었다.

"그러니까, 들어줄 거지? 이게 갖고 싶어."

체이서는 악당이었고 도덕과 양심은 오래 전에 팔아먹은 인간이었다. 그러나 나는 그가 내게만은 그러지 않는다는 사실을 1여 년간의 시간으로 학습했다.

그러니까.

"……그래."

이 남자가 허락할 것을 알고 있었다.

"네가 가져. 이아나."

낮게 가라앉은 목소리는 마치 천에 감싸인 칼을 보는 듯했다. 부드러웠음에도 예기를 감출 수 없었다.

그 예기는 나를 향해 있지 않았다.

"널 위해 뭐든 못 해주겠어."

굴절된 분노가 어린 짐승을 향하고 있었다.

"그런데 있잖아."

크르르르. 나는 그의 옆에서 낮게 우는 검은 재규어를 보았다.

저 재규어의 이름은 라탄, 1여 년 전 불을 일으킨 검은 새와 마찬가지로 체이서를 수호하는 수호신. 그리고 체이서는 이것들을 제가 사역하는 짐승이라 불렀다.

조그만 흑마법사님의 설명과는 다르지만 나는 이쪽이 더 적절하다고 생각한다. 저 동물들은 정말이지 체이서가 아니면 죽을 것처럼 충성스럽게 따랐으니까.

거기다, 체이서의 감정에 민감하게 반응했다.

-히이이익! 이, 인간. 치워줘, 치워다오! 냥!

지금까지 공포로 얼어붙어서 아무것도 못하던 설표가 라탄을 보고서는 하악질을 서슴지 않았다. 그나마 만만한 상대가 저쪽이라는 건가. 물론 검은 재규어 쪽은 콧방귀도 뀌지 않았다.

"궁금한 게 있는데."

설표를 안고 있던 손이 다시 체이서의 손에 잡혀 딸려 올라갔다.

"네가 이걸 갖고 싶은 게, 단순히 이것 때문이야?"

이것이 설표를 가리키는 건 알았다.

"아니면, 다른 이유가 있는 걸까 싶어서."

손가락끼리 얽혀 들어가며 체이서의 얼굴이 가까워졌다.

"궁금한데, 이아나."

피처럼 붉게 빛나는 눈동자가 내가 비칠 것처럼 근접했다. 긴밀한 거리에 나는 숨을 꾹 참았다. 손가락이 아프지는 않았지만 손마디에서 쿵쿵 박동이 뛰는 것 같았다. 긴장감 때문이었다.

체이서는 거짓말하는 이를 다그치듯 거리를 가까이 좁혀 날 관찰하는 것처럼 느껴졌다.

"……무슨 소릴 하는 거야."

나는 겨우 입술을 떼어냈다.

"이거 생긴 게 마음에 들었을 뿐이야."

"네가 동물을 좋아하는지 몰랐는데."

나는 1여 년간 한 번도 체이서의 동물들에게 관심을 주지 않았다. 그는 이걸 꼬집어 말했다.

그야 당연하지.

"난, 귀여운 게 좋아."

그 말에 반응은 내가 아닌 다른 것에게서 왔다. 낑, 아래에 있던 재규어 라탄이 울음소리를 낸 것이다.

"이런, 내 라탄이 슬퍼하는데?"

"……왜 슬퍼하는 건데?"

"그야, 네가 1년 동안 눈길도 주지 않았으니까?"

체이서가 내 손등에 가벼운 키스를 남기며 어깨를 으쓱했다.

"쟤들은 널 좋아해, 내 동생."

체이서가 나를 붙잡지 않은 손을 뻗었다. 쐐애액. 눈앞을 지나간 무언가가 그의 팔에 자연스럽게 앉았다. 검은 새였다.

어느 틈엔가 나타난 것인지 모를 새는 우아하게 날개를 접으며 나를 바라보았다.

끼르르륵!

그러더니 고개를 푹 숙이고 우는 게 아닌가. 어쩐지 이쪽도 평소랑 다르게 침울해 보이는 기색이었다.

"봐, 아퀼라도 섭섭해하잖아."

섭섭해한다기보다는 화를 내는 것 같은데. 나는 새가 1여 년간 태워버린 것을 생각하다, 설표를 끌어안았다.

-이, 인간. 날 놓으면 안 된다 냥!

왜일까 설표를 보는 라탄과 아퀼라의 시선이 더욱 뾰족해진 것 같았다.

"왜 안 예뻐해 줘, 응?"

"그야."

처음엔 두 동물에 관심이 없었던 건데. 사실 조금 전에 귀엽다고 한 것도 그냥 상황을 넘기려 한 말이었다. 물론 설표가 좀 더 귀여운 건 인정한다.

"……안 귀여우니까?"

솔직하게 말할 수는 없어서 대충 흘렸더니. 이쪽이 더 실수였던 모양이었다. 이제는 숫제 쿠쿵, 충격받은 눈으로 나를 보는 짐승 두 마리를 발견했으니까.

"어라, 충격받았는데."

"아니, 충격을 왜 받아. 쟤네 다 컸잖아……."

"아니야. 이쪽도 태어난 지…… 아. 10년은 넘었네."

"봐."

동물 수명으로 10년이면 쟤네는 애 낳고 손주도 보는 나이야. 봐 보라는 듯 고개를 까딱일 때였다.

파아앗!

눈앞에서 검은빛이 터졌다.

"이런……."

좀처럼 당황하지 않는 체이서의 난감한 목소리와 함께였다.

그리고 검은 빛과 연기가 사라진 순간 체이서의 팔에 있던 독수리 같은 새는 온데간데없었다.

삑!

대신에 아주 작은 검은…… 참새 같은 것이 삑삑 울고 있었다.

……참새? 참새 맞지?

나는 갑자기 변한 모습을 황당하게 바라봤다.

"봐, 토라져서 이러는 거잖아."

"아니. 왜 토라지는 건데……?"

체이서가 어깨를 으쓱였다. 보면 모르겠냐는 의사표현이었다. 돌아보면 라탄 쪽은 재규어가 아니라 조그만 고양이가 되어 있었다. 아니, 이쪽도 재규어긴 한데 설표만큼이나 작아졌다.

두 동물은 작아져서도 별다른 반응을 이끌어 내지 못하자, 어쩔 줄 몰라 하는 것 같았다.

"저기, 넌 귀엽진 않아도 충분히 멋지다고 생각했는데."

난 어쩔 수 없이 입을 열었다.

"난 멋있는 것도 좋아."

그러자 외면받았던 라탄의 귀가 쫑긋 섰다. 얼른 다가와서 내 다리에 얼굴을 마구 비볐다.

허, 이런 단순한 동물들 같으니. 순간 이쪽이 정말 수호신이 맞나 싶었지만 고개를 내저었다.

뭐든 불태우는 아퀼라나 침입자는 끝까지 추적해서 해치우는 라탄이나 두 동물의 위력은 이미 체감한 바였다.

"……일단 돌아가서 쉴래."

팽팽했던 긴장감이 이 두 동물의 변신으로 인해 느슨해지다 못해 해파리처럼 느물느물해진 것 같다. 이것도 재주라면 재주인데, 내게 나쁜 일은 아니었다.

"얘기 끝났으면 가도 되지?"

가까워진 거리를 좀 늘리고 싶은데 손은 여전히 그에게 깍지 잡혀 있었다.

그러고 보니 이 남자와 리케도르안의 공통점이 하나 더 있었네.

둘 다 손을 잡을 때 깍지를 끼는 걸 좋아한다. 평범하게는 잡지 않더라고. 난 깍지를 낀 손은 벗어나지 못하는 느낌이라 가끔은 섬뜩하던데.

"내 동생, 너는 내게 허락을 묻지 않아도 돼. 아니, 묻지 않아도 되는 유일한 사람이야."

"그래. 돌아갈게."

"그런데 말이야, 이아나."

그의 음성이 스펀지라면, 꾹 눌렀을 때 달콤한 꿀이 배어 나올 것 같았다. 하지만 늘 이런 음성으로 살벌한 말도 서슴지 않던 사람이다.

"정말 아무런 이유도 아니야?"

지금처럼 이렇게 의표를 뚫는 말조차 태연스럽게 던지는 사람이기도 했다.

"그냥 이게 마음에 들어서?"

"그래. 마음에 들어서."

나는 그렇게 말했다가, 다시 입을 열어 덧붙였다.

"조금 적적해서 그래. 오빠랑 조그만 흑마법사님이 있지만…….친구 하나 없는 삶이잖아?"

'이아나'에게 친구가 있었는지는 모르겠다. 내가 아는 거라곤 이 친구가 일찍 요절했다는 것뿐이었으니, 이 나이쯤 죽었다면 참 일찍 죽은 거긴 했다. 젊은 나이였으니까.

"친구?"

체이서를 설득할 생각에 꺼낸 말이었는데, 어라. 의도한 바는 아니었지만 생각보다 잘 먹힌 것 같았다. 그가 미소를 지우며 고민에 잠겼으니 말이다. 그러나 그것도 잠시 입술을 끌어올렸다.

"나로는 부족했어?"

여기서는 맞다고도 아니라고도 하면 안 될 것 같아 그저 침묵했다. 그는 이전과 같이 씩 웃고는 말았다. 아울러 근사한 미소를 걸고서도 전혀 웃지 않는 눈이 잠시 나를 훑듯 보다가 떼어졌다.

"그래……. 친구란 말이지."

체이서의 손이 떨어졌다.

"'친구'가 필요했다면, 말을 하지 그랬어."

"……어?"

"알아들었어. 다른 이유가 아니었다면 됐어."

그가 웃음을 내걸었다.

"그걸 가져도 좋아. ……대신 나보다 좋아하지는 말아줘."

세게 잡힌 것도 아니건만 손이 얼얼한 기분에 괜히 뒤로 숨겨 쥐었다가 펴고는 설표를 고쳐 안았다.

"푹 쉬어, 내 동생."

왤까, 저 쉬라는 말이 단순히 쉬라는 말처럼 느껴지지 않았다. 다른 무언가의 서막처럼 느껴지는, 요상한 불안감을 무시한 채 돌아서서 걸었다.

절그럭절그럭.

이 저택 어디서든 내 존재를 알리는 맑은 쇠사슬 소리와 함께.

3
1년 전 약속의 날

며칠 전, 설표를 무사히 내 손안에 지켜냈다. 설표는 내게 임시지만 푸딩이란 이름을 얻었다. 별다른 이유는 없고 내가 흰색 푸딩을 좋아한다는 이유였다.

그날 먹은 푸딩도 흰색이고 얘도 흰색이 섞였더라고.

위엄이라곤 전혀 없는 이름이라며 설표는 반발했지만, 이미 내 안에서 똥꽹이가 된 이놈의 이름은 푸딩으로 낙찰된 뒤였다.

다시 쫓아낸다, 한마디에 푸딩이도 조용해졌고 말이다.

〈그날 내가 먹은 게 브로콜리나 양상추가 아닌 게 어디야.〉

-브로콜리? 뭐냐, 냥.

〈이거.〉

브로콜리를 보여주니까 불만도 싹 거둬가더라.

그리고 이전과 조금 달라진 점이 있다면 라탄과 아퀼라가 시도

때도 없이 찾아왔다는 점이었다.

거기다가 왜인지 각기 조그만 아기 재규어 모습이거나 작은 참새의 모습이었다. 아니, 아기 재규어는 둘째치고, 아퀼라는 왜 참새지? 걔 분명히 독수리 같은 외형이었는데…….

-와, 왔다, 냥! 인간, 왔단 말이다!

웨애애옹, 웨옹! 캬오오오!

-인간! 저놈한테서 날 떼어놔라, 냥! 부리로 쪼았다! 쪼았단 말이다!

캬앙! 웨옹웨옹 웨애애옹!

"알고 있어. 그보다 너, 울음소리랑 목소리 둘 중의 하나만 안 되니?"

머리랑 귀랑 양쪽으로 각각 울리니까 시끄러워 죽겠네. 하지만 조절이 안 된다는 답변이 돌아와 깔끔히 포기했다. 대신 고개를 돌렸다.

"안녕, 아퀼라."

오늘은 라탄 없이 아퀼라만 홀로 찾아왔다. 검은 참새가 삑삑, 쨱쨱, 울었다.

그러고 보니 나는 이 푸딩의 말은 알아들었는데, 왜 그동안 라탄과 아퀼라의 말은 알아듣지 못한 걸까.

이상하단 말이지.

찰나의 생각에 빠지는 동안 푸딩의 부드러운 발을 꼬옥 쥐었다 놓았다. 그 순간을 참지 못하고 아퀼라가 내 손가락에 올라타고는 찍찍 지저귀었다.

"알았어. 알았어. 안 잊었어."

비록 말은 알아듣지 못해도 대충 몸짓으로 뜻은 알아들어먹었다.

"너는 나한테 말 못 걸어?"

찍?

아퀼라가 고개를 갸웃했다. 나는 푸딩을 들다가 아퀼라 앞에 들이밀었다.

-이, 인간! 무슨 짓이냐! 냥! 냐냥!

"너도 맹수씩이나 되는데, 냥냥 거리는 거 부끄럽지도 않니."

-이, 이 몸은 나이가 어리다! 어리단 말이다 냥!

"어리긴, 너 태어나는 건 리케도르안이 날 때랑 비슷하게 태어났다며."

-아니다! 그 태어난 거랑은 다르다. 우리의 나이는 현실에 구체화 되는 순간부터 먹는단 말이다!

"뭐?"

그 말에 나도 모르게 푸딩을 흔들던 것을 멈추고 아퀼라를 향했다.

체이서는 얘네 나이가 10살은 넘었을 거라 그랬는데…….

……그럼 체이서는 얘네를 구체화한 지 10년이 넘었단 말이야?

그럼 대체 언제쯤 힘을 갖췄다는 거지? 체이서는 이아나보다 고작해야 4살이 많았다. 10년 전이라 해도 14살이 채 되지 않았을 터였다.

'뭐 하는 악당이지 정말.'

괜히 어깨를 움츠렸다가 펴며 푸딩을 내려놓았다.

푸딩이 잽싸게 내 뒤에 숨거나 말거나 나는 손가락에 앉은 아퀼라를 보았다.

"아퀼라, 그럼 넌 말 못해?"

짹?

"아니, 저 똥괭이는 시끄럽게 잘만 떠들던데. 넌 안 되나 해서."

라탄과 아퀼라는 나를 좋아했다.

〈쟤들은 널 좋아해, 내 동생.〉

그동안이야 그러려니 하고 말았지만, 체이서의 말을 듣고 보니 새삼 미안해졌다.

나를 몇 번이나 지켜줬는데 말이지.

하지만 아퀼라는 그저 고개만 갸웃갸웃 흔들 뿐이었다. 으음, 말은 하지 못하더라도 내 말은 알아들을까?

"내 말은 알아들어? 저기 푸딩, 쟤 이름이 푸딩이잖아."

웨애애애옹!

"저기 불만스럽게 떠드는 쟤. 아무튼 쟤는 자꾸 내 머릿속으로 떠들거든. 너도 가능하나 해서."

나는 다른 손으로 새의 머리를 살살 문질렀다. 생각보다 부드러웠다. 맨질맨질하네.

짹, 짹짹!

파드드득. 아퀼라가 조그만 날개를 마구 퍼덕였다. 음, 무어라 전

달하고 싶은 것 같은데 알아들을 수는 없었다.

미안, 아직은 새 언어는 초급인 것 같아, 그렇게 농삼아 말을 건네려던 순간이었다.

화아아악.

눈앞으로 새카만 빛이 터져 나왔다. 언젠가 아퀼라가 작게 변신할 때 보았던 검은 빛이었다. 검은 연기도 함께였다.

-인간!

매캐하지는 않았지만 시야를 가리는 연기에 절로 눈을 감았다.

그리고 눈을 떴을 때, 전혀 낯선 공간에 서 있었다.

하나 나는 눈을 몇 번 깜빡일 뿐 당황하지 않을 수 있었다. 푸딩으로 인해 한 번 겪어본 적 있는 일이었다.

쏴아아아.

눈앞은 비 내리는 풍경이었다. 회색 구름이 잔뜩 뭉쳐진 하늘, 먹구름이 잔뜩 끼는 아래 조금 우울하게까지 느껴지는 풀숲이었다.

나는 주변을 관찰하기 전에 현실 같은 이 풍경을 눈에 하나하나 담았다.

'이걸 보여주는 건 아퀼라겠지.'

수호신들은 다 할 수 있는 건가 보네. 두리번거리는데 익숙한 인영이 보였다.

체이서였다.

하나 그는 여유라고는 전혀 보이지 않는 낯이었다. 오히려 조급하고⋯⋯ 화가 난 얼굴이었다. 처음 보는 표정이었다. 정녕 내가 같은 사람을 보는 것인가 싶은 의문이 드는, 급한 얼굴. 항상 가지런하던 눈썹이 형편없이 일그러져 있다. 그의 미간이 마구 구겨지고 입술이 앙다물렸다. 화가 났을 때조차 미소를 지우지 않던 사람이었는데.

그래서인지, 시선을 떼어낼 수 없었다.

쏴아아.

비는 여전히 세차게 쏟아졌다. 송곳처럼 쏟아지는 아래서 그는 비를 맞은 채 누군가를 안았다. 무어라 중얼거리고 소리를 내려 한 것도 같았다. 턱턱, 숨이 막히는지 소리가 새어나오지 않았다.

일그러진 얼굴이 이 풍경과 더없이 음울하게 어우러진다.

빗속에서 그가 겨우 입술을 열었다.

"……이아나……."

나는 눈썹을 까딱였다. 이아나? 체이서의 상체가 들리고 그의 품에 안겨 있는 사람이 보였다.

"내 동생."

안겨 있는 건 분명 나였다. 정확히는 '이아나'. 흘러내리는 빗물이 이상하게도 그의 눈물처럼 보였다. 쓰러져있는 인영을 자세히 보려 했지만 세찬 비에 가려, 분홍색 머리칼만 겨우 알아보았다.

"미……안해."

남자의 사과는 무척이나 직선적이었다. 세상 처음 이런 소리를 토해 내본 사람처럼.

"……할게."

거리가 떨어진 데다 비까지 내려 모두 들을 수는 없었다. 나는 그 저 흑백영화를 보듯 남자를 물끄러미 볼 뿐이었다.

"……니까. ……아프지 마."

너무나도 다정한 목소리를 끝으로 그가 빗속에서 웃었다. 참담한 웃음이었다.

"아프지마. 약속, 꼭 지킬게."

선명한 목소리를 들었다. 빗소리 사이에서 이상하리만치 귀에 탁 꽂혔으니까. 여기에 무어라 입을 떼려 하는 순간 주변이 암전되 었다.

다시 눈을 뜨니 익숙한 방 안이었다. 순식간에 이동한 것은 아닐 테고, 푸딩이 보여준 것과 비슷한 원리이리라.

나는 푸드득 나는 새에게 시선을 주었다.

"네가 보여준 거야?"

짹-. 짹짹!

이제는 제법 답변하는 꼴이 내 질문을 알아들은 듯했다. 뭐야, 지 금까지는 알아들어 놓고 모른 척한 거야?

"뭐야, 너 그럼 이전에 내가 도망갈 길 알려달라 한 것도 알아들었 던 거잖아?"

나는 검지로 새의 부리를 톡 튀겼다.

지금으로부터 9개월 전 즈음 체이서에게 도망치겠다고 한창 움 직일 때, 나는 아퀼라에게도 말을 건 적 있었다. 너 길 좀 알면 알려 달라고 말이다.

하도 답답해서 말을 건 거였는데, 그때도 알아들었던 거잖아?

물론 이후에 내가 온갖 원한이 도사린 험난한 상황에 있음을 깨닫고 그만뒀지만.

"이걸 보여준 건, 뭐."

나는 툭 새에게 따지듯 심드렁히 말을 걸었다.

"체이서도 나쁜 사람만은 아니다, 이거야?"

아퀼라가 짹짹, 시끄럽게 울었다. 조그만 참새 모습으로 참 우렁차기도 하다.

"걔 나쁜 놈 맞는데."

그러자 더 시끄럽게 울었다. 으음, 얘가 내 말을 알아듣는다는 건 알았는데, 문제는 내가 얘 말을 알아듣지 못하겠다.

"그래. 알았어. 내 말이 맞다는 거지?"

아퀼라가 뭘 보여주고 싶었던 건지는 알겠다. 체이서가 여동생을 끔찍이 여긴다. 주인이 이런 사람이다 보여주고 싶은 거겠지. 이런 건 이렇게 보여주지 않아도 약 10개월 동안 보고 느꼈는데 말이지.

"근데, 아까 본 것에서 나는 뭐야? 아팠어?"

어차피 내 상태를 두고 기억상실로 알려져 있겠다. 편하게 물었다.

아퀼라가 눈을 끔뻑, 하더니 이내 지지배배 울었다. 아, 깜짝이야. 왜 갑자기 날아오고 그래. 나는 곧 손바닥에 앉아 꽥꽥 우는 새를 보며 아연함을 느꼈다.

째재재쨱! 짹짹!

조금 전에 한 말 취소.

……이건 긍정이야, 부정이야?

단순히 생각하기로 이아나는 몸이 약했다고 하니, 그렇겠다 싶었다. 아픈 사람이 비를 쫄딱 맞고 있던 건 이상했지만 사정이 있었으려니 했다.

쨱, 째액. 쨱! 삑!

"알았어. 알았어. 사이좋게 지내라는 거잖아."

삑, 삐익, 쨱.

"그렇게 말 안 해도 잘 지낼 거야."

나는 고개를 괸 채 무심히 대꾸했다. 체이서를 만난 초기까지 내가 체이서에게 가진 감정은 이질적이었다.

모순적이었단 얘기다.

양가감정이라고 들어봤나? 다정한데 그 다정함을 믿을 수는 없고. 뒤로 가서 제 광기를 드러냈고, 거기에 역시나 책 속 모습! 했지만 여전히 다정한 모습이 존재했고.

"알아, 열심히 나를 지켜주려 한 것쯤은."

그 남자는 참으로 열심히 나를 지켰다.

철그럭.

얼마나 많은 위협이 있었는지, 일일이 설명조차 못 한다. 그만큼 많았고, 위험했으며, 이 모든 원한이 체이서 본인의 것은 아니었음을 알게 된 시간이었다.

도뮬릿 공작이 얼마나 나쁜 인간인지도 알게 된 시간이기도 했고.

"그래서 그냥 이렇게 살고 있잖아."

체이서가 저지른 범죄도 있었지만 그 공작이 뻔뻔하게 아들이 한 일처럼 뒤집어씌운 것이 더 많았다.

'어째 이 소설은 애비란 인간들이 전부 쓰레기람.'

스르륵 고개를 내리면, 발목에 달린 쇠사슬이 보였다. 이 쇠사슬도 또한 줄곧 내게 양가감정을 일으키는 것이었다.

"왜 염려하는지 모르겠지만."

그 남자는 내 일이라면 열 일 제치고 뛰어왔다. 이 쇠사슬은 구속의 상징이었을 것이나 내 생명을 구하는 이정표였다.

"날 구하다 다치기까지 한 사람을 미워하진 않아. 그렇게 모질진 못하거든."

번번이 위기에서 목숨을 구해준 인간이 악당이었을 뿐이지. 나는 체이서의 손을 떠올렸다. 항상 검은 장갑을 끼고 다니는 손 아래에는 잔 상처가 많았다. 리케도르안과 달라서 그는 상처가 사라지지 않았다.

개중에 나를 구하려다 입은 상처가 태반이었다, 우습게도. 감금과 생존. 이곳은 모순을 껴안은 저택이었다.

이제는 그 양가감정조차 희미해졌지만.

나는 고개를 들어 하늘을 바라봤다. 조금 전 비 내리던 풍경과 다르게 몹시도 푸른 하늘이었다.

"산책이나 할까."

엉덩이를 툭툭 털고 손을 내밀었다. 쨱? 아퀼라가 고개를 갸웃하는 것 같았다.

이렇게 보니까 슬슬 뭐라고 하는지 대충 알 것 같네. 이렇게 새의 언어도 마스터하게 되는 건가. 엉뚱한 생각을 하며 손바닥을 흔들었다.

"같이 갈래?"

쨱!

아퀼라가 기다렸다는 듯이 날아올랐다. 얘가 흥분을 감추지 못했는지 독수리 모습으로 돌아왔다.

"야, 야! 네 크기를 생각해, 우읍!"

졸지에 깃털에 얼굴을 파묻게 되고, 읍읍 숨을 토해냈다. 아퀼라에게서 체이서의 냄새가 났다.

나는 겨우 깃털을 치우고 한숨을 쉬었다. 이놈의 동물들은 왜 일단 머리부터 들이밀고 보는 거지.

그러거나 말거나 어느새 적절히 크기를 줄인 아퀼라는 독수리 형태로 내 뺨에 부리를 정신없이 비볐다.

푸드드득!

"알았어, 알았으니까. 그만해."

이러다 동물 조련사로 취직하는 건 아닌지. 고개를 젓고는 그대로 돌렸다.

"너도 그만 나와."

-나, 나, 나…… 말이냐? 냥?

"그럼 누구겠어."

손을 까딱까딱했지만 겁먹은 푸딩은 선뜻 다가오지 못했다. 겁먹은 모습은 어쩜 짐승 모습의 리케도르안이랑 저리 똑같은지.

"아퀼라."

나는 아퀼라에게 화살을 돌렸다.

"나도 체이서랑 잘 지낼 테니까 너도 쟤랑 잘 지내."

푸딩을 향해서 고개를 까딱했다. 누군가 그랬던가. 사람은 이름을 짓는 순간부터 애정을 갖는다고. 동물이든 물건이든. 나 또한 그랬다.

"내가 이름을 지어준 아이야."

떠나보낼 것을 알면서도 저 조그맣고 불쌍한 아기 수호신에게 정을 주지 않을 수는 없었다.

"그래 줄 수 있지?"

선뜻 다정하게 말하며, 아퀼라의 부리 밑을 긁어주었다. 그러면서 작게 속삭였다.

비록 바깥을 불태우던 무서운 동물이지만. 넌 내게는 착한 새니까.

푸딩을 노려보던 아퀼라의 눈이 둥글둥글해졌다.

푸드득. 이 날갯짓이 화해의 제스처임을 알았다. 동물은 동물이 알아본다고, 푸딩도 느낀 듯 쭈뼛쭈뼛 다가왔다. 그러더니 내 손에 앉고는 손바닥에 뺨을 마구 비볐다.

-저 무서운 놈이랑 말을 하다니, 인간 넌 대단하구나. 다시 봤다 냥!

"네게만 무서운 새일걸."

나한테는 참 착한 새거든. 나는 살짝 웃으며 문을 열었다.

스르륵.

어라, 문이 왜 절로 열려 있지? 마치 반쯤 열려 있었던 것처럼……

문이 열리고 반 틈 사이로 서 있는 사람을 본 나는 눈을 크게 떴다.

체이서?

"……오빠?"

네가 왜 거깄어? 이런 표정으로 그를 바라보았다. 체이서는 옅은 미소를 지었다.

"네가 보고 싶어서?"

"그런 질문은 안 했는데."

"네가 말했어."

그가 검지로 제 눈을 톡톡 두드렸다.

"눈으로?"

"아아."

나는 대충 고개를 끄덕였다. 여기 있었다는 건 아퀼라와의 대화를 들었단 건가?

"어디서부터 들었어?"

나는 스스럼없이 물었다.

"'내가 이름을 지어준 아이야'부터? 뭘 하고 있었던 건지 궁금하다, 이아나."

막 왔나 보네. 나는 끄덕이고는 대수롭지 않게 대꾸했다.

214

"아퀼라랑 평화협정을 맺었지. 푸딩이랑 싸우지 말라고. 기념으로 다 같이 화해의 산책을 하기로 했어."

그렇게 말하고는 고개를 까딱였다.

"산책할래?"

체이서가 멈칫했다.

붉은 눈이 놀란 듯 커진 것도 같았다. 그러나 찰나 간에 언제 그랬냐는 듯 원래대로 돌아온 남자가 단정하게 고개를 움직였다.

"분부대로."

우리는 금세 정원에 도착했다. 마구간 근처에 있던 을씨년스러운 풀숲과 다르게 저택 앞은 그럴싸하게 꾸며져 있었다.

찬란 볕 아래 싱그러운 정원수와 화사하게 활짝 핀 꽃들, 자욱하게 어우러지는 상쾌한 바람 향기, 저 멀리 모습을 드러낸 반짝거리는 유리온실까지,

사실 내가 막 이 저택에 왔을 때는 이렇지 않았다. 오히려 하루가 멀다 한 습격으로 초토화된 곳이었고, 누구도 복구하지 않았다.

〈……산책하고 싶다고? 그래.〉

이렇게 만든 건 이 남자였다.

"되게 예뻐졌네."

"네가 걸을 길이니까."

참, 극성맞게도 내가 가진 것, 내가 하는 것. 그게 뭐든 간에 최고로 만들지 않으면 참지 못하는 남자였다.

때로는 광기 어린 눈으로 검을 휘두르면서도, 이거 가져왔어. 뚝

뚝, 피로 물든 보석을 내밀 때 느꼈지.

"앞으로도 넌 이런 길을 걸을 거야. 내 동생."

참 270도쯤 돌아버린 도라이구나 하고. 그렇게 정의를 내리고 나면 차라리 마음이 편하더라고.

"이아나."

그가 고개를 숙여 내 손끝에 입을 맞댔다. 이제는 익숙해진 인사였다.

끼이익!

하늘에는 아퀼라가 푸르른 창공을 마음껏 누비고 있었다. 아퀼라랑 나름의 화해를 한 덕인지 푸딩도 어느새 달려가 정원에서 폴짝폴짝 나비를 쫓고 있었다.

─이, 인간! 이거 뭐냐. 냥! 움직인다 냥! 냥냥!

허어, 저거 좀 보게. 설표는 무슨, 알맹이가 완전 고양이구만. 나비를 쫓는 모습이 영락없는 집괭이다. 나는 피식 웃었다.

"푸흐…. 하하하."

그 모습은 어느새 활짝 웃는 웃음이 되었다.

푸딩이 빙구처럼 뛰는 모습이나, 아퀼라가 내게 보이겠다고 푸딩 주변에서 뱅글뱅글 도는 게 어처구니없게 귀엽고 우스웠던 탓이다.

팔랑팔랑.

해가 따뜻한 여름답게, 해바라기 같은 노란 꽃잎이 흩날렸다. 간간이 주황색 꽃잎이 섞여 있었다.

아마도 저기 활짝 핀 주황색 장미 일터다. 이곳에는 유달리 주황색 장미가 많다. 체이서는 여기 모든 식물을 직접 꾸렸다고 했으니 이 또한 그의 뜻이리라.

한참을 웃다가 고개를 돌리면 나를 쳐다보는 시선이 있었다. 체이서의 두 눈이 그 끝에 자리해 있다.

그는 웃고 있지 않았다.

……왜 이래?

"오빠?"

가뜩이나 묘한 눈매를 가진 남자가 웃지 않으니 아슬아슬한 분위기를 자아냈다. 공연한 기분에 그를 불렀으나 답은 돌아오지 않았다.

몇 초가 지났을까, 그의 입술이 천천히 열렸다.

"이아나."

내리꽂힐 듯 집요한 시선, 이유 없이 입술이 말랐다. 그가 훌쩍 다가왔다. 분위기에 순간 압도된 나머지 뱀 앞의 개구리처럼 꼼짝없이 서 있었다.

그가 느릿하게 상체를 기울인다. 내게 뻗어진 손이 무언가를 떼어냈다. 주황색 꽃잎이었다.

아, 하고 소리 냈지만 말이 더 나오지 않았다. 거리가 아주 가까웠다. 그는 떨어지는 대신 입을 떼었다.

"이아나, ……하나만."

물어볼게.

낮게 가라앉아, 나직한 목소리였다. 어찌할 바를 몰라 시선을 내리면 그의 발이 쇠사슬을 꾸욱 밟았다가 떼어냈다.

"내가 미워?"

사람을 유혹할 듯 녹진한 목소리는 한없이 진지했다.

"……아니, 넌 날 싫어할까."

평소와 같은 장난스러운 유혹은 어디에도 없었다. 그러면서도 어리광을 부리는 아이같이도 느껴졌다.

쇠사슬을 채운 게 이제 와 신경 쓰인 건가? 그가 쇠사슬을 밟은 행동으로 추측할 뿐이었다. 갑자기 왜 묻는 거지? 이상한 인간이네.

"……딱히 싫어하지 않는데."

눈을 굴리던 나는 이내 나직하게 뱉었다.

"밉지 않아."

내 목소리는 차분하고 담담했다.

"밉지도 싫지도 않아. 됐어?"

그가 보고 있던 발목을 보란 듯이 짤랑 흔들었다.

"물론 이렇게 족쇄를 채우고 쇠사슬을 단 건 미친 짓이라 생각해."

그가 잘해준다고 해서 뭐, 나는 행복하다, 이런 세뇌 같은 걸 당한 건 아니다.

나는 그가 좋지도 싫지도 않았다. 내가 쇠사슬을 인정한 건 효용성이 있기 때문이었고, 이 남자의 말도 안 되는 짓은 정당화할 수 있지 않았다.

〈족쇄가 아니면, 뭐가 좋아?〉

그저, 족쇄에 대해 답답하다 한마디 했을 때, 알았을 뿐이다.

쇠사슬을 풀어 다른 형태를 했다 한들. 그가 다른 형태로 나를 매어둘 성격이란 걸 알아서였다.

1여 년의 시간은 그걸 알기 충분했다.

"하지만 오빠는 미친놈이잖아?"

이른바 도찐개찐. 오십보백보.

나는 고개를 삐딱하게 기울인 채, 속마음을 적나라하게 토해냈다. 내 이런 직설적 표현에도 체이서는 피식 웃을 뿐이었다.

내가 알기로 그는 자신의 행보를 모르지 않았다. 적어도 이놈은 본인이 미친 인간이란 걸 아는 미친놈이었다.

"그래."

체이서가 한 손으로 얼굴을 반만 가렸다.

"응. 이아나."

그 순간 나는 눈을 크게 떴다. 볕 아래 부드러이, 하지만 해사하게 눈을 휘며 웃는 남자의 눈으로 주르륵 무언가가 흘러내렸기 때문이었다.

사람을 유혹하는 여우처럼 야살스럽게 곡선을 그리는 아래, 주르륵 흘러내린 눈물은 농염하고 아름답게까지 느껴졌다.

왜 우는 거야? 속으로 중얼거리면서도 눈을 뗄 수 없었다.

이토록 아름다웠으니까.

머릿속으로 '이아나'를 안고 있던 체이서의 모습이 그려졌다. 비 오는 풍경 속 웃던 얼굴도 함께.

……그것과 관련 있나?

체이서가 팔을 벌려 나를 품 안에 안았다. 별 느낌은 들지 않았다. 그저 그가 참 크긴 크구나. 반면에 내가 작긴 하구나 느꼈을 뿐.

그의 손이 허리에 파고들었지만 밀어내지 않고 덤덤히 있었다.

울음을 터트릴 사람에게 어깨를 빌려줄 용의는 있었다. 거기까지였지만.

"네가 영원히 곁에 있었으면 좋겠어."

1여 년이 지났지만 내게 '이아나'와 체이서의 관계는 불가해의 영역이었다. 미지수, 값을 알 수 없는 값.

눈동자만을 굴려 곁눈질했다. 내 어깨에 이마를 가져댄 남자를.

저택의 이들은 내게 말을 걸지 않았다. 괜히 친구가 없다고 한 게 아니다. 조그만 흑마법사님이 있어 심심하진 않았지만…….

그조차 무어라 하지 못할 만큼 바쁘긴 했지. 암살이다, 독이다 위협이다…….

"날 떠나지 마."

나는 이 남자가 이아나를 감방에 보낸 못된 오빠 새끼라 생각했다. 처음엔 그랬고, 다음엔 사정이 있어서 어쩔 수 없었지만 그래도 나쁜 놈이라 여겼다.

그러나 이런 모습을 보면 검게 느껴진 물이 착각을 일으킨 양 혼란을 불러일으켰다. 그럼에도 검은 물은 검은 물인데도.

눈물이 맺힌 농익은 붉은색 눈이 나를 향했다.

"……곁에 있어 줄 거지?"

역시, 책 속처럼 반쯤 미친 인간 같기도 하고. 뒷짐 진 손을 움츠렸다가 폈다. 긴장되는 건 어쩔 수 없었다. 검을 휘두르는 모습을 보았기도 하고…… 이 짐승처럼 커다란 덩치의 남자가 신경 쓰이지 않을 수는 없어서.

야릇하고도 관능적인 얼굴과 대비되는 몸은 우아하고도 육감적인 느낌을 자아냈다.

"오빠."

그는 숫제 한 손만을 풀어 내 손을 쥐었다가 놓았다. 이내 다시 쥐어 제 입술로 가져왔다.

촉. 손톱에서 살갗까지. 다시 마디마디 사이로 입술이 쏟아진다.

나는 혼란이 일었다.

왜일까. 1여 년이 지나도 그전과 같아서? 이제야 독과 위협이 조금 가라앉고, 평화로워서? 평화로워서 다른 생각이 가능했기에?

등줄기로 느릿한 소름이 일었다.

혈류를 타고 벼락같은 깨달음이 휙 꽂혔다.

"오빠."

"오빠여도 좋고."

그가 내 손끝에 입술을 맞추다 말고 그대로 고개를 들어 올렸다.

나른한 시선이었다.

"오빠가 아니어도 좋고."

그대로 고개가 기울어진다. 사르르, 결 좋은 검은 머리칼이 흩어진다. 숨이 꼴깍 넘어갔다.

"……그건 좀 이상한데."

나는 가까스로 입술을 열어 말을 이었다. 침이 말랐다.

"내가 기억을 잃었잖아."

"응."

평화롭지 않아서였던 거다. 그래서 미처 생각하지 못한 거였을 거다. 그가 손끝을 가볍게 깨물었다 놓았다.

"말해."

그가 손가락에 입술을 비비적 비빈다. 손끝에 다시금 비처럼 쏟아지는 입맞춤에 이상함은 더욱더 크기를 키웠다. 이상하다 했지.

남매 사이가 지나치게 좋다고. 그렇게만 생각했다.

하지만 내가 이곳에서 깨어나 상식을 비롯한 모든 것을 다 모른다고 해도.

"이건 오빠가 여동생에게 할 행동은 아닌 것 같아서."

……정녕 이게 이상한 게 아닌가?

그저 남녀 사이에 친근한 손등 키스 정도는 보편적인 세상일 뿐이라 무심히 여겼다.

그러나 세계를 고려하더라도 이상해.

그렇기에 솔직하게 뱉었다.

"아니, 이건 아닌 것 같아."

체이서는 당황하지 않았다. 그저 손가락에 뺨을 가져다 댄 채 피식 웃을 뿐이었다.

그는 그대로 고개와 함께 눈을 들어 올렸다.

"왜 안 돼?"

어둠 속에서도 빛을 발할 것 같은 붉디붉은 눈이 나를 붙잡고 자리했다.

"왜 안 되냐니."

그거야…….

"우리가 남매…….."

"우리 남매 아닌데."

쏴아아아. 바람이 불었다. 자욱하게 느껴지는 꽃향기만이 우리의 침묵을 채웠다. 마침내 그가 소리 내어 웃었다.

"입양아."

알아? 그가 작게 중얼거렸다.

"내가 공자."

그가 내 검지를 잡아 제 뺨을 콕 찔렀다. 그러고는 검지를 짚으며 시선으로 날 가리켰다.

"네가 입양아."

나는 그만 입을 쩍 벌렸다. ……이게 무슨 개 소리야. 갑자기? 출생의 비밀?

"거짓말하지 마."

혼란스러워할 틈은 없었다. 그가 거리를 좁혀 휙 고개를 휘었기 때문이었다.

"기억을 잃어서 전할 틈이 없었나 봐."

"……그걸."

말이라고 하냐. 발끈하려던 말은 그대로 쏙 들어갔다.

"난 네겐 거짓을 고하지 않아. 이아나."

나를 집어삼킬 것 같은 보석 같은 눈과 압도되는 분위기 앞에서 무시되었다 보는 게 맞을 것이다.

"그리고 전하건 전하지 않건, 그건 중요하지 않잖아?"

그가 내 손을 뺨에 갖다 대며 말했다.

"넌 내 곁에 있어 줄 테니까 상관없잖아. 내 동생."

다정한 목소리는 어느새 숨길 수 없이 색정적인 분위기를 담고 있었다. 동시에 네가 나를 벗어날 순 없지 않으냐 단정 짓는 것 같았다.

"오빠라며."

"그래. 그런데 오빠가 아니라면."

그가 눈매를 휘어 황홀한 웃음을 그려냈다. 낮은 음성에 그가 가진 능력이 푹 담긴 것 같았다. 내겐 이 능력이 소용없음에도 당장에 홀릴 것 같이.

"그럼 달리 봐도 돼?"

나는 입술을 달싹였다. 숨을 쉬고 있건만 입안이 바짝 마르는 것 같았다.

대답이 필요 없는 질문 같았지만. 그럼에도 나는 대꾸했다.

"……안 돼."

단호하게 말했음에도 그는 그저 웃을 뿐이었다. 마구 흩날리는 주황색 꽃잎, 그리고 어느새 뒤섞인 흑색 꽃잎 사이에서.

네 대답은 필요 없다는 듯이.

"그럼 기다릴까?"

처음으로 가슴 깊숙하게 경고등이 울렸다. 내가 악당 여동생임을 알았을 때도 닿지 못했던 경고등이 이젠 온몸을 둥둥 울리고 있었다.

"언제든 기다릴 수 있어. 네 곁에서."

눈을 감았다가 뜨면, 눈앞에는 낯선 남자가 서 있었다.

찬란한 별은 기꺼이 그를 밝히는 조명이 되어 주었다. 흩날리는 꽃잎마저 이 가련한 남자를 위한 장식 같았다.

라면인 줄 알았는데, 자장면 맛이 나는 걸 먹어본 적 있는가? 나는 없다. 하지만 비슷한 기분은 느낀 것 같다.

체이서가 그 말을 하던 바로 그 순간에 말이다.

나는 얼굴을 거칠게 쓸어내렸다.

이아나와 체이서가 남매가 아니라니 이게 무슨 개연성 없는 소리야. 아니, 그래 내 쪽이 일찍 요절하는 캐릭터니까 양보하겠다 이거다. 하지만 그걸 치우더라도.

아니, 정말 이게 무슨.

"……무슨 개족보야."

-개? 개를 찾았느냐, 냥?

얌전히 앉아 있던 푸딩이 머리를 갸웃했다. 귀가 쫑긋 움직이기도 했다. 그것으로 모자라 내 다리 사이를 지나다니며 머리를 부비부비 비비적댔다.

"야, 정신 사나워."

웨옹?

"하지 말아 봐. 나 심각해."

-왜 그러냐, 냥?

푸딩이 무슨 일이냐며 캬옹캬옹 울었지만, 나는 이 설표인지 괭인지 모를 동물의 머리를 밀어낼 뿐이었다.

체이서가 뜬금없이 폭탄을 떨어트린 뒤로 3일, 그는 아무렇지 않게 나를 대했다. 문제는 나는 전과 같이 그를 대하기 힘들어졌다는 거다. 아니, 당연히 껄끄럽지!

"……이제 좀 친근해졌나 싶었더니."

이건 솔직한 내 심정이었다. 여기서 '친근함'이란 친애의 감정이 아니다.

이제서야 나는 다정하지만 원한엔 칼 같고, 수틀리면 칼 들고 모조리 조져버리며 피가 뚝뚝 떨어진 선물도 서슴지 않는 그놈의 미친 성정에 적응했단 얘기다.

그가 진짜 오빠가 될 거라곤 생각도 하지 않았다. 그저 적응할 만한 인간이 되어도 감지덕지였단 말이다.

그런데 왜!

연거푸 얼굴을 쓸어내렸다.

사실 체이서의 폭탄 자체는 그렇게까지 충격적이진 않았다. 나도 모르게 무의식적으로 이상하다 여겼던 것 같으니까. 다만, 오빠가 제가 오빠가 아니라면? 하고 묻는 순간에.

'리케도르안을 떠올렸지.'

얼굴을 얼른 비볐다. 잊자. 잊어. 이번엔 양손으로 함께였다. 옷에 쓸려 얼굴이 따끔거렸지만 신경 쓸 겨를이 없었다.

이제 와 도망가는 건 늦었다.

〈원한다면 오빠로 있어 줄게, 이아나.〉

그는 그렇게 말했지만 달리 말하자면 심기를 거스르지 않을 때, 잘해 라는 소리로밖에 들리지 않았다. 나는 고민 끝에 의자에 널브러졌다. 해결책이 나온 건 아니고 과부하에 걸렸다. 모르겠다.

"그저 편안히 살고 싶은 건데. 왜 이렇게 힘들어 보이지."

그냥 생각을 말까. 그래, 그래도 좋겠다. ……어차피 오빠로 있어 준다고 하잖아?

굳이 다가오진 않을 모양이었다. 내가 얌전히만 있으면 말이다.

쇠고랑도 차 줬는데, 이쯤 모른 척하기야 식은 죽 먹기 아닐까. 누워서 침 뱉기 같기도 한데.

문득 내 얼굴에 침이 떨어지는 상상을 하다가 기분이 좋지 않아졌다.

어째 갈수록 알아서 구덩이에 빠지는 기분인데.

의자에 내팽개친 빨래처럼 널브러진 채 눈만 끔뻑였다. 사실 너무 머리 아픈 고민은 사서 하지 말랬다.

인간이 하는 고민의 8할은 쓸데없는 고민이라잖아.

뭐. 어떻게든 되겠지.

스스로도 해결을 찾고 고민을 끝내는 게 아니라 회피한다는 건 알았지만 알면서도 무시했다. 잠깐만 미뤄두자 생각하면서.

그리고 그날 낮, 나는 이 고민을 미뤄둬선 안 됐다는 걸 깨달았다.

"좋은 낮이야, 이아나."

어느새 내 동생 운운하는 호칭은 어디론가 보내버린 체이서가 나름 상큼하게 인사했다.

형체가 보인다면 날아왔을 그의 하트를 잡아서 버리는 상상을 하며 그를 흘겨보았다.

체이서가 내 방을 찾는 건 이상한 일이 아니었다.

"내 동생이란 말은 어디 갔어?"

"원한다면. 내 동생."

선심 쓰듯이 덧붙이는 모습이 아니꼬운 건 왜일까. 나는 작게 한숨을 쉬었다.

내가 고민을 집어치우게 되는 건 모두 이 남자 때문이다. 내가 고민을 하건 말건 태연하게 웃고 있는 낯을 볼 때면 나도 아무 생각 없이 살까 싶으니까.

하나 그의 뒤를 이어서 들어오는 것을 본 순간 그 생각이 싹 날아갔다.

"……오빠. 저게 뭐야?"

이걸 물어야 말아야 하나, 혀끝을 잡아당기는 불안을 느꼈지만 결국 물었다.

"선물이야. 이아나."

체이서는 기다렸다는 듯 입술을 끌어올렸다.

나는 얼떨떨하게 체이서와 그의 부하들이 내려놓은 것을 번갈아 보았다. 그래서 이게 무엇이냐 의미는 직접 전해졌으리라. 체이서는 바로 이를 알아채고 덧붙였다.

"마음에 걸렸던 이야기가 있었거든."

"별로 듣고 싶지 않은데."

그의 눈이 속삭이고 있었다.

들어야 할걸?

"친구가 없다는 네 말이, 마음에 걸렸어."

그가 흘끗 내 품에 시선을 주었다. 내게 안겨 있던 푸딩이 흠칫 몸을 떠는 것이 느껴졌다.

—인간, 인간아! 저놈이 노려봤다! 봤느니라!

하아, 나도 아니까 조용히 있어. 나는 푸딩의 머리를 꾹꾹 눌렀다. 체이서 저 인간이 저런 눈을 할 때는 건드리면 안 된다는 걸 잘 알고 있다. 이럴 때마다 반드시 야단이 났으니.

그러나 이번엔 나서지 않을 수가 없었다.

"……대체 무슨 선물이 '사람'인 건데?"

그랬다. 체이서 뒤로 끌려온 것은 물건도 동물도 아니었다.

'사람'이었다.

대체 어떻게 곱게 미치면 이런 발상을 할 수 있는 거지.

"아니, 내 소중한 동생이 친구가 없어…… 조그만 새끼 동물에 의지한다기에."

"새끼에 힘줘서 말하지 마."

"잘못 들은 거야."

다정한 음성이 시치미를 뗐다.

"그저 안타까운 마음에, 뭐라도 하지 않을 수는 없잖아."

그가 붉은 눈을 위험하게 빛냈다.

"오빠로서."

더는 뒷말을 요하지 않는 말에 나는 대꾸하는 대신 고개를 돌렸다.

체이서의 부하들이 이끌고 온 것은 사람, 체구가 아주 작은 여자아이였다.

〈친구 하나 없는 삶이잖아?〉

〈'친구'가 필요했다면, 말을 하지 그랬어.〉

그때 그 대화가 이렇게 돌아올 줄이야. 나는 이 인간에 대해 더욱더 진지하게 생각하지 않은 것을 후회했다.

어쩐지 의구스럽게 퇴장하더니만. 그때 푸딩을 옹호한답시고 나온 말이 이렇게 돌아올 줄은 몰랐다.

나는 소녀를 빤히 보았다.

'그나저나 쟤는 상태가 왜 이런 거야?'

바짝 마른 몸이었다. 거기다 겨우 얼굴만 씻긴 건지 몸은 꾸질꾸질한 흙먼지가 끼어 있었고, 옷은 제 것이 아닌 듯 너무나도 컸다.

이리저리 엉키고 구불구불 긴 머리로 겨우 여자아이인가 알아볼 수 있었다. 아울러 엉성하게 잘린 머리카락 사이의 뺨은 푹 패여 있었다. 나는 흠칫 놀랐다.

여자아이의 형형한 눈이 이쪽을 죽일 듯이 노려보고 있었으니까.

신비로운 눈이었다. 은을 갈아 넣은 듯 회색, 백색이 마구 뒤섞인 은색 눈동자. 하나 한쪽만 그러할 뿐 다른 한쪽의 눈은 회색과 녹색이 그러데이션 된 듯 녹빛이 녹아 있었다.

파이 아이(Pie eye), 오드 아이(odd eye).

한쪽에만 해당해도 보기 드문 요소가 겹쳐있었다.

내 손끝이 파르르 떨렸다. 말이 나오지 않았다.

허벅지로 소름이 쫙 돋았으니까.

미쳤어. 아니, 진짜 미쳤어.

그리 말밖에 나오지 않았다.

당연했다.

"흰 장미의 후계자야."

이쪽은 그 유명한 원작 여주인공이었으니까.

"이 정도는 돼야 우리 이아나의 격에 맞을 듯해서."

체이서의 말에 내 고개가 돌아갔다. 끼긱, 녹슨 로봇처럼 어색한 동작이었다.

"격?"

"……사랑스러운 내 동생 수준에 맞을 것 같아서?"

그리 속삭이는 남자의 얼굴은 완연한 성년의 것이었지만 한편으로 천진난만하게 보였다. 아니나 다를까 나를 보는 눈은 광기 어린 듯 해맑았다. 투명한 핏빛 호수를 보는 듯이.

"어렵게 찾았어. 꼭꼭 숨어버렸거든."

그러니까, 때가 덕지덕지 찬 저 머리칼과 더러워진 손발, 거기다 옷도 큼지막한 데다 막 끌려오다 찢어진 것 같은 구멍이 뚫리고 흡사 증오만 가득한 어린 소년 같은 행색의 소녀가…….

여주인공 언니라고.

내 안에서 환상이 와장창 부서지는 소리가 들렸다.

나는 버릇처럼 얼굴을 쓸어내렸다.

아니다. 침착하자. 차분하게 생각해.

이 책 속에서 체이서는 여주인공에게 첫눈에 사랑에 빠지지 않았다. 정확히는 첫눈에 빠질 인물이 아니었다.

책 속에서 체이서는 간간이 이상한 뉘앙스를 흘렸다. 마치 이전부터 여주인공을 알았다는 듯한 그런 묘사와 행동들.

어차피 개연성은 중동에나 갖다줘버린 피폐 로맨스 19금 빨간 책이었기에 대수롭지 않게 생각했다.

어느 날 갑자기 내가 대신전의 성녀다! 하고 외치는 여주인공의 아주 뜬금없는 설정 같은 거라 생각했지.

'……그런데 이런 설정이 숨어 있었냐.'

어쩐지 이상하더라니. 역시 악당 쪽은 여주인공과 이전에 만난 적 있는 모양이었다. 없는 머릴 돌려서 짐작해보자면, '이아나'는 본래 내가 이 몸에서 깨어나기 전 심장마비로 죽었을지도 모른다.

그랬다면 이 장면은 원작 전, 그리고 여주인공이 악당과 단독으로 만나는 순간이 되었겠지.

차분히 생각하니까 심사가 더 꼬이는 기분이었다. 상황은 이해됐는데 숨이 막혔다.

여주인공 언니가 노려봐. 노려본다고!

엄밀히 따지면 저쪽이 나보다 한 살인가, 어릴 테니 언니는 아니었다. 하지만 예쁘면 다 언니랬어. 내 안에선 예쁜 언니였다고!

간신히 현실로 돌아와 중얼거렸다.

"……오빠가 흰 장미의 후계자를 왜 찾은 건데?"

분명 내가 아는 여주인공은 아름답고 착한 영애이자 다정한 아가씨, 그리고 순진하고 호기심 많은 이였다. 고작 원작 3년 전인데 왜 저런 모습인 거냐고? 아무리 무심한 나라도 기가 막히고 궁금하지 않을 수가 없었다.

"정말 나를 위해 데려온 거야?"

체이서의 눈이 반원을 그렸다. 달큰한 웃음과 함께 그가 내 어깨를 툭 두드렸다가 떼어낸다.

"그럼 정말이지. 난 네게 거짓말을 하지 않아. 그렇다고 말했잖아, 이아나."

나는 속지 않았다.

"그래, 그럼 1순위 의도는 그렇다고 치고, 다음은?"

내게 거짓말은 하지 않아도 진실은 숨길 수 있는 남자였다. 아니나 다를까 그가 곤란하다는 듯 찡그리며 웃었다.

"흐음, 별거 아니야. 저 아가씨의 부친이 저지른 죄가 커서."

"커서."

"실종된 행방을 찾기 위해 딸을 찾은 거지. 거기다 마침 내 동생 친구로도 딱이고."

이로써 그녀의 거처가 정해진 셈이었다. 막 이곳에 가둬둔다고 말을 한 것이니까.

나는 헛웃음을 지었다.

"오빠는 감금을 참 좋아해."

"오해하지 말아줘. 이곳에 있기를 바라는 사람은 너뿐이거든."

"말은 참 잘해."

"말이라도 잘 해야 더 예쁨 받지?"

체이서가 그리 말하며 눈짓을 남겼다. 그러고는 팔짱을 끼며 소파에 몸을 깊게 기댄다.

"다들 네 나이엔 번듯한 시녀를 두곤 하지, 내 이아나."

시녀, 지체 높은 영애 혹은 왕족 및 황족의 옆에서 보좌와 친목을 맡는 이. 상식을 되새기다 말고 후, 웃었다. 헛웃음이었다.

이 미친 새끼가 지금 뭐라고 하는 거야. 어느 인간이 납치되어 온 곳에서 편안히 시녀일을 하냐. 퍽이나 그러겠다.

난 무심히 입술을 끌어올렸다.

'그게 선물이겠냐.'

나는 조금 전부터 살벌하기 짝이 없는 소녀가 아니, 여주인공 언니가 마침 입을 열었다.

234

"죽어, 망할 새끼."

처음 말문을 트는 건데, 시원하고도 묵직한 한 방이었다.

난 절로 고개를 돌렸다. 체이서가 화사하게 웃었다.

"선물이야, 내 동생."

……저 모습이 어딜 봐서 선물이냐.

"놔, 놓으라고!"

"흐음…… 교육이 필요할까?"

여주인공 언니가 마구 날뛰는데도 체이서는 태연히 팔짱을 낀 채 응시할 뿐이었다. 웃음기 없는 눈은 무언가를 가늠하는 듯했다.

그리고 난 결심했다.

"아니, 그냥 나 줘."

그래.

"그대로 가질래."

여주인공을 여기서 내보내야겠구나. 하고.

분명, 체이서가 저 눈을 할 때는 사람이 죽지는 않아도…….

〈내 탄광엔 노예가 아주 많이 필요하니까.〉

사라졌다.

"꺼져."

이게 무슨 말이고 하니, 체이서가 가고 난 뒤에 여주인공 언니가 내게 해주신 첫마디였다.

　말을 걸어줘서 영광이긴 한데, 조금 가슴이 아프다.

　나는 이 언니의 말을 따라 얌전히 꺼져주는 대신 쪼그려 앉았다. 여주인공 언니의 얼굴이 더욱 사나워졌음은 물론이다.

　-사납다, 사나워, 냥.

　웨애옹!

　보다 못한 푸딩이 한마디 하자, 그 울음소리를 듣고 득달같이 노려본다.

　-봐, 봤냐 냥! 인간아, 쟤가 노려봤다 냥!

　"좀 떨어져."

　이거야 원, 어느 쪽이 맹수인지 모르겠다.

　"넌 인마. 맹수 실격이다, 야."

　쟤보다 패기가 없어. 엉? 나는 내게 매달린 아기 설표의 코를 톡 치고는 고개를 들었다.

　〈온전히 그대로 줘. 친구라며?〉

　체이서에게 엄포를 놓고 온전히 받아온 건 좋은데. 그녀의 몸은 꽁꽁 묶여 있었다. 날뛰다 못해 물어뜯으니 체이서의 부하들이 해놓은 짓이었다. 저걸 풀어주고 싶은데, 기세가 저래서야 물어뜯기는 쪽이 내가 되기밖에 더 하겠나.

　내 앞에는 물이 가득 찬 대야가 찰랑찰랑 흔들리고 있었다.

　"음, 손이라도 씻으면 어떨까 하는데."

　"……."

"……음, 그래요. 내키지 않구나."

괜히 눈을 굴렸다. 손에 생채기도 많고 흙먼지를 씻어내고 약이라도 발라주려고 하는데.

이제 그냥 이름 부를 테다.

무안한 마음에 천장만 바라봤다. 미안해요, 나는 외모지상주의자였나 봐. 하고 농을 중얼거리면서. 물론 그래서는 아니고 지나치게 앳되고 어려 보이는 모습을 보니 언니라고 하기에 양심에 찔렸다.

책 속에서 리케도르안보다 한 살이 많았으니까 나랑도 한 살 차이인데, 이곳에서 성년인 18살이라기엔 그녀는 너무나도 작았다. 14살이라 했어도 믿을 정도였다. 나이가 18살은 맞는지 물어보고 싶은데 저래서야, 질문이 경계만 더욱 살 것 같다.

저기, 하고 말을 꺼내 봐도 온몸으로 꺼져!를 외치고 있으니.

나는 한숨을 쉬었다.

"……프란시아."

그녀가 움찔했다. 잠시 의아해하던 눈은 더욱 사나워졌다.

나는 그녀에게 관심을 주는 대신 내 옆에서 쪼그리고 있던 푸딩을 들어 올렸다.

"야, 푸딩아."

-인간! 내 앞발을 잡고 들어 올리지 마라, 냥!

"그래그래. 미안. 뭐 하나만 묻자. 너 혹시 아퀼라 같은 능력은 없니?"

아퀼라는 불을 뿜어내거나 만들 수 있었다. 다른 수호신인 라탄은 체이서의 그림자에 숨어 그를 보호하거나 기꺼이 무기 형태로 변하곤 했다.

여러모로 정신계 능력자인 그의 능력을 보완하는 수호신이었다. 그렇다면 애한테도 뭔가 능력이 있지 않을까?

-으으음, 당연히 있지. 위대하신 이 몸께 없을 리가 없으냐.

"말투."

-있긴 있다, 냥.

"뭔데?"

-힘이 아주 쎄진다!

"……그리고?"

-정신이 아주 강해진다!

"오……."

나는 휘파람을 불었다.

"되게 쓸모없네."

-뭐라고? 아니다! 아니다 냥!

아기 설표를 놀린답시고 그리 말했지만 내 입술은 크게 호를 그리고 있었다.

"그거 나한테 걸어주라."

아퀼라는 가끔 체이서와 함께 있지 않아도 불을 뿜어내곤 했다.

그 불은 체이서와 함께 있을 때보다 약하긴 했지만 같은 의미로 푸딩도 가능하지 않을까 했는데, 아니나 다를까 가능은 한 듯 푸딩이 머뭇거리며 내게 앞발을 얹었다.

-나를 들어 올려 달라, 냥.

그 말에 얼른 들어 올리자, 푸딩이 조그만 젤리 같은 발로 내 이마에 얹었다. 곧이어 몸 안으로 시원하고 상쾌한 느낌이 들었다. 흡사 무엇이든 할 수 있을 것 같은 느낌?

시험 삼아 근처에 있던 펜심을 구부려보았다.

'오, 됐나 보네.'

그리고 프란시아는 이 무슨 황당한 광경이 있냐는 듯 나를 쳐다보고 있었다.

그러고는 잠시 완전히 구부러진 펜심에도 시선을 주는 것 같았으나 이내 당혹스럽다는 듯 홱 고개를 돌려버렸다.

나는 씩 웃었다.

"프란시아."

이번에도 움찔한 그녀는 눈을 매섭게 굴려 나를 쏘아보았다. 경계가 더욱 강해진 것 같다. 하지만 나는 아랑곳하지 않았다.

"당신 손 그대로 두면 곪을 것 같거든요, 상처 심한 것 같아서."

"무……."

"……슨 상관이냐면. 내 오지랖이라 해둡시다."

어째 여기 주인공들은 다들 인간이기는커녕 사람 몰골 대신 짐승을 닮으려 할까. 리케도르안은 정신이, 이쪽은 신체. 완전 네발짐승이 금방이라도 튀어나갈 것 같은 자세다.

"내가 부상 당한 사람을 그냥 못 봐요."

책임은 못 지는데, 치료는 해줘야 직성이 풀린달지.

성큼 그녀의 앞에 다가간 나는 풀썩 앉았다.

"그러니까, 실례할게요?"

"뭣? 악!"

그녀의 말은 썩둑 잘렸다.

참방. 미지근한 물이 닿자 그녀가 소스라치게 놀랐다. 하지만 이미 내가 그녀의 손목을 잡고 푹 담근 뒤였다.

설리반 선생님은 그러했지. 헬렌 켈러를 가르치기 위해 처음에 직접 몸으로 부딪치고 싸우고, 꼬집고 아무튼 몸싸움을 했다고.

숭고한 이름을 여기다 써서 죄송합니다, 선생님.

내가 하는 일도 비슷했다. 버둥대는 그녀를 붙잡고, 흙먼지며 때를 씻어내는 거였으니까.

"놔라, 놔! 이 악마야!"

물론 그녀가 가만히 있지는 않았다. 그러나 푸딩의 능력이 효과가 좋은지 벗어나지는 못했다.

"자자, 씻지 않으면 먼지가 친구 하자고 할 거예요. 지지야, 지지."

문득 짐승 모드 리케도르안을 떠올리며 어르고 달래다가, 나도 모르게 고개를 들었다.

프란시아가 손을 멈춘 채 부들부들 떨고 있었다. 유일하게 깨끗한 얼굴만 화악 달아올랐다.

"이, 이, 새끼 악마!"

아무래도 몸이 작으니까 언어체계도 아직은 발달을 못 하신 걸까. 욕이 다채롭지는 못했다.

어휴, 얼마나 씻지 못했으면 물이 금방 더러워지냐. 대야는 신기하게도 더러워진다 싶으면 왈칵 깨끗한 물을 토해냈다.

조그만 흑마법사님의 작품이었다. 마법물품이라지?

아무튼 문명의 이기를 믿고 그녀를 마구 씻겼다. 앙상한 손목을 붙잡고 씻으며 느낀 것은…… 그녀가 입은 부상이 생각보다 심각하다는 거였다.

자상이었다. 이뿐 아니라 몸 여기저기가 칼로 입은 상처로 엉망이었다. 마치 칼날로 된 방 안에서 나왔다고 해도 믿을 수 있을 정도로 하나같이 심각했다.

먼지와 굳은 피가 엉겨 있기도 했으니까. 나는 그녀의 팔을 붙잡고 팔뚝까지 끌어올렸다.

"……세상에."

안은 더 심했다. 진물이 뚝뚝 흘러나오는 상처를 보며 입이 절로 벌어졌다.

"놔!"

그녀는 숫제 나를 증오로 가득한 눈으로 노려보고 있었다. 이전에는 그저 단순한 경계였다면 체이서를 보는 것과 다르지 않았다.

두려움과 증오.

"……내 팔을 자르려고? 네 오빠처럼?"

그럼에도 끝내 그녀의 손을 놓지 못한 탓일까. 프란시아가 있는 힘을 다해 내 손을 물고, 꼬집었다.

"자, 잠깐만요. 나는 그런 게."

그 순간 프란시아가 다리를 퍽 차올렸다. 촤아악! 그리 무겁지 않은 대야가 순식간에 공중으로 떠올라 뒤집힌다.

뚝. 뚝뚝.

내 턱에서 물이 떨어졌다. 나는 흠뻑 젖은 채로 손등으로 느릿하게 턱을 닦아냈다. 묶여 있는 프란시아는 멀리 물러나지 못했다. 하나 노려보는 눈에는 이젠 두려움이 가득했다.

이렇게 물을 뒤집어쓴 건 그녀가 의도하지 않았으리라.

"괜찮아요."

비록 때가 좀 묻은 물이긴 하지만. 뭐. 이 정도야 닦으면 되지.

"놀라게 해서 미안해요."

-인간! 괜찮으냐!

머리를 쓸어 올리며, 놀라 달려와 웨옹웨옹 우는 푸딩이의 머리를 톡톡 두드려주었다. 괜찮단 듯이.

떨리는 눈에 복잡한 감정이 스쳤다. 두려움, 공포, 경계, 조바심, 당혹……

"미안해하지 않아도 돼요. 내 잘못이니까."

미안함.

아무래도 프란시아의 성격은 아주 다르진 않은 모양이었다.

"……나, 난."

"응. 억지로 올려서 미안, 저도 놀라서 그랬어요. 그래도 된단 건 아니지만."

대야를 바로 세웠다. 언제 그랬냐는 듯 물이 가득 차올랐다.

"소독도 같이 되는 물이래요. 상처를 치료해주고 싶어서."

나는 깨끗한 물에 보란 듯이 손을 씻었다.

"이거 봤죠. 물, 위험하지 않죠? 내가 뒤집어썼으니까."

"……"

톡톡, 내 뺨을 두드리며 웃었다. 그러고는 천천히 웃음을 지워

냈다.

"여기서 나가고 싶죠?"

솔직하게 말했다.

지금은 서론을 걷어낸 말이 더 효과 있으리라.

"도망가게 해줄게요."

나는 빠르게 이어 말했다.

"하지만 지금은 안 돼."

찰나지만 기대가 스친 은빛, 녹빛 눈동자가 빠르게 식어갔다.

"때를 기다려요."

그녀는 더는 욕을 하지 않았다. 욕도 고함도 공격도 없었다.

"난 당신을 나가게 할 생각이니까."

두려움에 찬 시선 속에 의문이 꽃피는 것을 보았다.

"왜?"

나이보다 너무나 어려 보이는 소녀가 색이 다른 눈을 깜빡였다.

성녀라 하더니 눈동자만은 성스러울 만큼 신비로웠다.

"……너는 나를 붙잡아 온 도튤릿의 동생이잖아."

아, 체이서가 누군지 알고 있었구나. 하긴 모르는 게 이상한가. 여

기저기 빤히 가문인장이 찍혀 있으니.

"그건 그렇죠?"

제국민이 흑장미를 모른다는 것이 이상했다. 그녀도 제국민이었으니까. 오히려 이쪽이 묻고 싶었다. 그쪽도 설정은 아름답고 착한 영애였는데 말이지.

"널 어떻게 믿어."

반면에 눈앞의 소녀는 온몸으로 악을 쓰는 것 같았다. 진물이 난 상처 앙상한 팔, 파리한 안색까지.

꺼져, 내 몸에 손대지 마. 하고 소리치는 것 같았다.

"믿어주세요."

어차피 말뿐인 신뢰는 종잇조각보다 못하다. 나도 잘 알고 있다.

나는 그녀의 손을 잡았다. 프란시아가 무어라 하기 전, 수마디 말 대신 치마를 들어 올렸다.

"이걸 보면 믿겠어요?"

철그럭.

내 발목에서 움직이는 쇠사슬을 본 순간 소녀의 눈이 크게 뜨였다. 경악이 스친 것 같았다. 여러 번 내 목숨을 구한 쇠사슬은 어쩌다 보니 이번에도 큰 효과를 톡톡히 보였다.

프란시아의 눈꺼풀이 파르르 떨렸다. 아래로 내려간 눈에서 치열한 고민이 엿보이는 듯했다.

마침내 그녀가 고민을 끝냈다. 이것을 어찌 알았느냐고? 힘을 뺐으니까. 내가 잡은 손에서 힘이 빠진 것으로 그녀의 대답을 알아차렸다.

"어떻게 도와줄 건데?"

나는 대답하지 않고 웃었다.

"그리고 모르겠어. 왜 도와줘?"

"당신을 보면 떠오르는 사람이 있어서요."

지금쯤 차가운 지하에서 잘은 먹고 다니나 싶은 사람, 소녀의 눈동자에는 그 사람의 색이 스며 있었다. 스치듯 떠오른 얼굴에게 잘 지내는지. 안부를 묻고픈 마음을 지워냈다. 여전히 나를 기다리던 얼굴이 희망을 꺼트렸을지.

"나는 그 사람을 창살에서 꺼내주지 못했지만 당신은 그래도 될 것 같아서요."

탄광보다는 낫겠지.

친구라고?

말이 친구지, 체이서가 내게 애착이 생길 사람을 오래 둘 리 없었다. 왜냐. 지난 1여 년간 그가 그 눈을 했을 때, 사람이 사라지지 않은 적이 없었으니.

단 한 번도.

"맹수가 어떻게 사냥을 하는지 알아요?"

색이 다른 눈동자가 이제는 얌전히 나를 응시했다.

"알아."

흡사 짐승 모드였던 리케도르안을 길들였던 기분을 떠올리게 했다.

"뭔데요?"

"기다려. 먹이가 올 때까지."

"네. 기다려요."

쓰다듬고 싶은 손을 참으며 낮게 웃었다.

"얌전히."

그녀의 눈을 보며 입을 달싹였다.

"때가 올 때까지요."

—한 달 뒤.

시간은 속절없이 흘러갔다. 그러나 흘러간 시간이 의미 없지는
않았다.

이곳은 여전히 한 해의 마지막 계절, 여름이었다. 모름지기 12월
이 여름일 뿐 여름이 녹음의 계절인 건 마찬가지라 주변이 싱그러
운 풀내음으로 가득했다.

도뮬릿의 정원에는 때에 맞지 않은 장미가 사시사철 피어 있었
다. 하나 꽃의 색은 두 가지다. 주황색, 그리고 흑장미. 묻는 걸 깜빡
했는데 말이다. 흑장미는 가문의 문양일터인데 주황 장미는 왜 키
우는 걸까?

"여기!"

나는 꽃밭에서 꽃을 바라보다 말고 고개를 들어 올렸다.

멀리서 쪼르르 달려오는 인영이 있었다.

프란시아였다.

"찾았어요, 나!"

한 달이 그대로 스치듯 지나갔지만 이 시간의 의미는 바로 여기 있었다.

프란시아가 활짝 웃었다. 한 달 사이 그녀는 몰라보게 살이 붙은 얼굴이었다. 앙상했던 팔도 이제는 보통 아이의 것이라 얼추 표현할 만큼 좋아졌다. 놀라운 속도였다. 무엇보다 달라진 건 경계는 어디 가고 활짝 웃으며…….

"언니!"

하고 부른다는 점이다.

왼손을 가슴에 얹고는 윽. 내 심장이, 하고 중얼거렸다. 심장이 남아나질 않겠어.

볕을 반짝반짝 반사하는 머리칼에는 슬슬 윤기가 돌았다. 아직 살짝 패여 있지만 뺨에는 말간 복숭앗빛이 돈다. 내 노력의 대가였다.

이런 게 애 키우는 기분일까. 뿌듯함이 밀려왔다.

-인간, 나도 도왔다!

웨옹애옹!

-엣헴, 위대하신 이 몸이 찾은 것이나 마찬가지니라! 냥!

웨애애애옹!

"이 고양이는 너무 시끄러워요."

"고양이 아닐걸."

냅둬. 쟤는 요즘 자신이 맹수인지 고양인지도 모르는 똥꽹이니까. 천지분간을 모르고 폴짝폴짝 나비를 쫓는 푸딩을 보며 잠시 고민에 잠겼다.

'쟤, 저대로 리케도르안에게 보내도 되는 걸까⋯⋯.'

⋯⋯내가 너무 해맑게 키우는 기분인데. 애가 좀 뇌도 청순하고⋯⋯.

내 육묘 이래도 되는 걸까. 고민하며 걸었다. 자연스럽게 작은 발걸음이 따라붙었다.

나는 흘끗 프란시아를 응시했다.

소녀는 경계가 무너진 순간 순식간에 마음을 열었다. 성벽을 찌른 나조차도 놀랄 정도로.

"몸은 좀 어때?"

그 말에 프란시아는 얼른 주변을 살폈다.

"괜찮아. 아무도 없어."

가끔 주변을 맴돌던 아퀼라와 라탄도 없었다.

"많이 좋아졌어요. 이젠 회복도 될 정도로요."

프란시아가 몰래 손을 폈다. 그녀의 손등엔 채 아물지 못한 상처가 벌어져 있었다. 그러나 이내 손등에 미미한 흰빛이 맴돌더니 놀랍게도 순식간에 상처가 절로 아물었다.

이는 흰 장미 후계자로서의 능력이었다. 회복. 그녀는 자가회복을 포함한 모든 치료가 가능했다.

"······장미들 중엔 너만 능력을 쓰면 그렇게 떠오르는 것 같아."

프란시아의 왼쪽 눈동자에는 은은하지만 흰빛 장미 문양이 떠올라 있었다. 선으로 그려진 장미, 활짝 핀 장미 형상이었다.

가만 생각해보면 리케도르안이나 체이서가 능력을 쓸 때는 보지 못했지. 하나 리케도르안은 능력은 아니지만 장미 문양이 있었다.

바로 동반자를 찾지 못하면 떨어지는 문신 말이다.

"아닐걸요. 언니, 장미들은 모두가 몸 어딘가에 장미를 품고 있어요."

프란시아가 언니! 하고 부를 때 기분이 뿌듯하면서도 묘했다.

원래 내가 여주인공 언니, 하고 부르던 사람이었는데. 이제는 반대가 됐으니까. 뭐 세상엔 이런 일도 저런 일도 있는 거고 좋은 게 좋은 거겠지.

"······내 오빠도?"

그렇게 물었다가 아차 싶었다.

그녀가 체이서에게 가진 증오와 미움은 도통 큰 것이 아니었다. 어째 책 속에서도 영 이유 없이 너무 미워한다 싶긴 했는데, 여주인공이나 악당이나 서로 만났다는 티를 내지 않아서 몰랐다.

특히나 프란시아는 전혀 티를 내지 않았는데, 뭐 불의의 사고로 기억이라도 잃나? 싶었다. 혹은 만약 이곳에서의 일이 끔찍해서 잊은 척한 거라면 그건 좀 이해 가면서도 안타까운 일이었다.

체이서가 내게 한 일을 여주인공에게 고스란히 했다고 생각하니 이해가 된달까. 잊고 싶었을지도.

"아, 아니다. 난 못 본 것 같아. 못 들은 걸로 해줘."

"아니요……."

그녀는 표정이 어두워지긴 했지만 멈추진 않았다.

"……나 그 남자의 몸 어디에 문신이 있는지 알아요. 왼쪽 가슴이에요. 언니."

흡, 프란시아가 숨을 들이켰다.

"아버지랑 싸울 때 봤어요. 옷이 찢어졌거든요."

나는 멈칫했다. 프란시아의 부친, 그녀는 훗날 아버지의 죄를 뒤집어쓰고 감방에 들어갈 예정이었다. 하지만 부친을 입에 담는 프란시아의 눈엔 신뢰가 넘쳤다.

"그렇구나."

나는 망설이다가 말을 돌렸다.

"다른 쪽 능력은 어때?"

"아, 그거요!"

프란시아는 두리번거리더니 밝게 웃었다. 주변에 아직도 아무도 없다는 것을 확인하고서야 쪼르르 달려 내 앞에 섰다.

그녀는 보세요, 하더니 아직은 가느다란 팔을 쭉 뻗었다.

이윽고 그녀의 손과 팔에 예의 흰빛이 맺히더니 꾸물꾸물 움직여 재빨리 하나의 형상을 맺었다.

나타난 것은 거대한 망치였다.

"이제 잘 나와요!"

"어어……."

……이건 언제 봐도 놀랍네.

이미 체이서를 통해서 본 바, 장미들은 수호신을 제 전용 무기로 만들 수 있는 것 같았다.

체이서도 가끔 직접 나설 때면 라탄을 제 전용 무기로 탈바꿈시키곤 했다. 그 모습이 워낙 살벌해 별로 기억하고 싶진 않지만…….

이쪽도 위용이 대단했다.

아니, 저 물질 법칙을 위배하는 망치는 뭐냐고. 끝에서 번개가 살짝 이는 게, 피ㅇ츄……는 아니고, 음. 북유럽 신화 속 묠니르를 연상시켰다. 하기야 체이서가 불을 다루니, 여주인공이 번개쯤 다뤄도 뭐 그럴 수 있다고는 생각하는데.

어째, 갈수록 나타나는 비하인드 스토리들이 더는 19금 피폐소설처럼은 느껴지지가 않는데. 뭔 놈의 나오지 않는 설정이 빙산 밑동 같나 싶다. 한가득이다. 책으로 치면 거의 초월 번역급이었다.

알고 보면 내가 판타지 소설을 읽은 건가 가끔 고민할 정도로 고민이 됐다. 물론 아직도 화끈한 3인용 씬들이 생생한 걸 보니 아닌 것 같지만.

프란시아는 신이 나서는 대단한 걸 보여주겠다며 정원수 하나를 조져놓았다. 참, 멋지긴 한데, 그녀는 부수고 나서야 사색이 되었다.

"괜찮아. 내가 보고 싶었다고 할게."

이런 말 한마디면 체이서도 한 번쯤은 넘어갈 것이다. 그는 흰 장미의 능력을 아는 눈치였으니까.

사용인들은 조그만 흑마법사님의 마법으로 프란시아가 회복한

줄 알지만. 체이서만은 아니리라. 그만큼 그의 경계가 높아지고 있다는 방증이기도 했다.

고민하는 사이, 시야로 프란시아가 발을 내밀며 짠! 하고 소리쳤다.

"이 아이도 잘 있어요!"

웨애애옹!

-인간, 저런 걸 막 들이대지 말라고 해라, 냥!

푸딩은 나보다도 먼저 반응했다. 앙증맞은 송곳니를 드러내며 하악질을 시작한 것이다.

눈앞에는 눈을 끔뻑이는 동그란 귀를 가진 생명체가 있었다. 새하얀 털, 두툼한 발까지. 언젠가 석화에서 보았던 흰 장미 옆 동물…… 바로 아기곰이었다.

"캬웅 아웅?"

아기곰은 프란시아와 같이 파이 아이를 고스란히 이어받아, 오묘한 녹빛이 잔잔히 섞인 홍채를 갖고 있었다.

인형처럼 귀엽긴 해도 크기가 프란시아의 작은 몸을 채우고도 넘쳐났다.

"귀엽죠?"

"……네가 완전히 각성하면 더 커질 거랬지?"

"네. 어른 곰이 돼요."

어른 곰이라니. 쉬이 상상이 가질 않았다. 그저 지금 곰을 안고 있는 소녀가 귀여워 웃음이 나왔다.

"언니, 그때는 언니처럼 어른이 될 거예요. 성장할 테니까."

18살, 성년의 나이임에도 유달리 작은 체구의 비밀은 여기서 밝혀졌다. 하얀 장미들의 특징이란다.

그리고 그녀는 그 시기를 얼마 앞두지 않았다고.

리케도르안과는 사뭇 다른 것 같아 물어봤다. 각성 조건이 장미마다 조금씩 다르단다. 수호신을 형상화하는 조건도 말이다.

푸딩도 비슷한 얘길 했었지.

"……그런데 왜 여기 잡혀 온 거야?"

줄곧 묻지 못했던 것이 툭 튀어나왔다. 생각하는 사이 나도 모르게 나온 말이었다. 프란시아는 잠시 놀란 낯으로 나를 보긴 했지만 침묵하지는 않았다.

"아빠의 부탁을 들어주려구요."

그녀가 어린 느낌이 불현듯 들 때는 지금처럼 아빠와 아버지를 혼용해서 쓸 때였다.

"아버지는, 그러니까 우리는 줄곧 어떤 사람을 찾고 있었어요."

프란시아가 손을 꼼지락거렸다. 머뭇머뭇하는 기색이었다.

"그러다 추격을 받았고, 아버지는 범죄에 휘말릴 수도 있다며…… 사라졌어요. 체이서 도뮬릿과 다툼에서 나를 먼저 보내고 난 뒤의 일이에요."

유쾌한 기억은 아닌지 프란시아의 표정은 좋지 못했다.

"난 아빠의 부탁을 받아, 이리저리 헤매다가 신전에서 나온 사람들을 만났어요. 난 거기가 싫지만."

"싫어?"

"자꾸 날 보고 성녀 하라 하잖아요. 그래서."

신전으로부터도 도망쳤다고 이야기했다. 기억하는 여주인공의 모습과는 사뭇 다른 속사정이었다.

"도망치던 중에 아빠가 부탁한 일과 관련한 단서를 발견했어요. 그걸 알아내려고 무리를 했는데, 몸이 엉망이 되었고요……."

"정말? 어떤 무리를 했기에……."

괜히 안타까운 마음에 나온 말이었다. 그러니까 맹세코 그녀가 원하지 않는 말을 꺼내게 할 생각은 없었다는 거다.

그러나 프란시아는 입을 다물었다.

쏴아아. 살랑살랑 부는 바람이 몇 차례 지나갔을까. 프란시아가 말문을 열었다.

"죽은 사람을 살리려 했어요."

그녀는 기도하듯이 손을 잡은 채였다.

"저는 숭고와 정결, 회복의 하얀 장미니까요."

조금 전 성녀도 싫고, 신전도 싫다고 말했지만…… 나는 결국엔 성녀가 되었던 그녀의 운명을 알았다.

"죽은 사람은 결정적인 단서를 갖고 있었어요."

그래서일까 눈을 내린 18살 프란시아는 성스럽고 고결해 보이기까지 한 모습이었다.

"그래서 할 수 있을 줄 알았죠."

침울하게 중얼거리는 모습조차도.

"아빠가 그랬어요. 이걸 찾는 건 장미들의 숙명이라고."

모든 것에 대부분 무심한 나라도 묻지 않을 수가 없었다.

"그게 뭔데?"

프란시아의 서로 색이 다른 두 눈동자가 나를 향했다. 그녀의 수호신은 사라지고 없었지만 은은한 흰빛이 가호하듯 어려 있었다.

"푸른 장미요."

프란시아의 목소리는 단호했다.

"이제는 역사에도, 이면의 역사에도 도려내져서 사라져버린 것이죠."

이어지는 뒷말에, 감방 속 석판을 떠올렸다.

누가 부숴버린 듯 뻥 뚫려 있던 푸른 장미를.

"그렇구나."

한참을 침묵하다가 다시 말이 나온 때는 이미 정원을 모두 지나서였다.

나는 가까워지는 문을 보며 부러 말문을 틀었다.

"나가면 어디로 갈 거야?"

"다시 돌아다니다가…… 단서를 찾다가. 음, 확실하게는 모르겠어요. 가문 사람들도 뿔뿔이 흩어져서. 그래도 신전에는 안 갈 거예요."

좋지 않은 기억이 단단히 자리 잡았는지, 프란시아가 뺨을 부풀렸다.

"성녀는 안 해."

"왜."

나는 주먹을 살짝 그러모아 쥐고 입술을 막았다. 웃음을 꾸욱 참기 위해서였다.

저렇게 말해도 성녀가 될 텐데. 뒤에 가서 그녀가 나는 성녀! 말하는 장면은 참 인상 깊었다. 따져보면 이게 웬 개연성 국밥이냐 싶으면서도 그녀가 성녀일 수밖에 없는 진행이긴 했다.

"싫어요, 성녀 하면 잡혀 있고, 묶여 있고. 감금되다시피 한걸. 교황은 멋대로들 움직이는 게 당연하면서. 불공평하기 짝이 없어요."

"교황?"

"네. 교황요. 신전의 우두머리 같은 거."

들어보니 성녀와 비슷한 능력, 비슷한 직위를 가졌단다.

"그럼 교황 해."

나는 가볍게 툭 던졌다.

"언니, 그거 하려면 날 때부터 대단한 핏줄을 가지고 태어나야 해요."

"핏줄?"

"네. 그게 왜 중요한 건지. 금이라도 도배했나 싶다니까요."

여기도 금수저란 개념이 있었나? 나는 살풋 웃음을 터트렸다.

"그러니 내가 할 수 있겠어요?"

"못할 건 뭐 있어?"

프란시아는 이제 뺨을 완전히 부풀리고는 못마땅한 눈으로 봤다.

제 뜻대로 이해하지 못할 때 이렇게 보곤 했다.

"그게 무슨 말이에요?"

"음, 지금은 네가 성녀를 하지 않을 거고 신전에 갈 생각도 없지만 만약에 간다 했을 때 얘기야."

"간다면요?"

그녀가 호기심 어린 얼굴을 보였다.

"언니는 어떡할 거예요?"

나는 그녀의 미래를 가정하고 입술을 툭툭 두드렸다.

"나라면 교황을 내 손에 넣을래."

죄수 옆에서 보고 들은 건 범죄요, 악당 옆에서 듣고 본 건 공작뿐이었다.

"프란시아, 사실 이름은 큰 의미 없어."

나는 쫙 손바닥을 펼쳐서 보여주었다. 그리고 천천히 오므렸다.

"중요한 건 어떤 힘을 가졌느냐야."

지배당하기 싫으면 내 혀를 씹고, 이용당하기 싫으면 꼭대기 위에 서면 된단 말이 있다.

"끝에 가서 거머쥔 힘이 바로 내 이름이 되는 거지."

나를 빤히 바라보던 프란시아가 입술을 달싹였다.

"그 힘은… 어떻게 가질 건데요, 언니는?"

"글쎄, 밑에서부터 조금씩 사람을 늘려가다가."

권력은 사람의 손바닥이 겹쳐진 형상과 같다. 손바닥 뒤에는 다른 손의 손가락이 있었다. 손바닥에 가려 보이지 않게끔 교묘히.

"그러고 네가 진짜 교황 하는 거지. 꼭두각시란 게 있으니까."

그렇게 말하면서도 애한테 참 좋은 거 가르치네, 싶은 생각이 들었다. 정작 이렇게 말하는 본인은 정치질에도 수작질에도 관심 없는 주제에.

뭐 어떤가. 꼭 국회의원만 정치 얘기하란 법 있나.

"정녕 네가 더 세다면, 그때는 망설이지 말라는 거지."

사실 나조차도 프란시아가 실현할 거라 생각지 않았기에 가능한 조언이었다.

프란시아는 고개를 갸웃하며 내 손가락과 얼굴을 번갈아 봤다.

"……그러니까."

그녀는 진지했다.

"내가 더 세면 망설이지 말고, 조지라는 거죠?"

으음. 체이서를 향해 죽어라, 망할 새끼야 하던 친구다웠다. 이럴수록 깊은 의문이 들었다. 아름답고 착한 영애는 3년 뒤에나 나타나나요?

"교황이 되면 그 악마 같은 새끼도 한 방에 때려눕힐 수 있을까요?"

……와, 애가 한결같은 게 정말 곰 같은 친구네. 그래도 내가 그 악마 같은 새끼의 여동생인데 말이지. 편들 생각은 없지만.

나는 고개를 절레절레 흔들며 잊어버리라고, 한마디 했다. 그러고는 정원 문을 나섰다.

이런저런 이야기를 했지만 마음 한구석은 줄곧 한 생각에 사로잡혀 있었다.

'언제 내보내지.'

탈출 시기는 계속 다가왔다. 안타깝게도 적기를 찾지 못했을 따름이다.

'아니지.'

사실 시기는 적절한 시기가 다가오고 있었다.

체이서는 정기적으로 자리를 며칠씩 비우곤 했는데, 그 시기가 이번 달에도 찾아오고 있었다. 그게 3일 뒷일 거다. 오차는 2일 내.

따뜻한 여름은 곧 한해의 마지막을 맞이할 것이다.

그리고 시간이 이만큼 흘렀다는 건……. 리케도르안과의 약속이 훌쩍 다가왔다는 얘기기도 했다.

〈1년 뒤, 이, 이곳에서 벗어나는 날.〉

〈나, ……랑 만나주세요.〉

시간이 벌써 이렇게 흘렀던가. 참으로 아이러니하게도 그와의 약속 날은 체이서가 외출하는 시기와 일치했다.

약속의 날.

프란시아와 보내며 줄곧 잊은 척, 잊을 수 있으리라 생각한 날이었다.

"언니?"

"아. 아무것도 아니야."

신중해야 했다. 실패해선 안 된다. 확신컨대 다음은 절대 없을 거다.

단 한 번.

이 한 번에 무조건 성공해야 했다.

……체이서에게 들키면 프란시아는 무조건 탄광으로 끌려갈 거다.

그러니 실패는 용납되지 않았다. 단 한 번. 이 한번을 절대적으로 성공해줄 수 있는 요인이 필요한데.

절대 실패하지 않는 그런 수가 필요했다.

복도로 들어서서, 저벅저벅 걷는 동안 나는 말이 없었다. 재잘재잘 말을 건네는 프란시아의 말에 어울려줄 뿐.

싱그러운 볕이 복도의 벽을 따사롭게 물들였다. 옆이 뻥 뚫린 회랑식 복도는 볕에 옆구리를 내어준 채 온화한 분위기를 자아냈다.

그 끝에서 나는 생각지도 못한 인물이 있으리라곤 모른 채 한참을 밑만 바라봤다.

조금 더 걸었을 때 옆에서 프란시아가 옷자락을 잡아당겼다.

"……언니."

그마저도 잔뜩 경계한 프란시아의 부름을 듣고서야 퍼뜩 앞을 볼 수 있었다.

"이아나 양."

천천히 고개를 들었다.

그곳에는 따뜻한 볕과 무척이나 이질적인 차갑고도 날카로운 인상의 남자가 서 있었다.

그저 서 있는 것만으로도 주변을 얼려버릴 듯 냉혹한 눈, 이를 완화하지 못한 투명한 안경. 그리고 안경과는 어울리지 않는 날렵하고도 커다란 체격까지.

르나그였다.

"오랜만입니다."

바람에 늘어트린 그의 갈색 머리칼이 느리게 흔들렸다. 수틀리면 칼을 뽑아 들 것 같은 날 선 분위기도 보일 듯 말 듯 한 흐릿한 미소도 여전했다.

그러나 애써 부드럽게 편 얼굴은 차차 굳어졌다.

철그렁.

내 걸음에 쇠사슬이 둔탁한 소리를 내며 바닥을 쳤다.

철컹.

한 번 더 바닥을 쳤을 때, 르나그의 얼굴에 가로줄이 생겼다. 이내 그의 얼굴이 형편없이 일그러졌다.

"……실례지만 이아나 양, 그건 뭡니까?"

왜일까. 그는 믿기지 않는 듯한 얼굴이었다. 어째서 세상이 무너진 듯한 얼굴을 하는지 알 수 없었다.

"? 쇠사슬요."

나는 경계하는 프란시아를 토닥토닥 두드리며 대수롭지 않게 대꾸했다. 태연자약한 내 음성에 르나그가 손등으로 제 입술을 가렸다.

이어서 내 눈이 동그래졌다.

"나, 나는."

바늘 하나 들어가지 않을 것 같던 살벌한 눈매가, 눈 밑이 붉어져 있었다. 그곳에서 진주알처럼 굵은 눈물방울이 하나도 아니고 뚝뚝 떨어졌다. 정말 처연한 모습을 자아내며.

나는 할 말을 잃었다.

왜 울어?

옆에서 프란시아가 내 옷자락을 잡아당기며, 저 사람 울어요? 하고 속삭였다. 쉿. 나는 검지를 입술에 가져다 댔다. 하나 이러는 나도 당황한 나머지 아무런 말도 생각나지 않았다.

다른 사람이면 몰라도 이 남자가 이토록 엉망으로 울 줄은 몰랐기에.

눈물이 바닥으로 뚝뚝, 떨어지고 검은 원을 그려냈다. 애달프고 구슬프기까지 한 낯에 머릿속은 정지한 지 오래였다.

"……당신의 오빠가 한 짓입니까?"

목소리는 왜 또 기가 막히게 잘 어울리는 건지. 괜히 눈물에 휩쓸려 심란해질 것 같았다. 그도 그럴 것이 미남이 울면 절경이라고 했다. 얼굴을 쓸어내리고 싶어졌다. 아니, 내 주변 남자들은 우는 게 취미인가. 왜…… 나만 보면 울지?

르나그가 입술을 지그시 깨물었다가 놓으며 달싹였다.

"이런, 이런 꼴을 보려고…… 당신을 내보낸 것이 아니었습니다."

비록 얼굴이 날카로웠지만 목소리만은 항상 부드러웠던 사람인데, 나직한 음성은 차갑고 딱딱하게 느껴졌다. 아니, 경직된 사람 것처럼 느껴지기도 했다. 그가 굵고 큰 손으로 뺨을 만졌다. 어쩔 줄 모르는 사람같이.

나는 그제야 슬며시 입을 열었다.

"아니, 어……. 이게 르나그 탓도 아니고."

자연스럽게 이름을 불렀다가 흠칫했다. 르나그 맞지? 마지막엔 이름을 불렀으니까…….

"어, 그러니까 후작님."

"이름이 좋습니다."

"예, 르나그……."

음, 우는 중에 자기주장 확실하시네.

"저는 괜찮아요."

저 소리를 쇠고랑, 아니 쇠사슬 차자마자 들었다면 아무리 나라도 찌이잉 와 닿았겠지만 적응한 지금에서야 신경 쓰이지 않았다.

아무 느낌 없었으니까.

"신경 안 쓰여요."

그저 발을 툭 차고 웃었다.

"그러려니 해요."

나는 뺨을 긁적이다가 손을 내밀었다. 머뭇거리는 손이 그의 팔을 톡 스치고 지나갔다.

그 순간 르나그의 표정이 더욱 흐려진 것 같았다.

"그리고 르나그 탓이 아니에요."

그가 손으로 눈을 감싸 안았기에 오래 볼 수는 없었다. 턱 끝에 매달린 눈물로만 그가 아직 울음을 멈추지 못했구나 싶었다.

하얀 셔츠가 팽팽하게 당겨졌다.

"당신 탓이 어딨겠어요? 그러니 그렇게 생각 말아요."

진짜 아닌데. 이게 목숨도 구해줬고 말이지.

"……제 부주의 때문입니다."

그가 손을 살짝 떼어냈을 때 빨개진 눈이 보였다. 안경 아래 날카로운 눈에 흠칫했지만 그보다는 떨어지는 눈물이 시선을 강탈했다. 이럴 때 손수건이 필요한데 내게 그런 세심함은 없었다. 프란시아라고 있지는 않을 것 같고.

프란시아가 눈을 데굴데굴 굴리고 있었다. 어색함이 가득한 얼굴인데, 호기심이 함께 깃들어 있었다.

조금 전 그녀의 수호신을 봐서인가, 내 뒤에 숨어 고개만 뻐끔 내민 모습이 이와 비슷해 보이기도 했다. 아기 곰 말이지.

"그보다는 저희 다른 얘기를 해야 할 것 같은데……."

분위기를 환기해보고자 그를 달래며 팔을 토닥이고는 말을 돌려보았다.

"어째서 여기 계신 거예요, 놀랐어요."

책 속에서 체이서의 오른팔이었던 것과 다르게 지난 1여 년간 코빼기도 볼 수 없던 사람이었다. 하나 바쁘려니 했다. 감방 관리에 본인도 후작씩이나 되는 사람인데 직접 오가느니 부하를 보내지 않겠어?

내 노력이 통했는지, 아니면 가상했는지 르나그도 손을 떼어냈다.

살짝 붉어진 피부가 인상적이었다. 안경에 고인 물을 닦기 위해 벗었을 때, 나는 반쯤 내리뜬 눈을 보고 숨을 꼴깍 삼켰다.

다시 봐도 진짜 무섭고 날카롭게 생겼네.

검을 사람으로 만들어놓은 것 같았다. 너무 날카로워서 누구도 손을 대지 못하는 명검.

그런 사람의 눈에 눈물이 맺혀 있으니 이건 또 나름대로…….

"제가 여기 온 건 당신의 오빠에게 볼일이 있어서였습니다."

때마침 르나그가 시선을 올리자마자 나는 얼른 시선을 피했다. 들릴 리 없을 텐데도 구경하다 든 생각을 들킬까 봐.

흠흠, 난 파렴치한이 아니야.

괜히 헛기침을 하며 환기했다. 르나그는 그런 나를 빤히 보다 한 마디 했다.

"부하를 보내도 됐지만, 직접 오고 싶었습니다."

"네? 아, 네."

나는 끄덕였다. 감옥이 안락하긴 한데, 가끔은 답답하지. 이해 한다.

"그런데 그는 저택에 없더군요."

거기서 나는 멈칫했다. 체이서가 저택에 없다고?

"없다고요?"

"예, 밖으로 나갔다고 하던데, 며칠은 걸릴 거라고 들었습니다."

그래서 르나그를 반긴 건 집사와 조그만 흑마법사님이었던 모양 이다. 잇따라 들려준 이야기로 알 수 있었다.

'체이서가 외출?'

나는 그의 정기 외출을 떠올렸다. 이맘때 즈음 나가긴 했으니 때가 됐긴 한데…… 다른 달보다 빠르네.

나는 검지와 엄지로 아랫입술을 꾹 눌렀다가 떼어냈다.

만약 프란시아를 도망치게 한다면 지금이 '적기'였다.

'이걸 놓치면 다시 한 달을 기다려야 해.'

그리고 다음 달엔 또 어떤 일이 있을지 모른다. 미래에 미지수를 남겨둘 순 없었다.

그럼…….

막 입을 떼어내려 하는데 눈앞에 손이 내밀어졌다.

"이아나 양, 저와 같이 밖으로 나가겠습니까?"

"네?"

갑작스러운 소리에 나는 얼떨떨하게 눈을 깜빡였다.

"밖으로 나갈 수 있게 도와드리겠습니다."

눈물이 멈춘 남자의 얼굴은 한없이 진지했다. 그래, 말씨가 부드럽긴 해도 한사코 예의 바르고 부드러운 남자였지.

"이미 한 번은 했던 일입니다. 두 번은 어렵지 않습니다."

그 한 번이란, 감방에 받아들이고 그곳에서 편의를 봐준 일을 말하는 듯했다.

의아했다.

생각해줘서 해준 제안이 참 좋고, 고맙긴 한데…… 감방에서의 편의가 오빠의 명 혹은 청이었다면. 그렇다면 지금은?

266

"왜요?"

이런 걸 물을 때가 아님을 알았다. 그럼에도 솔직한 말이 튀어 나갔다.

"왜라니."

르나그는 조금 당황했다. 이내 울기 전보다 더 담백한 음성이 돌아왔다.

"저는 당신의 약혼자니까요."

"예?"

육성으로 놀람이 튀어나갔다.

누가? 누가 뭐의 뭐요? 내가 너무 놀란 얼굴을 했을까, 그가 더 놀란 얼굴을 했다.

"언제부터요?"

"……그야 당신의 오빠가 제안했을 때부터……. 제안을 덥석 받아들였지만……."

"아."

"무슨 문제가 있습니까?"

생각났다. 생각났어.

내가 이 책의 외전까지 돈 주고 구입했다는 것을 생각해냈다.

분명 책 속 조연 르나그는 악당 체이서에게 협조했다. 본편에서는 이 이유가 나오지 않았지만 그건…… 르나그가 체이서의 이름 모를 동생을 사랑했었기 때문이었지.

그래. 외전에서 그랬지.

'약혼도 했었어?'

잊고 있던 사실이 수면 위로 떠 오르는 동시에 내 속은 퍽도 복잡해졌다. 이걸 왜 하필 지금 떠올린 거야! 더는 이 남자의 손을 이전같이 볼 수 없었다. 감방에서의 조금 이상했던 제안과 지나친 편의들도 이해해버렸다.

"아니, 아니에요."

지금 나를 보며 뚝뚝 눈물을 흘렸던 얼굴마저도.

여동생을 사랑하는 건 알았는데, 약혼 관계이기까지 했어? 이거야말로 내 기억력 탓이다.

"……제안은 감사한데, 거절할게요. 당신이 싫어서는 아니에요. 르나그가 희생을 할 필요는 없어요."

"희생이 아닙니다."

나는 낯 간지러운 것들에 약했다. 내가 이 남자에게 가진 감정과는 별개로 나를 보는 시선이 목 뒤를 간지럽히는 것 같았다. 나랑은 거리가 멀었으니까.

"앞으로 함께 할 당신에게 당연한 거니까요."

"아, 예……."

이 남자의 간지러운 마음을 깨닫자마자 뺨이 근질근질한 것도 어쩔 수 없었다. 하지만 나는 이내 표정을 고쳐먹었다. 르나그가 체이서의 편이 아니라 내 편임을 안 이상.

내 뒤에 숨은 채 빼꼼 고개만 내민 프란시아를 느꼈다.

"그럼 저 말고 이 아이를 도와주세요."

"아이?"

그는 내 편이었을 때 더할 나위 없이 든든한 아군이었다. 원래 나쁜 놈이 내 편일 때만큼 든든한 게 없더라고.

"네, 이 아이를 도와주는 게 절 도와주는 거예요. 이 친구를 밖으로 데려다주세요."

또박또박, 울려 퍼진 내 목소리를 들었을 터였다. 하지만 아무런 반응도 없었다.

"……알겠습니다."

그가 잠시간의 시간 끝에 고개를 끄덕였다. 이렇게 쉽게? 누군지, 아니면 이유라거나 묻지도 않고?

쉽게 대답했다고, 믿지 못하진 않았다. 이 남자는 알겠다고 한 것은 반드시 지키는 남자였다.

"들어드리겠습니다."

그는 그리 말하며 다시 한번 손을 내밀었다. 전보다 더 내민 채로.

"당신도 나가십시오."

네? 생각지 못한 말이었다.

"저 아이도 나가고 당신도 나갑니다. 내겐 어렵지 않습니다."

끙, 어렵지 않기는. 날 내보내는 건 체이서와 척을 지는 거다. 내가 아는 것을 이 남자가 모를 리 없었다.

"어디로 가고 싶습니까?"

내 입술이 달싹였다. 막 튀어나오려는 말이 분명 있었다. 그러나 난 입을 다물었다.

"생각해볼게요."

그의 손을 잡았다. 손끝을 잡았을 뿐인데 르나그가 살짝 고개를 숙였다. 시선을 피하며.

"이 아이를 데려다주고 나서 대답하면 안 될까요?"

여기서 간다고 하든 안 간다고 하든 시간을 잡아먹는다. 일단은 여주인공부터. 체이서가 나갔다면 빠르게 해결해야 할 일이었으니까. 프란시아가 내 옷자락을 꽈악 붙잡았다.

그녀 쪽으로 시선을 주었다.

"프란시아, 기억하지? 기회를 기다리다가 온다면."

"……언제든 나간다."

프란시아는 혼란이 어린 채로도 또랑또랑하게 대답했다.

"그래, 그거야. 기회가 왔네."

그녀와 나는 약속했다. 아니, 언제 갑자기 나타날 이별에 미리 대응했단 얘기다. 그래서 이 순간에도 서로 당황하지 않았다.

"이쪽은 흰 장미의 후계자예요."

"흰 장미의? 아……."

르나그가 고개를 움직였다. 그의 안경 너머로 차가운 시선이 프란시아를 훑었다.

"알겠습니다. 사정은 이해했습니다."

그도 흰 장미, 로제니아 가문과 체이서의 일을 모르진 않는 모양이었다. 하기야 협력자였으니까.

나는 르나그와 협의하여 지금 바로 프란시아를 내보내기로 했다.

르나그는 체이서가 자리를 그리 오래 비우지 않을 거라 예상했고, 나도 동의했다.

"프란시아, 조심해서 가고, 다신 붙잡히지 않아야 해."

"걱정 말아요. 이제 몸도 나았으니까."

프란시아가 씩씩하게 웃었다. 그러다 이내 울상을 지었다. 그녀는 우물쭈물하더니 다시 활짝 웃음을 지었다.

"언니, 이 은혜는 잊지 않을게요."

그녀가 내 손을 꽉 잡고 눈물을 참았다.

"나…… 언니가 내 목숨을 구해준 거 알아요."

여주인공은 비록 각성을 앞두고 신체 나이는 어렸지만, 속까지 그렇지는 않았다.

"내가 각성하면 황제 폐하의 눈치를 봐서라도 크게 움직이지 못할 거예요. 아빠가 그랬어요."

여주인공이 제 가슴을 짚었다.

"나는 그 누구보다 강한 흰 장미가 될 거라고."

그녀가 쓰는 무기를 생각하면, 쉬이 건들지 못할 것 같긴 했다. 갈수록 19금 피폐와는 거리가 멀어지는 듯해도.

"언니처럼 멋진 사람이 되고 싶어요."

……나처럼? 양심에 찔렸다.

그사이 살랑 바람이 불어 밝은색 머리칼을 흔들어놓았다.

"언니, 내가 각성해서 멋진 여자가 될게요. 그때도."

프란시아가 내 손을 꼬옥 붙잡았다.

"내 언니 해줘."

나는 마주 웃었다. 그래, 하고 대답하면서.

길게 흔들리는 머리카락 뒤로 겹친 형상은 익숙한 얼굴이었다. 나는 과연 프란시아를 순수한 마음으로만 도왔을까? 누군가를 생각하지 않고, 겹쳐보지도 않고?

아니다.

이 순간에도 이런 생각을 했다. 리케도르안, 우리가 만난 시간이 조금만 더 길었다면… 나는 마지막 순간에 당신의 손을 잡고 웃어주었을까. 반드시 또 만나자, 약속을 하고 말았을까.

"또 봐, 꼭!"

프란시아는 짧은 인사를 남기고 저택을 떠났다. 내 손을 떠난 이상 이제 어떻게 될지는 모르지만……. 르나그가 나선 이상 일이 나쁘게 풀리진 않을 거다.

그런 믿음이 들었다.

〈최대한 빠르게 돌아오겠습니다.〉

르나그가 마지막 인사를 남기고, 그렇게 두 사람이 떠난 뒤로 3일이 흘렀다.

르나그는 따로 연락이 없었다. 돌아오는 대로 바로 연락을 주기로 했지만. 쉽지 않은 일이라고 생각했기에 아쉽진 않았다.

무소식이 희소식 아닐까.

나는 정원에 나와 멍하니 꽃을 바라보고 있었다. 체이서의 정원에 가득한 주황장미는 오늘도 활짝 피어 있었다.

'곧 한해의 마지막.'

나는 개중 하나를 툭 건드리며 생각에 빠졌다.

체이서가 정기 외출을 할 때, 기간은 보통 일주일 정도 걸렸다. 그러니 3일이 지난 지금, 아직 돌아오기까지 4일이 남은 터.

그리고.

"날짜……."

리케도르안과의 약속까지 이틀이 남았다.

체이서에게 물어본 적 있다. 여기서 감방까지 가는 데 얼마나 걸리냐고. 그는 대답했다. 공식적으로 가는 거라면 4일이 걸린다고.

르나그가 말해준 것과 일치했다.

⟨하지만 혼자 말을 타고 가는 거라면 다르지.⟩

체이서는 빙긋 웃으며, 대수롭지 않게 지름길이 있다고 알려주었다. 설마하니 내가 감방으로 돌아가리라곤 생각하지 않은 듯했다.

⟨체첸, 그곳을 가로질러가면 이틀이 걸려. 이아나.⟩

"체첸."

여기서 반나절 거리에 있는 그 도시는 도시라기보다는 무법지대에 가까웠다. 온갖 범죄와 도박, 향락이 교차하는.

그곳을 홀로 지나갈 수 있을까? 아니, 르나그에게 부탁하면…….

-인간, 표정이 왜 그러냐, 냥?

품에 안겨 있던 설표가 고개를 갸웃했다. 그래, 이 설표도 돌려주어야 하고. 이유는 충분하지 않을까.

나는 눈을 지그시 감았다.

'약속은 지키지 않으려 했지만.'

천천히 눈을 떴다.

"핑계는 충분하겠지."

가야겠다는 마음을 숨길 생각은 없었다. 아니, 가고 싶었다. 감방이 좋은 건 아니었다. 편하긴 했지만 전반적으로 깔린 음울함을 좋아하지만은 않았다.

하나 설사 그런 감방에서 다시 지내더라도. 더는 그 남자가 사람에게 실망해서 울지 않기를 바라니까.

─인간? 인간? 어딜 가는 거냐? 냥! 넘어지겠다, 냥!

나는 황급히 돌아서는 것으로 모자라 걸음을 빨리했다. 뛰었다.

철그럭, 철그럭.

무거운 쇠사슬 소리가 내 발걸음을 따라붙었다. 이걸 어떻게 벗어나냐고? 나는 이미 방법을 알고 있었다.

조그만 흑마법사님은 이걸 벗는 방법을 안다. 그가 채웠으니까.

가끔 발목에 상처가 나거나 습기가 찼다고 징징 울면 한숨을 쉬며 떼주곤 했다. 체이서도 이 정도는 무어라 하지 않았고, 1여 년이 지난 지금 우리에겐 이렇게나 가벼운 물건이었다.

그러니까, 방법은 있어.

길도 모르는 게 아니지 않은가. 이제 르나그만 돌아오면…….

"하아. 하아."

정원 입구에서 발을 멈췄다. 아니, 절로 멈춰진 것에 가까울 것이다.

믿을 수 없게도 눈앞에는 체이서가 있었으니까.

"……오빠?"

다른 날과 다르게 내 음성에는 당황이 잔뜩 어려 있었다. 그럴 수밖에. 그도 그럴 것이 체이서의 몰골이 엉망이었으니까.

다 찢어진 옷과 흐트러진 머리칼. 검집은 어디다 버렸는지, 장검 끝에는 피가 말라붙고, 또 채 마르지 못한 피는 뚝뚝 바닥으로 떨어졌다.

체이서의 주변으로 손잡이부터 검날까지 새카만 단검이 둥둥 떠 있었다. 그의 수호신, 라탄이 변형한 무기였다.

"이아나……."

그리고 이것들은 그가 비틀대는 순간 모조리 사라져 버렸다.

그가 저벅저벅 걸어왔다. 그의 걸음을 따라 손끝을 타고 피가 행적을 남긴다.

이상하지.

체이서가 피를 떨어트리며 오는 것은 드문 일이 아니었다. 피를 묻혀온 것도.

하지만 오늘따라 기분이 이상했다. 손끝이 떨리고, 심장이 둥둥 귀에서 울리는 것만 같았다.

그 소리는 체이서가 다가올수록 점차 커졌다.

왜지? 체이서가 처음으로 엉망인 몰골을 보여서? 머리도 흐트러지고, 옷도 찢어져서?

아니, 아니다.

가까이 다가올수록 깨달았다. 그의 손끝에서 떨어진 피, 저건 체이서의 피였다. 마침내 바짝 다가온 그가 고개를 숙였다. 입술까지 다가온 얼굴에 놀라 움츠러들었다.

하나 그의 얼굴은 내 얼굴을 스쳐 어깨로 툭 떨어졌다.

"잠시만······."

평소라면 손부터 뻗었을 그가, 손은 꿈쩍하지 않은 채 말했다. 내 어깨에 이마만 가져다 댄 그대로.

"이아나, 잠시만 이대로 있어 줘. 부탁이야."

그의 약한 소리에 꼼짝을 할 수 없었다. 연민과 경계가 파동을 그리며 마구 뒤엉켰다.

캬아아악! 하아아악!

어째서인지, 품 안의 푸딩이 풀썩 뛰어내려 체이서를 향해 털을 곤두세웠다. 꼬리가 위협적으로 세워지며 송곳니를 드러낸 모습이 처음으로 맹수같이 사나웠다.

왜 그러냐고 입 모양으로 물어도 푸딩은 이쪽을 보지 않았다. 체이서 또한 아랑곳하지 않았다.

"이아나."

체이서가 고개를 들었다. 그의 눈을 보는 순간 심장이 쿵 떨어졌다.

설레서? 아니다. 영문 모를 불안이 심장까지 지배했으니까.

"드디어 죽였어."

붉은 입술이 농홍한 미소를 지었다. 황홀하다는 듯이, 후련하다는 듯이.

"혜르님 대공을 죽였어."

섬뜩하도록 아름다운 목소리가 가시처럼 가슴에 푹 박혔다. 어째서 이토록 아픈지 알 수 없었다. 나는 이 남자에게 어깨를 허락한 것을 후회했다. 한순간이라도 흐트러졌던 것을, 정말 새카만 물은 아니라 믿었던 것을, 연민을, 후회했다.

천천히 눈을 감았다.

가슴 속에서 무언가 사라지고 그 위로 검은 암막이 드리워지는 기분이었다. 연기처럼 흩어지는 것을 잡지 못했다.

나는 스스로 깨달았다. 약속을 지키자고 떠나려 했던 것은 그와 평온한 일상을 보내고 싶었던 거란 것을.

나는 그때를 참으로 좋아했다는 것을.

이젠 그와 평온한 일상을 보내는 것은 불가했다. 내 정체가 언제고 밝혀지면 결코 그 시간은 돌아오지 않을 테니까.

〈약속, 지킬 거잖아요.〉

리케도르안과의 약조가 겨우 이틀이 남은 날의 일이었다.

그로부터 삼 일 뒤, 르나그가 이 저택을 방문했다. 그는 체이서가 있는 사실에 당황하긴 했지만, 기회를 보아선 내게 속삭였다.

떠나겠습니까?

나는 그리 제안하는 그를 물끄러미 보다가 화사하게 웃었다.

"아니요."

시선이 교차하는 순간에 이 남자는 무슨 생각을 했을까. 체이서가 나타난 지금은 더는 떠날 수 없었다.

부친이 리케도르안에게 가진 의미를 잘 알고 있다. 부친이 사라지고 나서 체이서에게 증오를 품었단 것도. 리케도르안은 앞으로 증오를 품은 채로 감방에서 칼처럼 벼려질 것이다.

〈약속 지켜줄 거죠, 이아나?〉

그리고 떠날 이유가 사라졌다. 약속 날짜는 지나버렸으니까.

4
원작이 시작되었다

-3년 뒤.

드넓은 제국에 단 세 개뿐인 고귀한 공작 가문, 이중 가장 강한 힘을 가졌다 칭송받는 곳, 도뮬릿. 도뮬릿 공작가는 다른 날과 다를 바 없이 몹시도 분주했다.

이곳의 주인인 도뮬릿 공작은 금욕적이고, 정결한 것을 좋아했다. 따라서 사용인들은 집사부터 말단까지 단추를 채우고, 항시 깨끗한 옷을 입어야 했다. 이는 항시 불편했지만 하녀복, 하인복에 돈을 아끼지 않는 데다 본인부터가 그런 모습이었기에 감히 토를 다는 이는 없었다.

이곳에 온 지 3년 차 되는 하녀 베로니카도 여기 해당했다.

"으으…… 무겁네. 무거워."

주변 장식을 보며 중얼거리기가 무섭게 옆의 동료가 쉿, 하고 주의를 주었다.

'알았다고.'

평소 조용하고 엄숙함을 요구하는 직장이긴 했으나, 오늘처럼 이렇게까지 빡빡하진 않았다.

베로니카는 주변 장식을 살펴보았다. 식이 한창 진행 중이었다. 중간에 흐트러진 것은 없나 보는 것이다. 오늘은 다름 아닌 엄숙한 장례식 날이었으니까.

죽은 이는 도뮬릿 공작이었다.

아니, 정확히는 도뮬릿 선대 공작이다. 2년 전 작위를 계승한 젊은 가주 체이서 루브 도뮬릿이 공작이 된 뒤로 뒷방에서 요양하며 한량한 세월을 보냈다 알려진 이였다.

젊은 시절부터 무수히 많은 악행과 악랄한 기행을 반복했으며, 패악으로 더 유명한 노인이었다. 그럼에도 이렇게나 조문객이 많은 것은 죽은 선대 공작이 아니라 젊은 현 공작의 권력을 증명하는 지표였다.

"우리 공작님이 최연소로 공작이 되신 거래. 공작님처럼 젊은 나이에 정식 작위를 받은 사람은 없다고 하던걸."

"어머, 왜 없어? 그, 왜 그 붉은 장미……."

"어우, 얘! 조용히 해."

웅장한 장례식이 끝나감에 따라 사용인들 사이에도 여유가 살짝 생겼다.

"여기서 그분 얘기는 금지인거 몰라?"

"하기야 원수지간이었지……."

베로니카는 동료와 함께 집사가 건넨 목록을 챙기며 흘끗 이야기 나눈 이들을 바라봤다. 하녀가 다른 하녀 입단속을 시키는 행동이 고스란히 보였다.

두 사람은 식장을 벗어나 저택 뒤쪽으로 향했다. 또 다른 건물로 향하는 중정 복도는 고요하기만 했다.

"어휴, 저렇게 입조심 안 하다, 조용히 사라지지."

동료도 조금 전 입단속을 보았는지, 쯧쯧 혀를 찼다. 그건 맞는 말이었다.

베로니카는 그 말을 들으며 문득 한 기억을 떠올렸다. 3년 전 여기 막 들어왔을 즈음 저도 방정이었던 때가 있었다. 정확히는 눈이 방정이었다고 할까.

〈못 보던 사람이네.〉

그때 자신은 참 어렸고 서툰 하녀였다.

그래서 살면서 처음 본 아름다운 미인을 보며 표정 관리는커녕 빤히 보는 무례를 저지르고 말았다.

굽이치는 분홍빛 머리칼과 그 아래서 요목조목 이목구비가 들어간 작은 얼굴이나 무심히 깜빡이는 자색 눈을 보며 잠시나마 시간을 빼앗기지 않는 사람은 없을 듯했다.

그러나 그녀는 베로니카가 모셔야 할 주인이었다.

하나 그럼에도 두 번째로 시선을 떼지 못하고 발목을 본 순간 또 한 번 무례를 저질렀다. 사실 가녀린 발목을 감싼 쇠사슬을 보고 놀라지 않을 이는 없었을 거다.

그 순간만 생각하면 아찔했다.

〈아, 내 발목?〉

하나 무심히 눈을 내리며 피식 웃는 얼굴에 시선을 빼앗기지 않을 수 있을까?

〈신기하긴 하지.〉

다시 돌아가도 그건 어려울 터다. 아가씨는 베로니카보다 빠르게 베로니카의 시선을 알아차렸고, 쉬이 용서했다. 그러지 않았다면 그녀는 3년 뒤 이 자리에 없었을 것이다.

생각해보면 참으로 이상한 아가씨셨다.

어느 날 감방에서 돌아왔다는 아가씨는 세상에 무심했고, 만사에 심드렁했으며, 흘러가는 물처럼 아무것도 관심을 두지 않았다.

'염세적인 사람일까.'

무심한 건 맞을지도 모른다. 곁에 두는 것은 고양이인지 뭔지 모를 요상한 아기 동물과 가끔 찾아오는 약혼자뿐.

대부분은 정원에 앉아 멍하니 시간을 보내곤 했다.

이 저택의 모두가 3년 전을 기점으로 그녀가 미소를 잃었음을 알았다. 크게 달라진 건 없었다.

원래도 잘 웃는 이는 아니었으니. 감방에 가기 전에도 그러했다나. 하지만 왜일까, 베로니카는 못내 마음에 걸렸다.

아가씨는 무정한 사람이 아니었다.

〈한 번으로 끝내요.〉

큰일 날라.

그날 쉿, 검지를 가져다 대며 웃는 모습만 해도 그러했다.

"어, 아가씨다."

베로니카는 동료의 말에 얼른 고개를 들었다. 정말 눈앞에 아가씨가 서 있었다.

이아나 로즈 도퓰릿.

이 저택에 가장 귀한 보석과도 같은 이.

이아나는 검은 드레스를 걸치고, 멍하니 복도 옆 정원을 응시하고 있었다. 베로니카는 가녀린 실루엣을 흘끗 보며 절로 차분하고 처연한 분위기를 자아내는 건 저 가냘픔 위태로움과 검게 드리워진 베일 때문이리라 생각했다.

실제로 이아나의 시선은 무심하기만 했다.

"아가씨를 뵙습니다."

"아."

이아나가 고개를 돌렸다. 이전과 다르지 않은 표정이었다.

"안녕."

그녀가 성의 있게 손을 흔들었다.

장례 기간이기에 이아나 또한 상복을 걸쳤으나 그녀는 현재 장례가 열린 중앙 건물에 가지 않았다. 그녀의 오빠인 체이서의 명에 가지 못한 것이었다.

이곳이 그녀를 가둔 거대한 새장이나 다름없다는 건 저택의 사용인이라면 누구나 아는 사실이었다. 어느새 동료는 먼저 성큼 걸어가고 없었다. 동료는 아가씨를 부담스러워했다.

말을 걸었다가 쥐도 새도 모르게 사라질까 봐 두려워하는 쪽이었다. 베로니카도 목이 달아날까 두렵지만…….

"……괜찮으세요?"

자색 눈동자가 베로니카에게로 돌아왔다. 이아나는 의아한 얼굴이었다. 그러더니, 아, 하고 제 베일을 만지더니 작게 웃었다.

"괜찮아."

베로니카는 알고 있었다. 이아나는 저택의 주인인 체이서가 족쇄를 채운 것을 보고서도 저렇게 웃었으며.

"아버지긴 한데…… 별 느낌이 없어서."

체이서가 피를 묻히고 나타나도 저리 웃었다.

"고마워요."

가끔은 의문이 들었다.

아가씨는, 정말로 괜찮으신 걸까?

나를 물끄러미 바라보는 하녀의 시선이 느껴졌다. 단정하게 끌어 올린 머리칼과 차분한 얼굴, 익숙한 사람이었다.

자주 보는 하녀 중 하나였다.

특이한 것이 있다면, 가끔 머뭇거리다가 이렇게 말을 걸거나 한 번은 조심스레 간식을 몰래 건넨 것이랄까.

기억에 남았다.

"혹시 들고 가는 거 뭐야? 목록?"

하지만 오늘 여기 서 있는 목적이 있는 만큼 나는 얼른 고갯짓했다. 저 목록이 내가 생각한 게 맞다면 오늘의 목표였다. 내가 이곳에 멍하니 서서 기다린 목적 말이다.

"아, 네. 쉬르멜라 회의 참석자 명단이에요."

쉬르멜라 회의, 이 제국은 무척이나 넓어 지방 세력을 견제하기 어려웠고 황실은 이를 극복하기 위해 매해 대도시 중에서 돌아가며 회의를 개최했다.

이것은 아무나 참석할 수는 없으며 오직 허락받은 고위 귀족만이 참여할 수 있었다. 이를테면 체이서 같은 공작. 그리고 장례식에 참여한 이들에게 참석자를 묻는 질문이 있을 거라 들었다.

고위 귀족이 너나 할 것 없이 모인 자리니, 황실에겐 더할나위 없이 좋은 기회였으리라. 실제로 내가 찾는 기록지엔 장례식에 참여하지 않더라도 의무적으로 참석하는 이들의 이름도 있을 거고.

장례식은 성당을 겸한 가장 넓은 홀에서 열렸고, 만약 오늘 누군가 기록지를 들고 간다면 이 길밖에 없을 거였다. 예상은 멋들어지게 맞아떨어졌다. 잠깐 봐도 되냐는 내 질문에 하녀는 망설이나 싶더니, 목록을 내밀었다.

"저, 아가씨는 나가지 않으시죠?"

"응? 그렇지."

나는 무심하게 고갯짓했다.

"이거 때문에 어렵지 않을까."

철그렁.

여전한 쇠사슬 소리가 유쾌하게 울려 퍼졌다. 하녀는 입을 꾹 다물었다. 나는 목록을 쭉 내려보며, 내가 찾는 이름 여부를 찾았고 확인하고서야 다시 내밀었다.

"고마워요."

절로 흘러나오는 웃음을 막을 길이 없었다.

"가봐도 좋아요."

하녀는 그런 나를 보다 말고 머뭇거리더니, 조심스레 입을 열었다.

"저, 아가씨……."

"응?"

3년이 지나도 내 말투는 존칭과 하대를 오갔다. 이건 잘 고쳐지지 않는 습관이었다.

"저희 어머니가 그러셨는데, 괜찮지 않을 때 웃는 것도 습관이 된대요."

"……네?"

왜인지 하녀의 눈에 짧게 안타까움이 스쳐 지나간 것 같았다. 잘못 봤나.

그러나 더 물을 새도 없이 그녀는 인사 후 후다닥 가버렸다. 붙잡을까 무섭다는 듯이.

남겨진 나는 고개를 갸웃 기울였다. 뭐지?

"뭐야……. 내가 너무 뚱했나."

-인간, ……너는 네 모습이 어떻게 보이는지 잘 모르는 것 같다, 냥.

3년이 지나 어느새 의젓한 목소리를 낼 줄 알게 된 푸딩이 대꾸했다.

내 품에 얌전히 안겨 있던 푸딩은 꼬리로 날 탁탁 두드리더니, 훌쩍 뛰어내렸다. 제법 커진 덩치가 고스란히 보였다. 이제 안기면 묵직하기도 했다.

-위대하신 이 몸이 슬슬 인간사라는 것을 알게 되었느니라. 냥.

"뭐래, 징그럽게."

나는 태연하게 무시하며, 등을 돌렸다. 한시가 바빴다.

-뭐냐, 왜 무시하냐, 냥! 인간! 인간!

웨옹, 왜애애애옹, 캬옹!

쟤는 분명 설표라고 했는데, 하는 짓은 고양이와 다를 게 전혀 없다. 같은 고양잇과라 그런가.

"시끄러워."

찾아봤는데, 고양이 나이 3살이면 인간 나이로는 20살을 훌쩍 넘긴 청년기란다. 청년이 대신 푸딩, 이젠 푸딩이란 이름도 조금 언밸런스해진 청년기 설표님이 따라다니며 잔소리하는 것을 무시했다.

3년이 흘렀다.

시간이 흘렀다고 해서 크게 달라진 것은 없었다. 그저 내 머리카락 길이? 아, 그리고 슬슬 사교곈지 뭔지. 밖으로 나갈 수 있게 된 건 있겠다.

이 나라 법도 상 20살이 넘은 영식, 영애는 반드시 황실이 개최한 연회에 1번 이상은 참석해야 한다나. 그리고 이 시기엔 무조건 데뷔 당트 연회에 참석해야 한단다.

내가 현재 22살이었으니 2년을 유예하고 참석하는 것이었다.

그게 언제라더라, 몇 달 뒤 열린댔나.

나는 하늘을 올려다봤다.

'몇 달 뒤면 늦어.'

계절은 봄이었다. 여름이 곧 다가올 시기였다.

3년이 지났다는 것은…… 지금쯤 원작이 제대로 시작되고도 시간이 꽤 흘렀다는 이야기다. 적어도 리케도르안이 감방에서 나올 시간은 되었단 거지.

나는 조금 전에 본 목록을 떠올렸다.

'리케도르안 폰 헤르님.'

나는 보일 듯 말 듯 웃었다. 원작이 제대로 시작되었다.

그가 원수의 장례식에 참여했을 리는 없으니, 의무 참가자 명일 터다. 그도 그럴 것이 무려 대공이나 되는 이가 회의에 빠질 수는 없으니까.

나는 리케도르안이 대공이 되었다는 것을 알았다.

헤르님은 전대가 죽는다고 자연 계승되는 가문이 아니었다. 후계자라도 자격을 갖춰야 대공의 이름을 달 수 있다나. 여기에 리케도르안의 이름이 올랐다는 건 정식으로 대공이 되었단 얘기다.

-인간!

잔소리하다 말고, 먼저 지친 것은 푸딩이었다. 푸딩은 내 앞에 철퍼덕 드러누웠다. 서슴없이 배를 보이며 애옹애옹, 울었다.

-정말로 할 거냐, 냥?

나는 쪼그려 앉아 설표의 배를 쓸어주었다. 우리식의 화해 인사였다.

"해야지."

-의기소침한 거 아니었냐, 냥.

"뭐 그랬긴 하지."

나는 솔직하게 시인했다. 그를 만나러 가지 못한 것에 대해 아쉬웠으니까.

"근데 3년이면…… 오래 지났지."

3년이란 시간은 설레는 마음도 사라질 시간이었다. 그저 잠깐 지나간 계절이라 여기면서.

-이제 안 본다고 하지 않았냐, 냥? 괜찮은 거냐. 냥.

"그건 그날 약속을 안 지킨 거고."

3년 전 그날, 푸딩도 옆에 있었으니 모두 보고 알고 있었다. 그리고 나와 리케도르안의 약속도 알고 있었고.

"이제 걔랑 잘 지내는 건 포기했으니까."

갇혀 있긴 해도 소식 같은 건 간간이 들을 수 있다.

근래 들어 체이서의 세력이 부쩍 다툼이 잦아졌다거나. 기사단이 어디로 우르르 나간다거나. 들리는 소문을 조합해보자면 꽤 적극적이었다. 그럴 만도 한 게. 책 속에서 리케도르안이 감방에서 나와 가장 먼저 준비한 것은 원수를 갚는 일이었다.

"야, 너 이제 보내줘야지."

3년. 푸딩을 처음 만났을 때 고지받았던 시간이 다가오고 있었다. 푸딩이 리케도르안을 만나야 하는 시간 말이다. 그렇지 않으면 그의 생명이 위험해진다고 했으니.

-근데 왜 하필 3년 뒤였던 거냐, 냥?

푸딩이 내 뒤를 졸졸 따르며 물었다. 나는 대답 대신 팔을 벌렸다. 푸딩이 기다렸다는 듯 품에 뛰어들었다.

"너 사고가 언제 가장 많이 일어나는지 알아?"

-모른다 냥.

나는 폭신한 머리털을 쓰다듬으며 속삭였다.

"방심할 때야."

그와 연이 닿을 기회는 내 스스로 영영 묻어버렸지만, 이 사랑스러운 수호신을 그에게 돌려줄 의무가 남아 있다.

3년. 내가 말없이 기다린 이 시간은, 부디 그가 책 속처럼 완성되길 기다린 시간이기도 했다.

그가 좀 더 단단해지도록. 당장에 푸딩이를 돌려주려고 시도하려 해도 번번이 체이서가 마음에 걸렸다. 리케도르안이 약할 때 체이서가 수라도 쓴다면?

──……그 무서운 흑장미는 어떡할 거냐, 냥.

그는 죽이지 않고도 사람을 못 쓰게, 불구로 만들어버릴 수 있는 방법을 얼마든지 않고 있었다.

"아아, 체이서 말이지."

아니 그것뿐일까? 내가 준 상처를 마주 보고 싶지 않았던 거기도 했다. 난 내가 겁쟁이란 사실을 솔직히 인정했다.

그리고 이젠 더는 미뤄둘 수 없는 순간이 찾아왔다.

"괜찮아."

나는 하늘을 바라보며 입술을 끌어올렸다.

"더는 후환이 두렵지 않아."

체이서, 그 남자를 만나고 1년 뒤엔 이 남자가 내게 가진 집착의 깊이를 알았고.

3년이 지난 지금은.

내가 무엇을 해도 용서한다는 사실을 알았으니까.

"난 리케도르안을 만날 거야."

쉬르멜라 회의는 순식간에 다가왔다.

이번 회의가 열리는 대도시, 쉬르멜라로 말할 것 같으면 도퓰릿의 영지에서 아주 가까운 곳이자, 황실만을 따르는 중립지역이기도 했다. 다시 말해 비상중인 헤르님의 영역도 이미 기존 세력에 관해 장악력이 뛰어난 도퓰릿의 영역도 아니란 거다.

"그게 무슨 소리냐!"

마쉬멜이 탕, 탁자를 내리쳤다. 언제나 그렇겠지만 그의 조그만 손으로는 꼬떡도 않는 책상이었다. 하지만 붉어진 손끝은 그의 기분을 보여주기엔 충분했다.

나는 체이서의 최측근이자 어려진 흑마법사를 빤히 응시했다.

"오늘도 참 앙증맞네."

"뭐야?"

"아, 소리 내어 말했어요? 미안."

마쉬멜은 곧 뒷목을 잡을 듯한 표정을 하더니 한 손으로 제 양 뺨을 잡았다가 놓았다. 오동통한 뺨이었다.

"안 대, 절따 안 댄다. 결쨔반대라고!"

"으음, 왜요. 그리 어려운 것도 아니고, 이상한 것도 아니고. 쉬르멜라 회의에 가고 싶다는 게 이상해요?"

나는 책상에 팔을 대고 뺨을 괴었다.

"나도 나가고 싶을 수도 있지."

"누가 냐가지 마래? 몰래 걌다고 하니가 문쩨자나! 아가씨, 정신 챠려!"

"난 제정신이에요. 그리고 마시멜로 씨가 도와줄 거란 걸 잘 알고 있지."

"누가 마시멜로야!"

3년이나 지났건만 발끈하는 부분이 여전했다. 이젠 적응할 만도 한데 말이다.

"쭈글 일 있어? 난 못 됴와."

책 속에서 그는 충성스러운 부하였다. 하지만 현실에서 마주한 지, 3년. 생각했던 것과는 약간 다른 관계임을 알았다.

물론 충성하기는 하는데…… 여지가 있다는 소리다.

"흐음, 이렇게 나오기예요? 내가 이것저것 아는 게 있는데. 오빠한테 말해요?"

"뭐, 뭘……."

"지난번에 쇠사슬로 실험해본답시고 내 손가락이 날아갈 뻔한 거랑, 쇠사슬 교체하면서 마법 하나를 깜빡해서 간만에 암살 당할 뻔한 거랑……."

"……."

"더 해요?"

이 남자는 체이서를 존경하고 따르면서도 동시에 아주, 매우매우 두려워했다. 뭐, 옆에서 보면 안 무서워하는 게 이상하긴 하다만. 워낙에 미친 인간이니.

나는 씩 웃었다.

"내가 바라는 건 어렵지 않아요. 그냥 잠깐 구경하고 싶다니까? 근데 이대로 가면 힘드니까 하녀인 척도 하고 캔디 씨가 얼굴도 좀 가려주고."

"캔디가……."

"아니죠. 네, 그럼요. 오빠한테 지금 바로 갈까요?"

"……이익."

눈앞의 어린 얼굴, 오동통한 뺨이 빨개지고 눈물이 그렁그렁 차올랐다. 정신은 성인이라지만 신체는 어쩔 수 없이 어린아이라 감정에 솔직했다.

이런 사람이 음울하다는 흑마법의 천재라니 신기하지만 말이지.

"으음, 오빠의 탄광에 자리가 남았던가……."

"알아따! 알았따고!"

쾅쾅, 탁자를 두드리며 원통해하는 조그만 흑마법사님을 보면서 무심히, 승리의 미소를 지었다.

ㅡ……악랄한 인간이다, 냥…….

그 모습을 보며 푸딩이 조용히 중얼거렸다.

며칠 뒤, 쉬르멜라 회의 당일,

도뮬릿은 회의 일정에 맞춰 이동했다. 고작해야 2시간 남짓 걸리는 도시였기에 다른 곳처럼 하루나 며칠씩 일찍 출발할 필요가 없었다.

쉬르멜라로 출발하는 날 오전, 체이서가 내 방을 찾았다. 정확히는 막 조찬을 하고 일어났더니 그가 밥을 먹으러 들어오는 게 아닌가?

나는 그가 앉는 모습을 보다 말고 앞에 앉았다.

"이아나?"

"먹어."

나는 고개를 까딱였다. 신경 쓰지 말라는 듯이.

"혼자 먹는 밥은 빨리 식더라고."

무심히 그렇게 중얼거리고는 고개를 돌렸다. 체이서와 사이는 좋지도 나쁘지도 않았다. 3년 전 그대로 멈춰 있는 것 같았다.

체이서는 그런 나를 묘하게 바라보다가 고개를 내렸다. 작게 웃는 것도 같았다. 그 웃음이 평소 같으면서도 이질적이었다.

그렇게 먹고 나서 내 방에 데려다준답시고, 함께 도착한 게 지금이었다. 그도 모자라 갑자기 내게 보여줄 것이 있다고 하더니, 뭔가 주섬주섬 꺼내더라.

"……그게 뭐야?"

나는 그의 손에서 나타난 것을 보고 아연한 표정을 숨기지 못했다.

"개 목걸이."

"아니, 아니. 나도 개 목걸이인 건 알아."

그걸 왜 할 것처럼 들고 있냐는 거지. 나는 황당했다.

"요즘 네가 지루해한다는 이야기가 들려서."

"루머야."

"한숨도 푹푹 쉬고."

그건 몰래 나가는 거 고민하다가 쉰 한숨일걸.

"……오해야."

"자극적인 게 필요할까, 싶었는데 네가 좋아하는 게 뭔지 고민해야 할 것 같았어."

아니, 고민한 끝에 준비한 게 이거라고?

"이런 거, 좋아한다고 들었어."

내가? 내가요?

금시초문이었다. 나는 이제 입마저 살짝 벌린 채 어처구니없음을 드러냈다.

간과할 수 없는 이야기였다.

"누가 그런 걸 좋아해?"

"음, 아니야?"

체이서가 개 목걸이를 입술에 톡 두드리며, 고개를 기울였다.

"……감방에서 네가 헤르님의 후계자를 개처럼 가지고 놀았다던데."

나는 이 순간 한숨이 터지는 걸 꾹 눌러 참았다.

"잠깐, 출처가 르, 아니 발테이즈 후작님 맞지? 그 후작님이지?"

말할 사람이 누가 있겠어. 어째서 이제 와 이야기한 건지 모를 일이었다.

"맞아. 들은 건 꽤 됐어."

체이서가 손가락을 네 개 펴며 4년쯤? 하고 속삭였다.

아무래도 내가 감방에 있었을 당시에 들은 것 같은데. 왜 이제야 이러는 건지 모를 일이었다.

체이서가 목걸이를 입에 가져다 댄 채로 배시시 웃었다.

"네가 좋아한다면 얼마든지 맞출 용의도 있는데."

"아니, 됐어. 그리고 안 좋아해."

"정말? 숨길 필요는 없는데."

그가 흐음, 하고 소리를 냈다.

"나무 막대기를 던지고 가져오게 하고, 짖게도 시켰다던데."

"……와전된 거야."

"그래?"

체이서는 믿는 눈치가 아니었다. 출처가 감방 총관리장인데 픽이나 그러겠다 싶었다.

나는 새삼 르나그를 원망하며 눈을 살짝 피했다. 체이서는 피한 시선을 좇아 얼굴을 들이밀었다.

"이아나."

체이서의 손이 내 손을 잡아당겨 펼치게 만들었다. 그러고는 그는 제 얼굴을 거기 올렸다.

"……뭐 하는 거야?"

그의 눈이 반쯤 접혀 야릇한 미소를 지어냈다.

"짖으면 되나?"

그가 입술을 축였다.

"멍."

미쳤나 봐. 나는 있는 그대로 속마음을 내뱉었다.

"……미쳤나 봐."

체이서에게서 개목걸이를 뺏을 수는 없었다. 하나 결국엔 개목걸이를 든 채로 내 방에서 쫓겨났다.

'왜 저렇게 기분이 좋은 거야?'

체이서의 얼굴을 얼추 알았는데, 오늘따라 기분이 매우 좋아 보였다. 식사하면서부터인 것 같은데. 내가 얼굴을 쓸어내리는 동안,

체이서가 밖에서 똑똑, 문을 두드렸다.

"나 다녀올게, 이아나."

잘 지키고 있어 줘, 내 동생. 다정한 음성이 잇따라 들리더니, 이내 발소리가 뒤를 이었다. 나는 그 발소리가 완전히 멀어지기를 기다렸다가 들리지 않을 즈음 문을 열었다.

"푸딩, 준비됐어?"

애옹, 푸딩의 울음소리는 작은 주머니 속에서 들렸다. 좋아, 잘 들어갔네. 나는 방을 나서서 얼른 걸음을 옮겼다.

원래 내 방이 있는 복도에는 사람이 다니지 않는 데다, 오늘 있을 일정 때문에 아래층에도 보이지 않았다. 그럼에도 혹시 몰라 머리까지 망토를 푹 뒤집어쓴 나는 마침내 한 방에 도착해서야 망토를 벗었다.

그곳에는 뚱한 표정의 마쉬멜이 있었다.

"······이게 잘하는 이린지 모르겠따 진짜."

"그럼요, 잘하는 짓이지."

나는 조그만 흑마법사님이 내미는 것을 얼른 받았다. 잠시 뒤, 칸막이 뒤에서 하녀복으로 갈아입고 나타났다.

"알고 있게찌? 너랑 나만 알아야 하는 비밀이다!"

"암 그럼요. 그럼요."

오늘 가는 쉬르멜라 행에는 마쉬멜도 함께 간다. 그리고 나는 그의 시중 하녀로서 같이 가기로 했다. 아무래도 몸이 이 모양이라 그가 나갈 때면 꼭 한 명씩은 붙는다나.

"손을 잡아."

조그만 흑마법사님이 내 소매를 잡고 무어라 중얼거리자, 발밑에 마법진 같은 것이 나타더니 검은 빛이 터져 나왔다.

그리고 눈을 떠, 거울을 보니 갈색 머리칼에 주근깨 있는 얼굴, 길을 가다가 흔히 볼 수 있을 것 같은 순한 인상의 얼굴이 나를 보고 있었다.

이야, 이거 효과 좋은데?

사람이 없을 때 움직여야 한다는 그의 성화에 얼른 움직였다.

마쉬멜이 체이서와 함께 간다고 해서 걱정이 많았는데, 쓸데없는 걱정이었다. 쉬르멜라로 가는 마차는 10대가 넘어갔고, 그는 체이서와 타기는커녕 먼 마차를 탔다.

"쭈인님은 번쩍한 걸 시러하신다."

마차 안에서 나는 조그만 흑마법사님의 잔소리 아닌 잔소리를 실컷 들었지만 한 귀로 흘려들었다.

곧 마차가 출발하고, 창밖으로 보이는 풍경에 눈을 주었다.

'정말 나가는 거구나.'

이렇게 쉽게. 하는 생각이 들었다가 지워졌다. 나가고 싶지 않은 건 아닌데, 부담이 너무 컸다. 체이서가 공작이 되면 조금 다를 줄 알았더니, 오히려 위협은 심하면 심했지 사라지지 않았으니까.

'한동안 물밑싸움이 치열했지.'

얼마 전 있었던 도뮬릿 선대 공작의 장례식, 나는 이 장례식의 실상을 알고 있다.

선대 공작은 모종의 이유로 병환을 앓고 있었고, 체이서는 이 병환을 앓는 기간을 늘려왔다.

금방이라도 죽을 것 같이 이상한 사람을 억지로 살려왔다는 거다.

오직 그가 만족스러운 시기에 공작 위를 계승 받기 위해서.

그렇게 그는 부친의 충성스러운 가신, 부하들을 모조리 치워내고서야 왕좌에 올랐다. 격차는 압도적이었으나 모든 싸움이 으레 그렇듯 잔인하고 잔혹했다.

그 피비린내 나는 싸움을 옆에서 보며, 이렇게 원한이 쌓이는구나 싶었지만…… 애초에 체이서가 이기지 않으면 잡아먹히는 싸움이었기에 무어라 할 수는 없었다.

물론 체이서는 일신의 능력뿐만 아니라 주변에 유능한 부하가 많았다. 눈앞에 있는 이 조그만 흑마법사님도 외양의 단점에도 불구하고 체이서의 외출에 항상 위장해 따라 나가지 않던가.

'신분이 뭐랬더라. 먼 친척의 아이랬나.'

생각하던 도중 마차가 멈췄다. 그리고 2시간을 연이어 떨어지던 조그만 흑마법사님의 잔소리도 드디어 멈췄다.

"됴착이다."

창문 너머로 커다란 성이 보였다. 쉬르멜라다.

그리고 리케도르안이 있을 장소였다.

쉬르멜라의 영주성 정원에 멈췄을 때, 영주며 수많은 이들이 나와 체이서를 반겼다.

나는 몰래 뒤로 빠져나와 짐을 나르는 하녀들 사이에 끼었다. 아무리 신분을 위장했다지만 마쉬멜은 체이서를 따르는 측근이되, 눈에 띄어 좋을 것 없는 외형이라 따로 움직이곤 했다.

그렇다고 그가 움직일 때 같이 가기엔 체이서와 거리가 가까워져서 나는 따로 이동하기로 했다.

이 수많은 하녀들 틈에 묻혀서 말이다.

〈쓸데없는 짓 하지 마시고, 빨리 와. 아가씨!〉

염려와 걱정 가득한 마쉬멜의 음성이 귀를 스쳤지만 그는 염려할 것이 전혀 없었다.

나는 도망갈 생각이 눈곱만큼도 없었으니까.

목숨을 위협받는 자유보다는 차라리 안락한 감금이 좋은데 왜 안 믿을까?

"애, 그거 좀 옮겨줄래?"

"네에!"

나는 간드러진 음성을 흉내내며 열심히 짐을 옮겼다. 가끔은 다른 하녀가 내가 든 주머니를 보며 그게 뭐냐 물었지만, 내 개인 짐이라 하고 얼버무렸다.

푸딩아, 조금만 참으렴.

그렇게 하녀들 틈을 벗어난 건 그로부터 2시간 뒤였다.

"아이고, 허리야. 애, 너도 고생 많았어. 가서 물이라도 마시고 올래?"

"네."

같이 일하던 하녀의 친절한 권유에 나는 드디어 짐 더미에서 벗어났다. 나름 양심껏 일도 했겠다, 조그만 흑마법사님을 찾아 가볼 생각이었다.

'그전에 구경 좀 해도 되려나?'

너무나 오랜만의 밖이었다. 그래도 밖을 향한 향수가 없었던 건 아니라, 발걸음을 정원 쪽으로 옮겼다. 어차피 마쉬멜의 방은 알고 있으니, 조금쯤은 괜찮겠지. 이 순간에 산책이라니 스스로도 조금은 태평하다 생각하면서.

쉬르멜라의 정원은 도뮬릿과 다르게 대개가 멋진 정원수로 이루어져 있었다.

나는 귀족들이 갈 만한 큰 길은 슬슬 피하면서 녹음을 마음껏 누볐다. 누군가를 마주치더라도 하녀복이 적절한 신분증명이 될 터다.

"푸딩."

주머니를 향해 작게 속삭이자, 웨옹, 하는 울음소리가 돌아왔다.에고 많이 답답했겠다 싶어 주변을 살피고는 얼른 천을 풀었다.

"괜찮아?"

-전혀 괜찮지 않다, 냥······.

푸딩의 얼굴은 지쳐 보였다. 나는 난감한 낯으로 웃으며 나무 근처에 그대로 주저앉았다.

"잠깐 나올래? 아, 근데······."

얘 모습이 문제네. 설표의 모습은 너무 눈에 띄었다. 우연이라도 눈에 띄면 잊혀지지 않을 특이한 색과 생김새였으니까.

그러고 보니 아퀼라는 모습을 획획 바꾸던데.

"야, 너는 모습 바꿀 수 없어? 평범한 고양이라거나."

푸딩의 귀가 쫑긋 움직였다.

─할 수 있다, 냥.

"그래, 못하더라도…… 뭐?"

된다고? 된다고? 어처구니가 없었다.

"장난해? 그럼 왜 지금까지 말 안 한 건데?"

─묻지 않았지 않냐, 냥!

푸딩은 당당했다. 나는 얼른 이 똥괭이의 뺨을 꼬집어 주었다. 하아아악, 하악질을 하는 요망한 코를 퉁 때려주면서.

─아프다 냥! 아프다고!

"뭘 잘했다고 울어. 응?"

─인간, 너는 손이 맵따! 냥!

"빨리 변신이나 해."

곧 푸딩이 꾸물꾸물 움직이다가 모습을 변형했다. 털빛은 바꾸지 못하는지 영락없이 평범한 회색 고양이였다.

'결국엔 고양이네.'

이 정도면 사람과 마주치더라도 눈에 띄지 않을 듯했다. 고양이가 된 푸딩이 내게 안겨 냥냥, 하고 울었다.

─그런데, 인간 좀 이상하다 냥. 분명 처음엔 되지 않다가…… 어

느 순간부터 가능했다, 냥.

"변형 말이야?"

-그렇다, 냥.

그건 리케도르안의 상태와 관계가 있을까?

3년이란 시간 동안 변한 것은 리케도르안의 처지밖에 없었다. 푸딩은 이제 바깥 공기를 쐴 수 있는 것이 기쁜 듯 울음소리가 애교스러웠다.

'이제 돌아갈까.'

나는 자리에서 일어나다 말고 문득 고개를 들었다.

와아. 조금 전까지 기대고 있던 나무가 생각 이상으로 컸다. 흡사 몇백 년 과장하자면 천년은 산 나무처럼 아주 굵고 우람했으며 높이 솟아 있었다.

어린 시절 마당의 나무를 오르던 기억이 떠올랐다. 다른 때, 저택에서 같았으면 전혀 하지 않았을 생각이 불쑥 솟았다.

"푸딩, 나한테 그거 좀 걸어줘 봐. 힘세지는 거."

푸딩은, 냥? 하고 반문하면서도 내게 제 힘을 걸어주었다. 곧 몸이 가벼워지고 활기가 느껴졌다.

-엉뚱한 짓은 하지 마라, 냥.

3년간 이런저런 일에 써먹다 보니, 이게 걸어주는 것이 능숙했다.

"엉뚱한 짓은."

나는 씩 웃고는 나무를 올랐다. 몸이 몹시도 가벼워 쑥쑥 올라가 가장 가까운 가지에 앉았다.

와. 역시.

2층에서 3층쯤 높이에서 보는 정원 풍경은 몹시 아름다웠다.

올라오길 잘했네. 건물 쪽을 바라보면 깨끗하게 닦인 유리창으로 분주하게 움직이는 이들이 보였다.

무릎을 달랑달랑 흔들었다.

솔솔 불어오는 바람이 기분 좋았다. 안 하던 짓을 해서 다행이란 생각이 들 정도로. 그렇게 정원을 찬찬히 보던 나는 어느 부분에서 멈칫했다.

'어라.'

눈을 크게 깜빡였다.

"……왜 붉은 장미가 저기에."

있는 거지?

쉬르멜라의 정원 한중간, 중앙에서 오른쪽으로 치우친 곳에는 붉은 장미로 가득했다. 아니, 오로지 붉은 장미로만 채워져 있다. 나는 표정을 굳혔다.

봄이었기에 장미가 있는 것은 이상하지 않으나…….

이 제국에서는 장미를 함부로 키울 수 없다는 법도가 있다. 특히나 저 색. 귀족 사이에선 세력을 상징한다.

"……분명 여긴 중립지역이랬는데."

현재 고위 귀족들이 모두 모이는 자리였다. 그런 곳이 정원에 붉은 장미를 키운다. 이는 하나밖에 없었다.

이곳이 리케도르안, 헤르님의 영역이 됐다는 것.

쉬르멜라가 헤르님의 밑으로 들어간 거다. 대체 언제? 분명 최근까지도 중립지역이라고 들었는데……. 내 일이 아님에도 절로 숨을 삼켰다.

이렇게나마 알게 된 리케도르안과 관련된 사실에 가슴이 쿵쿵 뛰었다. 설렌다기보다는 그가 정말로 이곳에 있다는 생각에서였다.

쏴아아아.

바람이 불었다. 나뭇가지가 흔들리며 잎그림자가 춤을 추었다. 이제 그만 내려가야 하나, 생각할 무렵 누군가가 나무 밑을 지나갔다.

키가 훌쩍 크고, 체격이 큰 남자. 무심코 시선을 주던 나는 눈을 크게 뜬다.

은발, 흩날리는 머리카락이 은발이었다.

"리……."

리케도르안?

황급히 입을 막았다. 그러나 소리는 이미 새어 나간 뒤였다.

아니, 은발이라고 다 리케도르안일 리 없잖아? 이렇게 생각하면서도 그 일지도 모른단 감이 치켜들었다. 그도 그럴 게 나는 이미 알고 있다. 모를 수가 없었다.

……난 이미 성장한 모습을 봤잖아.

나도 모르게 숨을 크게 들이켜 소리가 흘러나갔다. 아주 작은 소리였으나 남자는 기민하게 반응하더니, 그대로 걸음을 멈췄다.

남자가 천천히 고개를 들었다.

그리고 3년 만에, 푸른 눈을 마주했다. 정말로 리케도르안이었다.

"누구냐."

하나, 다시 마주한 두 눈은 얼어붙을 것처럼 차가웠다.

세상 모든 일은 필연이요, 우연이란 존재하지 않는다고 하지만, 설마하니 이런 식으로 재회하리라곤 생각지 못했다. 전혀 말이다. 무려 3년 만의 재회에서 숨 막히는 침묵이 흘렀다. 상상했던 것과는 전혀 다른 상황이었으니 평소 스스로를 꽤 뻔뻔하다 여긴 나조차 할 말을 고르지 못한 상태였다.

내가 한동안 대답하지 않자 리케도르안은 나름의 답을 내린 것 같았다. 나를 관찰하다 말고 눈을 좁히며 '하녀?' 하고 중얼거린 듯 했으니까.

그사이 그를 훔쳐볼 수 있었다.

그는 기억하는 것보다 더 커다란 키를 제외하면 완연히 성장한 그의 모습이었다. 3년 전 푸딩이를 통해 잠깐이나마 보았을 적 그때 는 어두운 감방에서 보아서였을까. 밝은 곳에서 보니 더욱 반짝이 는 은빛 머리카락이 도드라진다. 거기다 높고 길게 뻗은 콧날, 유려 한 턱선까지. 그렇지않아도 청초한데 성숙함까지 더해지니…… 위 험할 정도였다.

'……정말 잘 컸네.'

속으로 한숨을 흘렸다. 허. 침은 안 흘렸지? 난 괜히 손등으로 숨을 훔치는 척했다.

"하녀가 이런 곳에서 무얼 하는 거지?"

이 말엔 조금 당황했다. 으음, 원래 이렇게 차갑게 묻는 사람이 아니었는데, 역시 시간은 사람을 변하게 하는 걸까.

"죄송합니다. 날씨가 좋아서요."

눈을 슬쩍 굴리며 대답하려니 습관처럼 태평하고도 무심한 음성이 나왔다.

"산책하기 좋은 날씨라 그만."

그 말에 리케도르안이 눈썹을 살짝 찌푸렸다. 입술을 달싹이더니 더는 말을 잇지 않았다. 이대로 가버릴 법도 한데, 의외로 계속 이쪽을 올려다보고 있었다.

왜 안 가는 거지?

나야 그에게 볼일이 있는 처지에 그냥 가버려도 문제긴 하나 이렇게 쳐다보는 건 부담스럽달지.

"내려오지 않는 건가?"

내려간다. 생각하지 못한 문제였다. 나 하녀였지, 참? 하녀는 내려와서 인사를 해야 하는 것 아닐까. 이 생각에 미치는 순간 난감해졌다.

'지금 푸딩의 힘을 쓰고 있는데.'

앉아있는 곳은 높이가 있었다. 힘을 쓴 상태에서는 이 정도는 가볍게 뛰어내릴 수 있다. 문제는 평범한 하녀가 보이기엔 비범한 움직임이었다. 그렇다고 다른 방법으로 내려가자니 생각이 나지 않왔다.

……기어서 내려가야 하나? 그러나 이 또한 푸딩의 힘을 쓰는 동안엔 평범한 움직임은 안 나올 거다.

"……푸딩. 나 원래대로 돌려줘."

나는 안고 있던 푸딩의 귀에 작게 속삭였다. 몸에서 힘이 빠지는 것이 느껴졌다. 나는 그대로 꾸물꾸물 움직였다. 다행히 나무는 여기저기 잔가지가 많았고, 내가 밟고 온 자리도 얼추 보였다.

그래. 조금 아슬아슬하지만 저걸 밟고 어떻게든 내려가면 되지 않을까. 이렇게 시도한 나는 한걸음 시도 만에 내가 아주 잘못 생각했음을 깨달았다.

'더는 못 내려가겠어!'

팔이 부들부들 떨렸다. 이제 와 푸딩의 힘을 빌리기도 뭐 했다. 리케도르안의 시선은 여전히 등 뒤에 꽂혀 있었으니까. 흘끗 돌아보면 그는 차가운 표정으로 관찰 중이었다.

에잇, 그냥 뛰어내리자.

온 힘을 다한 덕에 반은 내려왔으니, 괜찮을 것 같았다. 그렇게 밑을 한번 보고는 눈 딱 감고 뛰어내렸을 때였다.

"으아!"

생각보다 더 높잖아! 속으로 비명을 지르는데, 허리로 단단한 것이 감겼다. 내가 숨을 힉, 몰아쉬며 눈을 뜨면 바로 앞에 새하얀 낯이 있었다. 잘 빠진 콧날과 입술, 섬세하다 싶을 만큼 촘촘한 속눈썹이 깜빡 움직였다. 리케도르안은 나를 시리고도 무심한 시선으로 보더니 그대로 내려놓았다.

"부주의하군."

얼음을 갈아 넣은 듯 서늘한 음성에 찔려 시선이 괜히 하강곡선을 그렸다.

'음, 역시 아니구나.'

사실 그가 더는 내가 아는 모습이 아니라는 자각이 그에게 안긴 충격보다 더욱 컸다. 하기야 여기서 서운해 하는 건 양심이 없는 짓이다. 그러거나 말거나 리케도르안은 날 내려놓은 그대로 돌아서서 갈 뿐이었다.

"자, 잠시만요. 대공님!"

나는 황급히 뛰어서 리케도르안의 앞에 섰다. 그는 미려한 미간을 미미하게 찌푸렸다. 당장 '뭐지?' 하고 묻는 눈에 나는 어색하게 미소를 지었다. 그러고는 냅다 푸딩이를 들어 그의 얼굴에 내밀었다.

"뭐 하는 건가?"

"저기……."

나는 침을 꿀꺽 삼키며 말했다.

"느껴지는 것 없으세요?"

냥?

어째서인지 푸딩이도 내게 말을 걸지 않고 냥, 한 번 울었다. 너도 긴장한 거냐. 리케도르안은 이해할 수 없다는 듯 나와 푸딩이를 번갈아 보았다.

"……난 고양이를 좋아하지 않는다."

대답은 그뿐이었다. 그는 그대로 자리를 떠나버렸다.

"아가씨, 왜 이불을 계속 거더차고 있나?"

마쉬멜의 방 안, 이불 밖으로 조그만 흑마법사님의 목소리가 둥둥 울렸다. 나는 이불 밖으로 고개를 슬쩍 내밀었다. 아니나 다를까 나를 한심하게 바라보는 얼굴이 있었다.

"왜 그로냐고!"

리케도르안과 재회한 지 반나절, 저녁이 될 때까지 이러고 있는 나를 이해하지 못한 시선이었다.

"이유라도 말해죠야 알지 않겠나, 왜 구래?"

"……혼자 있고 싶네요."

"요긴 내 방이야."

알고 있다. 내 얼굴에 걸린 마법이 언제 풀릴지 몰라 방을 같이 쓰기로 했으니까. 말이 같이 쓴다지 저쪽은 따로 내준 서재에서 자고 온대나. 쓸데없이 매너가 좋았다. 아무나 붙잡아 물어봐야 6살짜리 흑마법사님을 흑심 있는 남정네로 보진 않을 텐데.

'본다면 성적 기호에 큰 문제가 있는 거고.'

마쉬멜이 고개를 갸웃했다.

"왜 아까부터 유룡 본 얼굴을 하고 이쩌?"

"유령이겠죠, 아니에요……."

나는 그대로 다시 드러누웠다.

머릿속은 리케도르안과 만났던 순간을 재생했다. 리케도르안과 마주치고 나서야 문득 든 생각인데. 나는 그저 그에게 푸딩을 넘기는 것만 생각했다. 딱 거기까지만 생각했는데…….

'생각해보니, 푸딩이 뭔지 알게 되면, 내 정체도 알게 되는 거잖아.'

푸딩을 빼앗고, 봉인한 사람은 체이서다. 내게서 체이서를 떠올리지 않을 리가 없다. 내가 감방에서 만난 이아나라는 걸 알게 되는 것과는 별개로…… 리케도르안의 손에 처단될지도 모를 상황이다.

물론 이아나라는 걸 밝혀도 문제다. 내가 체이서의 동생임을 아는 건 시간문제일 테니까.

'그냥 눈 딱 감고 던져주고 올까.'

거기다 감방을 나왔다는 건 목의 구속구도 풀었다는 거고, 그걸 풀었다는 건…… '동반자'를 만났다는 소리다.

잘 흘러갈지 걱정했는데, 무사히 원작대로 흐른 건가.

여주인공을 풀어줄 때만 해도 내 미래는 괜찮을까. 걱정을 조금 했었는데 말이다. 일단 괜히 밀려오는 씁쓸함을 참고, 그에게 체이서의 끄나풀이란 오해를 받지 않으면서 푸딩만 던져주고 오는 방법을 찾아보자.

'그냥 하녀인줄 알 때 던져버리고 튈까?'

그리고 푸딩이는 리케도르안과 둘이 남고 나서야 제 진짜 모습을 드러내는 거다. 그때 가서야 내 정체를 알아도 이미 나는 도뮬릿으로 돌아온 뒷일 테니. 상관없었다.

'근데, 왜 얘는 아까부터 말이 없지?'

푸딩이 조금 이상했다. 이전 같았으면 꼬리로 나를 퍽퍽 치며 한심한 꼴은 그만 보여라, 마쉬멜과 자주 보더니 말투가 옮아 그 채로 잔소리를 했을 텐데.

푸딩은 고양이 모습 그대로 내 옆에 등을 보이고 누워 있었다. 나는 손가락으로 툭 등을 건드렸다.

"푸딩."

콕.

"야."

콕.

-하지 마라 인간, 냥.

탁. 꼬리가 침대 바닥을 두 번 두드렸다. 심기가 불편하다는 얘기였다.

"너 왜 그래? 어디 아파?"

나는 그제야 상체를 들어 올렸다. 마쉬멜은 저 인간이 또 그러려니 하는 눈으로 자리를 피해주었다. 저녁이라 자러 갈 모양이었다.

-이상하다, 인간. 이상해, 냥.

"뭐가?"

나는 마쉬멜이 문을 꼭 닫고 나간 것까지 확인하고서 눈을 돌렸다.

-인간, 그 인간이 진짜 헤르님의 후계자가 맞냐?

뭐? 나는 눈을 깜빡였다. 이건 또 무슨 소리야. 너무 이상한 얘기를 들었더니 대번에 이해가 되지 않았다.

"당연하지?"

리케도르안은 틀림없는 헤르님의 후계자였다.

"왜 그래?"

-후계자가 아닌 것 같아.

"뭐? 어째서? 뭘 근거로?"

푸딩이 이제 숫제 몸을 휙 돌려서 내게 마구 파고들었다. 이전 종종 겁을 먹을 때면 내게 하던 행동이었다. 꼬리가 내 손을 휘감았다.

-그 인간…… '완성'을 했다, 냥.

각성이라니.

"그거 '동반자'를 만나면 하는 거?"

-아니다. 그것을 말하는 게 아니다. 나를 만나야 가능한 걸 말하는 거다. 후계자는 나와 한 몸이 되어야 완전해진단 말이다. 냥!

귀를 잔뜩 구긴 채 푸딩이 파르르 떨었다.

-있을 수 없는 일이다, 냥.

들릴 듯 말 듯 작은 음성이 새어 나왔다.

-후계자가 나 없이 완성됐다. 나 없이도 완전해졌다는 말이다, 냥!

나는 아무 말도 할 수 없었다. 내가 아는 분야면 조언이라도 해볼 텐데 내가 무어라 할 수 있는 것이 없었다.

"정말 리케도르안이 후계자인지 느끼지 못한 거야?"

─사실은…… 느꼈다, 냥. 하지만 각성한 것을 느끼고 무서워졌다, 냥.

푸딩은 미지의 상황에 겁을 잔뜩 먹은 듯했다.

"네가 잘못 안 걸 수도 있지 않을까? 그리고 네가 없어도 괜찮은 건 아닐 거야."

나는 천천히 감방에서의 리케도르안 모습을 떠올렸다. 그때도 그는 성인의 모습을 보였다. 거기다 신체 능력이 우월했고, 감방에서 달릴 때는 힘을 쓰기도 했다.

나를 훌쩍 들어올릴 때는 또 얼마나 힘이 셌……. 큼큼.

만약 힘을 쓰는 데 각성이란 게 필요했다면 푸딩이 없는 그는 불가했을 일이었다.

그래. 그럼에도 성장한 모습을 보였었지.

'제이르가 마법을 쓴 것과 관련 있는 건 아닐까?'

오히려 푸딩의 이야기를 듣고 나니 염려가 들었다. 그때도 그는…… 성장한 모습을 겪거나 힘을 쓴 뒤에 크게 앓았다.

열에 달뜬 그를 보며 이러다 숨넘어가는 건 아닌가 걱정할 때도 있었다. 만약 지금의 모습이 구속구를 벗고, 각성하는 데에 푸딩이 없어 부작용을 겪어서 나타난 거라면, 적어도 이건 그저 열병에 시달리는 걸로는 끝나지 않을 부작용일지도 모른다.

어쩌면 훗날 생명에 큰 위협이 되는 건 아닐까?

나는 다급하게 속삭였다.

"아냐, 리케도르안에겐 네가 꼭 필요해."

나는 내가 본 장미 셋을 생각했다. 다들 공통적으로 제 수호신을 오래 떼어놓지 않았다.

"내가 보증해."

체이서의 수호신들도 간간이 내게 놀러 오는 것을 제외하면, 항상 그의 곁에 머물렀다. 리케도르안이라고 다르지 않을 터였다.

적어도 그것이 당연한 관계인 거다.

"일단 다시 확인해보자."

쉬르멜라 회의는 총 3일에 걸쳐서 열린다. 그리고 3일의 마지막에는 작은 연회가 열리고, 그길로 파하고 다시 흩어진다.

오늘이 지나면 이틀이 남은 셈이었다. 적어도 리케도르안에겐 푸딩이 제 수호신임을 당장 티 내지 않으며, 푸딩을 완전히 넘기는 방법.

그럼 첫마디를 뭐라고 해야 하는 걸까.

"고양이 키울 생각 없으세요?"

그 말을 했을 때, 리케도르안은 황당하다는 눈이었다.

그래, 감히 하녀가 대뜸 이런 말을 하다니 당황스럽기도 하겠지. 물론 나도 당황스러웠다. 그를 바로 만날 거라고 생각하지 못했기 때문이었다.

푸딩과 이야길 나누고 어서 넘겨주어야 한다고 생각했다. 그런데 생각해보니 만날 길이 없는 거다!

마쉬멜은 내가 바람 좀 쐬겠다고 고집부린 거라 생각한다. 그래서 자유롭게 두는 데다 하녀로 위장까지 해줘서 눈에 띄지 않는 건 좋은데, 대신에 행동의 제약이 생겼달까.

고심 끝에 다음 날 혹시나 싶은 마음에 비슷한 시간에 어제 그 장소로 찾아갔는데, 거짓말처럼 그가 서 있었다.

기적 같은 우연이 아닌가.

심지어 호위나 보좌도 없이 혼자였다. 대공님이 이쪽 산책길을 좋아하신 거라면 나야 매우 고마운 일이었다.

"……고양이를 좋아하지 않는다고 한 것 같은데."

그가 떨떠름하게 대답했다. 무슨 하녀가 이딴 걸 묻느냐, 따지지 않아서 다행이긴 한데. 나도 할 말이 요원해졌다.

"그럼 동물을 안 좋아하세요?"

푸딩이 변형도 가능하니까 기호만 알면 되지 않을까.

"좋아하는 편은 아니다. 그런데 하녀가 왜 내게 이런 걸 묻는 거지?"

"……죄송합니다."

입장을 바꿔도 궁금하긴 할 것 같다. 대뜸 만난 하녀가 고양이 키울 생각 없냐니.

"혹시 네 주인의 질문인가. 넌 어디의 하녀지?"

이럴 수가. 난감한 질문이 돌아왔다. 생각 없이 도뮬릿 하고 말하려던 입을 탓했다.

"비밀입니다."

대신 엉뚱한 말을 지껄이면서 잠시 망했구나 생각했다.

"고양이에 대한 건 개인적으로 궁금했습니다."

감히 대공을 이렇게 대하는 하녀가 어딨어. 이건 네 뺨을 때린 건 네가 처음이야에서, '네가'를 맡은 여주인공급 무례함이었다.

······이래서 사람은 안 하던 짓을 하면 안 되는 거야.

나는 급속도로 식은 리케도르안의 시선을 느끼며 자기반성의 시간을 가졌다. 솔직하게 말하자면 나도 피해자인데, 괜한 연대책임을 지고 있는 거 아니냐? 체이서가 저지른 똥인데 말이다.

그렇다고 리케도르안을 죽게 둘 수는 없으니까.

푸딩이는 리케도르안이 홀로 각성했다고 하지만, 푸딩을 3년 안에 다시 데려가지 않으면 죽을지도 모른단 전제에서 벗어났을 진 알 수 없었다. 아마, 벗어나지 않았을 거란 게 내 생각이고.

그런데 막상 무작정 넘겨주겠다고 이러고 있으니 이른바 현타라는 감정이 찾아와 나도 모르게 느린 한숨을 쉬었다.

"무례를 범해 죄송합니다, 대공님."

허리를 푹 숙였다. 어쨌거나 수습은 해야지.

"실은······ 하녀들 사이에 대공님을 추종하는 작은 모임이 있습니다."

오래전 팔라디스 아저씨가 떠벌떠벌 조언하던 것 중 하나를 떠올렸다. 대개가 사기 치는 것에 관한 조언이었다.

"제가 그중 하나이고, 대공 각하의 취향이 너무 궁금한 나머지 감히 신분도 잊고 무례를 저질렀습니다. 용서해주세요. 어떤 벌이라도 달게 받겠습니다."

아저씨 말이, 사람은 사람 사이에 숨기라 했다.

그 말인즉, 내 생각을 내 생각이 아니라 수많은 이들의 생각으로 만들어서 상대가 이상함을 느끼게 하지 마라. 뭐 이런 말인데.

사실 뭐 틀린 말도 아니다.

말이 추종자지, 내가 아는 말로는 팬클럽이고, 굳이 따지자면 나도 리케도르안을 좋아한다.

특히 얼굴, 그중에서도 우는 얼굴을 좋아했지.

"……고개를 들어라."

고개를 숙인 채 들으니, 그의 목소리가 많이 낮아졌구나 싶었다. 머리를 들면 이제는 아주 높아진 시선이 느껴졌다.

다리 참 기네.

"무엇이 궁금하지?"

"……네?"

난 감상에 잠기다 말고 얼떨떨하게 반문했다. 그러다 리케도르안이 인상 쓰는 것을 보고 황급히 표정을 바로 했다.

"어, 죄송합니다. 제가 혹시 잘못들."

"들은 게 아니다."

리케도르안이 눈을 좁히며 말했다.

"보통 때라면 한가로운 잡담에 어울려줄 시간이 없다 딱 자르겠지만. 나도 궁금한 것이 생겼으니까."

"……제게요?"

물어볼 거라니. 그 순간 아닐 거라 생각하면서도 등줄기가 오싹했다.

'들킨 건 아닐 텐데.'

푸딩을 슬쩍 내려다보자, 푸딩은 이제 아예 외면하기로 했는지 리케도르안 쪽은 쳐다보지도 않고 있었다.

"넌 타 가문에서 온 하녀겠지?"

"네? 네……. 맞습니다."

그는 어째서인지 생각에 잠긴 얼굴이었다. 서늘함이라. 이전의 리케도르안에게 가장 어울리지 않던 것이 매달려 있었다.

순진했던 모습이 사라진 뒤에는 서릿발 같은 차가움뿐이었다. 이전에는 느끼지 못했지만 그가 가진 색들이 이런 분위기를 더욱 크게 부각시키는 것 같았다.

"그리고 웬만해선 나와 다시 마주할 일이 없겠지."

그의 얼굴에 스쳐 가던 망설임이 완전히 사라졌다. 리케도르안은 고개를 기울인 채 입술을 쓸었다.

"그럼……하나 해주면."

"……네? 죄송합니다. 들리지 않아서."

중간에 너무 작아지는 바람에 못 들었다. 뭐라고 한 거지?

"……상담 하나를 해주면, 네 부탁을 들어주겠다고 했어."

그의 말이 썩둑 짧아졌다. 묘하게 예전이 생각나는 말투라 나도 모르게 움찔했다. 아니, 당장 이런 것은 상관없는데. 부탁? 그가 하녀에게 말인가?

"제게 부탁씩이나 한단 말씀이신가요?"

"그래, 넌 내게 원하는 게 있는 것 같은데."

그건 그랬다. 나는 슬쩍 푸딩과 리케도르안의 가슴을 번갈아 보다 작게 끄덕였다.

"있습니다."

"그래, 그럼 교환하지."

나는 뭔가 이상하다 싶으면서도 그의 제안을 받아들였다. 급한 건 내 쪽인 데다 손해 볼 게 없었으니까.

그나저나 대공씩이나 되는 사람이 이름 모를 하녀에게 할 상담이란 게 뭐지? 설마 안심시킨 척 데려가서 쥐도 새도 모르게 죽이려는 건 아니겠지. 체이서의 옆에서 잘못 길이 든 상상이 마구 뻗어 나갔다.

"……한데, 제가 들을 상담이란 게 뭘까요? 미리 여쭤도 될는지요."

궁금하면 솔직하게 물어보는 게 낫겠지. 너무 직구였나? 다행시럽게도 그는 기분 나쁜 기색이 아니었다. 오히려 승낙하듯 고개를 작게 끄덕이더니 잠시 말이 없었다. 제가 제안했으면서도 망설이는 것 같았다.

"내가 오래 전 알던 사람이 하나 있는데…… 그 사람이 내게 남긴 질문이거든. 이 질문에 답을 해주면 좋겠다."

왤까. 기시감이 들었다.

"몇 년간 고민했지만 답을 내리지 못해서, 몹시 궁금하던 차야."

"왜 그걸 제가……."

"네게서 비슷한 느낌이 나니까."

그 순간 리케도르안의 눈빛이 변했다. 날카롭게 벼려져 짐승같이 사나운 시선이 빠르게 스쳐 지나갔다.

흠칫 놀라 뒤로 물러나기도 전에, 그의 얼굴이 앞에 있었다. 리케도르안은 너무 가까워지지 않은 채로 고개를 내 어깨와 목 사이에 가져다 댔다.

"……분명 냄새는 다른데 왜일까."

그러고는 나른하게 중얼거렸다.

"그 느낌이 드는지."

꿀꺽. 목울대가 넘어간다. 어찌 말하면 좋을지 알 수 없었다. 눈치 챘나? 아니. 아니다. 저 눈과 얼굴에서 알아챈 기색은 보이지 않았다. 화가 났다거나, 놀랍다거나, 당혹스러워한다거나. 그런 느낌은 전혀 들지 않았으니까.

나도 모르게 뺨을 더듬었다. 푸딩의 마법은 감쪽 같았다. 다른 건 몰라도 흑마법에선 체이서가 칭찬을 건넬 정도로 대단한 사람이었다.

'얼굴은 감쪽같이 변했는데.'

그럼 대체 무슨 의도로 이런 말을 한 거지?

"왜 말이 없지?"

아. 나는 퍼뜩 어깨를 떨었다. 어느새 제자리로 돌아온 리케도르

안이 보였다. 나쁜 얘기는 아닐 텐데. 이리 말하는 그는 대수로울 것 없는 얼굴이었다.

"아, 네, 네. 좋아요."

그의 말대로 내게 나쁠 것 없는 이야기였다.

좀 의문스러워서 그렇지. 나지막하게 영광입니다, 하고 덧붙였다.

"그럼 내일 저녁에 이곳에서 다시 보지."

리케도르안이 장소와 시간을 말하기에 얼떨떨하게 끄덕였다.

지금 바로 이야기하는 것이 아니었어? 내 이런 생각을 알아차렸는지 리케도르안이 무심히 덧붙였다.

"회의 시간이 다 됐으니."

아. 그러고 보니, 마쉬멜도 회의 시간 운운하긴 했다. 이 시간엔 체이서도 회의실에 있을 테니 되도록…… 이 시간에 돌아다니라나. 아닌 척하면서 이것저것 잘 챙겨주는 조그만 마법사님이었다. 떽떽거리는 마쉬멜을 떠올리다 말고 나는 손을 말아쥐고 웃었다. 그러다 시선을 들어 올렸다.

그럼 리케도르안도 슬슬 돌아갈 시간이란 건데.

왜 자꾸 빤히 보는지 모르겠다.

마법 지금 제대로 발휘되고 있는지 맞지? 내 얼굴 보이나, 얘?

리케도르안을 얼른 보내기 위해서라도 얼른 대답이나 하자 싶었다.

"네, 알겠습니다."

한편으로 리케도르안은 회의실에서 체이서와 보게 되는 건가 싶기도 했다. 다들 막 도착한 어제는 가벼운 만찬만 했다고 들었으니까.

〈분위기가 엉망이어따.〉

그것도 리케도르안은 참석하지 않았다고, 마쉬멜의 투덜거림으로 알았다. 여기가 리케도르안의 영역이 된 거라면 여러모로 피 튀는 회의이겠구나 싶었다.

쏴아아아. 바람이 부는 아래 귀를 매만지며 고개를 아래로 떨어트렸다.

나야, 내 일만 하고 돌아가면 되니까.

그사이 리케도르안의 발이 천천히 움직였다. 이제 가려는 모양이었다. 망토가 휙 흔들리고, 돌아서려는 그가 멈춘 것은 그 순간이었다. 그는 어째서 반쯤 몸을 돌린 상태에서 나를 다시 담았다.

"너."

내게 휙, 휙 휘어지던 눈이 차가운 낯을 한 채 보는 건 역시나 적응이 되지 않았다.

"이름이 뭐지?"

리케도르안의 질문에 눈을 깜빡였다. 그러다 고개를 숙이며 대꾸했다.

"베로니카입니다."

리케도르안은 이름을 듣고서 기분이 살짝 나빠진 기색이었다. 미간의 못 보던 주름이 생겼으니까.

왜 기분 나빠한 거지? 물을 새도 없이 사라진 그에게 물을 시간은 없었다.

━━━◦⁓◦━━━

쉬르멜라에서 사흘째. 리케도르안이 말한 상담 시간은 생각보다 아주 빠르게 다가왔다.

〈아가씨, 산책운 다 했냐?〉

마쉬멜은 어제 낮부터 방 안에만 콕 박혀 있는 나를 보며 의아해했지만 한편으론 만족하는 기색이었다.

그저 금방 싫증을 냈겠구나, 여기는 얼굴이었다.

실제로 그와 공부하며 종종 있던 일이기도 했다. 나는 그가 가르치는 것에 흥미를 드러냈다가도 금세 잃었으니까. 이처럼 그는 내 스승이나 다름없었기에 말이 짧은 것이기도 했다. 체이서도 허락한 일이다.

어린아이한테 극존칭을 받는 건 묘한 느낌이라 내가 먼저 청한 일이기도 했고.

어쨌거나 나는 그동안 리케도르안에게 넘길 방법을 강구하느라 바빴지만 정신만 바빴던 게 아니다. 오늘은 하녀들 사이에 끼어 일을 도왔다. 방 안에만 있으려니 좀이 쑤시기도 했고.

누가 일손이 부족해 도와달라 찾아온 거기도 했다.

"어머나, 너 손끝이 꽤 야무지다, 얘."

"그래요? 감사합니다."

잠깐 일하면서 느낀 건 의외로 집안일이 적성에 맞다는 거였다. 돌아가면 전직할까. 엉뚱한 생각을 하며 동료를 따라 자리에서 일어났다.

이건 오늘 파티에서 쓰일 냅킨을 접는 일이었고, 이 냅킨을 옮길 거라나. 그래도 나름 평화롭게 돌아가네. 딱 그 생각을 했을 즈음. 일이 터지고 말았다.

쾅!

꺄악! 하녀 중 누군가 작게 비명을 질렀다. 애써 참았는지 반 토막 난 비명이었다. 눈앞에 벌어진 일에 나는 눈을 크게 깜빡였다. 놀란 건 동료뿐 아니라 나도 마찬가지라 심장이 콩콩 뛰었다.

여긴 십자로 교차 된 복도로 여기서는 저쪽 복도가 한눈에 보였다. 그리고 내가 서 있는 복도에서 멀지 않은 끝에서 먼지 바람이 폴폴 인다. 바람이 가라앉은 사이엔…….

부서져 내린 벽이 보였다.

"끄으으……."

그리고 그 아래서 웬 사내가 신음하고 있었다. 자세히 보니 눈처럼 새하얀 은빛 갑주를 가슴에 걸친 기사인 듯했다.

갑주에 새겨진 붉은 장미를 본 순간, 나는 침을 꿀꺽 삼켰다.

이는 먼지 너머로 고요히 서 있는 리케도르안을 봐서이기도 했다.

그리고 그의 맞은편에는 그와 견주어도 지지 않을 체구의 남자가 서 있었다. 늘씬한 실루엣을 알아보지 못할 리 없었다.

체이서였다.

두 사람 간에는 무거운 침묵이 흘렀다. 느릿한 시선으로 바닥을 훑던 체이서가 침묵을 거두고 작게 웃었다.

"이런, 실수."

그는 검은 장갑을 낀 손을 심드렁하게 탁탁, 털었다. 표정을 보아선 보란 듯이 저런 거다.

"내 갈 길을, 그대 부하가 막아서 이 사달을 만드니."

체이서는 손으로도 모자라 구두 앞굽을 툭, 바닥에 내려놓았다.

"너무나 충성스러운 부하를 키우고 있군. 대공."

리케도르안이 찡그린 채로 미소했다. 차디찬 낯이었다.

"사달?"

고개를 좌우로 흔드는 행동에서 금방이라도 달려갈 듯한 기세가 엿보였다.

"남의 저택 세간을 부수고, 애꿎은 기사를 잡다 팬 공작의 변명치고는 대단히 조잡한데. 변명은 그게 단가?"

"아아."

체이서가 빙긋 웃었다. 내게 하듯 다정한 웃음은 아니었다.

"그대는 기사의 입단속을 시키는 게 좋겠다 싶어."

그의 붉은 눈은 여유로운 듯 낮게 가라앉아 있었으니.

"그건 내 기사에게 직접 듣지."

리케도르안은 일견 성자 같은 얼굴로 삐뚜름하게 미소를 걸더니, 그대로 걸음을 옮겼다.

"도튤릿 공작의 심기를 거스르다니 기특하여 어떤 치하를 해주면 좋을지 모르겠다고."

그 순간이었다.

쾅!

순식간에 사라진 리케도르안이 체이서의 옆에서 나타났다.

"이런, 그런 게 궁금하면 내게 물어주지 그러나?"

체이서가 든 책이 무언가를 튕겨냈다. 놀랍게도 떨어진 건 꽃잎이었다. 칼날처럼 빳빳해진 꽃잎.

"그대 기사가 불경한 시선으로 보지 않던가, 헤르님 공작? 따끔한 교육이 필요하겠다 싶었어."

리케도르안은 옆을 보는가 싶더니, 빠악. 살벌한 소리가 들려왔다. 동시에 나가떨어지는 인영이 보였다. 곰 같은 덩치의 커다란 기사였다. 그런 이가 리케도르안의 가벼운 검짓 한 번에 날아간 것이다.

"그것 참 고맙군."

리케도르안은 자세를 살짝 낮춘 그대로 웃었다.

"겸사겸사, 그대의 어깨에 먼지가 앉았기에. 필요 없는 어깨인가 싶어, 치워 주려 하는데."

체이서를 바라보는 리케도르안의 눈은 차가운 불 같았다.

"쓸모없는 짓만 하는 팔 같으니, 언제든 필요 없어지면 말해주게. 도튤릿."

푸르게 타고 있지만, 그 어느 것보다도 뜨거운.

"그대 부친처럼 세상에서 없애주지."

체이서는 리케도르안의 검을 막아낸 얇은 막 안에서 여유롭게 마주했다.

"내 사지까지 챙겨주니 그저 고마운 마음이군. 난 또, 그대를 오해할 뻔하지 않았어."

측근이 나가떨어졌음에도 체이서의 음성은 너그럽기만 했다.

"놀라울 만큼 깔끔한 기습에 쥐새끼도 이러지 않겠다, 싶을 만치 치졸한 인사인가. 의문을 가졌잖나."

아울러 친우에게 하듯이 친근했다.

"하기야 하도 조용히 일을 처리하니. 쥐도 새도 모르게 쉬르멜라의 주인이 바뀐 것처럼 말이지."

리케도르안은 비웃음을 돌려줄 뿐이었다.

"우습군. 내 것을 드러내는 게 무엇이 문제지?"

어느 쪽도 물러나지 않는 상황이었다.

'워. 살벌하네.'

한 치의 물러섬도 없는 팽팽한 상황에서 돌연 움직인 건 체이서였다. 체이서는 나긋한 웃음으로 자신의 어깨를 툭툭 터는 것으로 모자라 그대로 돌아섰다.

돌아섰······ 이쪽으로 오잖아?

하필 체이서와 거리가 멀지 않았다. 여기서 허둥지둥 움직이는 건 오히려 눈에 띌 듯했다.

'마쉬멜이 절대 눈에 띄지 말랬는데.'

제 주인이라면 내가 개미 새끼가 되어서 지나가도 잡아 올 거라
며. 가만 보면 체이서를 지나치게 고평가하는 말이지만 일부는 동
의했다. 흘끗 곁눈질하니, 동료 하녀는 허리를 깊게 조아리고 있었
다. 주변 시중인들 또한 마찬가지였다.

나는 허겁지겁 그들의 행동을 따라 했다.

저벅저벅.

검은 구두가 시야에 들어왔다. 지나가는 걸음이 우아하고 매끄럽
기 그지없었다.

지나가라. 지나가라. 얼른 지나가라…….

하나 곧 등줄기로 싸늘한 식은땀이 흘렀다.

우뚝.

마침내 내 앞을 지나갈 때 검은 구두가 멈췄기 때문이었다.

"흐음."

머리 위에서 익숙하리만치 선명한 소리가 들렸다. 손바닥이 축축
해졌다.

'아직 푸딩을 넘겨주지 못했는데.'

들킬 것이 걱정되는 건 들키는 순간 일어나는 일을 너무나 잘 알
아서였다.

'강제 송환이겠지.'

그리고 앞으로는 마쉬멜도 보지 못하게 될지도 모르지만 이는 시
간이 지나면 바꿀 수 있으니 괜찮다.

푸딩을, 리케도르안의 수호신을 돌려주지 못했다. 채 이루지 못

한 목표가 눈앞에서 아른거렸다.

그사이 체이서 손을 뻗었다.

"고개 들어볼래요?"

나긋나긋한 목소리였다. 하나 내게 하듯이 다정한 음색은 아니었다. 여기에 가능성을 느끼며, 머리를 들어 올렸다. 그러고는 가슴 즈음에서 시선을 멈췄다.

"더."

하나 체이서는 이런 나를 그냥 두지 않았다.

"더 들어요."

결국 숨을 삼키며 고개를 완전히 들었다.

마주한 시선은 잔잔한 웃음을 띠고 있었다. 배불리 사냥하고 만족스럽게 늘어진 짐승의 형상이 그의 뒤로 어른거리는 듯했다.

"혹시 어디 소속이지?"

나도 모르게 내 옷을 내려다봤다. 살짝 회색빛 도는 검은 옷이 이렇게 반가울 데가 없었다.

〈어머, 어떡해! 미안해!〉

한 시간 전. 물동이를 이고 가던 하녀의 실수로 옷이 흠뻑 젖어, 이곳의 옷을 임시로 빌렸던 참이었다.

운이 이렇게도 따르는구나.

"보, 보시다시피……."

나는 일부러 말을 떨 듯 더듬었다. 체이서, 나 아니야. 시위하듯이.

"아, 쉬르멜라 소속."

체이서 또한 한눈에 알아본 듯했다.

내가 보기엔 가문마다 입는 하녀복이 비슷비슷한데, 어찌 알아보는지 모를 일이었다.

"흐으음, 참 이상하네. 낯선 여인에게서 반가운 기분이 드니."

체이서가 손끝으로 제 턱을 비비적 문질렀다.

"첫눈에 반한 건가?"

옆에서 누군가 헉, 숨을 삼켰다.

"아니면 이것도 연인가?"

나는 내밀어진 손을 얼떨떨하게 바라봤다. 손을 달라는 건가? 내가 머뭇, 망설이면서 손을 주자 체이서는 손등에 입을 맞췄다. 내게 하듯 손끝에 진득하게 남기는 방식은 아니었다.

그러나 그럼에도 이상한 생각이 들긴 했다. 이건 절대 그냥 하는 인사가 아니었으니까.

"혹시 그대 저택을 옮길 생각은 없나? 도퓰릿은 좋은 곳이지."

……얘 지금 나 꼬시나?

내가 실제 쉬르멜라의 하녀였다면 씨알도 안 먹힐 소리였다.

도퓰릿의 악행은 시중인들 사이에 자자하게 퍼져 있었으니까.

"이런, 농이야."

체이서는 그리 말하고는 내 손을 놓아주었다. 자유로워진 손에 안심했다.

"하지만 생각이 있다면, 이 밤이 지나기 전에 내 소속 기사에게 말하도록."

체이서는 붉은 입술을 끌어올리더니 휙 고개를 기울여 귀로 속삭였다.

"내 방에 직접 찾아와도 괜찮고."

고개를 숙였다뿐이지 주변 이들에게도 전부 들렸을 것이다. 목소리를 전혀 낮추지 않았으니까.

체이서가 그대로 물러났다. 체이서가 멀어지자마자, 동료 하녀가 고개를 들어 웬일이니! 하고 말하며 내 어깨를 퍽퍽 두드렸다. 그녀의 얼굴은 새빨개진 채였다.

"공작님 목소리 너무 좋으시다. 세상에."

동료의 입은 조잘조잘 멈출 줄 몰랐다.

"이런 쪽에는 관심 없으신 분인 줄 알았는데……. 어머어머! 조금 전 목소리 들었니? 얘, 갈 거야? 응?"

"아야, 아야, 아파요."

만난 지 채 3시간도 되지 않았건만 과하게 친화력이 좋은 사람이었다. 감방의 샐리가 생각나기도 하고……. 나도 여러모로 나쁘진 않았지만.

어깨는 좀 아팠다.

"왜! 도튤릿 공작님, 여인에게 관심 주지 않으시기로 유명하잖니!"

그 체이서가 말이지. 참 아이러니하게도 세상 사람 모두 홀릴 것처럼 생겼으면서 여인에게 시선 한 번 준 적이 없단다.

그토록 많은 염문은 모조리 상대의 짝사랑이었다나. 심지어 남자도 있었댔지. 분명 책 속에서는 방탕한 이랬는데, 참 신기한 점이었다.

"어쩔 거야? 어쩔 거니, 응?"

"어쩔 거냐고 하셔도……."

내일이면 도뮬릿으로 돌아갈 텐데요. 돌아가면 실컷 볼 인간이었다. 그럼에도 하녀는 신분 상승이 따로 있겠냐며 성화였지만.

"그냥."

해프닝으로, 그리 말하려다 말고 멈칫했다.

따가운 시선이 느껴졌다. 고개를 돌리면……. 복도 끝에 한 인영이 남아 있었다.

리케도르안이 이쪽을 보고 있었다.

그것도 아주 무서운 얼굴로.

"너 어디 소속이지?"

나는 질문에 고개를 돌렸다.

그곳에는 깜깜한 밤을 배경으로 선 남자가 보였다.

바람에 흩날리는 은색 머리칼은 이 밤에 더없이 잘 어우러졌다. 은빛 별마저도 그를 위한 장식 같았다.

나는 대답을 잠시 유보하고, 주변을 흘끗 보았다.

현재 이곳은 풀벌레 소리가 들려오는 고요한 정원이었다. 나는 대답을 유보하는 대신 머릿속으로 시산을 가늠했다. 어쩌다 이렇게 시간이 후다닥 지나갔더라.

아, 그래. 냅킨을 가져다주는 것을 끝으로 하녀의 업무가 모두 끝나고 돌아왔지. 마쉬멜이 기다릴 걸 생각해 하녀들이 비번끼리 술이나 한 잔 하자는 것을 거절하고 방으로 돌아와 인사했다.

그리고 시간이 순식간에 흘렀다.

리케도르안이 만나자고 한 시간은 금방 다가왔단 말이다. 그리고 그가 제안한 시간은……. 저녁.

"저, 파티에 가지 않으셔도 괜찮으신가요?"

파티가 한창일 시간이었다.

리케도르안은 나를 흘끗 보더니 찬 얼굴로 뱉었다.

"내가 먼저 물은 것 같은데."

어째 어제보다도 더욱 차디찬 느낌이다. 재회하고서 내내 냉정하긴 했는데…….

"아, 죄송합니다."

"양 일간에 네 몸에 걸친 하녀복의 형태가 달랐지."

어째서 이 시간에 약속을 잡은 건지 몰라도 파티에 갈 생각은 있었던 듯 그는 멋들어진 제복 차림이었다.

거, 참. 잘 컸네.

딱 떨어진 어깨선을 보며 괜히 흐뭇한 기분을 숨기지 못했다.

나는 품 안의 푸딩을 꼬옥 안았다. 오늘도 회색 고양이 모습인 푸딩은 아무 말이 없었다. 그저 의미 없이 냥냥 울 뿐이었다. 고민하다 리케도르안이 궁금해하는 답변을 주었다.

"아, 쉬르멜라 소속은 아니에요. 오늘은 동료가 실수로 물을 쏟아서, 빌린 옷이었거든요."

나는 소매를 팔랑 흔들어 보였다. 아무래도 이쪽은 체이서처럼 저택별 하녀 옷까지 술술 외우는 타입은 아닌 모양이었다.

하기야 책 속에서도 두 남자 주인공은 극과 극의 대비를 이루었다. 체이서가 음모, 계략, 흑막 등 온갖 암공작에 능하고 치중했다면, 남자주인공 리케도르안은 정의의 주인공답게 압도적이고 강한 입으로 불도저처럼 모든 걸 밀어버리는 쪽이었다.

실제로 그만큼 강력한 힘을 가지기도 했었고.

오늘 대뜸 검을 날린 것만 봐서도 책이랑은 얼추 비슷한 모습이 된 거구나 싶었다.

괜히 엉뚱한 상상이 들었다. ……그럼 감방에서 흐뭇하고 므흣한 장면들은 모두 지나간 건가. 아니야. 아니야. 지펴지는 빨간 상상을 얼른 고개를 흔들어 지워냈다.

"그래서 어느 소속인데. 대답하지 않았다."

아까부터 이쪽은 왜 소속에 집착하는지 모를 일이었다. 알려주는 건 어렵지 않지만…….

"……그리고 체이서 루브 도퓰릿과는 무슨 사이지?"

이렇게 눈을 차게 희번덕거려서야…… 나왔던 말도 쏙 들어가겠다. 거기다 무슨 사이냐니.

"오늘 처음 보았는데요……."

남매 사이지, 대외적으로 알려진 사이는 말이야. 솔직하게 말해 보려던 생각도 사라지고 그래선 안 될 것 같다. 그리고 내 말은 거짓이 아니었다. 적어도 이 얼굴로는 처음 보았지 않았나? 나는 뻔뻔하게 응수했다.

"그리고 소속을 알려드리는 건 어렵지 않으나……."

너 알면 눈 뒤집어질 것 같아서 말 못 하겠다.

"제게 말씀하실 때 너는 타가문의 하녀고, 다신 마주칠 일이 없으니 여쭐 것이 있다고 하지 않으셨나요?"

얼굴 안 볼 사이라 마음껏 털어놓을 거라며.

이리 대답을 피한 건 다 이유가 있어서다. 오늘 낮에 있던 일로, 체이서와 리케도르안의 갈등이 생각 이상임을 알았다. 장난이 아니었다고 할지.

"그래서?"

물론 몰랐단 건 아니지만 실제로 보는 건 또 다른 느낌이었다.

벽에 구멍이 나고 사람이 피를 철철 흘리는데, 아랑곳없이 서로를 사납게 노려보는 시선들만 봐도 말이다. 특히나 현재 체이서는 여주인공과 엮이지 않았다. 원작과 다르게 감방에도 가지 않았단 얘기다.

이처럼 두 사람은 여주인공으로 엮이지 않았음에도 원수지간이었다.

그것도 꽤나 깊은 앙금을 가진.

이런 상황에서는 무슨 말이든 쉽게 못하겠다. 아주 작은 것으로라도 날 유추하면 어떡해?

"각하께서 이리 말씀해주셨으니… 제 소속을 알려드리면 소용없는 것이 아닐까요?"

원래라면 체이서는 프란시아가 일으킨 일로 감방에 한 번은 갔어야 했다. 아무래도 이건 내가 프란시아를 일찌감치 풀어준 탓이 큰 듯했다.

그럼에도 리케도르안이 구속구를 풀어낸 건 정말이지 다행이지만.

"……그렇군."

그렇지만 나는 그래서 당신에게 미안했다.

하마터면 당신의 운명을 최악으로 바꿨을지도 모른단 가능성을 뒤늦게야 알았기 때문이었다.

만에 하나라도 프란시아와 리케도르안이 만나지 않았으면 어쩔 뻔했어. 뒤늦게야 후회했다.

그럼 푸딩을 보냈더라도 죽을 뻔했다. 이는 내가 온갖 무리를 하며 이곳에 온 까닭이기도 했다. 나는 당신이 죽지 않기를 바랐다. 설사 이것이 이제는 청이 든 마쉬멜을 곤란케 해도, 여기까지 온 게 들켰을 때, 그렇지 않아도 작았던 자유가 아주 사라지더라도.

풀벌레가 우는 밤은 낭만적이었다. 그러나 여기 선 나와 그는 낭만을 이야기하지 않았다.

선이 벼려진 그는 날카로워진 선만큼이나 세상을 깨달았을 것이다. 이제는 그때의 감방에서의 모습을 보지 못하는 것이 아쉬울 만

338

큼이나.

리케도르안이 차게 웃었다.

"질문이나 하라, 이 소리군."

눈을 뗄 수 없을 만큼 아름다웠지만 어른거리는 불빛에 알았다. 그의 눈이 더욱 차가워져 있다는 것을.

"어찌 이런 것마저 비슷한지."

"네?"

그가 가볍게 고개를 저었다.

"그래. 이토록 비슷하니, 이제 그만 해답을 알 수도 있겠군."

리케도르안이 저벅, 한 걸음을 좁혔다.

"조금 전에 왜 파티에 가지 않나 물었나?"

그는 내가 대답해줄 틈을 주지 않고 연이어 말했다.

"첫 번째, 내가 가지 않아도 난장판을 만들어줄 내 부하가 있을 것이다. 두 번째 그럼에도 자리를 지켜야 하지만…… 간절하게 궁금한 것이 있어서지."

우리가 있는 정원은 정원에서도 외곽 쪽이라 불빛이 거의 없었다. 있는 것이라고는 그의 등 뒤로 보이는 저택의 환한 불빛이었다. 어둡지만 그의 표정 정도는 알아볼 수 있었다.

"실오라기라도 잡고 싶을 만큼 간절하게 답을 바라거든."

간절함을 입에 담은 얼굴이 얼음처럼 차게 반짝반짝 빛나고 있었다. 지나치게 수려해진 외모는 이런 은은한 분위기에 독이었다. 눈을 뗄 수 없었으니까.

"그럼 네가 답을 해주겠나?"

"……어떤 질문인가요?"

나는 당황하지 않으려 담담하게 물었다. 그의 눈썹이 씰룩 움직였다.

막상 입에 담으려니 망설이는 것도 같았다.

"……네가 만약 약속을 어겼다면, 약속을 지키지 않은 건 무슨 이유에서지?"

"네?"

"너라면 말이다."

리케도르안이 입술을 꾹 물었다가 떼어냈다.

"너라면, 너 같은 사람은. 약속을 지키지 않을 때 어떤 생각을 하나?"

쿵. 흔들리는 가슴을 꾹 부여잡았다. 이미 가까워진 거리는 멀어질 새가 없어 보였다. 리케도르안은 마치 당사자가 앞에 있는 양 나를 압박했다. 심지어 자신의 말투가 미묘하게 달라진 것을 느끼지 못하는 것 같았다.

"대답해봐. 약속을 지키지 않았을 때 무슨 생각을 했지?"

나는 머뭇거리다가 한 가지를 물어보았다.

"저, 실례지만 저는 그 사람이 아닌데요……."

그제야 리케도르안이 멈칫했다. 그는 순간이지만 낭패한 기색이었다. 나는 이를 틈타 물었다.

"그런데 질문 하나 해도 될까요?"

"…해."

이제 와서 하녀가 이렇게 궁금한 거 말해도 되나 다시 한번 의문이 들었지만, 그냥 이었다.

"한 사람이 남긴 질문이라고 하셨는데…… 그 질문이 어떤 질문인지는 알았어요. 어떤 사람이 남긴 건가요? 고민을 해보려고 여쭤요."

나는 입술을 매만졌다. 어째 답을 알 것 같긴 한데. 나는 철창 너머 서던 그때처럼 눈앞에 문을 앞두고 있었다.

"솔직한 대답을 위해서요."

문고리를 잡을 것인가 말 것인가.

"……여인이다."

여인? 그게 다인 건가. 이것만으로는 판단할 수 없었다.

"조금 더요."

"오래전에 잠깐 알던 이다."

"그리고요?"

리케도르안의 낯에 망설이는 기색이 스쳤다.

"추억하면, 쏠쏠하고. 여러모로 보고…… 싶은 이라 봐도 좋겠군."

나는 긴가민가 하는 생각을 하면서 대꾸했다.

"첫사랑인가요?"

"뭐?"

이성이고, 잠깐 만났는데, 오랜 시간 잊지 못했고 추억하는데 쏠쏠한데 생각나고 보고 싶은 사람.

아닌가?

"그건……."

리케도르안의 시선이 잠깐이나마 흔들렸다. 흔들림을 가리려는 듯 그는 손을 얼굴을 잠시 가렸다.

그의 머리로 쏟아진 빛이 이리저리 흔들렸다. 그가 고개를 좌로, 우로 한 번씩 흔들었던 까닭이다.

잠시 후 손이 떨어졌을 때, 커다란 손 사이로 사라졌던 작은 얼굴에 다시 어떠한 감정이 떠올랐다.

나는 눈을 동그랗게 떴다.

차차 열이 오른 낯을 보았으니까.

"……쓸데없는 소릴 하는군."

그는 귀를 살짝 물들인 채 고개를 휙 돌렸다.

"아니다."

그는 작게 중얼거렸다.

"그런 게 아니야."

마치 자기 자신에게 되뇌듯이. 목소리는 얼음장같이 차갑기 그지 없었다.

붉게 달아오른 얼굴과는 다르게.

"……미워하고 있다."

나는 이 순간 조명 빛이 밝은 것에 고마워해야 할지, 당황해야 할지 알 수 없었다. 동시에 깨달았다. 나는 생각보다 더 이 남자를 선명하게 기억하고 있었구나.

"미워하고 있다."

미움을 읊조리는 남자의 얼굴은 새빨갛게 붉어져, 감방의 어느 날을 떠올리게 했다.

즐겁고 평온했던 시간을.

"그렇구나."

떼어지지 않은 입을 애써 열었다. 솔직히 말하자면 그다지 답변하고 싶지 않았다.

이건 하녀 옷을 입은 낯선 사람으로서가 아니라 이아나가 할 답변이었다. 그리고 나는 묻어둔 이야기를 다시는 꺼낼 생각이 없었다.

잡지 못한 줄과 가지 못한 길은 잊는 쪽이 낫다.

그저 안타까움과 후회만 부를 뿐이니까. 그래서 나는 잘 적응하고 살았는데… 그의 말은 내 무심함에 돌을 던져 파문을 일으켰다.

하지만 이제는 나를 빤히 보는 남자에게 답을 하지 않을 수는 없었다.

"저라면…… 하고 물어주셨으니까. 그 사람이 저라고 생각하고 답변드릴게요."

그래, 기왕 이렇게 된 거 하녀의 탈을 쓴 그때의 그 이아나라고 생각하고 들어주면 좋겠다.

그때 당신을 찾아가면 할 이야기가 많았던 것 같은데. 미안해. 나는 3년간 많은 것을 잊었어.

"저는 이기적이에요."

그가 고개를 홱 들어 올렸다.

"그리고 뻔뻔하죠."

놀란 푸른색 눈이 불빛에 흔들렸다.

"약속을 지키지 않았다면…… 미안해하겠죠? 이기적이고 뻔뻔한 사람이라고 미안함을 모르는 건 아니에요."

나는 품 안의 푸딩이 가진 온도를 느끼며, 푸딩의 보드라운 발을 만졌다가 떼어냈다. 이 순간 푸딩이라도 있어서 다행이었다.

"그렇지만 시간이 지나면 잊었을 거예요. 어쩔 수 없었지, 하고. 이게 바로 이기적인 거죠."

"……네게 사정이 있었다면?"

나는 작게 웃었다.

"사정이 있었다고 한들 어쩔 거예요, 어차피 그 사람은 모를 텐데. 그 사람에게 나는 약속을 안 지킨 뻔뻔하고 못된 사람이 되었을 테니까. 그러려니 하겠죠."

당신에게 떠나지 않았던 날, 그렇게 생각했다. 당신은 이제 나를 뻔뻔하고 못된 사람으로 생각하겠구나.

시간이 지나며, 생각했다. 차라리 계속 미워해주고 있으면 좋겠다. 그럼 추억으로라도 남을 테니. 진실을 알아봐야 추억에 흙을 뿌리는 것밖에 되지 않았다.

진심으로 조언했음에도, 결국 리케도르안은 제 부친을 죽인 체이서를 증오했다.

"그러다가 잊었을지도 모르죠."

"……."

"잊고, 행복…… 으음. 행복은 모르겠고 평안하게 살았을지도요."

덥석. 나는 팔에 치이는 감각에 시선을 옆으로 흘렸다. 어느새 리케도르안이 내 팔뚝을 잡고 있었다.

아프지는 않았다. 그저 옷을 쥔 하얀 손을 보며 잠시 상념에 잠겼을 뿐.

짐승 버전의 그가 이렇게 잘 잡았었지, 하고 말이다. 낑낑대면서.

"잊었다고?"

그래.

……지금처럼 이런 표정으로.

"저라면 그랬을 거란 말이에요, 대공님."

나는 당황하지 않았다. 대신에 보일 듯 말 듯 옅게 웃었다. 그가 내 얼굴을 샅샅이 훑든 말든 모른 척하면서.

"대답이 되셨을까요?"

그의 손을 바라보면서 이야기하니, 손끝이 한번 파르르 떨린 것 같았다.

그러더니 속절없이 툭, 떨어졌다.

"……그래."

고개를 들면, 갈무리하지 못한 표정이 엿보였다. 그는 흔들리는 눈을 잠시 손등으로 가렸다.

등 뒤에서 쏟아지는 조명의 세기가 약해졌다. 누군가 불을 하나 끈 모양이었다. 그의 손가락 사이로 짙푸른 눈동자가 드러났다.

"대답이 됐다."

그가 입술을 짓씹듯이 뱉었다.

"아주, 잘."

그의 음성에는 서리가 다닥다닥 붙어 찌르듯이 아프고 차가웠다.

"믿을 생각은 없지만."

읊조리는 음성의 온도는 변할 줄 몰랐다. 나는 툭 뱉은 그의 말에 눈을 깜빡였다.

"어디까지나 참고 의견이니까. ……그래. 그렇지."

리케도르안은 그렇게 작게 중얼거리더니, 고개를 느릿하게 기울였다.

"잊었다면, 잊게 두지 않으면 되니까."

입안으로 들어간 작은 음성은 뒤로 갈수록 들리지 않았다. 나는 '잊었다면'을 겨우 들었을 뿐이었다. 이윽고 그에게서 혼란이 가득하던 표정이 차차 사라졌다. 이내 평온하게 돌아온 얼굴로 물었다.

"대답이 됐다. 그래서 네가 바라는 것은 무엇이지?"

그는 곧바로 본론에 들어갔다. 애초에 하나씩 주고받기로 한 것이었으니까 이상한 일은 아니었다.

나는 이런 반응에 묘한 기분을 느꼈지만.

좋은 게 좋은 거라고.

작은 한숨을 삼키며 한걸음 뒤로 물러났다. 그리고 물러난 걸음만큼 팔을 쭉 뻗었다.

"대공님께 고양이 좋아하시냐고 물었던 것을 기억하세요?"

"기억한다."

시간이 없었다. 난 더는 본론을 숨길 생각이 없었다.

"이 고양이를 대공님이 키워주셨으면 좋겠어요."

리케도르안이 이상한 표정을 지었다. 이해할 수 없다는 얼굴이었다.

"……어려운 일은 아니지만, 어째서지?"

겨우 이런 걸 바라냐는 듯한 낯이었다. 난 속으로 웃음 지었다. 겨우 이런 게 아닐걸.

"들어주지 않겠다는 건 아니다. 하나 뜬금없는 말이군."

"네, 저도 느꼈지만."

나는 웃음으로 얼버무렸다.

"무례하고 이상한 제안인 것을 아는데, 사정이 급해서요."

푸딩은 갑자기 들어 올려졌음에도 울지 않고 얌전했다. 내게 말을 걸지도 않았다. 어제 리케도르안을 마주 하고서부터 계속 이 상태였다. 충격받은 것 같은데, 시간이 지나면 좀 나아지려니 했다.

난 애정을 담아 엄지로 푸딩의 이마를 비비적 쓰다듬었다.

"제가 무척이나 아끼는 고양이인데, 사정이 생겨서 더는 키우지 못하게 되었어요."

어차피 나도 내가 하는 말이 말도 안 되는 부분이 있다는 것쯤은 알았다. 하나, 상관없었다.

"저는 곧 떠나야 하는데…… 거처를 구할 수가 없어서요."

오늘 밤이 지나면 더는 보지 않을 테니. 좀 머리가 이상한 사람으로 보이면 어떤가.

나는 그야말로 필터를 거치지 않고 말하기 시작했다.

"누군가 대신 키우게 된다면 기왕이면 돈 많고, 잘생긴 사람이 좋아서요. 제 고양이가 호강했으면 좋겠어요."

리케도르안이 떨떠름한 얼굴로 입을 열었다.

"……네가 내 추종자라고 했던가?"

"네, 그렇습니다."

팬클럽을 대신할 말이 없어서 냅다 붙인 말이긴 한데, 어감이 조금 이상하긴 하다.

"제안한 이유는 이해했다."

리케도르안이 곰곰이 고민하더니 이어 말했다.

"그럼 네가 내 저택에 와서 키우면 되지 않나?"

"네?"

폭탄을 툭 던져놓고, 그는 태연한 기색이었다.

"키우라고, 직접."

……예?

"그렇게 아끼는 고양이라면 같이 가면 될 것 아닌가."

아니……. 내가 진정한 애묘인이라면 그럴 수도 있긴 한데. 아니 아니. 잠깐만. 푸딩을 좋아하지 않는 건 아닌데……. 이건 좀 너무 파격적인 제안 아닌가.

"네 말대로 내가 키우는 것이니 나도 들여다보지. 하나 모든 시간을 할애할 수는 없어."

그는 갑자기 논리적이었다. 논리적으로 앞뒤 좌우를 설명했다는 거다.

"네가 어디로 가는지는 모르나, 정황상 타 가문이나 다른 지역으로 가는 모양이지? 그곳보다 더 좋은 조건을 제시하겠다."

조금 전에 모르는 하녀를 붙잡고 너라면, 운운할 때는 언제고. 왜 갑자기 타당하고 합리적으로 말하는 건데.

"내게도 이 고양이를 맡아 전담할 사람이 필요하다. 그걸 네가 해라."

내가 실제로 고양이를 맡기려 했다면 정말 반가운 제안이었다. 그래 단순히 환경상 키우지 못하게 된 거라면 말이지…….

내가 도뮬릿에 묶인 처지가 아니었다면 말이다. 나는 어색하고 난감한 미소를 숨기지 못했다.

"말씀은 감사드리지만……."

"어째서 거절하는 거지?"

리케도르안은 고개를 갸웃했다.

"체이서 루브 도뮬릿에게도 같은 제안을 받았을 텐데."

나는 멈칫했다.

어……. 낮의 대화를 들었을 거란 생각은 했는데, 이걸 언급할 줄은 몰랐다. 그의 신체 능력이 예사롭지 않다는 건 이미 알고 있었지 않나.

"물론 공작의 의도는 나와 달랐겠지."

심지어 체이서를 깠다. 아주 적나라하게.

"나는 더러운 제안은 하지 않아."

대답할 시간은 주어지지 않았다. 머리가 내게로 기울어졌기 때문이었다. 그의 눈으로 얼핏 서릿발같은 것이 스쳐지나갔다.

"아니면…… 설마 이미 도튤릿의 제안을 받아들인 건가?"

가까워진 만큼 그림자에 잠겼다. 그의 얼굴이 일순 어둠에 잠긴 것처럼 보이기도 했다.

"아니요!"

화들짝 놀라 고개를 저었다. 내가 개 제안을 왜 받아들여?

"받아들였다면 전 지금 공작님의 방에 있지 않았을까요?"

여기까지 말하니 리케도르안도 수긍한 기색이었다.

"뭐 어쨌거나, 받아들여주면 좋겠군. 그토록 아끼는 동물이니 직접 키우는 쪽이 좋지 않은가?"

아무래도 이쪽은 호의로 제안해준 것 같은데. 체이서와 같이 뒤가 구린 느낌은 들지 않았다.

생각해줘서 참 고마운데…….

다시 한번 거절을 하려는데, 문득 내 손이 절로 올라갔다. 리케도르안이 푸딩을 잡고 있던 내 한 손을 빼내 제 입술로 가져왔으니까. 내 손등에 닿을 듯 말듯 입술이 스쳤다. 접촉도 아니건만. 등줄기가 곧게 펴졌다.

금욕적이고 정결한 입맞춤은 오히려 야릇한 상상력을 불러일으켰다. 나는 이미 그가 내 손을 붙잡고 어떤 짓까지 했는지 잘 알고 있었으니까.

"받아들여 줬으면 좋겠어."

그가 나지막하게 읊조렸다. 기억 속 청아하던 목소리는 몹시도 낮아져 있었다.

시간이 흘렀다고 쩌렁쩌렁 선언하듯.

"네게 고마워하고 있으니까."

한낱 하녀에게 귀족에게 하듯 인사를 남긴 건 그가 말한 고마움에서인 듯했다. 존중의 의미였다.

"참으로 오랜만에 느낀 인간에 대한 호의니 받아 들여주면 좋겠군."

역시나 이런 호의는 참 고맙고 고마운데 말이지…….

어떻게 거절을 해야 하나. 그냥 냅다 푸딩이를 품 안에 던지고 도망가 버릴까, 실현 가능성 적은 도피성 생각까지 미쳤을 즈음이었다.

"그리고 동물을 그다지 좋아하지 않지만, 애정을 주도록 노력……."

리케도르안이 돌연 손을 뻗어 푸딩의 머리를 만졌다. 그러더니 얼굴을 딱딱하게 굳혔다.

흠칫.

푸딩의 몸이 긴장한 것이 느껴졌다. 그 긴장이 전염되듯 나도 푸딩이를 품 안으로 가져왔다.

리케도르안이 한 걸음 물러나, 나를 노려보고 있었으니까.

"너, 정체가 뭐지?"

……왜 상황이 이렇게 된 거지? 당황스러웠다. 조금 전까지만 해도 나긋하게 풀려난 분위기는 온데간데없었다.

웨애애애옹!

푸딩이 돌연 길게 울었다.

-이, 인간!

푸딩이 나를 다급하게 불렀지만 대답할 틈이 없었다. 리케도르안이 한 손을 검에 올리고 있었으니.

"네가 뭔데, 왜 내 힘을……."

리케도르안이 작게 중얼거렸다. 그 말에 대답해주고 싶었지만 말이 나오지 않았다. 그도 그럴 것이 그의 손에서 붉은빛이 어른거리고 있었다.

체이서가 힘을 쓸 때는 흑색이, 프란시아가 힘을 쓸 때는 백색이 돌았다. 자연히 저건 리케도르안의 힘일 터였다. 하지만 문제는 그가 왜 이러는지 알 수 없었다. 짙푸른 눈에는 오직 경계뿐이었으니까.

"바른대로 말해, 왜 네게서 내 힘이 느껴지는 거지?"

……나? 이 고양이한테서가 아니고? 나는 입술을 뻐끔거렸다. 아무래도 그는 조금 착각을 한 듯했다. 이럴 때가 아니라, 오해를 풀어야 하는데.

어디서부터 이야기해야 할지 알 수 없었다.

"대공님, 뭔가 오해를 하고……."

"오해라고?"

리케도르안의 손이 움직였다.

"하. 내가 내 힘을 알아보지 못한다고? 지금 날 기만하는 건가?"

아니, 그러니까 그 힘을 내가 아니라 이 똥꼬이한테서 느낀 거라니까.

"아니요! 그 힘을 어디서 느끼신 건지, 다시 생각해보세요."

나는 결국 서론은 집어치우고 핵심을 꺼냈다.

"뭐?"

"잘 생각해보시라고요."

리케도르안은 분명 프란시아와 접촉했을 것이다. 그렇다면 그가 수호신에 대해 모를 리가 없었다.

나는 리케도르안이 몸에서 푸딩을 빼앗기게 된 정황을 모른다. 시기를 통해 유추해 보건대 아주 어린 시절 일이라 기억 못 하는 건가, 추측만 할 뿐.

내 입으로 네 수호신이다, 하는 이야기는 하고 싶지 않았다. 그럼 정답을 알려주는 꼴이니까.

'물론 여기까지 얘기한 시점에서 눈 가리고 아웅 하는 꼴이지만.'

나는 그의 손에서 시선을 떼어내지 않았다.

"그 검 뽑으면 후회하실 거예요."

내 음성에 확신이 실렸다. 동시에 그에게 혼란이 스치는 것을 똑똑하게 확인했다.

"부탁인데, 더는 묻지 않고 데려가 주시면 안 될까요?"

약간이나마 남아 있던 정중함도, 하나 마나였던 하녀 흥내도 집어치웠다.

"약속하셨잖아요. 들어주시겠다고."

약속, 그 단어가 나온 순간 그의 얼굴이 묘해졌다. 그가 검에서 손을 떨어트렸다. 하나 아지랑이처럼 피어오른 붉은 빛은 지워지지 않은 채였다.

-인간, 인간! 내 말을 들어라, 냥!

푸딩은 연신 웨옹웨옹 울며 앞발로 내 손목을 긁었다. 나도 듣고 싶은데, 상황을 봐.

나는 주춤 뒤로 물러났다. 이대로 쉽사리 받아줄 것 같지 않은데. 이제 어떡하지?

……정말 사실대로 말하는 수밖에 없나.

고민은 길지 않았다. 짧은 결심을 끝내고 그를 마주했을 때였다.

나는 흠칫 떨었다.

어느새 붉은 아지랑이가 피어난 손이 뺨 바로 옆에 있었으니까. 툭, 정말 가볍게 붙었다 떨어진 손이었다.

하나.

〈아가씨, 알게찌?〉

그의 뒤로 마쉬멜의 말이 둥둥 울렸다.

〈이 마법은 생각뽀다 잘 풀린단 마리야. 주인님이랑 마주치면 안대. 특히나 쭈인님이 힘을 쏠 때는 절때.〉

왜?

〈본디 마법이랑 장미는 대척점에 있는 물과 기름 가튼 관계니까.〉

그가 말했던 이유는 이랬다. '장미는 기본적으로 마법을 풀어버리는 능력을 가지고 있다.' 그리고 경고했다.

〈풀릴 꺼야.〉

사아아아.

한순간 뒤에서 강한 바람이 불었다. 내 뒤에서 몰려온 바람 덕에 나는 보지 않을 수가 없었다.

어느새 길게 풀려버린 머리칼, 시야를 가린 머리칼 때문에 앞을 볼 수 없었지만…….

흩날리는 이 머리칼이 분홍색이란 것은 알았다.

나의 원래 머리색이었다.

'들켰다.'

머리칼을 천천히 거둬내는 순간, 눈앞에 찢어질 듯 커다래진 눈이 보였다.

마침 타이밍 좋게 우리를 밝히던 마지막 불이 꺼졌다. 방의 불을 모두 꺼버린 모양이었다. 우리는 이 칠흑 같은 어둠 속 달빛만을 조명 삼아 침묵 속에서 마주했다. 침묵을 깬 것은 리케도르안이었다.

어둠 속에서 어렴풋한 표정과 턱 부분만이 겨우 보인다. 그가 입을 달싹였다.

그의 얼굴로 형용할 수 없는 표정이 마구 스쳐 지나갔다. 계절이 바뀌는 것을 본 것 같았다. 한순간 온도가 올라, 들끓는 시선이 나를 간절하고도 애타게 담았다. 그는 믿기지 않는다는 얼굴이었다.

그는 말이 나오지 않는 듯 입을 몇 번 뻐끔거리다가 손을 뻗었다.

"이⋯⋯."

"안 되지."

낮은 목소리가 가르지 않았다면, 그의 손이 뺨에 닿았으리라.

내 몸이 느릿하게 뒤로 당겨졌다. 단단한 것이 등 뒤로 닿는 것과 동시에 낯익은 향기가 느껴졌다.

"이아나, 찾았잖아."

사람을 유혹하듯 진득한 향기, 이따금 지독하게 정신을 빼놓는 향기였다.

"이러면 안 되지, 대공."

익숙한 목소리에 허리가 절로 펴졌다. 보지 않아도 알 수 있었다. 체이서였다.

"내 잠시 시선을 놓친 사이에, 내 것에 손대려 하다니."

이에 리케도르안이 움찔했다. 그는 뻗었던 손을 제게로 가져와 쳐다봤다. 손이 천천히 주먹을 쥐었다.

리케도르안의 시선에서 차츰 흔들림이 가셨다.

"⋯⋯네 거?"

그는 체이서에게 시선을 빼앗긴 듯했으나, 잠시 밑을 바라본 나는 알 수 있었다.

바닥에서 심상치 않은 검은빛이 흘러나오고 있었다.

어디선가 아스라이 음악이 들려왔다. 이 분위기와 어울리지 않는 경쾌하고 우아한 음악이었다. 하나 기분 좋은 춤곡은 이 상황을 더욱 이질적이고 팽팽하게 느껴지게 했다.

긴장감으로 당겨진 공기 속에서 리케도르안이 눈을 살벌하게 빛냈다. 이럴 때가 아니었다.

"푸딩!"

나는 안고 있던 고양이를 작게 불렀다. 푸딩이 파르르 떨었다. 그러거나 말거나 푸딩을 재빨리 들어 올려 최대한 이 고양이에게만 들리게 속삭였다.

"가, 어서!"

지금이 기회였다. 체이서의 발밑에서 흘러나오는 검은 빛이 아무래도 심상치 않았다.

마치 무슨 일이라도 일어날 것처럼 감이 땡땡 경종을 울렸다.

거기다 체이서가 나를 알아챈 지금, 지금이 아니면 기회가 없을 것 같았다. 아니다. 없을 것이다. 상황이 급했다.

"지금이 기회야, 어서! 빨리!"

그러나 왜인지 이 회색 고양이는 꿈쩍도 하지 않았다. 오히려 손톱을 세운 발로 내 손을 마구 잡았다. 소매에 발톱이 걸리고 내 살갗을 긁었다. 그것조차 모를 만큼 다급해 보였다.

-시, 싫다, 냥!

싫다고? 나는 당혹스러웠다.

-왜, 왜…… 보내려 하냐 냥!

왜 보내냐니…….

그거야, 넌 리케도르안의 수호신이니까. 거기다 네가 가지 않으면 리케도르안의 목숨이 위험하다며. 자기마저 사라진다고.

그 말을 아직도 똑똑히 기억하고 있는데. 이렇게 나오는 이유를 알 수 없었다.

-싫다, 인간!

그러나 푸딩은 필사적으로 내게 손을 비볐다.

-부, 붉은 장미 후계자에게는 내가 더는 필요하지 않다!

푸딩이 그렇게 뱉었지만, 나는 쉬이 믿을 수 없었다.

-날 버릴 거냐, 냥……?

애옹애옹, 우는 소리가 구슬피 들렸다. 나는 멈칫했다.

푸딩이 의도한 바는 아니었겠지만…… 나는 짐승이 구슬피 우는 소리에 약했다.

〈낑, 끼이잉, 낑! 끄응…….〉

정확히는 짐승 흉내를 내던 소년으로부터 시작한 습관이었다.

-나, 나…… 안 갈래.

짐승이 필사적으로 울며 내게 매달렸다. 회색, 아니 은빛 털을 가진 고양이에게서 은발의 소년이 겹쳐 보였다.

-조금만…… 더 같이 있어, 있어 줘. 인간.

〈약속. 지킬 거죠……?〉

-버리지 마라, 냥.

다신 기억하고 싶지 않았던 기억이 떠올랐다. 묻어둬서 더는 꺼내지 않겠다 생각한 기억이.

-……가고 싶지 않아.

〈약속, 지킬 거잖아요.〉

확신에 찬 척했지만 한없이 덜덜 떨며 나를 애타게 바라보던 시선이.

"이아나!"

울먹이는 소년이 지워지며, 그곳엔 완연한 성년이 된 그가 외치고 있었다.

쾅!

눈앞에서 붉은빛과 흑빛이 격돌했다. 푸드드득. 체이서의 짐승, 아퀼라가 커다란 날개를 펼쳤다.

"……정말 가지 않아도 돼?"

─가지 않을 거다, 냥.

"정말, 리, 후계자는 너 없이도 괜찮아?"

상황이 돌아가는 것이 심상치 않았다. 여차하면 이대로 들어 리케도르안에게 던질 수도 있었다.

내 뜻을 알아차린 건지, 푸딩이 더욱 애타게 매달렸다.

─정말이다, 냥. 후계자는 내가 필요 없어 냥, 나는 인간 너랑 있고 싶다, 냥!

"……그렇게 말하고 탈이 나면 용서하지 않을 거야."

내가 말한 '탈'이 무슨 의미인지 푸딩은 모르지 않을 터였다. 양쪽의 죽음이었다. 푸딩 쪽은 사라지는 거겠지만 내게는 죽음과 다르지 않았다.

푸딩은 대답을 망설였지만 곧 다시 한번 아니라고 대답했다. 그러고는 내 팔에 완전히 얼굴을 묻었다.

─······인간, 너는 외로워했잖아.

외로워했다고 내가?

그사이 검은빛은 다리까지 올라와 나와 체이서의 발을 감쌌다. 시험 삼아 움직이려 했지만.

'발이 움직이지 않아.'

나는 어느새 거대한 검을 한 손에 든 리케도르안을 바라봤다. 내 시선이 향하기가 무섭게 그가 나를 바라봤다.

"사람을 납치하는 취미도 있었던가?"

리케도르안 눈이 증오로 가득 차올랐다.

"체이서, 네가······ 또, 또 내 소중한 것을."

"오해한 것 같은데."

푸딩이 매달리지 않은 손이 그대로 들려 체이서의 손에 잡혔다. 손끝으로 입술이 느껴졌다.

"이쪽은 처음부터 나와 있었어. 대공."

체이서는 그대로 입술을 꾹 눌렀다.

"안 되지. 이쪽은. 내 이아나거든."

내 이아나, 체이서가 이름을 담았다. 평소에 하던 내 동생 하는 호칭 대신에.

"······내 이아나?"

리케도르안의 눈이 어둠 속에서도 알아볼 만큼 커다란 지진을 일으켰다.

안타깝고, 또 의미를 알 수 없는 시선이었다.

리케도르안의 입술이 작게 움직였다. 할 말을 찾지 못한 것처럼. 잠시간 그는 길을 잃은 아이처럼 혼란스러워 하는 것 같았다. 그러나 곧 정돈된 낯에서 날것에 가까운 감정이 터져 나왔다.

"왜?"

여기서 나는 느꼈다.

저곳에 3년 전의 그가 있었다. 아마도 약속 날 나를 애타게 기다렸을 17살의 리케도르안이. 나를 미워한다고 생각했는데. 아니, 지독히 미워할 거라고 생각했다. 그래서 묻어두었다. 넌 날 미워하겠지 하고.

"가지 마."

리케도르안에게서 울 듯한 음성이 흘러나왔다. 그는 검을 놓고 손을 뻗었다. 체이서의 검은 빛이 그의 손목에 생채기를 남겼지만, 그는 아랑곳하지 않고 손을 마구 뻗었다.

파직, 파지지직.

억지로 파고든 손이 거의 나에게로 와 닿았다. 내가 조금만 뻗으면 닿을 거리였다.

"손을 잡아, 이아나!"

손끝이 툭 닿았다.

"나랑…… 나랑 가."

이대로 붙잡는다면 리케도르안을 잡을 수 있었다.

"……다시 만나자고 했잖아."

그가 울먹일 듯 속삭였다. 나는 말없이 내 다리를 바라보다가 고개를 들었다. 검은빛은 허리까지 올라온 뒤였다.

"말했잖아요, 대공님."

나는 탁, 그의 손을 쳐냈다.

"나는 이기적이고 뻔뻔하다고."

다시 한번 미안해. 다리는 여전히 움직이지 않았다.

"나는 처음부터 당신과 약속을 지킬 마음이 없었어요."

왜 항상 타이밍이 이렇게 되는 걸까. 생각해보면 단 한 가지 결론
이 나왔다.

……연이 아닌가 봐.

나는 작게 웃었다.

입 모양으로 작게 중얼거렸다.

'건강해서 좋네요.'

그가 보았을까. 보지 않았어도 상관없었다.

'잘했어요.'

나는 오래 전날, 이성이 있던 그에게 혹은 짐승 모습을 한 그에게
하듯이 작게 칭찬했다.

'착해.'

이렇게 무사한 걸로 됐다. 홀로 각성한 것도 무사히 대공 위에 오
른 것과 당신이 이룩한 것들도 사실은 뿌듯했다.

'하지만 이번엔 진짜 안녕이겠네.'

한데 어째서 마지막 얼굴은 당신이 눈물을 흘리고 있을까.

"안녕."

다시 한 3년이 지나면 잊으려나. 그렇게 생각하면서.

한순간 스쳐본 그의 얼굴엔 더는 슬픔만이 담겨 있지 않았다.

"……누구 맘대로?"

구슬픈 애달픔 사이로 소름이 오싹 돋을 만큼 집요함이 느껴졌다.

마침내 그의 얼굴이 눈앞에서 완전히 사라졌다.

–짹짹짹.

나는 본래 새소리를 좋아하지 않았다. 이를 설명하려면 아주 과거의 일로 거슬러 올라갔는데, 이전의 세계에서 아침마다 비둘기 소리에 잠을 설쳤던 탓이 컸다.

그러나 이 세계의 새소리는 둔탁하고 불쾌하던 비둘기 소리와 다르게 꾀꼬리의 것처럼 맑고 경쾌했다.

〈……새소리 좋다.〉

그래서 무심코 그리 얘기했다. 그랬던 것뿐인데. 체이서는 다음날, 대륙에서 가장 맑은 소리를 내는 새를 구해왔다. 새장의 새는 싫다고 했더니, 정원에 새의 생태지를 만들어 새둥지를 만들어주었다.

그렇게 둥지를 튼 지, 3년째.

어느 날부터 새소리는 아침마다 맑은 알람이 되었고, 또 아퀼라가 카나리아 비슷한 새로 나타난 것도 그때부터였다.

짹짹짹.

맑은 소리를 들으며 눈을 비볐다. 영 잠이 깨지 않았다. 눈을 제대로 뜨면 검은 카나리아가 보였다.

"……아퀼라."

저를 부르는 이름을 듣고 아퀼라가 짹짹 울었다. 아침 알람과 함께 나를 찾아오는 것이 취미인 수호신이었다.

창밖에도 아퀼라의 울음소리와 같은 맑은 새소리가 들렸다. 하늘을 보니 10시쯤 됐으려나. 난 일어나려다 말고 이불을 들어 올렸다.

'얜 왜 여기 자고 있어.'

아, 어제 내내 울다가 잠들었지. 허벅지 안쪽에 푸딩이 꼬옥 붙어 색색 잠들어 있었다. 어쩐지 다리 사이가 따끈하다 싶더라니, 몸을 돌돌 만 푸딩은 회색이 아닌 하얀빛 도는 은빛털을 한 고양이 모습이었다.

이유는 모르나 쉬르멜라에 다녀온 뒤부터 줄곧 고양이 모습을 유지하더라고.

'……내가 이쪽을 더 마음에 들어 한 걸 눈치챈 것 같기도 하고.'

동물들은 감이 빠르다더니 딱 그짝이었다. 카나리아 모습을 한 아퀼라도 그렇고 애들은 가만 보면 참 미워할 수 없게 행동하는 것 같다.

리케도르안을 만난 뒤로 3일이 흘렀다. 3일 동안 무엇이 달라진고 하면, 무려 3일을 내내 울어대는 푸딩을 달래느라 진땀을 뺐고…….

"좋은 아침이야, 이아나."

내 방에 또아리를 튼 짐승이 하나 더 생겼다는 것이리라.

"잘 잤어?"

저기 소파에 앉아 우아하게 다리를 꼰 체이서는 엄밀히 말하자면 짐승은 아니라 영장류 사람이겠지만 하는 짓이 짐승과 다름없으면 짐승이지 뭐.

"……오늘도 내 방에서 밤새운 거야?"

체이서는 말없이 미소를 지었다. 긍정의 의미이리라.

당황스러운 일은 아니었다. 아니, 이젠 당황스럽지 않고 익숙한 일이었다. 이 남자가 이렇게 나온 지 벌써 3일째였으니까.

정확히는 리케도르안을 만난 쉬르멜라에서 돌아온 뒤부터였다.

같은 방을 쓴다지만 내 방은 지나치게 넓었다. 저 악당이 아끼디 아끼는 여동생에게 준 것이니 좀 좋을까. 아무튼 같은 방이라 해도 거의 다른 공간이나 다를 바 없었다. 이렇게 거리가 머니까.

아마도 그는 방 끝 즈음에 있을 소파에서 잠들었을 거다. 참 궁상맞아 보이는데, 저 남자가 하니까 그것도 화보가 되더라.

첫날엔 뭔 소파 화보인 줄 알았다.

'미친놈인 줄 알았지. 아니, 이미 미친 자이긴 한데.'

물론 말했듯 소파 화보 운운한 건 첫날의 일로, 이때는 나조차도 놀라지 않을 수가 없었다.

사실 그날로 돌아가 회상하자면, 막 저택으로 돌아왔을 때 잔뜩 얼어붙어 있었다. 긴장하지 않을 수는 없는 상황이었으니까. 여기서 더 깊이 감금되는 건가, 최악의 상황도 가정했다.

……발목 족쇄, 쇠사슬 세트 다음엔 뭘까. 온몸을 꽁꽁 묶어둘까? 아니면 라푼젤이라도 되려나. 생각하면서 말이다.

〈고생했어, 이아나.〉

하나 예상과는 다르게 체이서는 이렇게 말했다. 그것도 어깨를 톡톡 두드려주면서.

〈푹 쉬어, 내 동생.〉

거기다 이리 말하는 얼굴은 몹시도 기분 좋아 보였다.

이해할 수 없는 일이었다.

〈그런데 오늘 나도 너무 피곤하네. 더는 걸을 수 없을 것 같아.〉

〈응?〉

다음 순간, 그대로 내 방 소파에 쓰러져 우아한 각도로 나를 올려다봤을 때도.

〈쉬고 가도 돼?〉

꽃받침하며 물었을 땐 이 남자가 무슨 생각이지 싶었다. 이게 무슨 개소리지? 하는 생각과 함께.

그러나 얼굴이 개연성이라는 말이 있듯이 이 남자는 화사한 얼굴로 말의 어색함을 타파해버렸다. 흡사 '라면 먹고 갈래?'를 반대로 말한 듯한 유혹이었다. 물론 나는 이 인간이 미친 걸까 하는 눈으로 보았지만.

한편으로 이상하긴 했다.

그 후로도 내 방에서 밤을 보낸 그는 딱 거기까지만 할 뿐 아무 말도 하지 않았으니까.

왜, 화낼 상황에서 그 사람이 아무 말도 하지 않는 게 더 무섭다고들 하지 않나. 딱 그런 짝이었다. 성질대로 하는 것도 아니고 심지어 리케도르안에 대해 언급조차 하지 않고.

어디 탑에 갇힐 생각까지 했던 것치고는 매우 이상한 결과였다. 일단은 좋은 게 좋은 거라고 여기기로 했지만…… 조금 찝찝한 건 어쩔 수 없었다.

이리 느낀 건 나뿐만이 아니었다.

〈그날은 내 모가 떨어지는 날인 줄 알아찌.〉

도퓰릿으로 돌아온 지 이틀째 되는 날이었나, 후다닥 달려온 마쉬멜이 말했다.

사색이 된 얼굴이었다.

〈다행히 그대로네요.〉

〈아가씨 때문이자나!〉

말은 이렇게 했지만 안심했다. 나를 도와준 게 들켰을 테니 정말 이 사람을 못 보는 건 아닌가 염려했었다. 나는 그의 손발, 특히나 손가락과 발가락이 10개 다 무사한지 확인했고, 마쉬멜은 그걸 또 확인하냐고 화를 냈다.

나름 우리만의 화해 방식이었다.

어쨌거나 체이서는 심지어 나를 데려간 마쉬멜에게도 성질을 드러내지 않았다는 건데.

이건 나와 조그만 흑마법사님을 더욱더 공포로 밀어 넣었다.

아. 정정한다. 나 말고 조그만 흑마법사님의 공포가 그야말로 무시무시했다. 나는 공포라기보단 염려에 가까웠다.

……내가 이 사람을 오래 볼 수 있을까, 하고.

〈그러니까 그런 걱정하지 말라고! 아가씨가 하면 현찔같다고!〉

아무튼 간에 그렇게 공포의 날이 흐르고 흘러 지금이었다.

나는 오늘 아침에도 자연스럽게 내방을 어슬렁거리는 남자에게서 자연스럽게 시선을 떼어냈다.

'뭔 사람이 자다 일어났는데도 흐트러진 기색이 없냐.'

보통 사람은 자고 일어나면 좀 추해지는 법 아닌가. 책 속 주인공들은 역시 주인공들이라 그런지 추해지는 법이 없었다.

이전의 리케도르안도…….

〈가지 마.〉

거기까지 생각했다가 멈칫했다. 입술을 달싹였다.

이내 나는 고개를 절레절레 저었다.

'생각하지 말자.'

가까이서 낮은 숨소리가 들렸다. 고개를 들면 어느새 내 지척에 가만히 서 있는 체이서가 있었다.

"왜?"

왜 사람을 빤히 보는 거지. 할 말이 있으면 하지 않고서.

"그냥."

체이서는 잠깐 귀를 매만지며 느긋하게 말끝을 흐렸다.

그의 머리끝에서 물이 뚝뚝 떨어졌다. 어디를 갔나 했더니, 세수라도 하고 온 건가. 조금 전에 흐트러진 모습 하나 없다고 생각한 것과 다르게, 가까이서 본 까만 머리칼은 조금 부스스했다.

다만 이마저 색다른 느낌으로 소화할 뿐이지.

단추도 풀지 않고 자는 건가? 불편하게. 오늘도 그의 단추는 숨막힐 정도로 끝까지 매어진 채, 금욕적인 분위기를 자아냈다.

"……화를 안 내나 싶어서?"

이어서 나온 체이서의 질문에 나는 이건 또 무슨 소리야 싶은 표정을 지었다.

화를 내? 내가 왜? 오히려 내야 할 건 저쪽 아닌가.

"그건 내가 묻고 싶은데."

나는 고개를 갸웃했다. 막 말을 이으려 하는데, 그보다 체이서의 손이 빨랐다. 체이서는 턱을 잡고 있던 내 손을 부드럽게 잡아 손바닥을 펼쳤다.

그러고는 고개를 숙이더니, 자연스럽게 제 머리 위에 손을 올렸다.

"쓰다듬어줘."

"……갑자기 왜 이래?"

"그렇지만, 넌."

체이서가 허리를 한참 기울인 채로 날 올려보았다.

"이런 걸 좋아하잖아?"

체이서가 간드러지게 눈을 휘었다.

"멍."

"……."

나는 물기가 뚝뚝 떨어지는 머리칼과 그의 얼굴을 번갈아 보다가 허, 숨을 참았다.

그리고 참지 않고 그의 머리칼을 잡아당겼다.

"아야, 아파. 아파."

"쓸데없는 소리 하지 마."

아니라고 했지. 전부터 이상한 오해를 해서는. 잊을 만하면 그는 개목걸이며 관련한 도구를 가져오곤 했다. 채찍을 가져왔던 날엔 참지 못하고 그대로 던져버렸다.

그래도 이 인간은 좋다며 싱글싱글 웃었지만.

"정말 좋아하는 거 아니야?"

"아니라고 했잖아."

나는 손을 탈탈 털어, 그의 머리에서 묻어나온 물기를 털어냈다.

체이서는 허공에서 흔들리는 손끝을 잡았다. 그 손을 제 입으로 가져와 촉, 입술을 묻었다.

"손에 아직 묻었다."

그가 손끝에 남아 있는 물기를 입으로 훔쳤다. 부드러운 감촉에 흠칫 떨면, 붉은 눈이 농홍하게 반으로 접어졌다.

"핥아도 돼?"

"안 돼."

"흐응, 이쪽도 취향이 아니구나."

체이서가 고개를 기울였다. 살갗 하나 보이지 않는 단추를 이렇게 잠근 상태인데도 이렇게 선정적일 수 있나 싶었다.

"그럼 뭘 좋아할까."

잘했냐는 듯이 쳐다보는 남자를 보며 기가 차지도 않았다.

숨 쉬듯 자연스럽네.

"나야말로 네가 화를 낼 거라 생각했어. 이아나."

"왜?"

체이서는 손에 뺨을 비비며, 내가 말할 시간을 주지 않은 채 덧붙였다.

"억지로 데려왔으니까."

억지로 데려와?

나는 3일 전 쉬르멜라에서의 일을 떠올렸다.

"바깥으로 나가고 싶었던 거 아니야? 그걸 내가 방해했잖아."

너무나도 체이서답지 않은 말이었다. 하나 나를 다시 올려다보는 붉은 눈은 의문에 잠겨 있었다. 꿍꿍이를 숨긴 건지도 모른다.

"화 안 내?"

"……안 내."

"왜? 강제로 송환당해서 기분 나쁠 것 같은데."

보통이라면 그렇겠지.

나는 체이서의 손에서 손을 빼냈다.

"안 내. 낼 생각도 없어."

나는 손을 쥐었다가 펴며 담담하게 읊조렸다.

"네가 어떤 사람인지 잘 아니까."

마쉬멜이 그토록 공포에 떠는 동안 나는 그에게 미안한 일이지만 내가 어찌 될 거라 생각하지 않았다.

"난 말해도 소용없는 짓은 안 해."

무심하듯 심드렁한 나의 대꾸에 체이서가 눈썹을 살짝 휘었다. 그것도 잠시 언제 그랬냐는 듯 다정한 미소를 머금었다.

"네가 마쉬멜에게 무슨 짓을 하려 했다면 막았을지도 모르지만……."

그도 알겠지. 이건 애정에서 비롯된 일은 아니라는 걸.

아하, 그가 작게 중얼거렸다.

"죽는 게 싫으니까?"

"……."

"사랑스러운 내 동생, 넌 항상 내 검을 막았지."

이미 돌아버린 인간에게는 하소연도 분노도 소용없다. 그에게 감정적인 호소가 가능했다면 이전의 수많은 이들은 머나먼 탄광에 노예로 끌려가지 않았으리라. 그들이 그토록 울부짖었음에도 눈 하나 깜짝하지 않던 인간이었다.

"참 이상하지."

체이서의 얼굴이 가까워졌다. 그는 내 얼굴을 뚫어질 듯 응시했다. 붉은 눈에 놀랄 법도 하지만, 이젠 낯설 일도 아니었다.

"……미움받아도 된다고 생각했는데."

뚝. 그에게서 떨어진 물방울이 바닥에서 떨어졌다. 촉촉이 젖은 시선이 나를 훑었다.

"이를 어쩌면 좋아."

체이서가 잠시간 미소를 지으며 눈을 내리깔았다. 곧 다시 끌어 올렸다.

"이젠, 그러기 싫으니."

그러나 끌어올려지기 무섭게 그는 고개를 푹 숙여 피식 웃었다.

"나야말로 묻고 싶은데."

나는 그런 그를 보며 참았던 의문을 꺼냈다.

"이번에야말로 꽁꽁 묶여서 어디 탑에라도 보내질 줄 알았는데."

"안 해."

그가 장난스레 미소했다.

"미움받기 싫다니까?"

우리 사이에서 진지함은 채 몇 분도 가지 못했다. 이는 언제나 체이서가 의도한 바였다.

"그리고."

체이서가 고개를 숙여, 목을 잡고 있던 내 손을 떼어내 손목 안쪽에 촉 입을 맞추고는 놓아주었다.

다시 머리를 들었을 때, 나긋하고도 다정히 웃는 낯에는 번들거리는 광기가 스쳐 지나갔다.

"뿌리쳤으니까."

그는 그리 말하고는 내 귀에, 좋은 하루 보내. 하고 속삭였다.

내일 오후에 다시 오겠다는 말과 함께. 말은 이렇게 했지만 오늘

밤, 혹은 새벽에도 나타나겠지. 도둑잠을 청하러.

　이는 심드렁하게 네 몸만 힘들지, 하고 말 생각이지만······.

　나는 체이서가 닫고 간 문을 빤히 쳐다봤다. 그가 남긴 말을 곱씹
으며.

　뿌리치다······.

　설마.

　······리케도르안의 손을 뿌리친 걸 말하는 건가?

5
푸른 장미

"오늘도 살아 있군요."

안녕하세요, 마시멜로 씨. 차분한 내 인사에 조그만 흑마법사님은 답하려다 말고 이어지는 말에서 와락 인상을 찌푸렸다.

"내가, 그러케! 말하지! 말래찌!"

볼이 오동통한 아이인 채로 화를 내봐야 무섭지는 않았다. 나는 움츠리는 대신 그의 옆으로 다가가 쪼그려 눈높이를 맞추고 피식 웃었다.

"기뻐서 그렇죠, 기뻐서. 오늘도 볼 수 있다는 기쁨?"

"이익!"

"농이에요, 농."

"아가씨가, 말하며는 농땀이 아닌 것 가따꼬!"

이미 체이서의 사정권에서 벗어났다는 것을 나도 그도 뻔히 알고 있었다. 그럼에도 조그만 흑마법사님은 걱정을 전전하고 있었지만.

"너무 염려하지 말아요."

나는 농담을 흘려보내고, 가냘픈 어깨를 토닥토닥 두드렸다.

사실 그에겐 미안함과 고마움이 공존했다. 나는 들키지 않을 거라고 생각했기에 돌아온 순간 마쉬멜을 가장 걱정했다. 자꾸 이런 농을 건네는 것은 이런 미안함을 대신한 것이기도 했다.

"너무 무서워하지 말아요. 여차하면 그 검 앞에 뛰어들어줄게."

나는 토닥이면서 말했다.

"안 그래도 돌아오면 그러려고 했어요."

그럴 일은 없었지만. 물론 당연하겠지만 저 검의 주체는 체이서다.

"내가 죽겠다 나설 각오도 할 테니까. 걱정 마요. 살려줄게."

마쉬멜은 읽던 논문도 내려놓고 어느새 묘한 표정으로 날 보고 있었다.

난 고개를 갸웃했다.

"왜요?"

"……아가씨는, 쩽이 있는 곤지. 없는 곤지. 알다가도 모르게써."

무슨 말인지. 나처럼 정과 사랑이 넘치는 사람이 어딨다고? 농같이 건넸더니, 양심 없는 소리 말라는 타박이 돌아왔다.

"그건 그렇고 저 마법 좀 가르쳐주세요."

나는 적당히 웃음으로 흘리며, 본론을 꺼냈다. 마쉬멜은 뜻밖이란 얼굴이었다.

"언젠 괌심 없다며?"

"사람 마음은 갈대예요. 원래."

체이서는 내게 많은 걸 가르쳤다. 가르치는 주체, 그러니까 선생님은 눈앞의 마쉬멜이었고, 생각보다 많은 것을 가르쳐주었다.

문제는 뭐든 간에 내가 의욕이 딱히 없었단 거다.

2년 전 즈음 그렇게 그만두게 된 것 중엔 흑마법도 있었다.당시 빠르게 관둬서 잘은 모르지만 흑마법이란 게 생각보다 할 수 있는 일이 많더라고? 이번에 얼굴을 감쪽같이 바꿔준 것도 그렇고.

"대마법사가 될까 봐요."

"아가씨, 혹씨 수명이 240년쯤 돼?"

"왜요, 그때까지 살아야 가능해요?"

"그로치."

보편적으로 알려진 마법과는 다르게 뒷공작 혹은 은밀한 일들, 그리고 생명연구에 관한 것도 흑마법에 속했다.

"그래요, 농이고. 이제 와 열정이 불타는 건 아니고요. 단지 이 친구 때문에."

나는 손에 있던 고양이를 그대로 들어 올렸다. 3년이 지났다고 제법 커져서 이젠 꽤 묵직했다.

"이곤……."

모습이 다르지만 한눈에 알아본 듯했다.

"불근 쟝미의 뚜호신 아닝가?"

"맞아요."

마쉬멜 또한 푸딩의 존재를 알고 있었다. 하기야 설표의 모습이 워낙에 특이해 모를 리가 없었을 거다. 거기다 마쉬멜은 푸딩을 누가 어떻게 데려왔는지도 아는 눈치였었다. 알려주진 않았지만.

곧이어 마쉬멜은 눈을 끔뻑였다. 그러고는 의아하다는 듯 고개를 갸웃했다.

"근데 왜 이러케 뿌리 난 거지?"

"뿔 말이죠?"

나는 흘끗 푸딩을 보고는 어깨를 으쓱했다.

"저도 몰라요."

푸딩은 울음소리 한 번 안 내고 얌전히 내게 안겨 있었다. 그러나 눈이 뾰족한 것이 한눈에도 불만이 가득해 보였다.

저 조그만 흑마법사님에게도 보일 정도인가 보다.

"3일째예요. 이러는 게."

사실 푸딩이 이 상태가 된 건 벌써 3일째 되는 일이다. 리케도르안과 헤어진 날부터 계속 저랬다. 저러기만 했나. 밤마다는 웨옹웨옹 구슬피 울어대서 무슨 나라 잃은 백성인 줄 알았다. 무슨 일이냐고 물어도 목소리는 들리지 않고, 울음소리만 내니 나로선 알 도리가 없었다.

그런 주제에 잠은 내가 잠들었다 싶으면 내 품에 파고들어서 잤다. 아침이 되면 다리 사이나 팔 사이에서 발견되었으니까.

나는 책상 위에 푸딩을 내려놓고 뺨을 꼬집어 쭉쭉 당겼다.

"그만하고 말 좀 해봐."

푸딩이 샐쭉 나를 노려봤다.

"말을 안 하면 어떻게 알아."

나는 그리 말하고는 조금 머뭇거리며 이어 물었다.

"어디 아픈 건 아니지?"

하루 이틀이면 그러려니 하겠는데 사흘째 이러니, 조금 염려되기도 했다. 내가 한참 쳐다보자, 푸딩의 샐쭉 올라간 눈이 슬쩍 내려간 것 같았다. 이내 푸딩의 손 방망이가 퍽퍽 나를 두드렸다.

아프진 않은데…… 기분은 묘했다. 왜 난 두들겨 맞는 거지.

─진짜, 걱정한 거 맞냐, 냥! 맞느냔 말이다!

"아, 아파. 그럼 진짜로 걱정하지, 가짜 걱정도 해?"

─인간, 너는 정이 없다! 없어!

"나는 항상 사랑과 정이 넘치는데……."

"그곤 아니다."

마쉬멜이 대화에 난입했다. 아마 푸딩의 목소린 들리지 않을 테고 내 말에 반박하고 싶은 모양이다.

─어떻게 이 몸을 쉽게 버릴 수 있냐, 냥! 무정하다! 무정해! 냉혈한! 파렴치한!

"……파렴치한이겠지."

내가 뭘 했다고 조금 억울해졌다.

─내가 가지 않겠다고 했다면, 그냥…… 보내려고 했냐, 냥?

시간이 흐를수록 푸딩의 어휘력은 놀랍도록 증가했다. 아직도 어린아이 목소리고 그 수준에서 크게 벗어나진 않았지만, 아이가 성장하는 것과 같았다.

3년이 지난 지금 저런 말을 쓸 정도로 말이다.

그리고 배운 것은 말뿐이 아니었다. 푸딩은 과거와는 다르게 이제 감정을 이해했다.

-인사도 안 하고서?

때로는 나보다도 더 민감한 것처럼 느끼기도 했다. 바로, 지금처럼. 나로서는 푸딩의 말에 충실했던 것에 불과했다.

3년 전 내게 자신이 돌아가지 않으면 리케도르안이 죽을지 모르며, 푸딩도 사라진다고 했으니까.

나는 리케도르안이 죽길 바라지 않았으며, 어느새 정이 든 이 제멋대로에 어리광쟁이 똥꽹이가 사라지길 바라지도 않았다. 하지만 역으로 내 충실한 노력이 푸딩에게는 차갑게 느껴졌던 모양이었다.

어린아이는 어른의 감정에 특히 민감하게 반응한다. 어른은 아이의 세상 전부이기 때문이다. 나는 이것이 푸딩에게도 해당될까 생각했다. 세상에 갓 태어나 한 몸과 같은 이와 떨어진 아기 수호신.

처음 만나 정을 준 사람……. 그리고 억지로 저를 떨어트리려는 사람이 나라면. 입술을 꾹 깨물었다.

'어쩜 이리도 닮았는지.'

분명 푸딩의 이야기를 한 건데, 왜 가슴이 아픈지. 어른거리는 은발을 지워냈다.

"미안해."

나는 인정과 수긍이 빨랐다. 진심을 담아 사과하자 푸딩이 슬그머니 다가와 제 머리를 비볐다. 그러고는 혀로 내 손을 싹싹 핥았다.

―……알면 됐다. 이 몸을 좀 더…… 소중히 여겨라. 냥.

푸딩이 내게 몸을 파고들더니 작게 속삭였다.

―곧 사라질지도 모르니까.

"뭐?"

간과할 수 없는 말에 황급히 말을 꺼내려 했으나 마쉬멜이 불쑥 끼어드는 바람에 타이밍을 놓쳤다.

"그럼 흑마봅은 저 쑤호신 때무네?"

"네? 아, 네……. 물어볼 거도 있고, 겸사겸사."

그리 대답하고는 얼른 고개를 돌렸다. 그러고는 푸딩을 번쩍 들어 올려 방 한구석으로 갔다.

"그게 무슨 소리야, 네가 사라진다니."

나는 푸딩에게만 거의 들릴 정도로 속삭였다. 흘끗 마쉬멜을 보니 관심 없는 듯 다시 논문을 보고 있었다.

내 기행이 익숙하다는 태도였다.

―말 그대로다, 냥…….

푸딩은 혼나는 아이처럼 발을 그러모으고 우물쭈물했다.

"무슨, 너. 분명 나랑 약속했지? 넌 아무런 이상 없을 거라고 했어."

하얀 고양이가 움찔했다.

"그렇게 말하고서 탈이 나면 용서하지 않을 거라고도."

짐승의 푸르른 눈동자가 어찌할 줄 모르고 허공을 정처 없이 헤뱄다.

-이, 인간. 화났느냐, 냥……? 붉은 장미 후계자는 무사할 거다, 냥. 이젠 이 몸이 없어도 된다고, 그럴 것 같았다……. 정말이다 냥!

"난 리케도르안의 이야기만을 말한 게 아니야."

나는 단호하게 말했다.

"나는 너도 무사해야 해. 푸딩."

웨옹웨옹 애옹!

푸딩이 급작스럽게 울었다. 하나 나는 울음의 이유를 물을 수 없었다. 퍽. 이 짐승이 갑자기 박치기하며 뛰어든 탓에 배에 거센 충격을 받았으니까.

쿨럭. ……이 똥팽이가.

-인간, 인간, 인간!

"쿨럭, 왜."

-역시, 위대한 이 몸이 인간 보는 눈은 틀리지 않았다, 냥!

"그래……. 지금 나 널 혼내고 있는 거거든?"

마구 몸을 비비는 걸로 모자라 배까지 벌러덩 내민 이 똥팽이를 보며 어처구니가 없어 헛웃음이 나왔다.

……고양이는 죄다 요물이라더니.

"……주인이나 짐승이나."

-뭐라고, 냥?

"아무것도 아니야. 그보다 어떡할 거야. 이 똥팽이야."

나는 배의 털을 잡고 마구 흔들었다. 귀여운 건 귀여운 거고. 이

망할 설표가 마음대로 사고를 쳐?

　-그거 말인데…… 냥. 이 몸이 열심히 생각해보았다, 냥.

　"허, 해결은 생각해보고 사고를 치셨다?"

　-엣헴, 이 몸은 멀리까지 내다보느니라!

　"까불지."

　내가 째릿 내려다보자 푸딩은 얼른 자세를 바로 했다. 배를 내밀며 만져달라는 자세 말이다.

　-이, 일단 날 쓰다듬으며 진정해라, 인간! 쓰다듬어라! 냥!

　……그래. 사양하지 않으마. 일단 쓰다듬으며 생각하기로 했다. 마음의 안정은 금방 찾아왔다. 나는 조금 시간을 두고 그래서 방법이 뭔데, 하고 물었다.

　-인간, 이 몸과 계약하자, 냥!

　"뭐?"

　나는 쓰다듬고 있던 손을 떼어냈다. 대번에 이해가 되는 말이 아니었다.

　"무슨 소릴 하는 거야."

　넌 붉은 장미의 수호신이라며? 이런 의미를 담아 이야기하자, 푸딩이 자리에 벌떡 일어났다.

　-아무나 못 한다, 냥.

　"그렇겠지."

　-그런데 인간, 넌 할 수 있을 것 같다.

　내가? 터무니없이 허황된 이야기로 들렸다. 리케도르안은 붉은 장미의 후계자고, 푸딩은 그와 한 몸 같은 수호신이었다. 상식적으로 여전히 이해가 가지 않았다.

-넌 할 수 있을 것 같다니까, 냥?

"반박은 차치하고서…… 근거는 있어?"

푸딩은 잠깐 입을 꾹 다물고 고민하는 것 같았다.

-인간, 넌 가진 영혼이 뭔가 이상하다. 냥.

푸딩은 이유는 모르겠다며, 자신의 감이라고 했다.

-그래서 할 수 있을 것 같다. 냥.

짐승의 감이면 딱히 틀리진 않을 것 같은데.

'아, 빙의해서인가?'

이 몸은 원래 내 몸이 아니었다. 푸딩이 이런 걸 말하면 납득은 되는데…… 어디까지나 여지가 있다는 거다. 나는 빠르게 계산했다. 이유는 중요하지 않았다. 가장 중요한 게 있으니.

"무슨 말인진 모르겠는데…… 그 '계약'인지 뭔지 하면 넌 사라지지 않는 거야?"

나는 목소리를 낮춰서 속삭였다.

-그렇다, 냥.

확신에 찬 목소리에 얘도 어느 정도 나름의 근거는 있는 모양이구나 싶었다.

그렇다면 다행이긴 한데……. 조금 망설여졌다. 이대로 내가 푸딩을 계속 맡는 게 맞는 걸까? 계약을 하면 꼼짝없이 함께 있는 걸 텐데.

〈……다시 만나자고 했잖아.〉

푸딩을 쓰다듬으려던 손이 멈췄다. 머리는 받아들이는 것이 좋지 않겠다 외치고 있었지만…….

그렇다면 이 자그만 수호신님이 세상에서 사라져버릴 테니까.

나는 작게 웃었다.

참 희한하네. 나는 당신의 흔적을 영영 지울 수 없나 봐.

이윽고 눈을 감았다가 떴을 때 결정을 내렸다.

"그래, 하자."

푸딩이 내게 머리를 내밀어 손에 부비적 비볐다. 놀랍게도 계약의 과정은 그것이 전부였다.

마음이 묶이는 게 중요하다나.

―인간, 이제 너는 나와 머릿속으로도 이야기할 수 있을 거다, 냥!

정말? 들린다고?

―들린다, 냥!

진짜였다. 머리로 이야기하다니 신기한 기분이었다.

그럼 체이서는 이렇게 소통하는 건가?

―그럴 거다, 냥!

머릿속을 다 읽히다니, 이건 좀 그렇긴 한데……. 생각해보니 별 생각 안 하고 살긴 했다.

―아, 인간. 그리고 네 몸 어딘가에는 장미 문양이 새겨졌을 것이다! 이 몸과 계약했다는 증거이니라, 냥!

……뭐? 설마, 그거 색깔이…….

-붉은 장미이다, 냥!

나는 황급히 손과 팔을 봤다. 치마를 들쳐 다리도 봤다. 그러나 어디에도 보이지 않았다. 아니, 저기 마쉬멜이 있어 보지 못한 곳도 있으니 따로 봐야 할 성싶었다.

나는 허, 숨을 짧게 내쉬며, 이 똥괭이의 머리를 꽁 때렸다.

"이런 건 빨리빨리 말하란 말이야."

아프진 않지만 얼떨떨한지, 푸딩이 웅냥냥냥, 애옹, 울었다.

이래서 계약할 때는 계약서를 보고 또 보란 말이 있지. 미리 조항을 듣지 않은 내 잘못이었지만…… 부디 엉뚱한 곳에 있지 않길 바랐다.

'모르고 있다가 체이서에게 들켰으면 어쩔 뻔했어.'

샤워라도 하면서 꼼꼼히 확인해야겠다 결심했다.

"이야기는 끝난 거냐?"

"네, 뭐."

나는 탁자 위에 푸딩을 내려놓고 푹신한 소파에 널브러졌다. 마쉬멜은 그런 나를 보며 혀를 쯧 차더니, 손을 휘저었다.

검은빛이 휘릭 맴도나 싶더니 담요가 저절로 날아와 다리에 덮였다.

"무슨 얘길 한 고냐, 아가씨? 막 성을 내눈 것 같던데."

"저 똥괭이가 성질을 건드려서요."

"건두릴 성질이 있나? 아가씨는 임계점이 높다, 아니 옳지 않나."

왜 사람을 부처 취급하는 거지. 사람이 화를 안 낼 리가 있나. 효율적으로 사는 거지. 화를 내도 소용없는 일에는 나만 진을 뺄 뿐이니. 굳이 언급하지 않는 주의랄까.

"성질은 없긴요, 어처구니없는 소릴 해서 쥐어박았지."

"아까 몸을 마구 뒤지던데, 치마도 들춰고."

"쟤가 벌레 있다고 뻥쳤어요."

"아하……."

그러자 마쉬멜이 푸딩을 조금 한심하다는 듯이 쳐다봤다. 졸지에 애도 안 할 장난을 친 고양이가 된 수호신이 성을 냈다.

—억울하다, 냥!

조용히 하세요, 사기 친 수호신님. 문신이 몸에 생길 줄 알았으면 난 더 신중했지.

……뭐. 결국엔 했겠지만.

"뭐, 아무튼 간에 마쉬멜 씨, 흑마법 가르쳐줄 수 있어요?"

계약이 가능하다는 것이 영 찝찝했다. 갑자기 풀리기라도 하면 어떡해. 머릿속으로 푸딩이 그렇지 않다고 항변했지만 사람은 언제나 만약을 대비해야 하는 법이다.

흑마법 이론이라도 뒤적이며, 이 수호신님을 잘 키워볼 방법을 찾아보거나 공부해볼 요량이었다.

"가루쳐 주는 건 오렵지 않댜만."

마쉬멜이 고개를 기울였다.

"근데 아가씨, 배울 시간 없을 텐데?"

"네? 왜요?"

마쉬멜이 몰랐냐는 듯 눈을 크게 뜨며 말했다.

"왜냐니, 곧 황궁 연회잖아."

"아. 그거."

나는 눈을 끔뻑이며 기억 한자락을 들췄다.

뭐였더라, 아.

이 나라 법도 상 20살이 넘은 영식, 영애는 반드시 황실이 주최한 연회에 1번 이상 참석해야 한다. 그리고 처음 참여할 경우 무조건 데뷔당트 연회를 첫 연회로 삼아야 한다…….

거기까지 생각해낸 나는 곧 미간을 찌푸렸다.

"내가 그거 갈 수 있을까요?"

이전까진 당연히 간다고 생각했던 거였는데, 지금은 미지수였다. 그도 그럴 것이 쉬르멜라로 가서 거하게 사고를 치고 오지 않았던 가. 체이서 관점에서 말이다.

그는 무어라 하거나 별다른 말이 없었지만 나가는 건 또 별개의 일이지 싶었다.

"그렇게 사고 치고는 힘들 것 같은데."

"갈 거야."

다음 날 오후, 체이서가 내게 돌려준 대답은 이러했다. 놀랄 수밖에 없는 답변이었다. 나는 치수를 재다 말고 등을 돌렸다. 막 줄자를 두르던 이가 조용히 뒤로 물러났다.

"정말 가?"

"응."

체이서는 멀지 않은 소파에 다리를 꼰 채 앉아 있었다. 어깨에는 털을 두른 제복을 편하게 얹고 있었는데, 오늘도 잘나빠진 실루엣이었다.

눈요기로는 참 좋은데 말이지.

알맹이가 글렀다는 생각을 다시 하며, 체이서의 말에 집중했다.

"황제 폐하께서 전 귀족의 참여를 명하셔서. 어쩔 수가 없네."

체이서는 드물게도 곤란하다는 음색을 드러냈다. 평소처럼 과장해서 꾸민 것이 아닌 진심으로 곤란하다는 기색이었다.

"특히 우리 집안을 콕 집어 말씀하셨거든."

흡사 물어달라는 듯한 말에 나는 얌전히 질문했다.

"뭐라고 하셨는데?"

"그대의 집에 고귀한 보석은 언제 꺼낼 것인가."

황제가?

어떤 분인지 몰라도 왜 그런 말을 했나 싶었다. 책 속에서 그녀는 잠시 등장하고 사라지는 인물이었다. 하나 등장은 없는 대신 황제와 그녀의 티아라에 관련한 에피소드가 길게 등장했던 기억이 있었다.

아마 프란시아와 리케도르안, 체이서가 모두 엮인 이야기였지?

"참 우습지."

체이서는 턱을 매만지며 붉은 눈에 차차 웃음기를 지웠다.

"널 겨우 보석 따위에 비교하다니."

입술만 끌어올린 채 나를 향했다.

"황제 폐하라 하셔도 나를 강제할 수는 없는데 말이야."

"그래도 들을 거잖아?"

"그렇지."

체이서가 웃는 채로 수긍했다. 아직은 황실의 심기를 거스를 때가 아니다, 이야기를 덧붙이면서.

"이 일로 황실이 붉은 장미 손을 들어주면 곤란해서 말이야."

체이서의 진솔한 이유에 나는 움찔했다. 붉은 장미를 듣는 순간 어쩔 수 없는 반응이었다.

"그렇게 되면 도뮬릿을 노릴 검이 더욱 많아지고……."

이리되면 위험한 것은 나였다. 약한 이를 먼저 노릴 테니까.

"왜, 가기 싫어?"

체이서는 나를 집요하게 응시했다. 마치 무언가를 찾는 사람처럼. 나는 고개를 절레절레 저었다.

"별생각 없는데."

하나 그의 시선은 떨어질 줄 몰랐다. 오히려 달콤하게 웃으며 입술을 열었다.

"난 널 보내기 싫은데."

황홀할 정도로 아찔한 음색이 귀에서 녹아내렸다.

"혹시 마음에 걸리는 게 있는 건, 아니고?"

떠보는 것이 다분한, 아니 의도를 숨기지 않은 말이었다. 나는 다시 한번 고개를 저었다.

"없어."

진심이었다. 리케도르안을 떠올리지 않은 건 아니지만⋯⋯. 솔직히 쉬르멜라의 일로 알았다. 이쪽과 저쪽은 상상 그 이상의 상극, 물과 기름과 같은 존재라는 걸.

거기다 내 유일한 목적이었던 푸딩도 내게 돌아왔다. 더는 리케도르안과 부딪칠 일은 없었다.

⋯⋯표면적으로는 말이지.

나는 가슴을 살짝 쓸어내렸다. 체이서의 시선을 의식해 그저 의미 없는 동작인 척 손을 내렸다. 체이서는 웃으며 그래? 하고 한마디 하고 말았을 뿐 더는 묻지 않았다.

"그래서 옷을 맞추는 거였어?"

"겸사겸사지."

나는 질린 듯이 옷감을 바라봤다. 산더미같이 쌓인 것을 보니 절로 한숨이 나왔다. 저걸 어느 세월에 다 볼 건데.

"⋯⋯집에 옷이 넘쳐."

넘친다. 정말 넘친다. 넘치다 못해 흘러내린다.

더구나 나는 화려한 드레스는 입지도 않았다. 당연하지 않은가 저택에서만 생활하는데 입을 일 있겠어? 그 덕에 맞춰둔 옷은 옷장에 굴러다니고 있을 거다.

"오래 귀찮게 하지 않을 거야. 너는 치수만 재고 돌아가도 돼."

듣던 중 반가운 얘기였다. 다만 그 치수도 필요 없어서 그렇지.

"치수도 재지 않아도 될걸."

눈으로 딱 봐도 변한 게 없는데 무슨 변화가 있을 거라고. 한데 체이서는 이 말엔 부정의 제스처를 보였다. 오히려 성큼 걸어와서는 보여주겠다며 내 손끝을 잡아 올려 손목을 조심스레 붙잡았다.

"이전보다 조금 살이 붙었어."

"그래?"

난 무심히 내 손목을 응시했다. ……잘 모르겠는데?

혹시 몰라 푸딩에게 물었다.

'나 살쪘어?'

-인간, 인간은 너 같은 인간을 두고 살이 쪘다고 하나, 냥?

'아니. 변한 게 있냐고.'

-……변화? 이 몸은 모르겠다, 냥.

뒤쪽에 있어 보이진 않았지만 의아해하는 기색이 다분하게 느껴졌다.

3년간 한시도 빼놓지 않고 붙어 다닌 짐승 쪽도 모른다는데.

하나 하녀들이 치수를 재고, 나온 수치를 들어보니 조금 늘긴 했단다. 표현하자면 엄지 마디의 1/3쯤? 듣기론 사람의 몸에 변화를 보이려면 최소 2kg은 쪄야 보인댔다.

나는 황당했다.

'아니, 이걸 어떻게 알아차리냐고.'

체이서는 싱글벙글했다. 내 말이 맞지? 이렇게 말하고 싶은 모양이다.

"이런 걸 어떻게 알아?"

"세심함이지."

세심함은 얼어 죽을. 나는 속으로 차게 중얼거리며 미친 인간의 업적이 하나 더 늘어났구나 생각했다.

"황제 폐하께 감사한 일이기도 한 건지. 조금 고민되기도 하네."

"갑자기 왜?"

"만천하에 자랑할 기회를 주셨으니까?"

나는 짜게 식은 눈으로 그를 응시했다. 참, 이렇게만 보면 얼빠진 여동생 처돌이로밖에 보이지 않는데 말이지. 아니, 저 능글함을 가장한 아래 어떤 미친 인간이 있는지 아니까. 더욱 어처구니가 없는 거지.

"아가씨, 어떤 드레스가 좋으세요?"

내가 있을 필요는 없다고 했지만 취향은 필요한 건지, 하녀들이 나를 둘러싸고 질문을 했다.

개중 이 질문을 한 사람은 낯익은 얼굴이었다.

'베로니카였지?'

얼마 전 장례식 날 내게 말을 걸었던 하녀이자, 쉬르멜라에서 이름을 빌렸던 이이기도 했다.

"편한 거."

나는 단호히 대답했다.

"그럼 색은……."

"편한 거."

"……어, 모양은……."

"아주 편한 거."

"장식이나 레이스에 대한 의견은……."

"으음…… 편한 거?"

베로니카가 일순 곤란한 얼굴을 했다. 미안해. 근데 정말 불편하지 않았으면 좋겠거든.

저택의 편한 생활에 길들여진 것이 틀림없다. 족쇄를 제외하면 손 하나 까딱하지 않은 생활이니.

"……그냥 나도 오빠가 입는 것 같은 거 입으면 안 돼?"

"나?"

"제복 바지 하나 줘."

"흐음, 그것도 나쁘진 않은데. 제복은 기사만 입을 수 있어, 이 아나."

"그래?"

"뭣하면 이번에 건의라도 해볼까? 영애들의 제복……."

"됐어."

체이서는 기사는 아니었지만 기사 작위를 포함하는 작위인 공작이었다. 그래서 본인은 된다는 건데.

결국 나는 최대한 타협을 보았다.

"그럼 이렇게나, 슈미즈 형태로 잡아보겠습니다."

아마도 앞으로 나올 드레스는 영화 〈로미오와 줄리엣〉에 나왔던 줄리엣의 드레스 같을 듯했다. 시안이 그렇게 생겼더라고. 옆에서 나를 시중 들던 베로니카는 정중하면서도 가끔 어쩔 줄 모르는 얼굴을 보였다.

나는 그녀를 빤히 관찰하다가 고개를 돌렸다.

"오빠."

나는 손가락으로 아래를 가리켰다.

"족쇄 좀 풀어줘."

그 순간 방안에는 쥐죽은 듯한 정적이 내려앉았다. 숨을 삼키는 이도 있었다.

"왜?"

체이서는 느릿하게 반문했다.

"시선을 너무 끌어. 이걸 쳐다보는 시선은 그만 보고 싶거든."

그러자 체이서의 얼굴로 잠시지만 묘한 표정이 스쳤다. 무어라 하나라고 짚어 말하기 어려운 감정이었다.

"차라리 다른 거로 바꿔."

나는 고개를 갸웃하면서도 제안했다. 체이서가 감시를 그만둘 거란 생각은 안 했다.

"어차피 황성 연회에 가잖아."

체이서는 잠깐 침묵 끝에 고개를 끄덕였다.

"……그래."

체이서는 다정하지만 조금은 이질적인 눈으로 나를 담았다.

"이아나도 시선을 끄는 걸 좋아하지 않는구나."

……도? 별일이었다. 그럼 본인도 시선 끄는 건 좋아하지 않는단 건가. 저렇게 생겨서? 나는 족쇄에 대한 이야기가 흔쾌히 받아들여 졌다는 사실이 신기하면서도 다른 한구석으로는 찝찝했다.

〈……인간, 너는 외로워했잖아.〉

베로니카라거나 푸딩이, 보였던 시선들. 나는 정말로 괜찮은데. 어째서 그렇게 보는 걸까. 한편으로는 황성 연회에 가는 일이 기쁘 기도 묘하기도 했다.

왜, 당신과 멀어지려 하면 다시 가까워지는 기분이 들까.

그렇게 드레스를 맞춘 날이 저물었다.

그날 밤.

방으로 돌아온 나는 피곤함에 침대에 몸을 푹 누웠다. 물러나도 된다고 하더니만 결국 고르다 시간이 다 지나갔다.

무슨 치와와인 양 바라보는 하녀들의 울망울망 눈을 외면할 수 가 있어야지. 그녀들은 체이서와 남기는 죽어도 부담스러웠는지, 체이서의 시선이 느껴지지 않을 때마다 애타는 시선을 보내왔다.

그렇게 시간을 보내다 보니 지금이었다.

푸딩이 앞발로 나를 톡톡 쳤다. 귀찮아서 그냥 뒀더니, 이번엔 꾹 눌렀다.

-이, 인간, 죽었냐! 냥!

"안 죽었어……."

그러자 푸딩은 안심한 건지 발에 힘을 빼더니 이번엔 양 앞발로 꾹꾹이를 시작했다. 나는 피식 웃었다. 이 안마 같지도 않은 앙증맞은 안마는 뭐람. 그렇게 웃고 있는데, 똑똑 노크 소리가 들리더니 문이 열렸다.

웬 짐을 잔뜩 가져온 체이서였다.

"이 시간엔 어쩐 일이야?"

말은 이렇게 했지만 사실 체이서는 시간을 가리지 않고 나타났기에 이상할 것 없는 일이었다.

'저게 뭐지?'

그는 방 한구석에 짐을 내려놓더니, 이내 상자를 펼쳤다. 내게 보여주려는 의도 같았다. 상자 하나에는 별다른 것이 들어 있지 않았다. 고작해야 타다만 액자 틀과 양피지 몇 개, 칠판으로 보이는 것뿐이었다.

"저게 뭐야?"

"……네가 오래전에 쓰던 물건."

체이서가 담백하게 대답했다. 이해할 수 없는 기분이 들었다. 내가 오래전에 쓰던 물건? 이상하네. 오래전이라고 해봐야…….

"혹시 캄브라캄에 가기 전에?"

"응, 맞아."

아니, 그걸 왜 지금 줘? 남아 있기는 했어?

"그걸 왜 주는 건데?"

갑작스럽게 나타나 이런 말을 하는 게 이상했다. 이 넓디넓은 방에서 머리에 들어온 건 상자 속 물건들과 의문뿐이었다.

"……불에 탔다며."

자그맣게 중얼거렸다. 분명 과거에 내게 그렇게 말했잖아?

〈이전의 물건이 전부 타 버려서, 새로 가져오게 했어.〉

〈응. 살던 곳에 불이 나서.〉

그렇게 말했던 물건들이 왜 남아 있는 건지. 있었다면 왜 이제야 주는 건지. 체이서가 묘한 얼굴을 했다.

〈불이 왜 나?〉

〈그러게.〉

〈세상엔 이상한 사람이 너무 많아.〉

대답하지 않는 그를 보며 의문이 더욱 깊어졌다.

그는 절대 대답을 유보하는 인간이 아니었다. 능글맞게 말을 돌리면 돌렸지, 이런 식으로 어색할 정도로 침묵하는 건 처음 있는 일이었다.

그가 입술을 달싹였다.

"이제 그만…… 알려줘도 될 것 같아서?"

뭘를? 다시 이어진 그의 침묵에 공기는 더욱 가라앉았다. 그의 표정은 극적이었다. 광기 어린 표정을 하다가도 서글픈 얼굴을 했고, 씁쓸한 미소도 스쳐 지나갔다.

-인간, 흑장미가 이상하다, 냥.

조용히 있던 푸딩마저도 슬쩍 끼어들어 한마디를 할 정도였다.

"뭘 알려주는데?"

굳이 한마디로 표현하자면 크게 심경 변화를 맞이한 사람 같달지.

"사실 있잖아……."

체이서와 심경 변화라니, 물과 기름처럼 이질적이었다. 차라리 푸딩이 내일 당장 훌륭한 독수리가 된다는 말이 더 믿겨지겠다.

그러나 체이서는 끝내 입을 열지 않았다.

달싹임에서 끝이었다.

"아니다, 쉬어. 이아나. 조금만 더 시간이 필요할 것 같네."

그는 멋대로 말을 꺼내고, 망설이고, 판단하고는 휙 나가버렸다. 나가기 직전 한마디를 남기고.

"남은 물건들은 모두 검사를 거쳤어. 어떤 마법적 흔적도, 독도, 함정도 없을 거야."

그 말을 끝으로 문이 닫혔다. 어째서 나가는 뒷모습이 씁쓸해 보였던 것인지.

그를 본 4년 동안 가장 담백한 퇴장이었다.

-흑장미가 많이 이상하다, 냥.

"그러게……. 배탈이라도 났나."

괜히 엉뚱한 소리로 말을 돌리지 않으면, 체이서가 남긴 무거운 공기에 숨이 막힐 것 같았다. 뭐야. 괜히 분위기만 잡고 나가버리기는.

시선이 그가 남긴 상자에 머물렀다. 일단 이걸 들여다보자 싶어 쪼그려 앉았다. 상자 안에는 보이는 것이 전부였다. 물건이 거의 없었다. 개중에 눈에 띄던 것을 잡았다.

-인간, 그것이 뭐냐, 냥?

"글쎄……. 칠판?"

여기서도 칠판이라 표현하려나. 아무것도 적히지 않은 조그만 칠판이었다.

'분필은 보이지 않는데.'

칠판 하나뿐인가? 나는 이리저리 돌려가며 보았다. 칠판의 뒤편에는 직접 그린 것인지 삐뚤빼뚤한 그림이 있었다. 모양을 자세히 보니 모양의 장미인 것 같다. 그 옆으로는 움푹 패인 홈도 있었다. 손가락을 넣어보니 딱 들어맞았다.

푸른 색깔이네.

이아나 로즈 도뮬릿.

이전의 이아나가 가졌던 거라더니. '이아나'는 악필인 듯 엉성한 글씨체가 보였다. 정갈한 필체를 가진 체이서와는 대조적이었다. 흠, 공부할 때 쓰기라도 한 건가. 대수롭지 않게 생각하며 내려놓았을 때였다.

-인간, 그거 조금 이상한 것 같다, 냥.

"뭐가? 이거 체이서가 아무런 마법 흔적이 없댔는데? 설마, 독이라거나."

-아니 그게 아니라…….

푸딩이 앞발로 나를 쳤다.

-글씨가 나타나고 있다, 냥.

뭐? 나는 급히 칠판을 다시 바라봤다. 과연 푸딩의 말처럼 칠판에는 희미한 빛이 일며 못 보던 글씨가 있었다.

　아니, 적히고 있었다.

「이것은, 일기가 아니다.」

　이름을 적은 글씨와 같은 글체였다. 악필이었지만 알아보기 어렵지는 않았다.

「그저 단순한 내 기록일 뿐이야.」

　……이게 뭐야.

　나도 모르게 푸딩을 바라봤다. 조그만 고양이도 모르겠다는 듯 고개를 갸웃했다.

　-인간, 인간. 여기서 기묘한 힘이 느껴진다 냥.

　"묘한 힘?"

　-이상하다……. 흑장미가 있었을 때는 전혀 못 느꼈는데 냥. 이건, 장미의 힘이다.

　그렇게 말하는 푸딩도 제 말에는 자신이 없어 보였다.

　"……장미의 힘이라니. 체이서 건가?"

　아닌데, 그는 '이아나'의 물건이라고 했는데…….

　-흑장미의 힘이 아니야. 전혀 달라.

　"뭐?"

놀란 나머지 손이 미끄러졌다. 손가락이 톡, 칠판을 쳤다.

「이건 아무도 못 보게 숨겨둘 거야.」

어라. 글씨가 지워지고 새로운 것이 쓰인다. 마치 이전 세계의 터치 패드라도 되듯이.
"뭐야, 이게……."
나는 시험하듯 다시 눌러 보았다. 글씨가 끝난 시점에 또 톡 두드렸더니, 다른 글씨가 쓰였다.

「오빠도 보지 못하게. 아니, 오빠는 이미 알고 있으니까. 상관없나? 알아줬으면 좋겠어. 오빠 보고 있어? 나는 오빠를 사랑했으니까. 비록 오빠는 그렇지 않았지만.」

사각사각 쓰이는 필체를 제외하면 정말로 이전 세계의 터치스크린과 비슷한 느낌이었다.

「오빠는 왜 내 사랑을 받아주지 않았지? 우린 남인데.」

그리고 이어지는 충격적인 사실들에 말을 잇지 못했다.

「나는 당신이 보리라 믿어. 그러니 내가 살아온 삶에서 사실만 추려낸 것.」

……내가 정말 이걸 봐도 되는 걸까?

참 이상하지. 이것의 주인인 '이아나'는 분명 체이서를 언급하고 있지만 이상하게도 도리어 체이서가 읽기 바라지 않는 듯한 느낌을 받았다. 기묘한 느낌이었다.

체이서는 어째서 이걸 내게 준 걸까? 그것도 오만하던 성정에 맞지 않게, 그토록 망설이던 얼굴로.

나는 망설이다가, 다시 한번 칠판을 두드렸다.

「나는 이아나 로즈 도뮬릿. 하지만 입양아야. 피가 섞이지 않았단 얘기지만. 모두가 날 필요로 했어.」

이윽고 나온 글씨에 나는 눈을 크게 떴다.

「나는 푸른 장미니까.」

황성 연회 날이 밝았다.

정확히는 하루 전날이었다. 황성으로 가기 위해선 꼬박 반나절을 달려야 한다나. 공작 위 급 되면 황실 측에서 화려한 숙소를 제공한다는데, 그런 데 관심은 없고.

나는 거대한 마차를 보면서 단호히 선언했다.

"안 타."

그러자 주변 이들이 움찔하더니 눈치를 보았다. 개중에는 내 시중 하녀로 지정된 베로니카도 있었다.

"마음에 들지 않아?"

너 같으면 마음에 들겠니? 나는 식은 눈으로 마차를 쳐다봤다.

……그놈의 20마리 말이 이끄는 마차가 등장했다. 설마하니, 감방에서 나왔을 때 이야기 듣고 까먹었던 건데 이렇게 보게 될 줄은 몰랐다.

거대하고 화려하다 못해 사치스러워서 못 타겠다. 이건 말들에게 학대야!

"너무해. 내 동생. 널 위해 꼬박 한 달을 준비했는데."

"한 달 아니잖아."

"……일주일?"

일주일 같은 소리 하네. 손짓 하나로 저런 마차를 하룻밤 새 마련할 수 있는 사람이? 체이서는 눈꼬리를 내려 시무룩한 얼굴을 드러냈다. 하나 내겐 씨알도 먹히지 않았다.

나는 무심하게 한마디 했다.

"……오빠, 이미 다른 마차도 준비해뒀지?"

그러자 울상이던 얼굴이 언제 그랬냐는 듯 다정하게 미소했다. 그가 내 손을 잡고 부드러이 입을 맞췄다.

"내 동생, 네가 이렇게 날 잘 안다는 듯이 반응할 때마다 더 좋아져서 큰일이야."

그는 내 손에 얼굴을 묻고는 중얼거렸다.

"이건 애정이야, 그렇지?"

글쎄. 개구리가 뱀을 관찰하는 것을 과연 애정이라 부르던가. 나는 굳이 입 밖에 내지 않았다.

이럴수록 무심하던 마음에도 점차 밀어내고픈 마음이 일어난다는 것도.

눈을 깔아 침묵했다.

"도뮬릿 공작 각하의 방문을 대단히 환영합니다."

한참을 달려 황성까지 빠르게 도착했다. 석양이 질 무렵, 우리가 도착했을 때 수많은 이들이 앞에 나와서 반겨주었다.

도뮬릿 공작가의 가세를 보여주는 풍경이었다.

동시에 내가 드디어 제대로 된 밖에 나왔구나 하는 기묘한 감상에 사로잡혔다.

"모실 수 있는 영광을 누릴 수 있게 되어 감사 인사를 전합니다. 이쪽으로 모시겠습니다."

황성 내에서는 황성 시녀가 길 안내를 도맡아 방으로 인도했다. 어째서인지 내 방으로 가는 길에 체이서도 함께였다.

나는 걷다 말고 흘끗 그를 응시했다. 그는 기민하게 내 시선을 눈치챘다. 마치 모든 신경을 내게만 쏟고 있었던 것처럼.

"이아나?"

"오빠."

서로가 동시에 불렀지만 체이서 쪽에서 침묵했다. 먼저 이야기하라는 것이리라. 나는 사양하지 않았다.

"내게 준 물건."

대체 그것 정체가 뭐야? 솔직한 물음 대신 다른 질문이 튀어나왔다.

"왜 이제야 준거야? 분명 내가 예전에 썼던 물건이라 했잖아."

"아아."

체이서가 빙긋 웃었다.

"저택 창고 정리를 하다 보니, 나왔어. 네게 돌려주면 좋을 것 같아서."

"······4년이나 지나서?"

나는 입술을 달싹였다. 하고 싶은 말이 너무나 많았다. 그러나 한 가지를 먼저 확인해야 했다.

체이서는 그 칠판에 숨겨진 기능을 알았나?

"너도 알다시피 도퓰릿 저택은 참 넓잖아. 누군가 거기 넣어두었다가 잊은 모양이야."

그 누군가란 정황상 시중인인 듯했다. 일견 툭 맞아떨어지는 말이었지만······.

"거기에 자그마한 칠판이 있던데."

"칠판? 아."

406

나는 그의 얼굴을 유심히 관찰했다.

"오빠도 봤어?"

"봤지. 그래서 네게 줬지 않겠어?"

"아니, 꼼꼼히 봤냐는 거야."

체이서의 우묵한 눈이 나를 지그시 담았다. 무슨 생각을 하는지 모를 시선이 스쳤다.

"상자에 담겨 있던 그대로 가져왔어. 그러니까 보긴 했지만 굳이 일일이 확인하진 않았는데……. 왜?"

"…아냐."

"칠판이면 네가 예전에 가지고 다니던 걸 말하나 보네. 꽤 아꼈던 거야."

체이서가 턱을 괸 채로 미미하게 눈을 휘었다.

"유일하게 나한테도 보여주지 않고."

그냥 보았을 때, 체이서는 아무것도 모르는 낯이었다. 겉으로는 그렇게 보였으나, 속은 어떨지 모르는 일이다.

"네 물건이 모조리 불탄 뒤에야, 내 손에 들어왔지. 아무것도 없는 칠판이어서 네가 왜 그랬나…… 궁금하더라."

나는 두뇌 싸움에 능하지 않을뿐더러 소질도 없었다. 웬만하면 진솔하게 묻고 답하는 편이었다.

그러나 나는 더는 묻는 것을 포기하고 고개를 돌렸다. 체이서는 내게 하지 않은 이야기가 있다. 많은 대화가 필요한 일이었다. 일단 은 돌아가서 다시 보고 보여줘도 늦지 않을 터다.

아울러 긴 마차 여행에 조금 지치기도 했다.

"근데 왜 오빠는 내 방 가는 길에 동행하는 건데?"

그가 배시시 눈을 휘었다.

"에스코트지."

흘끗 시녀가 우리를 보는 것 같았다. 한순간이지만 체이서를 보며 얼굴을 붉혔다가 노련하게 제 색을 되찾았다. 새삼 그의 능력을 떠올렸다.

'매혹안'. 내게는 통하지 않는 데다 왜인지 내 앞에서는 거의 쓴적이 없다 보니 볼 기회가 거의 없었던 것이기도 했다. 거기다 이런 능력을 쓰지 않더라도 그는 농밀한데다 빼어난 미모를 자랑했다.

"황궁 연회는 내일 저녁부터야."

"응."

이는 마쉬멜에게 이미 들어 아는 사실이다. 이외에도 대략적인 일정을 모두 전해 들은 참이었다.

"본래는, 연회 시작하기 나흘 전부터 참석해야 하거든. 낮에는 오찬을, 오후에는 다과회 혹은 가끔 사냥회를 열기도 해. 참석은 자유인데…… 대부분은 참여하지. 영애든 영식이든."

짧지 않은 여행으로 피로했지만 체이서의 설명을 주의 깊게 들었다. 낯선 곳에 왔으니, 적응을 위해서라도 잘 들어두는 게 좋을 듯했다. 언제까지고 마쉬멜의 신세를 질 순 없다.

"나도 해야 하는 거란 거야?"

"아니. 반대야."

마침 시녀가 걸음을 멈췄다. 동시에 우리도 멈춰 섰다. 체이서는 허리를 기울여 내게 작게 속삭였다.

"아무것도 하지 않아도 돼."

그는 그대로 떨어져서는 채 손을 잡고 손등에 친애의 인사를 남 겼다.

"귀찮은 것도 피로한 것도 싫어하잖아?"

그것이 정녕 나를 위한 일일까 생각은 들었지만…… 좋은 게 좋 은 거라고. 나는 피식 웃었다.

"날 잘 아네?"

옳은 말이기도 했다.

"나뿐일까."

체이서가 피식 웃었다. 그러고는 제 입술을 손가락으로 쭉 그었 다. 내 손을 잡았던 손가락이었다.

"다들 캄브라캄에 다녀온 내 동생에게 관심이 많아서 말이지."

"그럼, 현존하는 영애중에 누가 그런 업적을 달고 있겠어."

감빵 경험이라니. 평범하지 않긴 하지. 새삼 내 시간들이 와닿 았다.

"그럼 내 동생, 있다가 또 봐."

체이서는 방에 들어가는 것을 확인하고서야 돌아갔다. 여기까지 와서 내 방에서 밤을 지새울 건 아닌 모양이었다. 듣자 하니 내 방과 바로 옆이던데. 뭐 하러 굳이 데려다줬나 싶기도 하고. 방 하나하나 가 매우 커서 복도 전체를 다 쓰는 꼴이었다.

"동쪽 끝 복도는 모두 도뮬릿 공작가에 내려주신 공간입니다. 부디 편하게 이용 부탁드리겠습니다."

시녀가 방에 대한 설명을 잇고는 고개를 깊이 조아렸다.

도뮬릿 저택의 하녀들은 처음 나를 보고 호기심을 완전히 감추지는 못했는데, 이쪽은 그런 것이 보이지 않았다.

이쪽이 더 프로라 이건가.

"아울러 동쪽 끝과 서쪽 끝 공간은 오직 가장 귀하신 귀빈만을 위한 공간이니 기타 편의 및 보안에 대한 염려를 덜으실 수 있게 최선을 다하겠습니다."

동쪽과 서쪽 끝? 듣다 말고 별생각 없이 물었다.

"서쪽 끝에는 누가 머무는데요?"

말하고서야 아차 싶었지만 그러려니 했다. 하대가 잘 나오지 않는 건 여전했다.

시녀는 왜인지 눈을 잘게 떨더니 얼른 시선을 내렸다. 조금 망설이는 듯하다가 이어 말했다.

"헤……르님 대공께서 사용하십니다."

나는 멈칫했다. 시선이 절로 창문을 향했다.

"도착한 건가요?"

"네, 도착하셨습니다."

초승달 모양에 가까운 황성은 동쪽 끝 창문에서 서쪽의 끝이 고스란히 보였다. 하지만 어찌나 큰지, 굉장히 멀어 보였다.

'도시와 도시만큼은 아니지만.'

도시와 도시정도로 떨어져 있을 때는 무심할 수 있기라도 하지……. 나는 눈을 꾹 감았다가 떴다.

"안내 고맙습니다."

리케도르안은, 지금쯤 나에 대해 어디까지 알았을까.

체이서가 불렀던 이아나란 이름 어디에도 붙지 않았던 도뮬릿. 거기까지 생각하고, 걸음을 옮겼다. 내가 향한 곳은 시녀가 안내한 방이 아니었다. 시녀는 나를 말리지 않았다. 고요히 인사할 뿐. 잠시 후 나는 체이서의 방 앞에서 문을 두드렸다.

"오빠."

방 안으로 들어서자 곧 그가 나타났다. 그는 뜻밖이란 표정을 숨기지 않았다.

곧 다정히 웃었지만.

"네가 날 찾아주다니, 영광인데. 내 동생."

"이야기할 것이 있어서."

나는 주먹을 쥐었다가 펴며 작게 숨을 내쉬었다.

……이렇게까지 할 필요가 있나 싶지만.

"오빠랑 나는 남매지만 전혀 닮지 않았잖아."

그는 다소 놀란 얼굴을 했으나 곧 고개를 끄덕였다.

"사실 머리카락 색도 눈 색도 이목구비도 어느 것 하나 비슷한 구석이 없어."

"그렇지?"

그랬다. 체이서와 이아나는 남매라고 하기엔 너무나도 닮지 않았다. 겉모습도 알맹이도. 진실을 알게 된 이상 우리 사이를 두고 남매라 표현하는 것이 기만이었지만. 나는 이를 알면서도 침묵했다.

체이서의 얼굴이 재밌다는 듯 기울어졌다.

"그래서 내 동생, 하고 싶은 말이 뭘까?"

그는 오히려 녹아내릴 듯 달콤한 목소리로 '내 동생' 하고 힘주어 말하는 것으로 강조했다.

"여기선 너와 같은 머리색을 했으면 좋겠어."

마쉬멜에게서 전해 들은 연회 사양에 대해 떠올렸다.

"적어도 사람들은 우리가 남매라고 믿게."

황성에서 열리는 데뷔탕트의 주제는 '가면 무도회'였다.

"눈동자도 바꿔줘."

"어렵지 않지."

그는 팔짱을 낀 채로 긴 다리를 뻗었다. 발끝이 장난스럽게 까딱 움직였다.

"그럼 이 모습은 내게만 보여주는 거야?"

막 옷을 갈아입으려는 상태였던 듯 그는 드물게도 단추를 잡아 푼 방만한 차림이었다. 머리 또한 반은 올려놓았던 머리칼을 풀어 이마 근처에서 살랑 흔들리고 있었다.

평소의 금욕적인 공작이 아니라, 어느 부잣집의 방탕한 막내아들 같았다.

"이유는 모르겠지만 내게도 좋은 일인 것 같으니 협조할게, 이 아나."

가면, 데뷔하는 이들은 모두 동등하다는 의미에서 시작된 이것은 결국 가면을 벗음으로서 끝난다.

상관없다. 가면을 벗기 전에 떠나면 되니까.

나는 깨달았다.

리케도르안을 다시 마주 하고 싶지 않은 거구나.

진실을 마주한 그를 보고 싶지 않은 거야. 괴로워하든 체이서의 과오로 이어진 증오로 나를 보든.

설사 그가 슬퍼하더라도 나는 그 모습마저 보고 싶지 않을 것 같다. 마주 하기 두려웠다. 솔직한 심정이었다.

"대체 누구의 눈에 들고 싶지 않아서……인지는 묻지 않겠지만."

"……."

"언제든 돌아오면 돼, 이아나."

머리카락으로 손길이 스쳤다.

"내 곁으로."

장미, 그리고 책 속 주인공. 그리고 다시 장미. 머릿속으로 이지러지며 뒤섞이는 생각 사이로 진득하게 파고든 것은 이 남자의 자욱한 향기였다.

황성 연회 당일.

저녁은 금세 찾아왔다. 하기야 온종일 한 거라곤 방에서 뒹군 것밖에 없으니 시간은 참 잘도 지나갔다.

그렇다고 무료할 새가 있었냐하면 그렇지는 않았다. 오전부터 분주하게 들이닥친 하녀들과 준비하기 바빴으니 말이다. 도뮬릿에서 함께 온 하녀들은 평소와 다르게 들뜬 기색을 숨기지 못하며 적극적이었다. 괜히 짠한 마음이 들었다.

'이 사람들 체이서 기에 눌려 지냈구나……'

체이서 한 사람만 없을 뿐인데 이리 활기차다니.

"아가씨, 마음에 드세요?"

반면 장장 8시간에 걸친 대장정에 나는 쓰러지고 싶은 기분이었지만 티를 내는 대신 웃어보였다.

"응. 마음에 들어."

어여쁘지 않은 건 아니었다. 거울 속 나를 보고 상당히 놀랐으니까. 멋쩍게 이게 정말, 나? 해보고도 싶었는데 그렇진 않았다.

"아가씨께서 바라셨던 편한 의복이에요. 최대한 편의를 생각해서 만들었다고 해요."

"…공작님께서 각별히 지시하셨대요!"

완성된 드레스는 그때 느꼈던 것처럼 영화 〈로미오와 줄리엣〉에 나오는 붉은 줄리엣 드레스와 비슷했다. 그러면서도 흰색이 섞인 천이 우아하게 보였다.

"의상실에서 슈미즈 형태와 기타 의복 형태를 섞었다고 전했어요."

"응, 마음에 들어."

나는 설명을 하며 눈치를 보는 이에게 미소를 돌려주었다. 이윽고 기뻐하는 그녀의 표정에 함께 뿌듯해하면서. 하녀들은 끝으로 날이 서늘할 거라며 내게 모슬린 재질의 숄을 걸쳐주고는 사라졌다. 그녀들과 교차하듯 마쉬멜이 들어왔다.

망토를 걸친 조그만 흑마법사님은 입을 다물지 못했다.

"와, 옷이 날개네."

"고마워요. 편해서 좋네."

"편하다니, 아가씨 답다."

마쉬멜이 아장아장 내게로 걸어왔다.

"쥬인님이 보내서 왔댜. 얼굴을 바꿀거라묘?"

그는 체이서에게 이야기 들었다며 내게 곧장 마법을 걸어주었다.

"마법은 어디댜 걸어줄까?"

"음."

마법을 건 것이 끝이 아니라, 마법을 붙잡아 둘 매개체를 골라야한단다. 나는 장신구들을 보다가 무심하게 하나를 택했다.

"저거."

가면이었다.

"······연회에서 가문을 벗을텐데?"

"그전에 들어갈 거야."

마쉬멜은 괴상한 표정을 지었다가 이내, 뭐 그래도 상관없긴 하다며 수긍했다. 이제 그는 내가 어떤 기행을 하든 잰 아가씨니까, 하고 여기는 게 눈에 보였다. 나는 웃음을 터트렸다.

"생각하는 거 빤히 보여요, 마쉬."

"…이젠 아쥬 멋대로 부르눈구냐."

"왜요, 애칭인데."

"돼꼬, 이 먀법은 얼굴뿐 아니라 목쇼리도 바뀔 거다. 주로 첩자들이 자주 쓰눈 마법이지."

"와, 철저하네요. 그 부분은 생각 못 했는데…."

"내 마법이 세튜인 것뿐이댜."

"와, 그거 본인 자랑이죠?"

마쉬멜은 고개를 절레절레 흔들고는 짐짓 표정을 굳혔다.

"되됴록이면 주인님께 장미 힘을 쓰지 말라고 말씀드려봐."

"마법이 풀리니까요?"

"그러치."

황성 연회에서 특수한 힘쓸 만큼 치고받고 싸울 일이 무에 있겠나. 대수롭지 않게 끄덕였다.

"요차하면 나도 있으니까. 염려 말고."

"아, 마쉬멜 씨도 같이 참석해요? 잘됐네."

마쉬멜이 끝으로 마법을 한번 점검하고는 돌아갔다. 참석 시간이 다 되었을 즘 누군가 문을 두드렸다.

황성 시종인가 싶었더니, 의외의 인물이 나를 반겼다.

"이아나 양."

르나그였다.

"이아나."

옆에는 체이서도 함께였다.

어라, 왜 두 사람이 함께 들어오지?

오랜만에 보는 얼굴에 반가워할 겨를도 없었다. 정중히 인사를 건네는 르나그와 삐딱하게 문에 기댄 체이서를 번갈아 보는데 정신 없었으니까.

……책 속 악당즈를 한 번에 보니까 기분이 참 묘하네.

나는 품 안에 있던 푸딩을 꼬옥 끌어안았다. 그러고는 돌아섰다.

-인간, 왜 그러나? 냥. 이 몸은 들어가 줄까?

이제는 3살이나 먹었다고, 눈치가 생긴 푸딩이 속삭였다.

'응, 잠시만 들어가 있어.'

깜빡하고 말하지 못했는데 푸딩과 계약하고 난 뒤로 두 가지 사실을 알았다. 하나는 푸딩의 모습이 반투명해졌다 실체를 가졌다가 오갈 수 있게 된 것이었다. 이것으로 푸딩은 모습을 보이지 않게 해서 날 쫓아다닐 수 있었다. 계약하고 나서 얼마 뒤에야 알게 된 사실이다.

그리고 다른 하나는…… 몸에서 문신을 발견했다는 건데.

'왼쪽 허벅지 안쪽이었지, 아마?'

남들 눈에는 절대 안 띌 곳이라 좋긴 한데, 기분이 묘하달까. 허벅지에 문신이라니 말이다. 그것도 리케도르안과 같은 붉은 장미.

흐려지는 기분을 애써 다 잡으며 고개를 들었다. 그런데 눈앞의 분위기가 영 심상치 않았다.

'생각해보면 르나그는 내 약혼자 아니었나?'

듣자 하니 체이서와 모종의 거래가 있었던 것 같긴 했는데, 관계상 약혼자가 맞았다.

이를 생각한 건 이 무도회의 성질을 떠올려서였다.

'아…… 파트너가 필요한 파티란 걸 잠시 잊고 있었어.'

들어보니 저쪽도 비슷한 이야기를 하는 것 같은데.

"이아나 양에겐 파트너가 필요합니다."

"누가 뭐랬나?"

"공작께선 필요성을 느끼지 못하는 것으로 보이는데. 아닙니까?"

"그럴 리가."

내 눈이 핑퐁을 그리듯이 두 남자 사이를 왔다갔다 했다.

"나는 내 역할을 하러 온 겁니다. 공작."

"그대는 가끔 그대의 작위를 잊는 것 같은데. 후작."

"더 높은 직위가 반드시 영광을 가져오는 것은 아니지요. 당신의 손을 잡고 가면, 당신의 후광을 얻고자 하는 얼마나 많은 사내 새, 아니. 영식이 나타날 것 같습니까?"

"내가 잘난 걸 어떡하겠어? 그리고 내가 옆에 있을 건데."

나 잠깐 잘못 들은 것 같은데, 욕설이 오갔던 것도 같고 아닌가.

체이서가 팔짱을 끼며 고개를 기울였다.

"한시도 떨어지지 않고 옆에 있을 예정이라."

나는 어느새 가면을 쓰고 그들의 싸움을 심드렁하게 감상했다. 흥미를 잃은 지 오래였다.

'……왜 싸우는 거지?'

나만 이런 생각을 한 건 아닌지 순진한 목소리가 머릿속에 울려 퍼졌다.

-인간, 저 인간들은 왜 싸우는 거냐? 냥.

'몰라. 기싸움하나 봐.'

날 두고 말이지.

"그래서, 내 동생 누가 좋겠어?"

마침내 불똥이 내게로 튀었다. 나는 얼떨떨하게 눈을 깜빡였다.

"뭐를?"

"네 파트너."

파트너……. 그냥 입장할 때만 함께하고 들어가서는 각자 논다던 데. 마쉬멜이. 이렇게 말하고 싶었지만 양쪽에서 느껴지는 집요한 두 시선에 차마 그러지 못했다. 이내 난 탐탁지 않게 입을 열었다.

"아무나 좋아."

진심으로 누가 됐든 별 상관이 없었다. 그러자 르나그의 얼굴에 눈에 띄게 실망이 스쳐 지나갔다. 반면 체이서는 진한 웃음을 지었다. 내 손을 살짝 잡으며 웃음기 어린 녹진한 음성과 함께.

"여기선 날 택해줘야지."

그의 엄지가 부드러이 손바닥을 쓸었다. 그렇게 간지럽히며 귀로 작게 속삭였다.

"섭섭해, 응? 짖어야 택해 줄 거야?"

"짖, 뭐?"

"멍."

체이서가 내 손을 가져와 제 크라바트 위에 올렸다.

"당장이라도 목걸이를 찰 수 있는데.

……이 목걸이가 내가 갖다버린 개 목걸이라는 데에 푸딩의 간식
열 달치를 걸 수 있었다.

이 미친 인간이 지금 뭐라는 거야?

"뭐 하는 거야?"

그러나 체이서는 내 손바닥에 입술을 슬쩍 묻고 그대로 움직
였다.

"멍."

야릇하게 휘는 눈매에 참지 못하고 입을 열었다.

"미쳤어!"

하나 여기서 끝이 아니었다.

"이아나 양."

가만히 지켜보던 르나그가 불쑥 끼어든 것이다. 그는 오늘도 차
갑고 날카롭게 벼려진 낯으로 머리칼을 느슨하게 묶어 늘어트린 채
였다.

그의 얼굴로 망설임이 스쳤다.

"……저도 짖으면 됩니까?"

"돌았어요?"

르나그는 잠시 움찔하더니 천천히 고개를 내렸다.

"공작은 하는 것 같기에……."

"오빠가 이상한 거예요."

"너무해, 이아나."

넌 좀 가만히 있어 봐!

"이아나 양의 취향은 잘 알고 있습니다."

이 남자는 4년이 지난 지금에도 크나큰 오해를 하고 있었다. 그러나 차마 무어라 하지 못했다. 어처구니없어서였다. 다음 순간 이 남자가 입을 달싹였다.

"전 그저……."

나보다 한참 큰 남자가 시무룩해하는 기색은 영 보기 힘든 장관이었다. 사실 이쪽도 미남이었으니까.

"……이아나 양은 짖는 사람을 좋아하는 것 같아서요."

예?

잘못 들었나 싶어 다시 쳐다보면, 그대로 멈칫할 수밖에 없었다. 시무룩해 하는 이 남자는 진심이었다.

나는 무어라 말을 잇지 못했다. 가슴에 손을 얹고 나를 진지하게 응시하는 르나그에게 어떤 말을 건네야 할지 갈피를 잡지 못했다.

……진지하게 엉뚱한 소릴 하는 사람에겐 대체 뭐라고 대답해야 하지?

사실 르나그와는 실로 오랜만에 본 것이었다.

3년 전 그가 내게 도망을 제안했을 때부터 나와 그 사이에는 미약한 연대가 생겼지만.

이는 깊어지지 못했다.

이 시간 동안 르나그가 바빴으며, 또한 체이서가 나를 보는 것을 온갖 수단을 통해 방해했기 때문이었다.

물론 그럼에도 완전히 막을 수는 없어서 이렇게 종종 얼굴을 보았지만, 최근엔 많이 바빠졌다더니 이렇게 연회를 왔나 보다. 사실 르나그 정도 되는 귀족은 데뷔당트에는 참석하지 않아도 되는 걸로 알고 있는데.

'나 때문인가?'

고개를 들면 이 남자가 살포시 시선을 피했다. 손등으로 슬쩍 제 얼굴을 가리면서.

커다란 손아래 미처 가려지지 못한 붉은 뺨을 보았다.

이젠 숨기지도 않네.

3년간 달라진 점이 있다면 이런 것들이었다. 그가 더는 내게 이런 행동들을 숨기지 않는다는 것. 쓸쓸한 황무지, 그 땅을 고고하게 누비는 뱀과 같이 날카롭게 생겨서는, 이런 모습을 보일 때면 시간이 지났음에도 여전히 조금 신기한 마음이 들곤 했다.

내가 대꾸하지 않자 르나그의 질문은 자연스럽게 흘러가 버렸다. 곧이어 체이서에게서 누구를 선택할 거냐는 질문이 돌아왔다.

"누구와 함께 갈 거야?"

나는 고개를 갸웃했다.

'이걸 굳이 골라야 하는 질문인가 싶지만······.'

"나는 어느 쪽이든 좋은데······."

흘끗 르나그를 보았다. 긴 눈매가 움찔 떨렸다.

"기왕이면 약혼자랑 가는 게 좋지 않나?"

남들 보기엔.

말을 하지는 않았지만 르나그의 얼굴에 화색이 돌았다. 이리 보면 외모랑은 다르게 바로바로 반응이 온단 말이지.

체이서가 잠시 멈칫하더니, 이내 나긋하게 미소했다.

"반드시 그렇지는 않아."

웃고 있지만 상대로 하여금 긴장을 느끼게 하는 미소였다. 그리고 이건 그의 주특기였다.

저 눈 봐, 사고 치겠네.

-인간, 고를 거냐, 냥?

자칫 잘못 이야기했다가는 오늘 내로 발테이즈와 도뮬릿이 큰 싸움을 벌였다는 소문이 퍼지겠다 싶었다.

결국 나는 극적으로 타협했다.

그럼 이렇게 해, 내 말에 두 남자가 말없이 귀를 기울였다. 덩치가 산만 한 인간들이 이 순간만큼은 순한 양과 다를 바 없었다.

십 분 뒤, 나는 르나그와 복도를 걷고 있었다.

르나그와 복도를 함께 걷고, 입장은 체이서와 함께하기로 타결을 본 참이었다.

……이게 뭐라고 타결씩이나 보는지 의문이었지만. 무심히 바닥을 응시했다.

"날이 좋습니다."

하나 내 시선은 바닥에 오래 머무르지 못했다.

"여름을 좋아하십니까?"

이 남자의 차분한 목소리에 저절로 끌어 올려졌으니까.

감방 출소로부터 4년, 이것저것 많은 것이 변했다. 리케도르안이 성장했고, 체이서가 속내를 드러냈다. 스스로는 변함없다고 생각하지만 누군가가 보기엔 나 또한 변했을지도 모른다.

그러니 이 남자도 변했다.

하나 내 주변 이들 중에는 가장 한결같은 이이기도 했다. 그게 참 신기했다. 감방에서는 약간의 오해를 해서, 계산적으로 잘해주는 것이라 알았어도…….

지금은 그가 진심이란 걸 아니까.

또 항상 진심이었단 것도.

"여름은 좀 신기한 계절이에요, 저한테."

이전 세상에서 한 해의 시작과 끝은 모두 겨울이었다. 추운 날 호호 김을 불며 한 해를 보내고 종소리와 함께 새해를 시작한다.

하지만 여기는 조금 덥다 싶은 따뜻한 날씨에서 다들 우아하고도 품위 있게 한 해를 마무리하고, 뜨거운 태양과 함께 떠오르는 한 해의 시작을 맞이한다.

"그래서 좋아하느냐고 묻는다면……. 그건 아닌 것 같아요."

여름은 항상 내게 많은 것이 일어난 계절이었다.

리케도르안을 만난 일, 체이서의 동생임을 알게 된 일, 책 속 여주인공을 탈출하게 한 일…….

그리고 약속을 지키지 못한 일까지.

호오를 따진다면 좋지 않음에 가깝다.

"하지만 그건 그다지 의미가 없는 것 같아요."

이제 와선 그렇지. 작게 중얼거리는데, 따가운 시선이 느껴졌다.

"그건 그렇지 않습니다."

눈을 들면 고요하지만 깊은 시선이 그곳에 있었다. 그래, 항상 진지한 얼굴을 하던 남자였다.

"제게는 의미 있는 일이니까요."

담백하게 제 말을 뱉어낸 남자가 손을 뻗었다. 나는 잠시 의아해하다 그의 손을 잡았다.

그러고 보니 에스코트 받는 중이었는데, 손도 잡지 않았구나.

이제야 떠올린 건 내가 이쪽에 밝지 않은 탓이다. 이론이야 배워도 저택에 감금당해서 어찌 알겠나. 하나 르나그는 다를 테지. 과연 내 시선의 뜻을 느낀 것인지 그가 멋쩍은 듯이 웃었다.

"긴장한 나머지, 손을 내미는 것도 잊었군요. 무례에 사과드립니다."

나는 잘게 떨리는 손끝과 손바닥에 맺힌 땀을 모른 척해주었다.

"아니에요."

줄곧 르나그에게 묻고 싶은 말이 있었다. 그는 분명 푸딩이 사라지는 것을 보았을 텐데. 아무 말도 하지 않았다.

물론 3년이나 보았던 만큼 푸딩에 대해 모르는 건 아니다, 그러나 그는 단 한 번도 먼저 묻지 않았다.

내가 바라지 않으면 묻지 않겠단 듯이.

"저, 궁금한 것이 있는데."

나는 그의 깊은 배려를 언급하는 대신 다른 이야기를 꺼냈다.

"르나그도 수호신이 있죠?"

"예."

그가 끄덕였다.

그럴 터다. 그도 '장미'였으니까. 그동안은 굳이 묻지 않던 질문이었다.

그가 내게 묻지 않는 것만큼이나 나도 묻지 않았다. 배려는 아니었다.

"제 수호신이 궁금하십니까?"

내가 대답하기도 전에 그가 손을 내밀었다. 나를 잡고 있지 않은 손이었다.

곧이어 그 손의 소매에서 스르륵 무언가 기듯이 움직였다.

고개를 내민 것은 '뱀'이었다.

"노란 장미, 발테이즈의 수호신은 뱀입니다. 이름은 아줄르라고 합니다."

이미 한차례 석판에서 보아서 짐작했던 것이지만 생각만 한 것과 새하얀 뱀을 눈앞에서 보는 것과는 차이가 있었다.

'노란색이 아니네.'

새하얀 색이었다. 그러나 눈동자만큼은 르나그와 똑같은 황금색이다.

"아줄르……"

"예."

뱀은 반갑다고 인사라도 하듯 날 보며 빠르게 혀를 내밀었다. 속도가 2배는 빨라진 것 같았다.

'되게 조그맣네.'

생각 이상으로 작았다. 노란 장미의 수호신이 뱀이란 걸 알았을 때 집채만 한 종류를 생각했는데. 아나콘다 같은 것 말이다.

하나 이쪽은 아기 뱀인가 싶을 정도로 작고 앙증맞았다. 머리 모양은 뾰족했으나 눈은 둥글둥글했다. 여러모로 날카로운 인상의 이 남자에게는 어울리는 느낌이 아니었다.

과장해서 모르는 사람이 보았다면 뱀 모양 팔찌인 줄 알았겠다.

"만져보셔도 괜찮습니다."

"네?"

"아, 물끄러미 보는 것 같으시기에."

그건 그런데. 머릿속에서는 푸딩이 만지지 말라! 냥냥냥! 아우성이었다. 질투라도 난 모양이다. 하나 나는 싹 무시하고 하얀 뱀을 만져보았다.

'……매끄러워.'

살살 만져주자, 아줄르는 눈을 감고 살랑살랑 움직였다. 뜻을 몰라 르나그를 쳐다봤다.

"기분이 좋다는군요."

아. 기분 좋은 거였구나.

"그런데 뱀, 아니 아줄르가 작은 것 같은데 아직 어린 건가요?"

"아니요. 성체입니다."

각성을 한 상태란 소리였다. 그럼 일부러 작은 형태로 있는 건가?

할 수만 있다면 거대한 독수리가 되는 아퀼라도 심심하면 카나리아 형태를 하곤 했으니까.

"작은 형태를 선호합니다. 맹독을 주입하기에 효율적인 형태니까요."

……예?

"또한 방심을 유도하고 시도하기에도 효과적이지요."

아하……. 그런 무시무시한 뜻이.

나는 떨떠름한 얼굴로 끄덕이고 슬그머니 손을 떼어냈다.

아기 뱀인 줄로만 알았던 짐승에게 독이라니. 영 무서웠으니까.

그러자 르나그가 손을 말아쥐고 살짝 미소했다. 나타나자마자 흔적도 없이 사라진 미소였다.

"걱정 마십시오, 이아나 양이 물릴 일은 절대 없을 테니까요."

아니, 그래도. 모르는 일이지. 항상 사고는 가장 안전하다고 생각했을 때. 방심했을 때 일어나는 법이라고.

하나 여기까지 보았는지 르나그가 내 손을 조심스럽게 꼬옥 붙잡았다.

미약한 힘이지만 존재감을 뚜렷이 드러내면서.

"……조금 섭섭합니다. 제가 당신을 위험하게 할 리 없지 않습니까."

상당히 진솔한 얼굴에 나는 그제야 내가 무례할 수도 있었음을 알았다.

"죄송해요."

"아…… 아뇨. 사과받기 위함은 아니었습니다."

르나그가 황급히 고개를 저었다.

"그저 저는 위험하지 않다는 것을 알아주셨으면 해서……."

다른 손을 휘휘 저으면서. 손에 휘감긴 뱀은 어느새 온데간데없이 사라진 뒤였다.

나는 그의 난감한 얼굴을 보다 어색하게 웃었다.

"아니에요. 제가 순간 겁을 먹었지 뭐예요."

나는 망설이다가 솔직하게 말했다.

"그리고…… 르나그에게 죄송하지만 우리 또한 언제 적이 될지 모르잖아요."

체이서는 날로 적을 늘리고 있었다. 그만큼 강대해지고 있단 얘기도 되지만 그림자가 짙어진 것이 좋은 일인지는 모를 일이었다.

물론 르나그가 내게 해준 일을 기억한다. 잊을 생각은 없다. 하지만 그가 언제까지고 내 편이 되어줄 거란 생각은 안 했다.

"르나그는, 내 상황을 알고 있잖아요?"

그를 믿지 못하는 게 아니라 나와 그의 관계가 체이서의 관여로 어그러질 수 있는 가능성을 고려한다는 거다.

"언제 변할지 모른다는 것도요."

나는 담백하게 이 가능성을 이야기했다. 숨기고 웃어주기엔 이미 그가 많은 것을 주고 해주었다.

"언젠가 우리는 약혼 관계가 아니게 될 수도 있어요."

체이서의 위험성을 주지시켰다. 똑똑한 남자이니 내가 하는 말을 모르지 않으리라.

그렇게 말하며 나는 그에게서 손을 떼어내려 했다. 하나 그 손은 떨어지지 않았다.

"그렇게 말씀하시면, 속이 편하십니까?"

"……상처 주려던 건 아니에요. 언젠가 나와 당신이 의도하지 않은 이유로 파혼할 수도 있다는 얘기."

"저는 하지 않을 겁니다."

심각하게 얘기하려던 건 아니었다. 그저 이런 가능성도 있다, 이야기하고 싶었을 뿐인데. 내가 지나쳤음을 알고 사과하려 했다.

하나 다음 순간 그가 내 말을 막았다.

"좋아합니다, 이아나."

달빛이 떨어지는 아래, 안경 밑으로 울 듯한 표정을 지으면서.

"아……."

이미 알고는 있었으나 단 한 번도 언급하지 않았던 마음이었다. 무슨 심경의 변화가 있었던 것인지. 어찌 반응하면 좋을지 몰랐다.

어찌할 바를 모르는데, 따뜻한 손끝이 움직였다.

"대답을 바라는 것은 아닙니다."

푸른색으로 물든 시린 달 아래 뜨거운 뺨과 울 듯한 표정을 지은 남자가 말했다.

나는 머뭇거리다가 답했다.

"울지 마세요."

뭔가 위로를 해야 할 것 같았다. 그런 것 같은데…… 적절하게 떠오르는 말이 없었다.

"……안경에 물 묻어요."

기껏해야 나온 위로가 이런 거라니. 최악이구나 싶었다.

—……인간, 너는 위로에 소질이 없다, 냥.

심지어 나보다 훨씬 어린 3살 수호신님마저 타박을 숨기지 않았다.

하나 이런 형편없는 위로에도 그는 작게 웃어주었다. 스치듯 사라지는 미소는 저렇게만 계속 웃어도 날카로움은 덜할 건데. 싶은 생각을 남겼다.

"당신이 나와 같은 마음이 아니란 것은 이미 알고 있습니다."

그는 담담히 인정했다. 그리고 읊조렸다.

"좋아합니다."

나를 잡고 있지 않은 손으로 안경을 벗어 가슴 주머니에 접어 집어넣었다.

"……내가 날카로워 무섭단 한 마디에 바로 어울리지도 않는 안경을 쓸 만큼."

내용에 놀랄 새도 없이 남자가 고개를 숙여 붉힌 채로 이었다.

"사랑합니다."

씁쓸해서 더욱 달콤한 고백이었다. 공기가 담은 이 달콤함에 질식할 만큼.

"말재주를 배우지 못해…… 어떻게 표현하면 좋을지 모르겠습니다."

그가 난감한 얼굴로 머뭇거렸다. 날카로운 얼굴에 그린듯한 미소가 그려졌다. 억지로 그린 것처럼 어색했으나 붉음이 묻어나오는 얼굴이었다.

"나는 당신에겐 모든 것을 주어도 아깝지 않습니다."

날것에 가까워진 이 남자의 얼굴은 보는 것만으로도 냉혹과 살벌함을 자아냈다.

"절 농락하고 가지고 놀아도 상관없으니까. 부디."

하지만 긴 눈매에 담긴 애절함은 무심한 내게도 느껴질 정도였다.

"……그저 곁에만 있게 해주십시오."

나는 한참을 망설이다가 침묵한 끝에 겨우 말했다.

"……그렇게 못된 사람은 못 돼요."

가지고 놀 생각은 없다. 마음이 없을 뿐이지.

내 말을 어찌 알아들은 것인지 날카롭게 벼려진 낯으로 순수한 미소가 피어났다.

"네. 이아나."

이 덩치에 어울리지 않은 작고 가녀린 개나리꽃을 떠올리게 하는 작은 미소였다.

"당신을 지키겠습니다."

그렇게 우리의 대화는 여기서 끝이었다.

"체이서 루브 도뮬릿 공작님과 공작님의 여동생 이아나 로즈 도 뮬릿 영애 드십니다!"

우렁찬 확성기로 고래고래 귀빈을 알리는 건 어디선가 본 풍경과 같았다. 어디서 보았겠나. 책 어딘가에서 보았겠지.

거대한 문이 열렸다.

새로운 곳을 향하는 긴장은 없었다. 어차피 금방 나올 곳이었으 니까.

"표정이 좋지 않네."

옆에서 흘끗 나를 보던 체이서가 말을 흘렸다. 그 말에 사람과 홀 장내를 보던 것을 멈췄다.

"무슨 일 있어?"

"……그런 것 아냐. 없어."

그리 말했음에도 체이서의 시선은 떨어지지 않았다. 한참 걸어가 멈췄을 때까지도. 아직 황제는 등장하지 않았다. 아마도 체이서까 지 왔으니 곧 나타나지 않을까 싶었다.

기다리는 사이 체이서는 엉뚱한 것을 물었다.

"발테이즈 후작이 가면 아래 눈과 머리칼에 대해선, 무어라 안 했어?"

"어…… 별말 없었는데."

실제로 르나그는 내 머리칼과 눈동자 색이 체이서와 같은 색이 된 것에 대해 언급이 없었다.

"뻔히 보이는 걸 언급 못 할 겨를의 말이 오갔다는 거구나."

실제론 그것보다는 르나그가 원래 잘 묻지 않은 성격인 듯했으나 대답하지 않았다. 찔리는 게 있으니 괜히 태연한 척하려다 티 내는 것보다는 나았다. 이런 내 반응에 체이서는 흐응, 하고 야찔하게 눈을 휠 뿐 더는 언급하지 않았다.

그 순간이었다.

"리케도르안 폰 헤르님 대공께서 입장하십니다!"

조금 촌스럽다 여긴 확성기 소리가 다시 한번 홀을 쩌렁쩌렁하게 울렸다.

문이 열리고 누군가가 저벅저벅 걸어왔다.

몹시도 당당한 걸음이었다.

우리에게로 한창 다가오던 사람들이 걸음을 멈추고 까딱, 묵례를 올렸다. 잠시 다른 곳으로 고개를 돌렸다가 다시 돌아왔다. 심호흡할 시간이 필요했다. 눈을 뜨면 그곳에는 새하얀 예장을 갖춘 리케도르안이 보였다. 어깨에 얹힌 견장이 찬란한 금빛을 반사했다. 나도 모르게 손을 뒤로 감추고 꾸욱, 눌러 쥐었다.

휙 고개를 돌린 리케도르안이 잠깐 나와 눈을 마주쳤다. 착각이거나 우연인 듯 그의 고개가 무심히 돌아간다. 마주침은 이로 끝이었다.

그 이후로는 사람들이 들이닥쳐서 생각할 시간이 거의 없었다. 다가오는 이들은 호기심과 가시적인 미소 둘 중 하나를 달고서 나타났고, 나는 배운 대로 내 이름을 말하며 인사만 남겼다.

"미안하네만, 내 동생이 오늘 몸이 좋지 않아서 말이야."

참 편하게도 이렇게 한마디 인사만 하면 뒤는 체이서가 알아서 해주었다.

'빨리 황제가 왔으면.'

그럼 물러날 수 있다지?

그렇게 막 12번째로 나타난 사람에게 인사를 건넸을 때였다.

저벅저벅. 누군가 사람을 헤치고 걸어왔다. 아니, 처음엔 헤쳤을지라도 금방 사람들이 알아서 힉 소리를 내며 길을 텄다.

"오랜만이군, 공작."

눈앞에는 리케도르안이 있었다. 오늘의 규칙을 지키듯 하얀 가면을 쓰고 있었지만 몹시 얇고 작아 쓰나마나였다.

망사가 달린 것만 제외하고 비슷한 형태의 체이서의 것처럼.

"흐응, 이게 무슨 일일까."

체이서는 들고 있던 잔을 휙 돌렸다.

"감히 대공께서 날 찾아주시고."

잔 속 샴페인이 휘휘 돌았다. 회오리가 치고 있다. 잔 속에도 여기. 내 마음에도.

"쉬르멜라로부터 그리 오래지 않았을 텐데?"

체이서가 일부러 쉬르멜라를 언급했음에도 리케도르안은 눈 한 번 깜짝하지 않았다.

"가급적이면 공작, 네 얼굴은 금방금방 잊고 있지. 기분을 위해서."

"쉬이 잊을 수 있는 낯이 아닐 텐데. 대단하군 그래."

체이서는 사납고도 서릿발 같은 음성을 잘만 받아넘겼다. 그러더니 눈매를 잠시 가늘게 늘어트렸다.

"망각이 그토록 쉽다니, …참으로 부러운 능력이야. 난 그게 참 어렵거든. 어떤 기억은 평생을 가."

체이서는 자찬을 하며 태연히 말을 받았다. 의미심장한 말에 리케도르안의 푸른 눈이 미미하게 찌푸려졌다.

"것보다 도퓰릿의 가장 귀한 이가 특별히 행차했다고, 들어서 말이지. 직접 구경하러 왔는데."

하나 리케도르안이 곧 입술을 끌어올렸다. 차게 웃는 비웃음에 가까웠다. 내가 기억하고 있는 리케도르안의 얼굴답지 않았다.

"나처럼 빼앗기지 않도록 노력해야 할 테지. 안 그런가."

"그대의 부친 말인가?"

리케도르안의 미소가 더욱 차가워졌다.

"……그래."

천천히 미소를 지운 리케도르안이 나를 향했다. 나는 작게 숨을 삼켰다. 입안이 말랐다.

하나 인사를 해야 했다.

사람들이 수군거리는 틈에서 나는 비교적 태연히 입술을 열었다.

"대공을 뵙습니다."

배운 대로 인사를 해야……

"……도뮬릿 공작님의 여동생입니다."

"이런 무례는 처음이군."

리케도르안이 바로 내 태도를 지적했다.

"공작, 그대의 동생은 무례하기 짝이 없는 것이 그대와 같은데. 피는 속이지 못함인가."

리케도르안이 시린 눈으로 고개를 꺾었다.

"얼굴도 이름도 없이 인사라니. 소개가 원래 이런 식인가?"

체이서의 손이 내 어깨 위로 올라왔다.

"내 여동생 마음이지. 이해해주겠어? 도뮬릿에서 가주보다 높은 이라. 뫼셔야 해."

"사라지면 곤란하다?"

리케도르안이 나와 체이서를 번갈아 보았다.

"확실히 그대와 똑같은 색이 둘이나 된다라. 참 반가운 일이지."

체이서가 피식 웃었다.

"그러는 대공은 이리 찾아와 시비 거는 태도를 무례라 생각지 않은 얼굴인데, 그래?"

"아, 그래. 그저 소문이 자자하다는 인물을 확인해두러 온 길이니까."

리케도르안의 눈이 나를 향했다. 온기가 없는 무표정에 가까웠다. 이내 그는 무심하게 돌아섰다. 돌아가는 발걸음에 미련은 전혀 없어 보였다.

어째서 아쉬움이 드는 건지. 아니, 아쉬웠던 거지. 막상 알아보지 못했으니까.

'섭섭해서.'

나는 고개 숙여 피식 웃었다.

다음 순간 황제가 입장했다. 본격적인 연회의 시작이었다.

"피곤해, 쉬고 싶어."

이 말을 꺼낸 것은 파티가 시작되고 약 한 시간이 흐른 뒤였다. 체이서는 막 다가온 시종에서 눈을 떼어냈다. 나른하던 그의 낯에 걱정이 어렸다.

"같이 갈래?"

"아니, 혼자 가."

체이서를 찾아온 시종은 무려 황제 직속 시종이었다. 황제가 체이서를 불렀다고, 이는 아마 나도 함께 데려오란 신호였을까 싶기도 하지만.

"더는 긴장하고 싶지 않아."

줄곧 긴장이라곤 전혀 하지 않았음에도 나는 태연히 거짓을 말했다. 어차피 이는 체이서도 눈치채고 있을 거다.

하나 피곤한 건 사실이었다.

사람이 많은 곳과 상성이 맞지 않는 건 예나 지금이나 똑같았다. 이전 세계에서도 시내에서 오래 견디지 못하곤 했다.

"그래, 그럼 다녀올게. 그동안 발테이즈……."

"아니."

나는 체이서의 옷을 살짝 붙잡고 고개를 저었다. 지금은 르나그를 보고 싶지 않았다. 아니, 이 피로한 정신으로 마주 하고 싶지 않달지.

〈답은 언제든 편히 주십시오.〉

아무리 나라도 고백한 당사자와 당일 재회는 부담스러웠다.

"……다른 사람 없어?"

체이서는 잠시 묘한 표정을 짓더니 이내 미소를 떠올렸다. 못내 기쁘단 표정이었다.

상황을 가늠하는 듯한 시선도 함께였다.

"그래, 마쉬멜을 불러둘게."

마쉬멜이라면 편한 상대다. 거기다 걱정 없겠네.

"황제 폐하 뵙는데 나는 같이 가지 않아도 괜찮은 거야?"

난 아직 황제를 보지 못했다. 보통 이런 자리에서 인사를 올리는 것이 예일텐데. 하지만 체이서는 내 얼굴을 보더니 고개를 저었다.

"괜찮아, 이 정도는."

체이서의 손이 뺨 위로 올라왔다.

"네가 하고픈 대로 해줄 수 있으니."

안심해. 낮은 목소리가 느릿하게 울렸다. 뺨에서 움직이는 손가락이 차갑다. 나는 눈을 느릿하게 깜빡였다.

"다녀와서 할 얘기가 있어."

그가 잠시지만 머뭇거렸다. 그답게 머뭇거림은 오래 가지 않았다.

"네게 채 하지 못했던 얘기지. 꼭 들어주길 바라."

다녀올게. 작게 속삭이고는 멀어졌다. 나는 그의 뒷모습에 시선을 오래 두지 않았다. 그의 우아한 걸음이 눈을 뗐음에도 잔상처럼 일렁인다. 그 위로 저택에서 보았던 망설이던 체이서의 얼굴이 스쳐 지나갔다. 처음 보던 낯이었기에 기억에 콕 박혀 있던 것이었다.

……할 얘기라면 '이아나'의 짐을 건네줄 때 끝내 못하고 지나간 얘길 말하는 거겠지.

푸른 장미에 대해 들을 수 있는 걸까.

베일에 휩싸인 이아나의 정체. 의문은 이것뿐만이 아니었다. '이아나'가 체이서를 사랑했다. 반면 체이서는 '이아나'를 사랑하지 않았다. 그러나…… 이는 앞뒤가 맞지 않았다.

나는 나를 보던 붉은 눈을 떠올렸다.

망설이던 얼굴을 보아서일까? 무슨 이야기가 나오든 이 일은 가볍게 이야기해서는 안 될 것 같았다.

툭. 벽에 얼굴을 기댄 채로 눈을 스르륵 감았다.

잠시 후, 나는 한적한 발코니에서 숨을 내쉬었다. 옆에는 체이서의 부하에게 불려온 마쉬멜이 함께였다.

"무슨 한숨을 그로케 쉬나?"

마쉬멜은 긴 망토를 두르고 있었는데, 어찌나 천이 긴지 발끝에서 끌리는 걸 아는지 모르겠다.

"무슨 일 있었어?"

마쉬멜 치고는 덜 퉁명스러운 말에 나는 살짝 웃었다. 일이라……. 없는 건 아니었지.

난 뺨을 긁적였다. 그러고는 가장 고민하던 것을 쏙 빼놓은 채 말했다.

"고백받았어."

옆에서 쿨럭, 앙증맞은 기침 소리가 들렸다.

"……뉴, 뉴구한테? 살아 있눈 거냐?"

"르나그."

내 말을 듣더니, 마쉬멜이 아. 하고 깨달은 듯한 음성을 흘렸다. 그러고는 눈을 찌푸린다.

"뭐야, 아가씨. 구건 이미 알고 이써쨔나?"

이미 읽어서 알고 있었지. 눈치챈 것과는 조금 달랐지만 끄덕였다.

"그렇지?"

"아가씨눈 모두 알고 있짜나. 새샴스럽게."

마쉬멜이 주먹을 제 뺨을 꾹 눌렀다가 뗐다.

"주인님의 마음두."

하필 그 순간 강한 바람이 부는 바람에 바로 대꾸할 수 없었다. 바람이 가시고 무어라 막 입을 떼려는데 발코니 문이 열렸다. 돌아보면 낯선 사내가 서 있었다.

"저…… 혼자이십니까, 레이디? 아까부터 쭉 보았는데."

평범하게 생긴 이 남자는 나름 용기를 낸 것인지 우물쭈물하면서도 말을 건넸다.

"일행 있어요."

"지, 지금은 없지 않습니까?"

이거 곤란한데.

평소 같으면 그냥 거절하고 자리를 떠났을 텐데 어째 그냥 돌아갈 것 같지 않은 인상이다. 그렇다고 내가 떠나고 싶지도 않았다. 딱 그만큼 피로했다.

그때였다.

쯧, 마쉬멜이 혀를 찼다.

"아가씨눈, 미꾸라지랑도 엮이나? 귀찮게."

그와 동시에 남자가 어어, 소리를 냈다. 남자의 몸이 절로 뒤로 물러나지더니 안쪽으로 던져진다. 문이 저절로 탁, 닫히고 철컥 잠겼다. 촤악, 커튼까지 알아서 내려가 더는 안이 보이지 않았다. 순식간의 일이었다.

쾅쾅.

하나 소리만은 감출 수 없었다. 마쉬멜은 이것만으로도 안 되겠네 중얼거리더니 조그만 손가락으로 이마를 꾸욱꾸욱 눌렀다.

"아가씨, 이 은혜눈 꼭 갚아. 아라써?"

마쉬멜에게서 검은빛이 흘러나오나 싶더니 어느새 그 자리에 커다란 남자가 서 있었다.

나는 같은 색 머리로 마쉬멜임을 어렵지 않게 알아보았다.

"와, 대단하네요."

그의 양 귀에서 길게 흘러내린 귀걸이가 찰랑 흔들렸다. 그는 날 노려보며 귀걸이를 떼어냈다. 이내 그것이 긴 지팡이가 되었고, 이걸 흔들었다.

곧 쾅쾅 소리나도록 문을 두드리던 소리가 조용해졌다.

"흐응."

나는 짧게 박수를 쳤다.

"마쉬멜이에요?"

"……그래."

어쩐지. 책 속에서 아는 모습은 분명 성인이었는데. 이상하다 싶었지.

"성인이 될 수 있던 거예요?"

"오래 유지는 못 해."

그가 짧게 대꾸했다. 신경질적이고 무심한 얼굴과 썩 잘 어울리는 말투였다. 잘생겼네.

"미남이었구나."

"허, 아부해도 아무것도 안 나와, 아가씨."

그는 허탈한 듯 웃음을 토했다. 한데 말투는 아기일 때와 전혀 다르지 않다. 난 소리 내어 웃음을 터트렸다.

그사이 커튼이 걷혔다.

"이렇게 하면 귀찮은 일은 덜 하겠지."

"어떤 귀찮은 일요? 나한테 집적대는 사람이 쥐도 새도 모르게 사라지는 거?"

"잘 아네."

그러고도 남지, 뭐. 나는 부정하진 않았다.

그의 짙푸른 머리색은 달이 동동 뜬 하늘과 무척이나 잘 어우러지는 색이었다.

"그보다."

마쉬멜은 나를 흘끗 보다 툭 던졌다.

"그게 고백받은 사람의 얼굴이냐?"

"왜요."

"……아가씬 참 알다가도 모르겠어."

"아, 그런 의미로 알다가도 모르겠는 사람 부탁 하나만 들어줄래요?"

"뭔데."

"그 모습이 된 김에 음료 하나만 가져다주면 안 될까요?"

"……허?"

마쉬멜이 혀를 찼다. 예민한 모습도 저런 미남이 하니 잘 어울리는구나 싶었다.

"목이 너무 말라요. 오빠의 일이 길어지는 것 같은데, 내가 나가면 귀찮은 일이 생길 것 같아서요."

그건 그랬다. 체이서가 사라지기 무섭게 사람들이 달려드는 통에 여기 온 거였으니. 사실 퍽 귀찮은 일이라 흑마법사님이 거절해도 그러려니 하려 했다. 실제로도 귀찮다는 듯한 얼굴을 했으니까.

곧 마쉬멜이 머리를 쓸어 올리더니, 손이 더럽게 가는 아가씨네. 하고 중얼거렸다.

"빨리 올 테니. 잠시 기다려."

내 주변으로 은은한 검은 빛이 돌았다. 마쉬멜의 마법인 성싶었다. 그렇게 마쉬멜이 나갔다. 오매불망 그를 기다리며 흘끗 유리문 밖을 보던 나는 인상을 찌푸렸다.

오, 젠장.

조금 전 날아갔던 남자가 다가오고 있었다. 그것도 저 같은 영식 여러 명과 함께.

……포기를 모르네.

저들의 방향은 뚜렷했고, 이대로 부딪치면 귀찮아질 게 분명했다. 고민은 길지 않았다. 여기까지 와서 피를 보는 것보다야 낫겠지. 약간의 귀찮음을 감수하고 테라스를 나섰다.

'어차피 마법 덕에 마쉬멜은 내 위치를 알겠지.'

복도에 자욱하게 깔린 어둠은 나를 충분히 가려주었다. 저쪽에서는 눈치 못 챈 듯했다.

어디로 가나, 싶다가 어느새 복도 끝이었다. 자그만 정자가 보였다. 낮이라면 화사했을 법한 정원이었다.

'저기도 장미가 피었네.'

정원으로 들어가 장미를 보았을 땐 꽤 깊이 들어간 뒤였다.

마쉬멜이 얼른 찾아오길 바라며 천천히 상체를 바로 했을 때였다.

쏴아아아-.

거센 바람이 불고 검게 물든 머리카락이 마구 흩날렸다. 애써 머리칼을 붙잡아 내리니, 눈앞에 낯익은 인영이 있었다.

"또 보는군."

리케도르안이었다.

또 본다. 이 말은 모든 모습에 해당했다. 감방의 이아나에게도 쉬르멜라의 하녀에게도 그리고 연회에서 보았던 지금의 나에게도. 어느 쪽을 말하는 것인지 모르나 그는 태연하게 내게 말을 건넸다.

나는 나도 모르게 여전히 검게 물든 내 머리칼을 보았다. 마법은 변함없었다. 여기에 자신감 아닌 자신감을 얻고 고개를 숙였다. 이대로 숙이고 돌아갈 요량이었다.

"잠깐."

그가 부르지 않았다면.

"실례하고 싶습니다."

갑작스레 말을 높인 리케도르안이 다가왔다.

"분수대가 어디인지 아십니까?"

다가와 묻는 그의 모습엔 체이서 앞에서 보인 차갑고 삐뚜름한 태도는 어디에도 없이 정중했다.

"……몰라요."

……나도 처음 오는데 어떻게 알아.

움츠러드는 마음이 컸다. 마음에 밟히는 것이 많은 자의 비겁함이다. 나는 주춤 발을 뒤로 물렸다. 그가 더는 다가오지 않길 바랐다. 하나 이는 바람으로 그쳤다.

"그럼 저와 함께 찾아보실 생각은 없으십니까?"

"……없어요."

"그럼 절 데려다주시는 건."

"아뇨, 싫어요."

리케도르안이 멈칫했다. 당황한 기색은 아니었다. 그는 나를 관찰하며 턱을 문질렀다.

"이름조차 알려주지 않은 도플릿 가주의 동생."

나는 움찔했다.

"어쩜 이리 거절만 하시는지, 가슴이 아픕니다. 하나 태도에서 보이는 정중함은 오라비랑 다르군요."

단답으로 무엇을 알 수 있다고, 변함없이 단정한 태도를 보아선 이게 비꼬는 말인지 아닌지 알 수 없었다.

"참으로 궁금한데, 가면 아래 얼굴은 당신의 오빠와 닮았습니까?"

"……색을 보면 모르시나요."

나는 대충 얼버무리며 주변을 살폈다. 이상하게도 마쉬멜이 나타날 기미가 보이지 않았다.

그뿐 아니었다.

……주변이 기묘한 정도로 고요했다. 이런 이상함을 느꼈음에도 당장 할 수 있는 것은 없었다. 나는 하려던 말을 당황하지 않은 척 자연스럽게 이었다.

"대공님은 현명한 분이시니 이로 판단하시겠지요."

"안 닮을 것 같습니다."

눈이 리케도르안에게로 돌아갔다. 어느새 리케도르안이 제 가면을 벗고 있었다.

"아니 그렇습니까?"

정중한 어투가 딱 잘라 말한다, 차갑고 삐딱한 시선이 동시에 느껴졌다. 아니. 그보다는 더 깊게 가라앉았다.

"네 머리색이 아니니까."

가면을 완전히 벗은 그가 손을 뻗었다. 그의 손에서 내 가면이 떨어져 나간다.

"그렇지, 이아나?"

바람이 분홍빛으로 물드는 머리칼을 흔들었다.

"다시 이야기할까."

마지막 순간 당신은 분명 울고 있었다. 마음이 절절해지도록.

한데 왜 지금은 웃고 있는지.

"안녕, 이아나."

다시 만난 날 리케도르안은 전혀 다른 얼굴로 미소했다.

시리도록 깜깜한 밤하늘이었다. 오직 그의 은빛 머리칼과 같이 진한 은색 달만 뜬 아래서, 무슨 생각을 하는지 모를 늑대 같은 이의 발이 내 그림자를 밟았다. 사박사박. 뒤로 물러남에도 거리는 조금도 멀어지지 않았다. 마침내 가까워지면.

그가 나지막하게 속삭였다.

"지금부터 너를 납치할 거야."

한줄기 웃음이 그의 뺨을 가로질렀다. 애증이 서린 시선이 낯설었다.

"나를 안 보니까."

화를 내고 싶은 건지, 기쁘게 웃는 것인지 알 수 없었다.

"미워하게라도 해야지."

기억 속 그가 절절히 눈물을 흘리는 모습이 사라진다. 바람이 불고, 눈앞의 리케도르안이 웃으며 말했다.

"안 그래?"

어둠 속에서 짐승의 눈이 번뜩였다.

나는 입술을 달싹였다.

할 말이 많은데, 정말로 많은 건지 모르겠다. 마음속 수조에 물이 한가득 담긴 것 같은데 들여다보면 아무것도 없는 것처럼 느껴졌다.

정돈되지 못한 머리칼이 이 마음처럼 바람에 마구 흔들렸다.

나는 리케도르안에게서 희미한 빛을 느꼈다. 그를 본 순간부터 계속 은은하게 돌았던 것이다.

붉은빛.

내게 걸린 마법을 벗겨 버린 빛이었다. 아울러 그가 가진 장미의 힘이기도 했다.

마쉬멜은 이미 밝힌 바 있다. 마법과 장미의 힘은 물과 기름과도 같아 반발할 것이라고.

이를 생각해보면 4년 전 제이르가 리케도르안에게 마법을 걸어

달라고 한 것은, 마법과 리케도르안의 힘의 반발을 노리고 힘의 안정화를 당기려 한 것은 아닌가 싶다. 실제로 마법을 건 뒤에 그는 청년 모습을 오가며 내내 부작용을 겪지 않았던가.

지금 생각하면 이 또한 리케도르안을 생각했다는 사람치고 할 방법인가 싶지만.

짧은 순간 이처럼 많은 상념이 드는 것은 리케도르안이 깊고도 알아보지 못할 것을 함께 눈에 담았기 때문이었다.

나는, 단 한 번도 이 남자가 이렇게 어둡고 축축한 눈을 할 거라고 생각하지 못했다.

"리케도르안."

오히려 상처받을지언정 빛나고 정의로운 존재가 되리라고 생각했다.

내게 당신은 그런 사람이었으니까.

"이제야 날 부르는구나?"

감방의 잔인한 쇠사슬도 훗날 광영과 고귀함을 묶어두지 못하리라 여겼다. 그래서 할말을 찾지 못한 입이 뻐끔거렸다.

그러나 나는 이미 늦었단 것을 깨달았다. 발밑에 펼쳐진 푸르른 마법진이 제 존재를 드러내고 있었다.

이미 한 번 본 적 있던 것이었다.

'체이서가 썼던 것……?'

비슷한 형태였다. 세부적 모양은 좀 달라 보이지만, 정황상 어떤 기능을 하는 것쯤은 알 수 있었다.

내가 무어라 말을 하기도 전에 거센 바람이 불었다.

본능적으로 눈을 찡그리며 손을 올렸다. 마지막으로 본 것은 거칠게 흩날리는 리케도르안의 희고 푸른 망토였다.

"윽……."

눈을 뜨고 얼굴을 가린 손등을 내렸을 때, 나는 전혀 다른 공간에 서 있었다.

처음 보는 방 안이었다.

아무도 없는 실내, 보이는 것이라곤 달빛에 의존한 채 보이는 가구와 흩날리는 커튼, 창문이 열려 바람 소리가 들린다. 자연을 제외하면 몹시도 고요했다. 색색. 숨 쉬는 소리만이 들렸다.

나는 천천히 고개를 들어 올렸다.

"이아나."

서린 듯 아닌 듯 오묘하고도 낮은 미성이 나를 불렀다.

"내 성에 온 것을 환영해."

연이어 부는 바람에 공기가 흔들리는 것이 느껴졌다. 그의 음성으로 이 방의 정체를 알았지만, 무어라 할 수 있는 말이 없었다.

"내가 널…… 납치한 거야."

어둡게 가라앉은 눈동자, 흔들리는 은빛 머리칼. 애증이 서린 목소리. 그의 눈이 이렇게 묻고 있는 것 같았다. 넌 지금 무슨 생각을 하고 있지? 하고.

내가 여기에다 대고 무슨 말을 할 수 있을까.

완전히 다른 모습이 되어버린 것 같은 이 남자에게.

바람은 끊임없이 불었다.

아쉬우면서도 미안하고, 미안하면서도 서글픈 마음은. 대체 어디로 가야할지 모를 방황하는 바람과 이 바람과 같이 마구 요동쳤다. 가라앉지 않는 폭풍은 리케도르안의 손을 거절했던, 그리고 뿌리쳤던 데에 대한 후회이리라.

"이아나."

하지만 나는 알고 있었다. 난 그 상황으로 다시 돌아가더라도 똑같이 행동했을 거란 것을. 이를 두고 리케도르안 너를 위해 그렇게 행동했다고 말하는 건 의미 없을 것 같았다.

그럼에도 나는 이 순간 솔직히 말했다. 날 붙잡은 그의 손을 물끄러미 보면서. 우습게도 그가 날 잡은 손의 방식은 4년 전과 다를 바가 없었기에 서글프고 기쁜 모순된 희열을 느끼면서.

건드리면 날아갈까.

쥐면 깨져버릴까.

손은 이토록 조심스러우면서. 낯만은 한겨울 나뭇가지처럼 서늘하게 얼어붙어 있었다. 난 천천히 입을 열었다.

"상관없어."

리케도르안이 원하는 대답은 아닐 것이다. 아니나 다를까 차갑던 표정이 이지러졌다.

"내가 만약 그 순간으로 돌아간다면."

내 말은 끊어지지 않았다.

"나는 몇 번이고 똑같이 행동할 거야."

너를 만나러 가지 않을 것이며, 네 손을 뿌리칠 거다.

"너를 위해서."

그가 믿든 믿지 않든 상관없이 저지른 일이니까, 많은 걸 바라진 않았다. 그래서 이 대답에 좋은 반응이 돌아오지 않을 것이라 예상했다. 아니나 다를까 그의 얼굴이 무섭도록 일그러졌다.

"나를 위해서라고?"

그의 낯이 더욱 사나워지는 것으로 모자라 음성이 더욱 낮아졌다. 이젠 숫제 동굴에서 웅웅 울리는 것처럼 나직해진 목소리가 뚝뚝 이어졌다.

"웃기지 마."

"……."

그가 씹어먹을 듯 나를 노려보았다.

"네가 진정 나를 생각했다면 넌 이미 최상의 방법을 알고 있었어."

이 순간에도 달빛에 비춰 황홀하도록 아름다운 푸른 눈동자를 어둡게 빛내면서.

"왜, 모르겠어."

그가 자조하듯 중얼거렸다. 싸늘한 비웃음과 함께.

"그 비열하고 잘나신 공작의 하나뿐인 여동생인데."

그가 입술을 비틀었다.

"너, 똑똑하잖아?"

그 남자처럼. 그가 작게 속삭였다.

"네가 내 마음을 몰랐을 리 없잖아."

얼음송곳 같은 목소리는 정확하게 의표를 뚫었다.

"난 말이야, 항상 궁금했어. 네가 그날 나오지 않았던 것은 왜 일까?"

잠시지만 그의 손에 힘이 들어갔다. 아프진 않았지만 그 대신 체 감했다. 물러나려 해도 물러설 곳은 없었다.

"아픈 걸까, 사정이 있었던 걸까. 날 잊진 않았겠지? 잊었으면 어 떡할까. 아니 설마, 너에게도…… 나와 같은…… 아버지가 있나."

나는 움찔했다.

리케도르안 스스로 제 입에 담은 아버지의 이야기가 무엇을 말하 는지, 모를 리 없었다.

"바보 같던 소년은 이것을 장장 3년이나 고민했어. 신뢰가 헌신 짝처럼 버려지고 갈기갈기 찢어진 약속을 곱씹다 증오가 되어가는 마음을 외면하면서."

그가 미소 지었다. 왜인지, 심장을 저미는 미소였다.

"네겐 그토록 쉽고 간단했나?"

당신과 나의 약속이 그토록 가볍고, 그래서 어겼느냐.

'처음엔 그랬을지도 모르지만.'

난 작게 고개를 저었다. 대답하지 않으면 안 될 듯했다.

"아니었어."

하나 차분한 대답은 그를 더욱 자극한 기폭제가 된 것 같았다.

"거짓말, 네 입으로 얘기했잖아. 뻔뻔하고 이기적이라고."

분명 그렇게 이야기했지만.

"그럼에도 무릎 꿇고 싶었지."

순식간에 흐려졌던 눈동자가 바로 제 빛을 되찾았다.

"널 다시 보는 순간에 곱씹던 것도 잊고. 처량하고, 간절하게 손을 내밀었어!"

쉬르멜라에서의 일을 반추한 그가 보인 것은 더욱 깊고 습해진 감정이었다.

–인간…….

안절부절못하는 푸딩의 음성이 들려온 건 그때였다. 나는 괜찮다는 듯이 손을 쥐었다가 폈다.

'괜찮아, 걱정하지 마.'

아마 푸딩은 리케도르안에게서 심상치 않은 기운을 느꼈던 것이리라. 그건 나에게도 고스란히 느껴졌으니까.

"그런데 너는 도퓰릿의 공주님이시더군. 그 남자의 하나밖에 없는 여동생."

돌아올 것이 왔다. 나는 눈을 내리며 가늘게 감았다가 떴다.

"왜, 대답이 없지? 아닌가?"

차갑던 목소리에 약간이지만 초조한 기색이 스쳤다.

"아니. 맞아."

이미 밝혀진 사실은 돌릴 수 없다. 연회에서 어차피 모두 밝혀질 사실이었다. 갓 데뷔한 고위 귀족은 적어도 한 번은 황제 앞에서, 혹은 대중 앞에서 소개를 해야 했으니. 황제야 만나지 못했더라도 이미 대중 앞에 보인 뒤였다.

이를 피하기 위해 꼼수를 썼지만 지금에야 다 무슨 소용인가.

"나는 이아나 로즈 도뮬릿, 네가 말한 대로 도뮬릿의 사람이야."

이아나의 정체성을 무시할 수는 없다. 그곳에서 몸담은 4년을 없던 일로 하는 것도.

담담한 내 소개에 리케도르안은 더욱 화가 치민 듯했다.

"하, 그럼 처음부터 날 속인 건가?"

이제는 며칠 굶어 막 튀어 나가기 직전의 사나운 맹수처럼 아슬아슬한 기분이 들었다.

"감방에서 마주한 날부터, 네가 누군지, 정체를 숨기고 접근한 거냐고."

"아니야."

나는 고개를 저었다. 아닌 말이었다. 비난을 받더라도 오해는 쌓게 두고 싶지 않다.

다급한 마음에 그의 손가락을 잡아당겼다.

"너를 만난 그날, 나는 나도 내가 누군지 몰랐어."

"그 말을 믿으라고?"

"정말이야."

그의 손을 힘주어 잡는 순간 그의 손가락이 움찔했다.

"나는 기억을 잃었었어."

내가 할 수 있는 가장 솔직한 말을 했다. 다른 영혼이니 내 몸이니 하는 것은 차차 밝히더라도.

"감방에 들어가기 전과 들어간 후의 나는 달라."

당장은 그가 이해할 수 있는 범위 그가 믿을 수 있는 것부터 말하고 싶었다.

"네가 만약 나에 대해 조사했다면 알고 있을 텐데, 내가 심장마비로 심장이 멈췄다가 다시 뛰었다는 걸 듣지 못했어?"

리케도르안은 답이 없었다.

"리케도르안, 나는 줄곧……."

입술을 깨물고, 말을 잇는데 이 순간을 가로막듯 노크 소리가 들렸다.

똑똑.

무시하고 지날 수 없을 만큼 절제되고 묵직한 소리였다.

"대공님, 여기 계십니까?"

노크만큼이나 진중한 음성이 잇따랐을 때, 줄곧 변화 없던 리케도르안의 얼굴이 반응했다. 눈썹이 축 치켜 올라간 것이 느껴졌다.

"'계획'이 어그러졌습니다."

돌아오셨지요?

급한 건입니다. 묵직한 목소리가 남긴 말에 리케도르안의 눈동자가 느릿하게 굴러간다. 이내 그의 입술이 열렸다. '문 열어.' 그 말과 함께 문이 열렸다.

문틈 사이는 몹시 어두워 누가 서 있는지는 보이지 않았다.

"……이아나, 도망가지 않는 게 좋을 거야."

나머지 얘기는 다음에 듣겠다는 듯이 뒤돌아 가려는 모습이 느껴졌다. 나도 모르게 그의 옷자락을 붙잡았다.

이대로 뿌리칠 거라 생각했는데, 그는 멈춰 섰다. 잠시 내 손을 어찌할지 모르겠단 서린 눈으로 보면서.

의외였다.

"……묶지 않아?"

나는 빠르게 용건을 말했다. 급해 보이니 할 말만 할 요량이었다.

"뭐?"

"안 묶느냐고."

리케도르안의 표정은 묘했다. 아니, 이상했다.

"나 인질이잖아."

"……."

"그럼 묶어둬야 하는 거 아닌가?"

그 남자처럼. 나는 태연하게 이었다.

"묶을 거라면 발목이 좋겠어."

어차피 갇힌 곳만 달라졌다고 생각하면 편했다.

"너……."

그 순간이었다. 리케도르안의 얼굴이 형편없이 무너졌다.

마치 못 들을 것을 들은 사람같이.

숨 막힐 듯한 침묵이 흘렀다. 팽팽하게 당겨진 공기 속에서 먼저 말을 꺼낸 것은 리케도르안이었다.

"쓸데없는 소리 하지 마."

이내 다시 차가운 얼굴로 돌아온 그가 낮게 제 뜻을 밝혔다.

"안 묶어. 안 가둬. 내가 제일 증오하는 짓 따위 안 해."

그러고 보니, 그렇겠다. 어린 시절부터 쇠사슬과 감방이 세상의 전부라 할 만큼 갇혀 있던 이 아닌가. 납득할 수 있는 이유였다.

하나 나쁜 짓에 차등을 두는 건가. 이상했다.

"……저기, 납치라고 말한 시점에서 이미 나쁜 짓 아니야?"

뭐가 다른지 모르겠는데.

"……."

한차례 나를 다시 보던 그가 돌아섰다. 내 질문엔 대답하지 않은 채로.

"어디에도 가지 마."

분명 도망가지 말라는 말일 터인데…… 명령이 애원하는 청처럼 들렸다.

"네게 소홀할 생각은 없으니 도망갈 생각은 미리 지워두는 게 좋을 거고."

딱딱한 대공의 말투로 돌아간 그가 고개마저 홱 돌렸다. 그러나 왜일까 조금은 어색한 티가 남은 어조였다.

"왜?"

왜 그렇게까지 하는데. 내가 밉다며. 이제는 애증이 어린 눈으로 보아놓고서는.

"내가 왜 대답해야 하지?"

하지만 대답은 들을 수 없었다. 분명 들은 것이 분명할진대 저 말만 남기고는 대답하지 않고서 나가버렸으니까. 차가운 대답에 새삼 상처받지는 않았다. 그저 그럴 수도 있겠지. 오히려 이해가 가는 바였으니까.

나는 그가 사라진 문을 쳐다보다 천천히 바닥을 응시했다.

-인간…….

어느새 모습을 드러낸 흰색 고양이가 내 발치에 걱정스럽게 몸을
비벼왔다.

-괜찮은 거냐, 냥…….

나는 쓰게 웃었다. 계약한 뒤로는 어렴풋이나마 푸딩의 감정이
머리로 넘어왔다.

푸딩이 걱정하는 것을 알았다.

-인간 인간, 이제 어떡하냐? 응?

나는 피식 웃으며 푸딩의 머리를 장난치듯 콩 두드렸다.

"내 이름. 그렇게 알려줘도 한 번을 안 부르지. 응?"

나와 계약한 뒤로 나와 모든 일상을 공유한 푸딩은 많은 것을 알
고 느꼈다. 그 범주가 아직은 조금 어린 인격의 한계에 머물렀어도
제법 깊게 생각한단 소리다.

그래서 이렇게 걱정하는 게 비단 리케도르안의 사나운 모습 때문
은 아닐 것이다.

"……괜찮아."

나는 천천히 손을 들어 올렸다.

내 손목에는 찰랑, 두 개의 팔찌가 달려 있었다.

오래전 제이르가 선물한 것이다. 어쩌다 보니 마법을 다 쓸 일 없
이 보유한 것인데, 여기까지 가져와 버렸다. 체이서도 마쉬멜도 이

것에 관해선 몰랐다. 내가 이들의 눈앞에서 쓰지 않았으니까.

언제 납치당할지 모르니 아무도 모르는 내 보험이기도 했다.

물론 이걸 쓰기도 전에 족족 나타난 체이서와 수호신, 그의 유능한 부하들 덕에 안전해졌지만.

"하아……."

나는 팔찌에 오랜 시선을 주지 않았다. 팔찌를 풀어 손에 쥔 뒤, 다음으로 향한 것은 아무것도 없는 손목 아래쪽이었다.

밑에서 마구 몸을 비비는 푸딩을 진정시키며 얕게 숨을 내쉬었다.

한숨 뒤로 손목을 꾹 누르자, 피가 몰렸다. 그러다 천천히…… 손목 위로 하나의 문양이 그려졌다.

검은 장미였다.

나는 떠오른 새카만 장미를 꾹 눌렀다. 그와 동시에 기다렸다는 듯 나직하고 황홀한 목소리가 들렸다.

-안녕, 이아나.

화를 감추듯이 낮고도 위험한 목소리가.

-지금 어디야?

나는 아무 말도 하지 않았다.

조금 전 리케도르안이 내게 아무런 대답도 하지 않았던 것처럼 침묵만이 묵직하게 공기를 눌렀다.

새삼 압박받지는 않았다. 이런 걸로 겁을 먹을 정도로 세월이 녹록했던 건 아닌지라. 이 문신으로 소통을 해본 건 이번이 처음이었는데. 이 문신이 숨소리까지 전해 주는지는 몰라도 체이서 또한 문신을 통해 고요한 침묵을 느낄 것이었다.

도드라진 검은 꽃잎을 보노라면 새삼 신기한 기분이기도 했다. 이건 체이서가 내게 건 '보험'이었다. 언젠가 그와 거리가 떨어지면 이용할 수 있도록. 그동안 납치당할 일은 없던 터라 쓸 일이 없었지만……

그도 이런 상황은 생각하지 못했으리라.

-이아나?

체이서의 음성이 나지막하게 이어졌다.

-……들려?

나지막하지만 초조함이 스민 것이 느껴졌다.

-대답을…… 못 하는 거야? 아니면.

잠시 끊김 뒤로 그가 다시 말했다.

-대답, 안 하는 걸까.

옆에서 푸딩이 털을 곤두세웠다. 금방이라도 하악질을 할 것 같은 태세였다. 그러나 내가 얼른 검지로 입술을 가져다 대자, 내 의지를 느꼈는지 애써 소리를 참았다.

잘했다는 듯이 푸딩을 쓰다듬고는 문신을 쓰다듬었다. 검은빛이 손바닥에 가려졌다. 이내 나는 핏줄을 아플 정도로 꾹 눌렀다.

1, 2, 3······.

수초가 지나고, 손을 들어 올리자. 어느새 빛은 꺼져 있었다.

"하아······."

다시 원상태로 복구된 손목을 확인하고, 그제야 참았던 숨을 토해냈다.

"아이고."

절로 곡소리가 흘러나왔다.

소파에 앉는 걸로 모자라 도뮬릿 저택에서 했듯이 그대로 늘어졌다. 어디서 자든 내 집같이 편안히. 라는 신조였기에 내 자세는 자연스럽기 그지없었다. 본래 어떤 위험한 상황이든 등 따시게 잘 자야 하는 법이다.

'그래야 머리가 돌아가지.'

푸딩이 기다렸다는 듯 허벅지에 올라타 몸을 말고 앉았다.

-인간······.

내 허벅지에 엎드린 푸딩이 걱정스러운 표정으로 날 담았다. 하얀 귀가 쫑긋쫑긋 움직였다.

-괜찮은 거냐, 냥?

늘어진 채로 피식 웃었다.

"괜찮겠냐."

감히 대악당의 연락을 씹어먹어 주었다. 이것이 고의인지 아닌지 그는 판단할 시간이 필요할 것이다.

일종의 유예 시간이다.

한순간의 기지. 아니, 꼼수로 시간을 벌었지만 얼마 가지 못할 것이다. 나는 아마 선택해야 할 거다.

"이곳에 머물지, 돌아갈지."

눈을 감았다. 애옹애옹, 고양이 모습을 한 작은 수호신님이 위로하듯 길게 울었다.

머릿속으로 인간, 너는 어찌하고 싶으냐는 어린 음성이 들려왔다.

"어쩌긴 뭘 어째."

나는 눈을 감은 채 부드러운 털을 쓰다듬었다.

"납치냐 감금이냐."

곧 나를 찾아 추적할 오빠와,

내게 애증을 품어 차가워진 리케도르안.

선택지가 뭐 이러냐. 어느 쪽도 참 곤란하다 싶어 헛웃음을 지었다. 그러다 눈을 떴다.

엄밀히 따지면 체이서는 납치는 안 했지만 감금했고, 리케도르안은 감금은 안 했지만 납치했고.

……이 소설 남주진이 참 환상적이네.

소리 내어 웃다 말고 웃음을 그쳤다. 나야 등 따시고 배부르면 그만이긴 한데. 이상한 기분이 들었다. 등을 뉘인 곳이 도뮬릿이 아니란 생각을 할수록 도뮬릿으로 돌아가야 할 것 같은 기분.

누가 머릿속에서 넌 돌아가야 해, 종용하는 기분이었다.

참 이상했다.

내가 그리 느끼지 않는데, 그런 느낌을 받다니…….

하나 그보다 늘어진 몸이 생각을 이겼다.

"아, 졸립다."

내 성화 때문에 드레스는 몸을 조이지 않았다. 그 덕에 이 순간 훌륭한 잠옷이 되어주었다.

사실 난 스스로도 알고 있었다. 리케도르안이 나를 붙잡아 이동하는 동안 내가 쓸 수 있는 수단이 없지는 않았단 걸.

지난 3년간 참 무수히 많은 암살 기도가 있었다. 습격은 만연하여 세기도 귀찮았다. 체이서와 마쉬멜은 나에 위험에 대한 대비를 철저히 했고, 그 결과 만에 하나 홀로 남겨졌더라도 빠져나올 구멍쯤은 내게 만들어 주었단 거다.

내 손목의 그 문신처럼.

하다못해 푸딩의 힘을 빌렸다면 그 아프지 않게 잡힌 손쯤은 너끈히 뿌리쳤을 거고.

"난."

그리고 내가 머물고 싶은 곳은…….

"여기 있고 싶어."

처음으로 나온 내 의사에 푸딩이 움찔했다. 그러나 나는 더는 말 없이 눈을 감았다.

"……밥이나 잘 주면 좋겠네."

나한테 화났다고 굶기진 않겠지? 그럼 푸딩이라도 잡아먹어야 하나.

-다, 들린다, 인간!

그런 끔찍한 소리를!

농을 이해 못 한 푸딩이 벌떡 일어나 펄쩍펄쩍 뛰는 통에 진지하던 분위기가 뿜뿜 뿜어지는 털과 함께 흩어진다.

자의로 택한 감금 첫날이 그렇게 흘러갔다.

다음 날.

달칵, 문이 열리고 조용히 들어오던 리케도르안은 소파에 늘어져 있는 나를 보고 움찔 놀랐다.

어찌 알았냐면, 차가운 얼굴도 잊고 놀란 눈이었다.

리케도르안은 천천히 나를 관찰하더니 눈을 깜빡였다. 당황스러움을 지우지 못한 채로.

"……적응 한번 참 잘하는군."

그도 그럴 것이 나는 마구잡이로 늘어진 채로 어디선가 이불 비슷한 것을 끌어와 덮고 늘어져 있었다.

정말 세상 편한 자세였다는 거다. 나는 빙긋 웃었다.

"내 주특기야, 적응력."

어디서든 끝내주게 적응하지. 어째 말하고 보니 자랑할 거리는 아닌 것 같았지만.

뭐 좋은 게 좋은 거라고.

"그런데 그건 뭐야?"

리케도르안은 손에 무언갈 잔뜩 들고 있었다. 이내 각종 쟁반과 접시를 내려놓는 모습을 보며 이번엔 내가 놀랄 차례였다.

나는 본래의 서늘한 낯으로 돌아온 그를 응시했다. 그러고는 의문을 품었다.

"먹도록."

이걸 먹으라고?

정말이지 호화스러운 차림상이었다. 도뮬릿에서 온갖 사치와 호화에 익숙해진 나도 놀랄 만큼 많고 다양하다.

……나 여기서 죄수 아니었어?

물론 진짜 죄수는 아니긴 한데. 잔뜩 화를 내고 갈 사람이 줄 상은 아니었다.

"……여기는 대공님이 직접 배달도 해줘?"

그 말에 리케도르안이 옅게 미간을 찌푸렸다.

하나 무어라 말을 하는 내 맞은편에 앉을 뿐이었다. 그저 음식이나 먹으라는 듯이.

으음, 저렇게 앉는단 건 내가 먹는 걸 보겠다는 건가…….

"독은 없는 거지?"

"뭐?"

"농담이야."

내겐 워낙에 익숙한 대화라, 나도 모르게 절로 나온 질문이었다. 리케도르안은 오묘한 표정이었다.

"어제부터 넌……."

하나 그는 그리 중얼거리다가 끝내 끝까지 이어주지 않았다.

거, 사람이 제일 갑갑할 때가 하려던 말을…….

이처럼 끊어 버리는 거란 걸 모르나. 궁금했지만 묻지는 않았다.

당장 온몸으로 쓸데없는 짓 하지 마, 하고 꼬리를 치켜세운 저 대공님에게 무슨 말을 하겠나.

그저 웃으며 말했다.

"고마워."

마침 배가 고프던 참이었다. 연회에서는 긴장한 탓에 아무것도 먹지 못했으니까. 과연 당신은 알까? 당신과 마주칠까 잔뜩 긴장했던 나를.

"사실 난 네가 날 굶기기라도 할 줄 알았어."

워낙 살벌하게, 거기다 이전과는 전혀 다른 얼굴로 날 데려갔으니.

순순히 따라가면서도 걱정을 좀 했다. 밥은 잘 먹어야 하는데 하고.

"……넌 여전히 태평하고."

"새삼스럽게."

나는 소파에 엎드린 채로 고개만 들어 팔에 얼굴을 괴었다.

내 분홍색 머리칼이 사르르 흘러내렸다. 연회를 위해 정성껏 관리된 머리칼은 내 것이지만 그 윤기에 감탄이 나오곤 했다.

"넌, 하나도 변하지 않았어."

"변하길 바랐어?"

"……."

왜일까. 이야기할수록 감방으로 돌아간 기분이 들었다. 더는 16살 소년이 아닌 커다란 체구의 성인이 눈앞에 있음에도.

그래서일까.

"나한테 화는 풀렸어?"

나도 모르게 철창 속 그날처럼 다정하고 나긋하게, 어르듯이 물었다.

"전혀."

리케도르안은 딱딱하게 대꾸했다. 잠시 침묵하던 그는 느릿하게 눈을 감았다.

"네가 약속을 어긴 것, 잊지 않았어."

읊조리는 목소리는 차갑기 그지없었다. 얼음 파편처럼 박힌 말의 조각은 그와 나 양쪽에 생채기를 남겼다. 그 말을 하는 그의 얼굴이 결코 편안해 보이지 않았으니까. 묵직해진 음성이 가슴에 남긴 영향력은 컸다.

"네가 내 손을 뿌리친 것도."

그는 그렇게 말하며 내가 보기도 싫다는 얼굴로, 눈을 떼지 않았다. 그의 얼굴에는 참으로 많은 것이 어려서 가늠하기 어려웠다.

"잊을 수 없겠지."

그가 짓씹듯이 뱉었다.

"나는 기다렸으니까."

하나 왜일까.

"하지만 화가 났든 나지 않았든."

갈수록 그의 음성은 처음의 차가운 느낌보다는 당황이 어린 딱딱함처럼 느껴졌다.

"……처음부터 굶길 생각은 전혀 없었어."

하나 그는 이렇게 말하고는 얼굴을 홱 돌렸고, 몸까지 돌려버린 통에 나는 얼굴도 뺨도 볼 수 없었다. 그저 머리카락 사이로 언뜻 보이는 귓등을 응시할 뿐.

아니, 마지막으로 보았던 차디찬 얼굴을 생각할 뿐이었다.

"……변했을 거라 생각했지."

리케도르안의 서늘한 음성이 천천히 이어졌다.

"이렇게, 변함없을 줄은 모르고."

주어가 없었으나 나를 향한 말임은 묻지 않아도 알 수 있었다. 나는 살짝 보이는 저 귓등의 붉음이 내 착각일까, 아닐까를 가늠했다.

그러다 깔끔히 포기했다.

내가 언제부터 하나하나 계산해서 움직였다고. 고개 숙여 웃고는 입술을 열었다.

"어떻게?"

리케도르안의 시선이 돌아오기까지는 오래 걸리지 않았다.

"내가 어떻게 변하길 바랬어, 너는?"

나는 쓰러지듯 턱을 괴던 팔을 풀어냈다. 그러고는 돌아선 그에게 미소를 돌려주었다.

전혀 달라진 얼굴을 향해서.

"바라는 대로 해줄게."

리케도르안에게 속죄해야 할 것이 있었다. 글쎄, 그때는 '속죄' 할
것이라고 생각지도 못했던 가벼운 일이었다. 난 당신이 내게 가벼
운 깃털이 될 줄 알았지. 멀어지면 훨훨 날아가 버릴. 그때의 가벼움
을 후회하게 될 줄은 결코 몰랐다.

너무 쉽고 편하게 생각했던 걸까?

당신이 이토록 오래 힘들어할 줄 알았다면. 그대로 나를 단순히
원망만 하는 게 아니란 걸 알았다면. 그렇게 행동하지 않았을 텐데.
이건 이렇게 변해버린 모습을 보았다고 실망하고 서운해 하는 게
아니다. 이렇게까지 그를 변하게 한 것에 대해 안타까움과 미안함
을 느꼈다.

내가 아니더라도 많은 아픔과 시련을 겪을 사람이었으니.

그때였다. 그가 벌떡 일어났다.

"방금 뭐라고 했어."

"……어?"

"뭐든지?"

그러니까 그가 무엇을 말하든 들어줄 생각이었다. 내가 할 수 있
는 거라면.

만약 그가 도뮬릿 저택을 원하면 당장 줄 수 없지 않은가.

물론 이런 말을 하진 않겠지만. 그럼에도 이렇게 성큼 다가오
는 건 생각지 못한 일이었는데. 우리는 이제 네모난 테이블 하나만

을 사이에 둔 채 가까워져 있었다. 리케도르안은 그대로 허리를 숙였다.

"뭐든지, 해줄 건가?"

하얀 손, 3년 사이에 잔뜩 흉터가 늘어버린 손이 테이블을 짚었다. 뼈마디가 굵고 손가락이 길다. 그의 얼굴만 보아서는 쉽사리 상상할 수 없는 여전히 청초하며 성스럽기까지 한 얼굴과는 대비되는 손이었다.

"이아나."

낮은 목소리가 나를 불렀을 때 나는 흠칫 어깨를 떨었다.

"정녕 뭐든 해줄 수 있냐고 물었어."

조각처럼 우뚝 솟은 얼굴이 나를 지그시 쳐다보고 있었다.

찬 얼굴인데, 여기에다 한기가 쌩쌩 도는데…… 짙푸른 눈동자만은 푸른 불꽃처럼 일렁이는 것 같았다. 열기에 놀라 목에서 타는 갈증을 느낄 만큼.

리케도르안이 점차 가까워졌다.

챙.

접시와 접시가 부딪치는 소리가 났다. 그의 손에 밀려 부딪힌 탓이다.

밀려나 테이블 끝에 아슬아슬하게 걸쳐진 접시, 하나 여기에 시선을 보낼 겨를은 없었다.

조금만 더 가까워지면 숨결이 느껴질 것만 같았다. 나는 밀어내지도 그렇다고 응하지도 못한 채 그를 응시했다.

그는 그저 쳐다만 볼뿐인데 공기가 진동하는 것같이 느꼈다. 실제로 내 안에서 박동이 둥둥 울리고 있다는 것도.

그가 고개를 획 꺾었다.

느릿하게 꺾인 고개가 더욱 아래로 내려갔다. 막 닿을 것만 같던 입술을 스쳐서…….

귓바퀴에 숨이 닿았을 때, 절로 등줄기가 펴졌다. 손가락이 옷자락을 꾹 잡았다.

"식사해."

숨소리가 거둬진 음성이 귀로 푹 파고들었다. 리케도르안은 떨어졌지만 이미 심장이 파문을 그린 뒤였다.

나는 목소리가 남긴 파문에서 아니, 영향력에서 벗어나지 못했다. ……이 상황에서 어떻게 식사를 하란 말이야? 식사는커녕 식도에 숨도 넘어가지 않겠다 싶었다.

쟤 나 꼬셨잖아. 꼬신 거잖아. 아니야?

'나이가 들더니 더 요망해져서는.'

분명 4년 전에도 잠시 성인이 된 그의 모습을 보았건만 또 다른 느낌이었다.

당연히 그럴 것이다. 그때는 이렇게 차갑지도 않았으니까.

그보다 왜 말을 굳이 귀엣말로 하는지 모를 일이다. 나는 몸을 뒤로 물린 채 가슴에 손을 얹고, 눈을 가늘게 좁혔다.

그러고 보면 리케도르안은 언제나 수줍음을 타고 쑥스러워했고, 빨개지곤 했으나, 아주 가끔은 무엇이 문제냐는 듯 순진한 얼굴을 하곤 했다.

〈당신은 내게, 쿠키를 줄 때 이렇게 잡아줬잖아.〉

아주 대담한 행동을 하고서 말이다.

〈……싫었어요?〉

고개를 들면 그때 소년의 맑은 시선이 겹쳐 보이는 듯한 착각이 일었다. 4년 후의 현재 리케도르안은 가만히 서 있었다. 기다리는 것 같았다.

나는 작게 한숨을 쉬고 자세를 바로 했다. 그리고 스푼을 들었다. 어떻게든 스푼은 들었으나 밥이 꿀떡꿀떡 넘어갈 리 없었다.

'……부담스러워.'

-인간, 배가 안 고프냐, 냥?

'아니, 고팠는데…….'

조금 전까지 위장을 마구 자극하던 배꼽시계가 망가졌다고 할지. 배고픔은 흰 빨래에 진 얼룩처럼 세탁된 지 오래였다.

"……왜 안 먹지?"

내가 스튜를 몇 숟갈 뜨지 못하고 놓자, 리케도르안이 말했다. 그의 눈이 미미하게 찡그려졌다.

조금 당황한 듯이.

"입맛에 맞지 않나."

웃음이 슬쩍 나왔다. 우스웠다. 뻔히 납치해서는 인질의 입맛을 챙겨주는 납치범이 어딨어? 그건, 우리 집 미친 인간에게만 해당하리라 생각했는데. 물론 이 미친 인간은 체이서다.

"입맛에 안 맞는 건 아니야."

오히려 맛은 아주 훌륭했다. 체이서가 대륙을 뒤져 데려왔다는 주방장의 실력에 버금갈 정도였으니.

"원래 소식해."

거짓은 아니었다. 다만 앞쪽에 들어갈 '아주아주아주 가끔, 약 3년에 한 번쯤?'이란 말을 생략했을 뿐.

내 신조가 잘 먹고 잘 자는 게 최고인데, 밥을 마다할 리 없다.

심지어 체이서가 빤히 쳐다보거나 다정하지만 살벌하게 웃을 때, 무시무시한 시선 앞에서도 편히 식사했는데, 리케도르안 앞에선 되지 않았다. 어떻게 받아들인 건지 리케도르안은 이젠 못마땅한 표정을 숨기지 않았다.

굳이 입술로 이야기하진 않았으나 음식을 바라보는 시선이 딱 그거였다. 더 먹지 않고 무얼 하느냐.

'저렇게 보니까 푸딩이랑 닮았다.'

-냥! 나는 저렇지 않다!

'왜, 너랑 색도 똑같고 뚱한 표정도 같네.'

-뚱한?

'있잖아. 너 딱 삐쳤을 때 뾰-족해지는 거.'

-뭐냐, 냥? 위, 위대하신 이 몸은 삐지지 않아, 냥!

3살 수호신님이 머릿속에서 난리도 아니었다. 웅냐냐냐, 웅냐냐냐. 나는 울음소리 반, 말소리 반인 음성을 흘려버리고 시선을 들어 올렸다.

푸딩은 리케도르안에게 모습을 드러내려 하지 않는다. 아무래도 밖으로 나오면 내가 리케도르안에게 보내버릴까 끙끙대고 있는 것 같았다. 마음이 연결되어 있다 보니 모두 느껴졌다.

이 와중에도 여전히 나를 응시하는 시선이 느껴진다. 나는 참지 못하고 천천히 말했다.

"나, 안 먹고 싶은데."

아니, 의사를 강력하게 피력했으나 리케도르안의 얼굴엔 변화가 없었다.

"말했을 텐데. 굶기지 않을 거라고."

오히려 이렇게 대답할 뿐. 이상한 데서 고집이 세네.

나는 짓궂게 웃었다. 그가 내려다보고 내가 올려다보는 이 구도가 감방에서와 반대란 생각이 들었던 탓이다.

"정히 먹이고 싶으면."

그가 당장이라도 질색할 말을 골랐다. 그러고는 고개를 기울였다.

"네가 먹여주던지."

현재 그의 모습은 누가 보아도 나 건드리지 마 소리치는 고슴도치 같았다. 어차피 여기서는 어르고 달래든 소용없을 테니. 차라리 질색해서 나가주면 고마운 일일 터였다.

아니나 다를까 리케도르안의 표정이 심상치 않았다.

"······먹여?"

의도대로 되었겠거니, 생각할 때였다.

성큼 다가온 그가 자리에 쪼그려 앉았다. 그러더니 정성껏 스푼을 움직였다. 나는 놀라 그의 손에 들린 빵과 고기가 둥둥 뜬 스푼을 번갈아 쳐다보았다.

……왜 해주는 건데?

이 차가운 버전 리케도르안이 당연히 거절할 줄 알았던 말을 들어주었다. 당황스러웠다.

"왜 그런 눈으로 보는 거지?"

"……대공님이 이런 거 해도 돼?"

"무슨 착각을 하는지 모르겠지만, 전투가 치열하게 이어질 때는 내가 직접 부상병의 시중을 들어주기도 했다."

그가 잠시 고민하다가 한마디 덧붙였다.

"……인력이 부족했으니까."

그러니 닥치고 드시란 소리 같은데, 지금은 전투 상황도 손이 모자란 것도 아니잖아?

"그보다 왜 그렇게 보는 건지 모르겠군. 너도 곧잘 해주었던 행동 아닌가?"

"그거야……."

너는 쇠사슬과 구속구에 꽁꽁 묶여 있었잖아. 손발도 목도. 그렇게 생각하다 말고 리케도르안과 마주한 순간, 나는 깨달았다.

……내가 애를 잘못 키웠구나.

차가운 얼굴을 했으면서 서리 같은 얼굴엔 그냥 스치면 보지 못할 빛이 어려 있었다. 4년 전 그를 안다면 알아볼 수 있을, 지금의 그에게 어울리지 않는 순진함이 어린 눈빛.

"뭐가 문제지?"

나는 헷갈렸다. 설마 얘가, 지금 뭘 모르고 하는 얘긴가? 아니, 그렇다기엔 성인이고 무려 대공이다.

나는 받아먹으면서도 찝찝했다. 리케도르안의 얼굴은 태연한데 왜 속아 넘어가는 기분이지? 연기 좀 하는 악당과 3년을 함께 했다. 웬만한 가식은 알아볼 수 있다 자신했다.

"이러고 있으니 꼭 감방에서 같네……."

나도 모르게 흘러나온 말에 스푼이 멈췄다.

무려 시중씩이나 들어주던 리케도르안의 눈동자가 나를 향했다. 물먹은 백합처럼 청초하기 짝이 없는 모습이다. 그래, 장미보다는 백합이나 물망초가 어울릴 것 같은.

"그때를 기억한다고?"

"왜 기억 못 하겠어."

그리 오래된 것도 아닌데. 오히려 지금도 눈감으면 가끔 생각나곤 했다. 사기꾼이지만 유쾌한 남작 아저씨와 다정했던 샐리. 나름 친절했지만 계산적이던 간수들…….

분명 갇혀 있었지만 자유롭던 시간을. 늘 이렇게 떠올리곤 했다.

"너랑 처음 만났잖아."

그리고 리케도르안을 만난 인상적인 첫 만남도 잊을 수 없지. 그러고 보니, 말 못하는 짐승으로 변하던 건 이제 괜찮은가?

"근데, 당신…… 이전에 짐승이 되던 건 괜찮은 거야?"

리케도르안이 멈칫했다.

"……그건 왜 묻는 거지?"

"그야. 걱정되니까……?"

나는 눈을 끔뻑였다. 대공씩이나 된 리케도르안이 멍멍, 왈왈 짖으면 안 되잖아?

물론 원작에서 여주인공을 만났을 때는 짐승 모드에서도 말을 하는 모습, 즉 야성적인 모습에 그쳤었지만.

원작이 어찌 바뀌어 있을지 모르는 거니까. 더 물어보려 했다.

"넌 항상 그런 식이지."

갑자기 튀어나온 말에 의아함이 들었다. 그러나 리케도르안의 낯을 바라본 순간 더는 말할 수 없었다. 유려한 낯이 화를 참는 얼굴을 하고 있었으니까. 이윽고 스푼이 접시 위에 놓였다.

"……모든 걸 다 줄 듯하면서."

그가 고개를 숙여 제 얼굴을 문질렀다.

"또 헷갈리게 하지."

그가 왜 이러는지 알 수 없었다. 우리… 대화 잘 하는 것 같았는데? 얼른 대화를 되짚었다. 어디서 문제가 생긴 거지? 그는 내게 복합적인 감정을 품었고, 이것은 흡사 조울증과도 같아서 끓어오르는 불과 물을 오가게 한 건 아닌가 싶었다.

하나 정정할 시간은 주어지지 않았다. 리케도르안이 일어나서 문으로 다가갔기 때문이었다.

"……저녁……."

저녁…… 하고, 무언갈 말하려더니 입술을 달싹이고는 그대로 고개를 돌렸다.

그것이 마지막이었다. 문을 열고 나가버렸으니까.

홀로 덩그러니 남겨진 나는 문과 남겨진 음식을 한 번씩 눈에 담았다.

음식에서 모락모락 김이 난다. 채 식지 않은 시간이었다.

"흠, 잘 안다고 생각했는데. 이건 좀 모르겠다."

내 중얼거림에 화답하듯 눈앞에 조그만 고양이가 나타났다. 푸딩이 꼬리를 살랑 흔들며 내 다리에 머리를 비볐다.

-인간은 어렵다, 냥.

어린아이 목소리와는 어울리지 않은 꽤 진지한 어조였다.

-하지만 그 후계자 말이다. 이 몸은 후계자가 어떤 기분인지 알 것 같다, 냥.

"어떤 기분인데?"

오, 이 3살 수호신님이 그런 복합적인 감정을 안단 말이야? 나는 작게 감탄했다. 하나 푸딩은 대답 대신 나를 삐쭉한 눈으로 노려보았다.

-인간, 네가 날 멋대로 보내 버릴 때의 기분 아니겠느냐, 냥!

냐냐냥, 냐냥, 애옹애옹!

장렬하고도 긴 울음소리 및 잔소리에 난 딱 한 마디만 던져주었다.

"너도 보내버린다?"

-시, 싫다, 냥!

푸딩이 고개를 가로젓고는 내 품에 마구 파고들었다. 푸핫, 웃음
이 터졌다.

"착각할 수가 없겠다, 야."

질색하면서도 삐쭉 노려보는 푸딩의 눈이 리케도르안과 완전히
같았다.

"이렇게 같아서야."

나는 푸딩의 연분홍 코를 톡 두드렸다.

"안 그래?"

-뭐가 말이냐, 냥.

"아냐."

이 순간 원래도 사랑스럽던 내 3살 수호신님에게 애정이 더욱 샘
솟는 것은.

리케도르안 당신 때문이 아닐까. 입술이 절로 올라간다.

"그냥, 싫어할 수도 없겠다…… 싶어서."

나는 소리 내어 웃었다.

문득, 아주 오랜만에 웃는 기분이란 생각이 들었다.

며칠이 흘렀다. 리케도르안은 하루에 한 번씩은 꼭 방에 머물
렀다.

"……."

하나 전과 달라진 점이 있다면 이제 아무 말도 하지 않는단 점이었다. 그래도 초반에는 필요한 말 몇 마디는 했다면, 최근 들어서는 단호한 침묵. 정말 한마디를 하지 않는다. 내가 이렇게까지 말을 하지 않겠다, 의지를 보여주는 것 같았다.

나? 나는 크게 신경 쓰지 않았다. 사실 나는 리케도르안이 몸 건강하고 아프지 않고 뭐. 잘 먹고 지내면 충분했으니까.

무관심한 것이 아니라 미안한 게 있는 만큼 크게 바라는 게 없었단 거다. 그의 심기와 멘탈 쪽은 괜찮지 않아 보였지만.

우스운 것이, 그는 이러면서도 내가 바라는 것을 꼬박꼬박 들어준다는 점이다.

예를 들어서, 이틀 전. 뭔가 바라는 게 있냐는 말에.

〈나 죄수복이 입고 싶어.〉

……하는 내 엉뚱한 요청에도 찡그릴 뿐 순순히 들어 주었던 것이다.

물론 세상 이상한 표정을 간간이 짓기는 했지만. 죄수복은 아니지만 죄수복과 비슷한 편안한 옷을 입게 되었으니 만족스러웠다.

어찌나 부드러운지 도뮬릿 저택에서 입었던 최고급 잠옷 치마 못지않았다.

그곳에서 입었던 건 불며 날아갈까, 걸리면 찢어질까 조심스러웠지만 이건 그럴 일이 없어서 좋았다.

〈막 만들었는데.〉

막 만들었다는 대답을 들었기 때문이었다.

벌써 나흘이 지났지만 리케도르안과의 관계는 이처럼 지지부진했다. 소 닭 보듯 닭 소 보듯 했단 얘기다.

물론 나 말고 리케도르안쪽이.

처음에는 눈치를 보던 나도 슬슬 리케도르안을 신경 쓰지 않고 이것저것 하기 시작했다.

처음엔 그저 멍하니 하늘만 봤다. 익숙한 행동이었다. 다음엔 방 구경을 했다.

-인간, 신기하다, 냥! 창살이 없다, 냥!

'도뮬릿 저택에도 없는 곳 있었잖아.'

-거긴 인간, 네 방이 아니었잖냐 냥.

'……그러네?'

창살이 없는 창문이 신기했다.

하도 많이 봐서인가. 공기처럼 익숙한 것이 없어지고, 변화한 환경이 신기했다.

〈넓기도 넓고.〉

방을 살펴보면 쾌적했다. 호화롭지 않은 건 아니지만 화려함만을 가득 채우던 도뮬릿의 방과는 다른 느낌이랄지. 사실 그곳은, 호화로우나 '황금'으로 된 수감실이나 마찬가지였으니까.

밖을 실컷 구경한 뒤에 다음으로는 옷을 갈아입었다. 다음에는 소파에 앉아 책을 읽었다.

이상하게 밖으로 나가고 돌아다니고 싶지 않았다.

익숙해져서일까.

한편으로는 도튤릿으로 돌아가야 한다는 생각이 들기도 했다. 나의 의지나 기분과 상관없이 드는 생각이었다.

마치 그래야 하는 것처럼.

'신기하기도 하지.'

그러나 이런 생각들은 내 느긋한 귀찮음을 이기지 못했다.

등 따시고 배만 부르면 되는 안락한 라이프 추구는 여기서도 비슷했다. 암. 내 '복잡한 세상 편하게 살자' 신조가 톡톡히 발휘될 수 있는 훌륭한 환경이 마음에 들었다.

그리고 오늘, 누군가 문을 열고 낯선 인물이 등장했다.

"안녕하세요, 아가씨."

등장까지는 낯설다고 생각했던 인물은 익숙한 얼굴이었다.

제이르였다.

"제이르?"

"예."

그는 기다란 로브를 걸치고 있었다. 저것 또한 낯설지 않다. 마쉬멜도 저런 걸 입고 있었으니까. 다만 우리 조그만 흑마법사님은 좀 더 귀엽고 앙증맞고, 새까맸지.

"오랜만입니다."

정든 조그만 마법사님을 지워내며 제이르에게 고개를 끄덕여주었다.

"이젠, 도튤릿 영애라 불러야 하나요?"

"상관은 없지만……."

나는 흘끗 시선을 옮겼다. 제이르 뒤로 리케도르안이 들어왔다. 리케도르안은 팔짱을 낀 채 언제나처럼 아무 말도 하지 않고 등을 기댈 뿐이었다.

"……그냥 부르던 대로 불러주세요. 그게 편하고 좋겠어요."

제이르가 그러시다면야, 하고 장난스레 웃으며 허리를 까딱 조아렸다. 동작은 꽤 우아했으나 동시에 광대가 관객에게 하듯 익살스러움이 묻어나왔다.

"이렇게 만날 줄이야 어찌 알았겠습니까? 저는 꼼짝없이 그때가 마지막일 줄 알았는데요."

"은근히 말이 많은 건 여전하시네요."

"저희 꽤 친하지 않았습니까?"

"없던 말을 지어내시는 것도 여전하시고."

"섭섭합니다."

"그래요?"

그가 말한 시기는 아마 4년 전 감방에서의 시기를 말할 터 내겐 오래 전에 지나간 시간이었다. 심드렁하게 응답하는데도 제이르는 아랑곳하지 않았다.

"정식으로 저를 소개해야겠군요. 헤르님 대공님의 보좌 겸 마법사 제이르입니다."

"이아나예요."

"하하하, 아가씨 또한 여전하시네요."

그가 손을 휘저을 때마다 긴 로브 자락이 펄럭였다.

이쪽은 원작대로 남자주인공의 가장 충실한 부하 겸 유능한 마법사로 자리를 차지한 모양이다. 본래 리케도르안의 오른팔 격이었으니 참으로 잘된 일이었다.

"말씀 듣고 얼마나 놀랐는지 모릅니다."

나는 제이르 뒤로 말없이 팔짱을 낀 리케도르안에게 자꾸 시선이 가는 것을 멈추며, 제이르에게 집중하려 했다.

"말이라니요?"

물론 쉽진 않았지만, 예의가 아니다 싶어 시선을 억지로 고정했을 때였다.

"예? 이미 아시지 않습니까?"

그 순간이었다. 제이르의 한참 뒤쪽, 등을 기대고 있던 리케도르안이 벌떡 일어났다. 그러나 그보다 뒤를 보지 못한 제이르가 빨랐다.

"아가씨가, 파란 장미의 후계자시라면서요?"

멈칫. 나는 그대로 동작을 멈췄다. 제이르의 말에 관심 없어, 무심하게 쥐었다가 펴던 손끝마저도. 잠시동안 시간이 멈춘 것만 같았다.

'제이르가 이걸 어떻게 알고 있는 거지?'

이상하네.

'이아나'가 파란 장미다.

난 이게 아주 비밀스러운 일일 거라 생각했다.

하나 나는 바보가 아니었고, 그렇기에 빠른 시간 내에 결론에 도달할 수 있었다.

"본래 샹들리에 밑 그림자는 보지 못한다고 하지 않습니까."

등잔 밑이 어둡단 이야길 하면서 웃는 제이르는 눈에 들어오지 않았다.

"정말 놀랐습니다."

천천히 고개를 들어 눈동자를 굴렸다. 당신도 내 시선이 향하는 것을 알고 있겠지.

제이르가 아는 것을, 리케도르안이 모를 리 없다. 마침내 리케도르안과 허공에서 눈이 마주쳤다.

'아…… 이거 때문에 날 데려온 건가?'

나는 망설이지 않고 생각을 얼굴에 드러냈을 것이다. 나를 보던 그의 눈빛이 살짝 흔들렸다.

이곳에 오고 처음 있는 일이었다. 우습게도 하필 이 생각을 하는 순간에 왜 저런 표정을 보여주나 싶었다. 그렇구나, 하고 생각해 버릴 것 같잖아.

"아가씨, 아가씨?"

그나 제이르가 어떻게 이 사실은 알았는지 궁금했지만, 실상은 나만 빼고 모두가 알고 있던 사실인지도 모른다.

그렇지 않은가.

'이아나'는 원래 이 시점엔 죽은 인물이다. 책 속에서든 현실에서든 없는 인물. 원작에서는 그녀가 죽은 뒤에 밝혀졌을지도 모르지.

왜 추측이냐면 책에 나오지 않은 장면인가 싶어서다. 거기다 두 번째 이유로 나는 줄곧 갇혀 있었다.

무지란 새장 속에 갇힌 새, 그게 나였지. 무심한 미소가 흘러나왔다.

"아가씨! 괜찮으십니까?"

시선을 돌리면, 염려스러운 표정을 한 제이르가 있었다.

"……네, 뭐."

내가 오해한 걸까.

아니다. 연회날 밤 리케도르안의 얼굴은 진심이었다. 이를 알아보지 못할 만큼 바보는 아니다. 다만 약속을 못 지킨 내가 원망스럽던 것 말고도 그에게 이유가 더 있었나 싶긴 했다.

만약 그런 거라면 조금은 섭섭할 것 같은데. 나라도.

"혹시 푸른 장미 질문에 기분이 상하셨습니까? 무례했다면……."

"아니요."

나는 시선을 내리며 뜻을 나지막하게 흘려냈다. 심장께에 남아있던 미련이 함께 흘러나가는 것이 느껴졌다. 그래, 미련이었다.

"상관없어요."

리케도르안은 아니라고 하려던 입술을 멈췄다. 그가 입술을 멈춘 것은 불가항력이었다.

"어떤 이유에서 날 데려왔든."

아니라고 대답해야 했다. 그녀가 무언가 오해를 한 것 같은데.

그건 오해고, 사실과는 다르며 전혀 그렇지 않노라고. 이야기해야 했다.

"지금 여기 있는 마당에, 그다지 들을 필요 없는 이야긴 것 같으니까요."

이아나의 자색 눈동자로 긴 속눈썹이 나붓이 내려앉았다.

평소와 다르지 않은 평온한 낯이다.

"안 그래요?"

희고 창백한 낯에 서린 심드렁하고도 무심하던 것. 그것들이 그를 미치게 했다.

리케도르안은 입술을 꾹 깨물었다. 그녀는 모를 것이다. 그녀가 실로 얼마나 리케도르안을 미치게 하는지!

리케도르안에게는 기민한 육감이 있었다. 힘을 얻는 순간부터 날카롭게 벼려진 제6의 감각이었다.

그의 감은 틀리는 법이 없었다. 그러니 제이르의 말을 듣는 순간 이아나는 무언가 오해를 했을 것이다. 예를 들면 자신의 정체 때문에 데려왔다던가, 하는 터무니없는 것들을. 웃기지도 않는 추측이었다.

푸른 장미라 데려왔다?

하, 가당치 않았다.

그는 자신했다. 이아나가 제국의 가장 낮은 곳 오염수로 가득한 로펠 거리 빈민가에 있는 노예였더라도, 한번 들어가면 자유는 절대 얻을 수 없는 최악의 노예민 식민지인 아스콰르 탄광에 있었더라도. 설사 최악의 범죄 도시 칸탈라에 있었더라도.

세상을 뒤져서라도 찾아냈으리라. 고귀하든 가장 낮은 자리에 있든. 리케도르안은 어떻해서든 그녀를 데려왔을 것이다. 그에겐 이미 이아나가 어떤 사람이든 상관없었다.

그녀는 그저 그녀일 때.

그저 그녀인 것만으로 의미 있는 존재였으니까.

"흐응, 내가 꽤나 의미 있는 존재였나 보네요."

하나 리케도르안이 아니라고 말하려던 행동을 끝내 멈춘 것은.

"신기하네."

저 무심해 보이는 낯이 아무렇지도 않아 보여서. 이전부터 그는 모든 것을 멀리 보는 듯한 저 눈에 담기고 싶어 언제나 노력했다.

〈내가 어디 있는 줄 알고.〉

4년 전에도 3년 전에도. 그리고 얼마 전 쉬르멜라에서도.

하나 결과는 언제나 같았다.

무심해 보이는 낯.

〈말했잖아요, 대공님.〉

아무것도 관심 없다는 눈동자.

〈나는 당신과 약속을 지킬 마음이 없었어요.〉

끝내 저를 뿌리치던 손까지.

리케도르안의 손이 주먹을 쥐었다.

나쁜 짓을 하고 싶다.

아니, 네게 악인이 되고 싶다.

그리해서라도 네가 날 본다면, 차라리 네게 최악의 인간이 되고 싶다.

……끝내 애원해서 얻을 수 없는 마음이라면.

그랬는데…….

왜일까. 그는 덜컥 겁이 났다. 이래도 되는 걸까? 밉다고 해서. 원망한다고 해서. 그에게 그런 자격이 있는가? 이러다 정말로 자신을 싫어한다면? 그의 손이 얼굴을 부여잡았다.

리케도르안의 안에서 수없이 많은 생각이 회오리쳤다. 가늠할 수 없는 것들이 파도처럼 마구 범람해 어지럽혔다.

〈이 쓸모없는, 개새끼.〉

리케도르안의 어깨가 발작하듯 움찔했다.

시야로 새카만 방, 정신없이 번쩍이는 별이 스쳐 지나간다. 하늘에 뜬 별은 아니었다. 그 별은 그를 고통스럽게 하지 않았으니까.

그의 부친이 살아있을 때, 고통이 고통인 줄도 몰랐던 때의 이야기였다.

리케도르안은 그대로 발걸음을 멈췄다.

"그럼, 아가씨. 푹 쉬십시오. 부족함 없이 모시겠습니다."

이미 제이르가 모든 설명을 끝낸 참이었다. 헤르님이 푸른 장미를 오랫동안 찾아왔던 것까지.

리케도르안은 말리지 않았다. 그에겐 몇 번이고 제이르의 입을 멈출 기회가 있었음에도. 그는 그저 이아나가 여전히 변화 없는 평온한 얼굴을 하고 있는 것에 집중했다.

그리고 끝내 아무렇지 않은 낯을 보며 그는 한 차례 더 주먹을 쥐었다가 폈다.

복도를 걷는 길, 제이르는 연신 그의 눈치를 보았다. 오래 함께한 이답게 리케도르안의 변화에 민감했다.

리케도르안은 속으로 조소했다.

이처럼 나는 눈에 보일 듯 구는데도, 왜 너는 보지 못하는지.

"저, 각하. 제가 너무 서두른 겁니까?"

리케도르안은 대답하지 않았다.

푸른 장미의 행방은 오래전부터 유명했다. 어딘가에 존재해서 유명한 것이 아닌 '존재하지 않기에' 유명했다.

잠적한, 이 세상에서 사라져버린 장미.

그러나 리케도르안을 비롯한 '장미'들이 알고 있는 것은 달랐다. 아니, 장미 가문의 가주가 되는 순간, 알게 되는 사실이 있다. 이는 바로 오직 흑장미만이 '푸른 장미'의 행방을 알고 있다는 사실이었다.

리케도르안 또한 자격을 갖춰 대공 위에 오르며 알게 된 것으로, 현재 벨테이즈 후작과 도망 중인 흰 장미, 로제니아의 가주도 알 터.

그리고 그 남자, 도뮬릿 공작은 당연히 알고 있었으리라.

'아니, 그는 이미 소유하고 있었지.'

헤르님은 오랜 조사로 아주 어렵게 푸른 장미의 명맥이 유지되고 있으며, 생존한 푸른 장미가 엄중히 보호받고 있다는 것까지 알아냈다. 그러나 그 이상은 알 수 없었다.

고심과 고생 끝에 알아낸 한 가지.

전 도퓰릿 공작 소생 자식은 아들 단 한 명이란 것, 그리고 그럼에도 딸이 있다는 점이었다.

푸른 장미 아닐까요?

조심스러운 추론을 시작으로 근거와 독기를 가지고 조사에 들어가기까지는 오래 걸리지 않았다. 그때 그는 그저 체이서 루브 도퓰릿이란 작자를, 도퓰릿을 무너뜨리고 싶었다. 또한 자꾸만 생각나는 감옥에서의 가녀린 여인을 잊고 집중할 구석이 필요하기도 했다.

"각하."

누군가 조용히 리케도르안을 불렀다.

리케도르안의 눈앞에 진한 암녹색 머리칼을 가진 사내가 있었다. 그는 헤르님의 공작원을 담당하는 부하 쉐로였다.

"드디어 알아냈습니다."

들에서 거칠게 굴러온 사냥개같이 무뚝뚝한 얼굴에 보기 드문 희열이 어려 있었다.

"각하께서 가장 원하시던 것입니다."

글쎄, 그가 원하는 것이라.

이 순간 단 하나밖에 없을 터인데.

리케도르안은 자조했다. 스쳐 지나가는 초연하고도 심드렁한 낯,

분홍빛 머리칼, 이아나의 모습이다. 스스로도 꽤 중증이란 건 알고 있었다.

하나 어쩌하겠나? 깨닫기도 전에 앓아버린 열병인 것을.

리케도르안은 차갑게 서류를 받아 훑었다. 평소보다 무심하고 무감각한 낯이었다.

하나, 서류를 읽을수록 그의 허리가 곧게 펴졌다. 리케도르안의 눈동자가 더는 커질 수 없을 만큼 커다랗게 뜨였다.

"……이게 사실이야?"

"예, 드디어 밝혀진 겁니다."

쉐로가 고개를 끄덕였다.

"도튤릿의 감시가 얼마나 철저한지 아시지 않습니까."

체이서 루브 도튤릿의 철옹성은 세상 어떤 성보다도 단단했다. 그 정점을 찍은 곳이 그가 머무는 저택이었다.

그동안 들여보낸 자들이 족족 죽거나 행방불명되었다. 그러기를 1여 년, 헤르님은 방법을 바꿔 들여보낸 자들에게서 연락을 받지 않는 쪽을 택했다.

"그동안 도튤릿의 수호신이 얼마나 철저했습니까? 도튤릿 공작 본인의 성정이야 말하지 않아도 될 정도였지요."

연락을 취하려는 순간, 도튤릿 공작의 수호신에게 잔인하게 죽임을 당하는 것을 알았기 때문이었다. 이 간단한 사실 또한 수 없는 희생으로 알게된 것이다.

쉐로는 보고서에 적혀 있는 내용 외에도 기입되지 않은 것을 보고했다.

"2년이 지나서야 알게 된 겁니다. 하, 대체 얼마나 많은 이들이 죽은 건지. 잠입한 공작원이 무사히 돌아왔습니…… 각하?"

하나 리케도르안은 모두 듣지 않았다. 아니, 다 듣지도 않고 등을 돌렸다. 걸음이 재빠르게 움직였다. 장미의 힘을 가진 그의 걸음은 보통 사람과 비교할 수 없을 정도로 빠르다.

그는 순식간에 왔던 복도를 가로질러 갔다.

걸음을 디딜수록 숨이 거칠어졌다. 그는 붉은 장미의 축복을 받아 지치지 않는 체질을 타고났다.

ー이아나 로즈 도뮬릿 관련 보고.

그러니 이 숨소리는 오로지 그가 스스로 만들어낸 것이다.

ー감금.

〈안녕, 이아나. 지금부터 널 납치할 거야.〉

이상하게도 이리 빨리 달리건만, 속도는 느리게만 느껴졌다.

ー발목에 족쇄.

〈……묶지 않아?〉

그는 물에 빠진 듯 숨이 턱턱 막혔다.

ー족쇄와 이어진 쇠사슬을 차고,

〈나 인질이잖아. 그럼 묶어둬야 하는 거 아닌가?〉

3년간 의아할 정도로 변하지 않은 그녀의 성정은, 사실 정말로 변하지 않았던 걸까?

ー한시도 저택을 벗어날 수 없었음.

〈묶을 거라면 발목이 좋겠어.〉

리케도르안은 이아나가 생각하는 것보다 훨씬 똑똑했다. 머리가 좋았다.

그녀와 함께 있던 시간에도 상식에 무지했을 뿐 짐승 같은 감을 갖추고 있었다.

-흑장미의 감시가 집착에 가까울 정도로 지독해 보임.

이 순간 짤막하게 느끼던 기묘한 위화감이 하나의 퍼즐을 완성했다.

-4년간 저택을 벗어난 숫자.

-0회.

벌컥. 그는 문을 열었다.

"하아, 하아……."

그리 거세게 뛰지도 않은 것 같은데. 아니다. 세상에 태어나 가장 애타게 달려보았다.

다름 아닌 한 사람을 위해서.

고요한 방 안엔 이아나가 그림같이 앉아 있었다.

-이외. 수시로 있던 정적의 암살 시도.

〈독은 없는 거지?〉

〈뭐?〉

〈농담이야.〉

갈망하듯 하늘을 바라보던 얼굴, 감옥에서는 볼 수 없던 건조한 낯빛. 왜 이제야 보였나? 왜 이제야 알았나.

그는 그녀를 보며 언제나 사색을 즐긴다고 여겼다. 이곳에 와서 자신을 봐주지 않는다 여겼다.

-저택에서 할 수 있었던 것이 많지 않았던 것으로 추측.

〈나 죄수복이 입고 싶어.〉

바라는 것이 있냐는 질문에 여전히 엉뚱한 사람이라 여겼다.

하나 만약에…….

바라는 것이 좁디좁던 감방으로 돌아가는 것이었다면. 아니, 만약 철창 너머 자유로이 웃고 있던 그때로 돌아가고 싶었던 거라면…….

나는 무슨 짓을 한 건가?

리케도르안의 얼굴이 형편없이 일그러졌다. 흐려졌다.

〈나를 안 보니까.〉

그는 체이서 루브 도뮬릿이 싫었다. 도저히 좋아할 수 없을 정도로 환멸하고 증오했다.

〈미워하게라도 해야지.〉

한데 그가 체이서와 다를 것이 무에 있나?

〈안 그래?〉

달빛 아래 저 가녀린 손을 잡았던 그의 손은, 웃음은.

잘못과 미움을 방패 삼아 그가 그녀에게 했던 짓은?

자신이 추악하게 느껴졌다.

"……리케도르안?"

쾅. 그의 힘을 이기지 못한 문이 몇 번이고 벽을 두드렸다.

그때였다. 창문을 바라보던 이아나의 얼굴이 무심히 이쪽을 돌아보았다.

그녀는 그의 이름을 부르고도 놀란 것인지 놀란 기색을 숨기지 않았다.

납치.

리케도르안은 그 순간 깨달았다.

사실은.

네가 나를 싫어하지 않기를 바랐어.

"당신……. 왜 그래?"

너에게 나쁜 인간으로 남길 바란 게 아니야.

나는 그저.

"……미안해요."

당신이 보고 싶었어.

"미안해……. 미안……."

남자의 손이 그의 얼굴을 덮고, 커다란 몸이 알맹이 잃은 허물처럼 무너져 내렸다.

"리케도르안?"

자박자박, 달려오는 이아나의 자그만 발소리가, 너무나 가벼워서. 그는 밀려오는 수많은 것을 참지 못했다.

자신은 대체 무슨 짓을 한 것인가?

"왜 그래, 진짜 어디 아파요? 응? 많이 아파?"

그녀는 아픈 이에게 몹시도 다정했다. 4년 전, 빛조차 들지 않은 지하에 네가 오면 이것이 빛이고 봄이며, 낮인가 싶었다.

평생 그런 따뜻함을 단 한 번도 느끼지 못해서.

잡고 싶었다.

그는 스스로가 지독하게 혐오스러워졌다.

하나 그에게 뻗어지는 손을 놓치고 싶지 않았다. 구차하고 구질구질하게라도 놓고 싶지 않은 손이었다.

이아나는 순식간에 저를 덮친 몸에도 가만히 있어 주었다. 4년 전 약속하던 날처럼.

"내가…… 잘못했어."

그는 스스로에게 물었다.

정녕 미움과 증오라도 받는 수밖에 없었나.

아니다.

그의 뺨을 타고 흘러내린 눈물이 툭 떨어졌다.

"나, 버리지 마."

애원밖에는 길이 없었던 거다.

"제발……."

빌고 또 빌면서.

〈3권에서 계속〉

감방에서 남자주인공을 만났습니다 2

초판 1쇄 발행 2020년 9월 25일 **초판 2쇄 발행** 2021년 6월 30일

지은이 문시현
펴낸이 이승현

웹소설 본부장 이진영
편집 오가진

펴낸곳 ㈜위즈덤하우스 **출판등록** 2000년 5월 23일 제13-1071호
주소 서울특별시 마포구 양화로 19 합정오피스빌딩 16층
전화 02) 2179-5600 **홈페이지** www.wisdomhouse.co.kr

ⓒ 문시현, 2020

ISBN 979-11-90908-85-6 04810
        979-11-90908-83-2 (세트)